Ursula Ackrill
Zeiden, im Januar

Quart*buch*

Ursula Ackrill

Zeiden, im Januar

Roman

Verlag Klaus Wagenbach   Berlin

IV.

»Leontinetante, erzähl.« Das hat sie nicht erwartet. Neunzehn-
jährige Halunken, in Decken gewickelt, hin- und herschaukelnd
im Güterzugwaggon, gen Westen. Frisch aus Siebenbürgen für
Deutschland. Vor Tagesanbruch. War man noch in Siebenbürgen
oder schon in Ungarn? Sie sollen in Wien fürs Militär ausgebil-
det werden. Eine SS-Division, wenn nicht sogar die Leibstandar-
te. Aber Wien und Deutschland – alleseins.
»Was wollt ihr hören?« fragt Leontine und gähnt.
»Eine Geschichte, dann komplette Stille, wir sagen kein
Wort.«
Fast glaubt sie ihnen. Den Bengeln, die sich vor ihrer Konfir-
mation noch um sie geschart hatten und zuhörten, bis man sie
vor die Tür setzen musste.
Eine Geschichte.
»Fein. Es war einmal eine Bauerntochter, die wurde von zwei
Burschen hofiert. Einer war reicher, der andere ärmer, aber sie
gefielen ihr beide gut. Der Ärmere vielleicht ein bisschen besser.
Nein, der Ärmere entschieden besser. Ihre Eltern wollten davon
freilich nichts wissen. Sie empfingen den Freimann des reichen
Hofführers, einigten sich mit Handschlag und Brautvertrinken
und stellten ihre Tochter vor vollendete Tatsachen. Ihre Ehe fiel
ruhig aus und schien haltbar zu sein. Sie konnte sich vorstellen,
viele Jahre weiter so zu verbringen. Die Arbeit im Haus und
auf dem Feld lastete sie aus, und ihr Mann war's zufrieden. Da
verschluckte sie sich einmal beim Abendessen an einer Speck-
schwarte. Ihr Mann war im Wirtshaus, wo er meistens seine
Abende verbrachte, nüchtern im Gespräch mit seinen Kameraden,
und entdeckte sie erst später. Vom Tod beim Abendbrot geholt.

5

Sie hatte ihr Milchglas umgeworfen und sich offenbar ziemlich gewehrt, aber vergeblich. Sie war mausetot. Die Gemeinde weinte um die junge Frau, ihr Unglück rührte sie und setzte allen zu. Ihr Mann spendierte ein stattliches Begräbnis und war freigiebig beim Leichenschmaus. Zwei fahrende Studenten waren auch geladen. Sie warfen rasche Blicke um sich und rechneten sich aus, dass der Witwer, obgleich er seiner Gattin keinen Schmuck in den Sarg gelegt hatte wie ein protziger Ungar, ihr die Goldzähne doch nicht gezogen hatte, denn so etwas spricht sich rum. Im Mondlicht fanden sie ihr Grab im Leichengarten, buddelten sich zum Sarg durch und hoben sie heraus. Einer stieß ihr ein Knie in den Rücken, damit der Kopf zurückfallen konnte, der andere sollte ihren Kiefer aufstemmen. Auf einmal fährt die Leiche zusammen, hustet kräftig und spuckt etwas Widerwärtiges aus ihrem Rachen.

Die junge Frau wusste zuerst nicht, wo sie war. Sie hörte den Boden beben, und Steinchen flitzten in ihr Grab vom Gerenne in ihrer Nähe. Es entfernte sich. Sie war ganz benommen, saß auf einem Haufen feiner Erde, sauber in ihrem besten Kleid, und fror bitterlich. Als ihre Augen sich an die Dunkelheit gewöhnten, sah sie Grabsteine um sich, und seltsamerweise fürchtete sie sich nicht. Es war ein Unfall. Sie hatten sie tot geglaubt. Sie machte sich auf, immer schneller, die Straße runter in Richtung Marktplatz, wo das Haus ihres Mannes stand. Sie klopfte ans Tor, dann an die Fensterläden, sie hing einarmig am Fenstersims und polterte los. Der Mann kam nicht. Schließlich hörte sie ihn durchs Tor flehen: Geh zurück, meine Frau, geh zurück zur ewigen Ruhe. Sie stampfte mit ihrem Fuß ungeduldig, wendete sich weg und stakste in Richtung Elternhaus los. Sie zitterte und bebte am ganzen Leib und lief so schnell sie konnte. Aber auch das Elternhaus blieb ihr verschlossen. Sie schlug ihre Hände rot und blau am Tor, ratterte mit beiden Fäusten auf die Regenrinne und die Fenster, nur um schließlich die Bitten ihrer Mutter durchs Tor zu vernehmen: Geh zurück, unsere Tochter, die Engel vermissen dich im Himmel. Ei, ei, ei, sagte die junge Frau nun, das ist die Höhe. Lasst mich rein! Und stampfte mit beiden Füßen auf den Gehsteig. Und schüttelte ihren Kopf ungläubig.

Da kam es ihr in den Sinn, auch beim Haus ihres ehemaligen Verlobten anzuklopfen. Als er ihre Stimme draußen hörte, sprang er auf in großer Hast, sie zu sehen. Er sperrte auf. Ein Blick genügte, er öffnete Tür und Tor und eilte, keine Zeit zu verlieren. Er konnte nicht schnell genug Licht machen, Feuer anzünden im Zimmer. Es qualmte noch, als ihm seine bettwarme Decke einfiel, die wickelte er um die Frau. Er wärmte ein Süppchen auf und brachte es zu ihrem Sessel und wunderte sich laut über was sie ausgestanden hatte. Er rieb ihre Füße warm und tröstete sie. Das Haus tat dann das Seine. Es gab ihnen Zuflucht, Schutz, Gewissheit gegen die Schrecken der Nacht. Es sollte ihr Zuhause bleiben bis ans Ende ihres Lebens – pst!« Leontine hebt einen Finger hoch. »Wir halten.«
Augenblicklich werfen sich alle auf den Boden des Waggons.
Hinter den Weizensäcken, die den Waggon rundum auspolstern, hört man Schritte auf Schotter heranknirschen. Ping-ping der Hammer an die Puffer. Stimmen reden Rumänisch.
»Warum müssen sie die Waggons immer versiegeln, das ist grob von diesen Deutschen. Wenn sie ihr Kriegszubehör einrollen, das ist ja verständlich, aber wenn sie unsere Landwirtschaft ins Reich importieren!«
»Wir sind nicht alles Diebe in Rumänien!«
»Warum stören wir uns dann an ihrer Sicherheit ...« Sie lachen.
Als der Zug weiterfährt, bleiben einige der Jungen liegen und schnarchen bald vor sich hin. Stunden sind vergangen, seit sie die Grenze bei Grosswardein hätten passieren sollen. Der Zug fährt kurze Strecken, dann hält er wieder. Man ist fassungslos. Keine Ruhepause bis Ungarn, leider, die Jungs, sagte der Leutnant. Gab die ganze Zeit vor, die Leontine nicht zu sehen.
»Jetzt wo sie schläft, will ich schnell in die Ecke pinkeln«, sagt Misch, während er Säcke umstapelt.

»So«, er reibt sich die Hände an den Hosenbeinen ab, »kann mir jetzt jemand erklären, was die Geschichte zu bedeuten hat?«

»Sie hatte immer Geschichten mit Revenanten drauf.«

»Aber warum diese? Ist es Zufall, wenn wir gerade ins Mutterland Germania einkehren?«

»Mutterland! Wo uns jeder fragt, wo wir herkommen.«

»Aus welchem stinkigen Höllenloch wir hervorgekrochen sind.«

»Ich denk jedes Mal: Das kann doch nicht wahr sein! Jeder Reichsdeutsche geriert sich zum Zollbeamten.«

»Angeblich schulden wir jedem eine Deklaration.«

»Vielleicht sollten wir auch so etwas wie einen Davidsstern tragen.«

»Ein Lindenblatt am Rücken« murmelt Leontine halbwach. Sie hebt ihren Kopf. »Redet nur weiter, es stört mich nicht.«

I.

Es ist noch zu früh, um etwas Sehenswertes am Bahnhof in Kronstadt zu erspähen. Der Zug von Bukarest nach Zeiden, wo Maria später aussteigen wird, hält hier lange. Das Mädchen befreit fröstelnd eine Hand aus ihrem Schultertuch und wischt einen blanken Kreis auf die Fensterscheibe. Hinter geschlossenen Rollläden geht ein Licht an im Café am Bahnsteig. Leontine sagt, sie selbst habe einmal Caragiale, den Dramatiker der Rumänen, dort gesehen, wie er in der Sonne saß bei einem Kapuziner. Er habe sie angeblinzelt, oder das Licht war ihm zu grell, sie jedenfalls ging wie auf Engelschwingen vorbei, als wäre sie schwerelos in seiner Nähe. Damals muss Leontine noch in Kronstadt gelebt haben, eine junge Frau im langen engen Rock und wadenlangem Rockmantel, ohne Kragen, wie eine Chinesin, blass auch, durchsichtiges dünnes Gesicht wie Pergament vorm Licht. Das ist Secession, sagt Leontine zu diesem Foto, aber Maria weiß noch nicht, was Secession bedeutet.

Auf Leontines Hof gedeihen Blumen, die die Leute in Zeiden nicht kennen. Sie bestellt sie aus Wien und Berlin und pflanzt sie selbst ein, mit wenigen raschen Bewegungen, als hätte sie Eile. So rührt sie auch ihre Kochtöpfe. Zigarette im Mundwinkel, rechte Hüfte gereckt, darauf stützen sich der Ellbogen und darüber die Zeitung im Gleichgewicht.

Leontine schläft noch zu dieser Stunde. Manchmal wacht sie erst auf, wenn Maria durch das Gassentor hereinkommt und es zuschnappt. Als Leontine den Hof in der Zeidner Langgasse erstand, eine Kronstädterin, die den Preis um eine Kleinigkeit

9

herunterhandelte, geradezu so, als ginge es ihr nur darum, nicht anzugeben, war die Gemeinde noch tief betroffen vom Fortbleiben ihres Wunderknaben Albert. Eine genaue Musterung Leontines unterblieb. Sie machte auch keine Geschichten. Sie spielte im Streichorchester und ging jeden Sonntag in die Kirche. Ein kluger Schachzug für eine alleinstehende Frau, nach dem Kriegsanbruch ihr Kapital in ein Haus im sommerfrischen Zeiden anzulegen und ihr Elternhaus am Rossmarkt in Kronstadt zu vermieten. Alles sah dann auf die ehrbaren Eltern von Albert, die ihren Haushalt auflösten, Grund, Vieh und alles bäuerliche Zubehör verkauften. Es jammerte die Gemeinde. Ein kleiner Trost war, dass Fräulein Leontine Philippi alle Einrichtungen und Möbel, alles was zum Wohnen dazugehört, pauschal aufkaufte, und es der Gemeinde erspart blieb, über das Hemd des Heilands Lose zu ziehen.

Maria wurde erst zehn Jahre später in Zeiden geboren. Zum ersten Mal brachte ihr Vater sie neunjährig zum Haus des Aviatikers, wie es immer noch hieß. Er sprach Fräulein Philippi auf Deutsch an. Maria verstand damals noch kein Wort. Leontine betrachtete sie und antwortete Rumänisch. Mit starkem Akzent.

»Ich muss Ihnen sagen, Herr Tatu, ich war insgeheim erleichtert, als die Nachbarskinder zu alt für mein Geschichtenerzählen wurden.« Als endlich niemand mehr anklopfte. Die Jugendlichen wären gerne weiter gekommen, aber der Vorwand der Wissbegierde hielt nicht mehr stand.

»Meine Tochter ist tüchtig. Sie kann Ihnen den Haushalt besorgen, dann haben Sie mehr Zeit.«

»Ich habe Zeit. Was könnte ich mit mehr Zeit anfangen?« Der Vater sah auf seine blanken Schuhspitzen. Maria war es neu, ihn so ratlos dastehen zu sehen.

»Sagen Sie mir lieber, wozu das Kind Deutsch lernen soll.«

Aus einem verflossenen Winter dicht an der Jahrhundertwende erhob sich Alberts Stimme an Leontines Ohr, hauchig durch die Kälte hastend:

»Eine Vereinigung von Bundesländern«, hörte sie ihn sagen. »Wie Amerika.« Die Klinge seines linken Schlittschuhs rasierte das Eis, als er wendete und neue Zirkel mit dem Schwungbein beschrieb. »Hier ist Ungarn, Böhmen, Mähren, Galizien, die Bukowina. Und Siebenbürgen gehört uns. Stell dir vor.« Es hatte tagsüber geschneit, aber jetzt waren alle Wolken hinter dem Berg. Die Sterne brannten Löcher in den Himmel.

»Mit Verlaub, Fräulein Philippi.« Marias Vater holte sie sogleich zurück ins gegenwärtige 1933. »Wenn Ihr Siebenbürgen heim ins deutsche Reich sollt, werden wir rausgeschmissen, im hohen Bogen, über die Karpaten in die Walachei. Aber ich halte nicht viel von diesen kriegerischen Jungen in Deutschland.« Auf einmal hatte er es wieder. »Wenn ich Ihnen begegne, ich kann es Ihnen nicht anders erklären, aber mir ist, als wäre ich wieder in Wien.« Marias Vater atmete auf, und Leontine saß fest. Wie sie sich auch wehrte, es traf sie ins Schwarze. Das war es, was sie wollte: unverhüllte Selbstkenntnis, die Krone der Schöpfung.

Es war ein Reinfall. Maria hat zwar Deutsch gelernt, aber bei ihrem Besuch in Bukarest neulich erst verstanden, was Volkszugehörigkeit bedeutet. Massen von Menschen auf den breiten Straßen wiegten sie hin und her, hohe Bauten renkten ihr den Kopf aus dem Genick, ihr schwarzes Wollkleidchen mit dem weißen Kragen schmiegte sich um sie und ließ sie zum ersten Mal wahrnehmen, dass es mit ihrer Figur etwas auf sich hatte, woran sie auch teilnahm. Ihr Figürle, wie es Leontine und sie amüsierte. Anfangs hatte Maria gemeint, Leontine nehme sie gar nicht wahr. Leontine streifte an ihr vobei wie an einem Gespenst, trat dicht neben die Kehrschaufel und verbrachte die nächste Stunde damit, nach einem Buch zu stöbern. Als Maria sich verabschiedete und scheinbar unbeachtet davonging, stürzte Leontines Bein gerade einen Stapel Bücher über den Haufen, als sie sich vornüber ins tiefe Regal vergrub. Maria fragte sich, was sie überhaupt von Leontine lernen konnte. Aber sie sprachen Deutsch untereinander, und Leontine überraschte sie, wie sie mit Händen und Füßen Bedeutungen heraufbeschwor und dabei wie ein Schachtelteufel eine andere Leontine hervorspringen ließ. Nach wenigen Monaten kam der immer seltener heraus. Leontine und Maria redeten miteinander beim Morgenkaffee, beim Mittagessen und ab und zu abends, wenn Maria nach dem Essen daheim sich wieder zu ihr stahl. »Und wie hat man dich neulich belästigt?«, erkundigte Leontine sich regelmäßig, wenn sie in ihrem Bett aufsaß, sich genüßlich in Position schaukelte und die Kaffeetasse entgegennahm.

Aus Bukarest bringt Maria ihr heute ein Stück Halwa mit, diesmal nicht direkt vom türkischen Händler gekauft, sondern aus einem Geschäft in einer Passage, mit großen Schaufenstern. Es ist leicht für seine Größe, und in glattes Papier verpackt, das kein Fett durchlässt. Eine safrangelbe Schleife ist ihm umgebunden, die Maria bereits versuchsweise auf alle ihre Kleider und Mäntel abgestimmt hat. Sie öffnet in Gedanken Leontines Tor, es ist noch frisch, und Morgentau nässt ihre Schuhe. Leontine mäht den Rasen im Hof selbst, mit der Sense, was Maria ängstigt, denn Sensen sind Männersache. Sie fürchtet insgeheim jedes Mal, dass Leontine zu tief ansetzt und das Sensenblatt stumpfschlägt, oder zu hoch schwingt und das Gras ungeschnitten flachknickt. Aber Leontines Schultern und Hüften beschreiben Halbkreis nach Halbkreis aufeinanderfolgend, und das Gras stürzt um in gleichmäßigen Wellen. Die Leute kümmern sich wenig darum, abgesehen von dem einen Mal, als die Nachbarschaft alles stehen- und liegenließ und Leontines Tor einrannte. Im Handumdrehen war ihr Hof voller Menschen, die ihr stumm und befangen näherrückten. Sie war soeben fertiggeworden und drehte sich um, als sie ihrer gewahr wurde. Leontine schrie auf, erstaunt, und die Nachbarn überboten das um manches. Ihr Schreck war der größere. Hände fassten nach ihr, zaghaft, nicht verwegen, befühlten ihre Kleider. Über das Gewirr erhob sich die Stimme des Nachbarvaters.

»Leontine, du liebes Kind, wir haben über die Zäune jemanden bei dir mähen sehen, einen Burschen, schien uns, und wir dachten, er sei wieder zurückgekommen.«

»Ich bitte euch alle um Verzeihung«, und Leontine konnte die Bienen summen hören, es war ganz still. »Ich habe diese Kleider im Schrank hängen, sie gehören wohl Albert, und nichts anzuziehen für die Arbeit. Ich bitte um eure Erlaubnis.«

»Du hast nichts zu bitten, Leontine, Kind, sie gehören dir, du hast das ja alles gekauft«, hieß es, und: »Es wär eine Schande, wenn du sie nicht nutztest.«

»Jetzt trinken wir alle mal ein Stamperl.« Leontine wunderte sich selbst, woher die Sicherheit herkam, genau das Richtige zu sagen, und erinnerte sich an die Gewissheit, mit der man halbwegs durch jeden Höhenstieg unbeirrt wie eine Gemse die Füße vorauszuschicken weiß und diese jedesmal fest auf Stein aufsetzen.

Diesmal wird das eingeschrumpfte Januargras auf dem Hof ihre Schuhe durchnässen, entschied Maria. Sie wird sich in Acht nehmen, Leontine nicht zu wecken, Kaffee kochen, den Rahm von der Milch absahnen und sachte wie ein Eisflöz auf dem Kaffee treiben lassen. Dann wird sie die Tür zum Schlafzimmer öffnen, und gleichzeitig wird Leontine die Augen aufschlagen. Das Bett ist breit und gut gefedert, aus sächsischer Werkstatt und mindestens zweihundert Jahre alt. Leontine schiebt es hinaus, solange es geht, ihre aufeinandergeschichteten Wolldecken, mit denen sie im Sommer warm genug gebettet ist, gegen die schwere Steppdecke einzutauschen. Jetzt, im Januar besteht das Bettzeug aus festem, von Alberts Mutter handgewebtem weißem Leintuch, weichen Polstern mit Federn vom eigenen Geflügel gerupft, in Barchentüberzügen, von Alberts Mutter genäht. Die Steppdecke von Taborski, deren zusätzliche Schwere die Schlafende ins Bettzeug festdrückt wie ein Siegel in Wachs. Leontine wird sich strecken, sie wird lachen und die Decke zurückwerfen: »Komm rein, Zugvogel, was suchst du bei uns im Norden.« »Ich bringe Kunde aus dem Süden«, wird Maria sagen.

Seit Maria zwischen Bukarest und Zeiden pendelt, nur mehr alle paar Monate mit dem Zug nach Zeiden heimfährt, um dort nach dem Rechten zu sehen, Haus und Garten zu bestellen, damit die leerstehende Wirtschaft erhalten bleibt, fragt Leontine nicht mehr, wie sie neulich belästigt worden ist. Leontine hört eigentlich nur zu und merkt sich alles. Ist das, weil Maria in Bukarest in zivilisierten Verhältnissen lebt? Leontine hatte einst die viel jüngere Maria damit getröstet, es sei eben das Beste für einen Menschen, erwachsen zu sein und in einem zivilisierten Land zu leben, und das stünde ihr noch alles bevor. Kurz darauf überzeugte Leontine Marias Vater, anstelle des rumänischen Gemeindearztes den sächsischen Schularzt Franz Herfurth für die vorsorglichen Untersuchungen Marias zu verpflichten. Herfurth sei oft bei Leontine zu Besuch und könnte Marias Gesundheitszustand im Auge behalten. Für Marias kleinen Bruder waren Lungenärzte in Kronstadt und Bukarest zuständig, immer öfter in Bukarest, weshalb die Familie dann auch vor zwei Jahren zeitweilig in die Hauptstadt gezogen war. Maria hatte die Doktortasche Herfurths oft in Leontines Flur gesehen und sich ungefragt damit beschäftigt, den besten Kaffee diesseits von Wien zu kochen, was Herfurth ihr nachdrücklich bestätigte. Weshalb er sich überhaupt die Mühe machte, zu Leontine zu kommen, wo sie sich meistens nur stritten, anknurrten, anstanken wie wilde Tiere. Warum sie sich so aufregten über Hitler und die Legionäre in Bukarest.

Es war gut, dass Leontine im Nebenzimmer mit ihren Papieren raschelte und beim Schreiben flüsterte. Vielleicht muss Herfurth sich soufflieren lassen, was er zu tun hat, denn in der Stille des Nachmittags tickt bloß die Wanduhr vor sich hin. Marias Puls prallt auf ihr Trommelfell. Hat jemand etwas gesagt? Die linke Hälfte ihrer Brust schlägt aus wie ein Fohlen. Herfurth regt sich. Er zieht seine Hand vom Tisch zurück, und während der Abdruck der matten Flächen schleunigst von der Glasplatte verfliegt, stöpselt er sich schon das Stethoskop in die Ohren und dreht sich direkt zu Maria. Sie hatte oft versucht, sich vorzustellen, wie dieser Mann eines Amtes walten könnte. Wenn überhaupt jemand ihm das Wohl und Wehe eines Wesens, vom Leben ganz zu schweigen, anvertraute. Jetzt würde Herrfurth sich an ihrem eigenen Leib beweisen. Und siehe da, Herfurth, den Leontine im freundschaftlichen Gespräch auseinandernimmt, dass er keucht und Schaum von seinen Lippen wirft, Herfurth, der gleich am Tag darauf angekrochen kommt, obwohl er nicht einen Deut nachgegeben hat, bringt nun Maria dazu, einen Schemel vor ihn zu stellen, sich draufzusetzen und ihr Unterhemd hochzuziehen. Tief durchatmen soll sie, aber nur dreimal, das Stethoskop eine kühle Pause auf ihrer Haut. Seltsam, wie es beruhigt, von kundigen Händen bearbeitet zu werden. Das hatte sie auch bei der Schneiderin erlebt, als mit jeder Messung die erforderten aufeinanderfolgenden Berührungen sie in eine Trance versetzten. Als nun Herfurth ihre Schulterblätter gründlich abklopft, klebt Marias glasiger Blick irgendwo am Mittelgrund, als unversehens ihre linke Brust aus dem Hemd purzelt. Roh und elend hängt eine Brust an Maria. Ihr Kreuz erstarrt, und Wut, laut wie ein Peitschenknall, blendet alles aus. Es ist vorbei. Maria streckt ihre Arme weit aus und umschlingt die Säulen des Tempels wie Samson, zieht Leontine und die Welt an sich bis zum Einsturz. Die Untersuchung hat das Corpus Delicti zum Vorschein gebracht, und jegliche Abwehr ist vergeblich. Eine Leiche haftet ihr an. Geiferer werden laut: »Trandeln und herumhocken kannst du gut, damit das Fleisch auf dir wächst!«, und Beamtete greifen nach ihren Brüsten, um zu sehen, wie sie gewachsen sind. Das Muster im Teppich wird erst wieder scharf, als Maria die Tränen wegblinkt und merkt, dass Herfurth mit dem Klopfen ununterbrochen weitergemacht hat und nun verkündet: »Mit deinen Lungen ist alles in Ordnung, Maria, und bitte geniere dich nicht.«

Obwohl Maria verstand, dass Herfurth mit einem rumänischen Backfisch nichts anfangen konnte, und er es vielmehr missbilligte, dass sie deutsch sprach und dazu hübsch war, fand sie sich in die regelmäßigen Untersuchungen zunehmend sorglos ein. Herfurth begann, sie zu interessieren. Einmal träumte Maria sogar, dass sie selbst Herfurth war, und erzählte es Leontine: Ich war mit einem Kind beschäftigt, das gerade nicht zu Hause war, ein Mädchen, das für sein Alter zu viel wog. Mit einer Untersuchung bei diesem Hausbesuch würde es wohl nichts werden. Die Mutter zeigte mir Stofftiere und Puppenküchen, und ich hörte auf ihre Stimme, als ich ein Scharren unter einem Schrank wahrnahm. Ein Tier hatte sich da versteckt oder eingeklemmt, ich eilte, um es zu befreien, und fühlte die haarigen Ohren, die kleine Schnauze. Ich zog, aber was ich dann in den Händen hielt, war ein lebloses Hundefell mit Ohren und Halsband, als hätte das Tier sich gehäutet. Wo war es denn, ich bekam etwas Warmes zu fassen und zog ein nacktes Tier hervor, das zwar noch Hundepfoten und -kopf besaß, die mit dem Körper aber derart verwachsen waren, dass es hervorrollte. Auf dem Rücken des Tieres, das offenbar hinter dem Schrank lebte, hatte sich jedoch das merkwürdigste Muster gebildet. Es hatte Gruben und Unebenheiten, Wälle, Verdickungen, ein Labyrinth, das mit kurzem Fell überwachsen war und sich in der Handfläche wie die Verkörperung eines Ingeniums anfühlte, so dass ich vorübergehend glaubte, mit dem Hunderücken alles umfasst zu haben. Das Tier lief auf seinen kurzen Beinen hinter den Schrank zurück, die Mutter sagte, es sei der Liebling der Tochter gewesen, doch sehe man von ihm immer weniger, es komme fast nie aus seinem Versteck hervor. Ich rief es, vergeblich, ich lockte, ich griff nach ihm und zog es wieder gewaltsam hervor, es glitt auf abgestreckten Beinchen am Boden entlang. Es ließ sich für einige Minuten bestaunen und anfassen und entwischte, sobald sich der Griff um sein Körperchen lockerte.

Es sei das Beste, hatte Leontine gesagt, erwachsen zu sein und in einem zivilisierten Land zu leben. Es war einmal eine Tochter, deren Vater gewaltig viel Wert auf sie legte, und da sie lustig war, wuchs sie zum Stolz der ganzen Nachbarschaft heran. Eines Tages nahm der Vater sie zur Seite und begann ernsthaft auf sie einzureden: Meine Tochter, es kommt nun darauf an, dass dein Tun und Lassen unserer Familie Ehre macht. Wenn ein Junge mit dir redet, achte auf unsere Familienehre. Wenn ein Junge dich spazieren führt, achte auf unsere Familienehre. Und wenn ein Junge dich zu sich nach Hause einlädt, achte auf unsere Familienehre. Denn jeder Junge, dafür halte ich die Hand ins Feuer, würde nur zu gerne unsere Familienehre besudeln. Er würde dich nur zu gerne auf sein Bett werfen, dich durchficken und dann rausschmeißen, weil du deine Familie entehrt hast. Am nächsten Tag nimmt die Tochter ihren Vater ernsthaft zur Seite und sagt ihm, er könne mächtig stolz auf sie sein. Denn sie habe einen Jungen erwischt, mit ihm geplaudert, ihn spazieren geführt, dann mit nach Hause gebracht, und immerzu die Familienehre hochgehalten. Dann habe sie ihn auf ihr Bett geworfen und rasend gerne durchgefickt, ihn aber sofort darauf auf die Straße gejagt und ausgescholten: Du bist ein Hur, du hast deine Familie zuschanden gemacht und bist mir nichts mehr wert. Fragt sie ihren Vater: »Habe ich mich gut geschlagen?«

Obwohl Leontine ihr immer alle Fragen bereitwillig und interessant beantwortet hatte, zierte sich Maria ungemein, sie um Auskünfte zu bitten, die mit der Regierung zu tun hatten. Wie man sich davor scheut, Druck auf Bruchlinien zu machen, wenn ihr Durchbruch nicht in Kauf genommen werden kann. Ihre Zeit mit Leontine war natürlich gegen die Außenwelt abgedichtet wie eine Phiole, in der ihre eigene Leontine schwerelos ihren komischen kosmischen Tanz tanzte und ihr in Geschichten eine andere Zeitrechnung aufmachen konnte. Leontine verstand es, ihre Vitalfunktionen auf die Verwitterungsrate der Gesteine der Karpaten zu verlangsamen oder unvermittelt aus dem Boden zu schießen wie eine Herbstzeitlose. Maria langte das. Für Leontine war es nicht genug, dass die Welt im Sauseschritt technisch besser und bequemer wurde. Sie war zwar darauf erpicht, das Neueste zu probieren und sich einzuverleiben, war stolz wie jeder Sachse auf die Industrieanlagen der Schergs, Koponys, des Schiel, der Weberei Mieskes, die neuen Schlote der I.G.-Farben-Fabrik in Zeiden, deren Vertreter aus Berlin ihr auf Gesellschaften die Hand küssten. Auf den Geschmack von Halwa war Leontine nur gekommen, weil man es als Nebenprodukt der Sonnenblumenölpressung vermarktete. Es beeindruckte sie, dass nichts verschwendet wurde, und sie genoss das schrotig sandige, mit industrieller Kraft zusammengepresste Produkt, das sich beim Kauen wie Mörtel verhärtet und die Zahnreihen ummauert. In ihrem Mundwerkzeug mit dem schmutziggemeinen Maschinenraum Zwiesprache halten zu können: ein Vergnügen. Ein Kobold ist sie, kichert in sich hinein, wenn man sich ihretwegen schämt. Es bringt nichts, wenn man der Arbeiterschaft zu nahe rückt, findet hingegen Maria.

In ihren Erinnerungen aus frühester Kindheit kommt Vater abends nach Hause, und sie riecht ihn, sobald er in die Küche tritt: angetrockneter Schweiß wie nasser Rost und verkrustet mit Malfarben, denen Maria absieht, welche Räume er angestrichen hat. Den Zeidnern malte er immer noch die Farben an die Wand, die vor zwanzig Jahren in Wien beliebt waren, als er bei seinem Wiener Meister in die Lehre ging. Dort schaffte er es innerhalb kurzer Zeit mit Geschick, Fingerspitzengefühl für die Wünsche der Klienten und blutrünstigem Fleiß, dem Meister den Eindruck zu geben, es würde sich rentieren, ihn ins Geschäft zu nehmen. Unversehens hatte er dabei Deutsch gelernt. Unversehens hatte er sich an einem rosigen Abend, als er noch einmal ins fertige Zimmer trat, um die Fenster zu schließen, der Wiener Dächerlandschaft preisgegeben. Es war gut, erzählte er später, dass Jesus von den Zinnen des Tempels nicht diese Stadt zu sehen bekommen hatte, der die Sonne liebliche runde Goldbuchstaben nach erträumten Mustern aufmalt.

Als das Angebot des Wiener Meisters hochkam, erfuhr er das Übel, endgültig in Zwei gerissen zu werden. Es war schwerer, Wien aufzugeben, als ihm niemals gehört zu haben. Er schlug das Angebot aus, der Rumänin zuliebe, der er am Vorabend seiner Abreise nach Wien anverlobt worden war und die er lange Jahre später in Zeiden heiraten würde. Tatsächlich waren seine Frau und inzwischen auch die Kinder anders als er mit dem Zeidner Boden verwachsen, wurzelten tief wie Tannen in der rumänischen Siedlung am Rand der Sachsenstadt, die Jahr für Jahr bessere Häuser zur Schau stellte und vom Kaiser Josef II. selbst seit 1783 eine eigene rumänische Schule zugesprochen bekommen hatte. Nun waren die Rumänen dran, sich für ihre Geschichte starkzumachen, wo sie seit Jahrhunderten die Mehrheit bestritten, aber von den privilegierten Wenigen hintangestellt wurden. Zwar bekam seine Tochter Maria in der Kirche schreckliche Visionen, und sein kleiner Ioan zeigte Geschick fürs Zeichnen. Trotzdem blieb es ihre Geschichte. Er hatte nicht das Herz, ihnen den guten Ausgang zu verwehren. Ihm selbst war das bevorstehende Handgemenge um Macht widerlich. Den Rücken kehren, in eine Weltstadt ziehen, wo Ordnung und gute Manieren herrschen, wo Studierte wie Seidenraupen einen Kokon spinnen, der unsichtbar die ganze Stadt umschlingt und nur flüchtig durch ein waberndes Glitzern in der Luft verraten wird. Er wäre bereit gewesen, auszuziehen und sich eine andere Geschichte zu ergattern. Noch heute fährt er am Jahrestag des Angebots vom Wiener Meister nach Kronstadt und setzt sich ins Café am Großen Markt, wo man Kaffee auf Sand kocht, wie es sich gehört. Bestellt eine Melange, blättert in der Neuen Freien Presse und macht seine Aufwartung dem Leben, das ohne ihn in Wien weitergeht. Das weiß Maria von den Nachbarn, die alles, was man in Kronstadt anstellt, rauf- und runterkolportieren. Wenn man in einer Kleinstadt lebt, bewegt man sich in der Großstadt nebenan wie auf der Bühne, man tritt ins Rampenlicht, sobald man aus dem Zug steigt.

Wenn Maria alt genug ist, wird sie in der Munitionsfabrik arbeiten. Sie wird den Gestank von Maschinenöl, nassen Metallkanistern und Kohlenstaub nicht mehr loswerden. Ihr Gespür für Kohlenstaub sagt ihr, welche Nachbarn Rüben und Kartoffeln für die Schweine kochen, den ganzen Tag lang, oder wenn man dem Zeidner Bahnhof naht, wo Güterzüge um die Uhr Kohle aus dem Bergwerk Konkordia aufladen und in die Industriegebiete wegschaffen. Wenn sie aber im Zug sitzt und Herr Gross Gabriel, der gerade mit seiner Frau Rosa aus dem Urlaub nach Zeiden zurückkommt, sie ganz nett erkennt und auf Deutsch anspricht, ihr danach auch gerne erklärt, wie die Dampflokomotive arbeitet, kann Maria Ahnung bekommen vom Vergnügen, das Leontine an den starken Maschinen hat. Gabriel Gross ist Steiger im Bergwerk Konkordia und wurde von seinem Chef in den Urlaub abkommandiert, da er mit den Nerven am Ende war, als Bergarbeiter, trotz seiner Vorhut, einen Unfall gebaut hatten. Wahrscheinlich ist er in Gedanken immer noch dabei, ihnen einzuschärfen: Es ist nicht richtig so, der Schacht fällt bis morgen zusammen, eure Spreizer halten nicht.

Wenn Leontine sich auf die Herstellung von Möbelstoffen, Vorhängen und Teppichmustern einschränken könnte, wäre das noch recht. Maria kann nicht genug von den Wiener Werkstätten hören, die nur praktische Dinge herstellten und sie einfach schön machten. Aber das reicht Leontine nicht. Das sei der Sinn des Fortschritts, darauf ginge alles hinaus, einen Stil zu schaffen und, wenn er erst ausgewachsen und lebenskräftig ist, ihn flügge werden lassen: von Fabriken unverfroren kopieren, billig produzieren, um den Leuten erschwinglich zu sein. Die Massen sind stilhungrig, ihr Alltag zwischen vier Wänden sieht miserabel aus. Die Vororte und Arbeiterviertel haben es am schlimmsten. Bauernmöbel von den Eltern und Großeltern verwirft man, man kauft Billigversionen von Lampenschirmen mit Zotteln und Quasten, und alles, was man anrührt, ist entweder eine minderwertige Kopie von einem Luxusobjekt aus der Vergangenheit oder ein spottbilliger zweckmäßiger Gegenstand, den man heutzutage braucht und dem niemand eine angenehme Gestalt gegeben hat, weil es sowieso guten Absatz findet. Sie war so anständig zuzugeben, dass Arbeiter größere Sorgen haben. Aber hatten nicht auch Bauern sich bis aufs Blut abgerackert, und sieh dir ihre Trachten an, ihre Töpferkunst, ihre Wandschränke und Truhen. Der Anspruch auf Genuss, der dahintersteckt. Wieder die Bauern. Maria wünscht sich, Leontine würde aufhören, die Bauern und Arbeiter zu herzen, es ist peinlich. Dein Vater ist ein feiner Herr, sagt Leontine, aber Maria hört ihn sagen: Ich bin ein rauher Mensch, und dann stürzt er sich aufgeplustert wie ein Kampfhahn auf die Kinder, wenn sie sich vergessen.

Ihre Mutter hat Schwindsucht, und der kleine Bruder kann nicht entscheiden, ob er auch schwach auf der Brust ist oder nicht, er bekommt mehrmals am Tag keine Luft, ist aber vor dem Zubettgehen munter wie ein Fisch im Bach. Schwach im Kopf allenfalls. Jetzt steht er wahrscheinlich gerade auf, in der Wohnung in Bukarest, lässt sich von der Mutter über der Waschschüssel waschen, Wassertropfen laufen ihm hinein in die Unterhosen, und die Mutter tupft ihn ab mit dem Leinenhandtuch, so oft gewaschen, dass es saugt wie Löschpapier. Die Sonne scheint seitlich ins Zimmer und riegelt einen dreieckigen Lichtschacht ab, auf den beide starren und nun Maria auch, aus dem Zug bis zu ihnen zurück. Das Zimmer am Morgen füllt sich mit Licht und bringt das warme Steingrau der Wände und die elfenbeinlackierten Möbel zum Strahlen. Ganz anders am Abend, wenn der Vater in einer Pfütze elektrischen Lichts sitzt und nicht weiß, wo es langgehen soll. Der Bruder schläft dann, die Mutter hechelt vor sich hin, Maria sieht ihren Vater an und fragt ihn, wie lange sie noch in Bukarest bleiben. Nicht lange, tröstet der Vater. Maria räumt den Tisch ab, schweigend, mit dem Vater redet sie inzwischen nur das Nötige. Ausgefragt, wie früher, werden die Kinder nicht mehr. Sogar Mutter, die, wie Marlene Dietrich auf Liebe, von Kopf bis Fuß auf die Kinder eingestellt gewesen war, merkt nichts mehr. Das Muttertier, nannten die Kinder sie insgeheim, weil sie um ihre Ängste und Nöte sofort Bescheid wusste, wie Diana, ihre Hündin, die angewinselt kam, bevor man den Mund auftun konnte.

Maria will nur wissen, wie lange die Frist ihres Verbleibens in Bukarest ist, und sie korrigiert ihren Vater nicht, wenn er meint, sie würde gerne wieder heimkehren. Dem ist nicht so. Hand in Hand gehen die Kinder aus am Morgen und sind erst abends wieder in der Wohnung, wo Maria dann mit flinken Griffen ein Kotelett brät oder ein Omelett wendet und goldgelbe Zwiebelfäden in Kartoffeln stampft. Die Grenze liegt hier: Wenn sie die Wohnung aufsperrt und den Geruch der kranken Mutter in sich einlässt, still wie Wasser, sanft wie Bettwärme, geweihte Salböle ziehen Kreise von Weihrauch und Myrrhe um sie, da treten die Kinder hinein. Jenseits dieser Grenze liegt der vergangene Tag. Die Stufen von der Mansarde hinunter zur Straße sind unzählig. Der Bruder sagt, sie wohnen oben beim Kikeriki. Erst auf der Straße kommt man auf die Idee, Bukarest sei noch viel herrlicher als erwartet, und wie die Stiefkinder Hänsel und Gretel, nachdem sie die böse Hexe in den Ofen versorgen, treten Maria und ihr Bruder eine Erbschaft an, von der ihnen schwindelt. Man biegt um die Ecke, durchquert einen Innenhof, in dem Oleander blühen und schnurrbärtige Hausfrauen im Morgenrock miteinander von Balkon zu Balkon hofhalten. Es duftet nach Kaffee. Auf der Straße dann in Richtung Boulevard trippeln die Kinder entlang den Reihen von weißgrauen Prachthäusern, einige sogar öffentlich, mit Treppen, die zu einem Eingangstor führen. Maria geht die Treppen allein auf und ab und ist eine Königin, dann rennt ihr Bruder die Treppen auf und ab und ist ein Flugzeug. Maria packt so viel Stolz in sich, dass es wehtut, wenn sie wieder zu sich kommt. Sie ist Rumänin, die Stadt gehört endlich ihr. Im Film über den Golem sah sie eine verbotene Stadt, mit Ringmauern und Wachtposten, gebaut zum Zweck, eine Gemeinde unverändert zu erhalten. Der Unterschied zu ihrer Heimatstadt war, dass im Ghetto des Golems Juden lebten und in ihrer Stadt Sachsen. Rumänen hatten sich am Rand angesiedelt. In den großen Städten der Sachsen wurde ihnen erst seit zweihundert Jahren erlaubt, frei zu verkehren, die Tore der Festung offen für Fremde. Man schützt sich, je mehr man zu verlie-

ren hat. Juden wurde in Bukarest Böses nachgeredet, wie Maria
das von zu Hause mit den Zigeunern kennt.

Kronstädter Wochenmarkt
Freitag, 18. August 1939, 10 Uhr

Einmal in Kronstadt waren Leontine und Maria einem jüdischen
Herrn begegnet, und Maria musste die Gepäcktaschen abstellen,
denn Leontine war in keinerlei Eile, sich ihre Antworten zu-
rechtzulegen. Sie stellte ihrerseits Fragen, der Herr im Gehrock,
schlank und ebenso hoch wie Leontine, richtete seinen Spazierstock schräg in Richtung Maria, was sie aufmerken ließ, und
plötzlich interessierte es sie auch, ob dieses Jahr die Matthäus-
passion oder lieber die Johannespassion in der Schwarzen Kirche vorgetragen werden sollte. »Ich fand es neulich befremdend«,
sagte Leontine. »Es ist befremdend in der Johannespassion, wie
an Stellen, wo die Judenversammlung moralisch Peinliches von
sich gibt und die Justizmaschine antreibt, um Jesus zunichte zu
machen, Bach die lebhafteste und unversonnen fröhlichste Musik schreibt, wie wenn man in Konversation mit einem Narren
stände, der emotional völlig abgeschnitten ist.« Der Herr hatte
Leontines Hand gedrückt, wie ein Engländer im Film. Die Juden der Antike, sagte Leontine. Das hatte Maria voher noch nie
gehört, obwohl sie wusste, dass Juden von den Römern aus ihrer
Heimat vertrieben worden waren und seit zweitausend Jahren
in Gemeinden verstreut in aller Herren Länder lebten. Diesen
Unterschied hatte Maria sich nicht bewusst gemacht: dass Juden
in der Bibel als Volk noch über sich bestimmen konnten, nun
aber als Minderheiten von der Regierung anderer Völker abhin-
gen. Mit den Sachsen und Ungarn, nun auch Minderheiten im
Nationalstaat Rumänien, war es ähnlich, aber auch anders. Das
finden jedenfalls die Frauen an Leontines Kaffeetisch.

Kaffeekränzchen bei Leontine in Zeiden
Samstag, 19. August 1939, 20 Uhr

»Heim ins Reich‹ heißt nicht Zuflucht nehmen am Busen der Heimat, sollte es mal brenzlig für Deutsche außerhalb des Reichs werden. Es heißt, das Reich kommt vielleicht zu euch, bleibt nur schön sitzen.«

»Na freilich, sollten wir an die Grenzen der Heimat heranrücken und Zutritt verlangen, weil wir Deutsche sind, ihr werdet schon sehen, die werden uns außen vor lassen wie blutverschmierte Revenanten aus vergangenen Jahrhunderten.«

»Und hätten sie Unrecht? Wir haben auf eigene Faust der Heimat den Rücken gekehrt, haben uns Sack-Pack aus dem Staub gemacht – was hat die Heimat von uns gehabt? Steuern? Kulturgüter? Ruhm? Nichts, unerheblich, und wieder nichts. Schluss, aus, basta.«

»Es hätte auch anders kommen können – es gibt auch erfolgreiche Kolonien, die englischen Gründer Amerikas oder Australiens. Aber glaubt ihr, die Engländer hätten sich um sie geschert, wenn ihnen ihre Kolonie eingegangen wäre? Wir sind auf uns gestellt, müssen uns selbst helfen.«

»Aber ist dieses Leben, das wir hier für uns gestaltet haben, es wert? Es ist aufwendig, kostspielig, undankbar – unter Druck von allen Seiten, von innen auch. Darwin sagt, Spezies entwickeln ihre eigenartigen Merkmale als Anpassung an Lebensbedingungen – und, haben wir uns zu einer tauglichen Lebensart gemausert?«

Piața Amzei in Bukarest
Sonntag, 19. Januar 1941, 9 Uhr

Marias Vater ging seit Tagen umher wie benebelt, als tauche er unter bei jedem Aufwachen, um seine Wahrnehmungen im Dämmerlicht zu halten. Im Haus, in dem er arbeitete, hatte er erstmals die Zimmer eingerichtet, Leitungen ersetzt und Wände gestrichen, doch danach wurde er nicht entlassen, sondern jeden

24

Morgen zu einer Arbeit bestellt, die nunmehr aus den Aufgaben eines Faktotums – Butler, Hausmeister, Kurier – bestand. Weil er deutsch sprach, fix und diskret hantierte, weil Befehle kurzum ausgeführt wurden. Weil er eine ganze Zeit lang schon nichts falsch gemacht hatte. Nachmittags ging er seinen Aufträgen für Streich- und Malerarbeiten weiter nach. Deutsche Offiziere wollten anständig wohnen, die krautigen Tapeten wechseln, und nahmen das, was Ioan gut konnte, die übereinandergelagerten Musterschichten in Mauve und Bronze, Schweinchenrosa und Kükengelb, die so angenehm wie die Tarnfarben auf den Unterseiten der Raubvögel anzusehen waren, als bodenständige Form an. Es war eine Billigversion der Ausstattung mittelständischer Häuser in Wien, mit schlechteren Pigmenten zwar, aber Schablonen vom gleichen Musteralphabet kopiert. Genau richtig für eine Stadt mit Ansprüchen, die weit über ihre Verhältnisse ragten. Ioan war froh darüber, wie selten er seinen Offizier, den SS-Sturmbannführer Geißler, zu sehen bekam. Wie wenig dieser sich persönlich um den Kram zu kümmern schien, den die Kulis tagein tagaus anschleppten: Möbelstücke mit Elfenbein- und Marketterieeinlagen, Kartentische, schwere Kandelaber mit unbekannten Siegeln, Rollen von Perserteppichen, wie Ioan sie nur in der Schwarzen Kirche an den Wänden hängen gesehen hatte: Trophäen von gedemütigten Kriegsherren des Sultanats.

Die Offiziere lebten eher einfach, sie ließen die Champagnergläser auf dem Boden liegen, von wo Ioan und die Diener sie frühmorgens auflasen, mitten in einem Gestöber von gefärbten Federn aus Boas und klebrigen Kotzepfützen. Der SS-Sturmbannführer Geißler lag tief vergraben im aufgewühlten Bett und ging erst am späten Vormittag aus, sich auf nüchternen Magen rasieren zu lassen, und blieb meistens weg. Man sagt, nicht wenige Offiziere entpuppten sich als Gecken, ließen sich den ganzen Tag lang frisieren, massieren, pomadieren, kriegten sich fast umsonst vom Scheitel bis zur Sohle abgeleckt. Ein Wunder, dass diese ausgevögelten Strategen sich nicht verrechneten, wenn sie mit der Zukunft spekulierten. Aber wer könnte schon solchen Jugendlichen griesgrämig zusehen, wie sie mit federnden Schritten geschäftig von Büro zu Büro kursierten, Germanen auf dem Kriegspfad, energisch und überzeugt, ihrem Volk einen guten Dienst zu erweisen. Dem stehen die Rumänen nicht nach. Eins, zwei gehts auf die Straße, aus dem Wirtshaus oder dem Hörsaal, man ist nicht alleine, man fühlt sich stark im Kollektiv, und, was nun zählt, zur Regierung hat das Kollektiv eine direkte Leitung. Parlamentarische Demokratien ziehen in Ländern, wo ein Mittelstand mit diesen Formen umzugehen gewohnt ist. In Rumänien gibt es sowas nicht: Dort gibt es Bauern und Arbeiter, eine dünne Kruste neureicher Industrieller und Intellektueller, aber keine breite Basis für politische Debatte und Meinungsbildung. Daher hatten die Intellektuellen einen genialen Einfall: Wozu sollen wir uns herumschlagen und eine demokratische Streitkultur im Proletariat anstrengen, wenn wir theoretisch die Unterschicht in den Mittelstand heben können? Nach dem Ende des Weltkriegs sah sich der rumänische Bauer im Mittelpunkt der Kultur. Das Schöne daran war, dass er anscheinend diese bisher verkannte Hochkultur seit Jahrtausenden stiftete und, wie eine Investition, die fällig wird, nun sein rechtliches Erbe öffentlich antreten sollte. Wer könnte sich da heraushalten. Der Jubel, zu entdecken, dass sich aus einer Selbstverständlichkeit kulturelles und politisches Kapital schlagen lässt. Aschenputtel hat das auch erlebt. Die Deutschen haben die Reinrassigkeit verpflichtet, die Rumänen die Mystik. Beide haben sich in Herrenvölker umgemünzt. Noch schöner war es, dass das Bauerntum von christlicher Mystik einheitlich wie ein lebender Körper im Innersten zusammengehalten wurde, sodass es folglich nur einer Instanz bedurfte, um diese Nation zu regieren.

An diesem eiskalten Sonntagmorgen sah Ioan einen Trupp Legionäre auf der Straße, sie marschierten in Richtung einer Kirche, und Leute blieben stehen, weideten sich an der Vorstellung von Selbstsicherheit, die man ihnen zugestehen musste, denn fünf Legionäre vorne trugen nur weiße Bauernhemden, die am Kragen noch offenhingen. Männer und Frauen in Pelzmänteln säumten den Straßenrand, manche klatschten spontan. Was Ioan vom entschlossenen Ingrimm der Legionäre ablenkte, die im Gleichschritt weitermarschierten, war der Anblick seiner Tochter auf der gegenüberliegenden Straßenseite. Sie hatte den Kragen ihres Mantels hochgeklappt und sah den Legionären nach, verträumt und gutmütig. Die Schande biss tief in seine Innereien und verbreitete sich wie Schlangengift. Er hätte es sich denken müssen. Wenn Maria in die Kirchen geht, hört sie die Madonnen ihr zureden. Eine Madonna hat Maria einmal eine silberne Platte gereicht. Ioan fragte, ob das Haupt des Täufers darauf war, aber Maria, ohne mit der Wimper zu zucken, erzählte einfach weiter, dass auf der Platte zwei Fische lagen, Kopf an Schwanz. In den Kirchen, das hätte Ioan wissen müssen, in den Kirchen schallt das Echo des Kollektivs besonders laut. Das Echo des Zusammenhaltens, der Brüderlichkeit, das mulmige Zergehen in der Wärme der Schicksalsgemeinschaft. Sie hatte ihn auch neulich gefragt: »Stimmt es, Vater, dass Gott die Rumänen für ein außerordentliches Schicksal auserkoren hat?«, und dazu war ihm nichts Besseres eingefallen als: »Wenn das so ist, kann ich nur hoffen, wir Rumänen erfahren nie etwas davon.«

Ioan wandte sich ab und bog in eine Seitenstraße ein. Es war umsonst, ein Mensch kann nicht wie ein Auto gesteuert werden. Maria wird von ihren Neigungen gesteuert, denen wird sie nachgehen, gleich was. Die Straße mündete auf einen Marktplatz, aber gerade als Ioan im Gewimmel untertauchen sollte, spürte er einen Druck auf seinem Rücken, und als er sich umdrehte, stand er kraftlos und ergeben seiner atemlosen Tochter gegenüber. »Du hast mich nicht gehört!« Ihre hohen Wangenknochen brannten im Frost wie Hagebutten im Dorngebüsch. Unter dem windigen Januarhimmel kam Ioan alles Wirken vergeblich vor. Als Maria ihn angefasst hatte, ging alle Kraft aus ihm heraus. Von diesem Moment, in dem er zufällig seiner Tochter auf der Straße begegnen würde, beide ihren Geschäften nachgehend, beide selbstverständlich ihren Aufgaben gewachsen, so dass sie kein Thema sind und man sich gemütlich mit nebensächlichen Niedlichkeiten betun kann, davon hatte er geträumt. Das war der Lohn, den er insgeheim erwartete für alle Jahre, in denen er die Wehen ihres Wachstums ertragen hatte. Ihm war übel. Er wollte kein Geld ausgeben, sollte sich trotzdem besser irgendwo hinsetzen und etwas Süßes trinken. »Was machst du hier?« »Ich kaufe für die Nachbarinnen ein, sagte ich schon. Muss mich beeilen, sonst gehen mir die Schnäppchen ab.« »Am Sonntag?« Ioan tat einen Rundblick um seine eigene Achse, die Marktstände hochgestapelt weit und breit. »Sie wollen nicht gesehen werden, darum brauchen sie mich. Wollen keinen Schulterschluss mit Gesindel nicht.« »Und auf Tuchfühlung mit Hyänen sein, um Missverständnissen vorzubeugen«, sagte der Vater trocken. »Ja, denk nur, noch gestern hörte ich die Ionescu der Popescu sagen, dass eine Meissner Epergne, die ich ihr letzte Woche besorgt habe, von ihrer gebenedeiten Großtante herkommt!«

Der Zucker in Ioans Tee hatte sich längst aufgelöst. Sein Löffelchen rührte weiter Kreise. Hinter den angeschlagenen Scheiben trieb ein Gewimmel schwarzer Gestalten vor einem gelblichen Horizont ein Geschäft, das sich unmittelbar chaotisch vernahm und von weiter weg geordnet wie ein Ameisenhaufen aussehen würde. Wo ist der Standort, wo liegt die hohe Warte, von der eine erkennbare Ordnung sichtbar würde, fragte sich Ioan. Hat Leontine das herausgekriegt. Man sagt, sie geht wie ein Brummbär mit Migräne herum. Was weiß Leontine? Ioan hauchte in seine Handkuhlen und rieb sich die knochigen Finger wach. »Wenn du übermorgen in Zeiden bist, komm gar nicht auf die Idee, das Haus einzuheizen. Bis die Wärme in die Wände kriecht, musst du schon abfahren. Bleib lieber bei Leontine, wenn ihr das recht ist.« Obwohl die Lieferung vom Händler Rumpel, die er entgegennehmen sollte, bestimmt schon beim Major eingetroffen war, drängte zu seiner Überraschung Maria als Erste, aufzubrechen. Es zog sie zu den Marktständen, das Beste einzuheimsen. Flott sprang sie auf die Füße und ging in die Menge ein, strebte unbeirrt auf den Außenrand des Marktes zu. Trödel und Schnickschnack wurden immer feilgeboten, aber in letzter Zeit hatte sich der Anteil der Stände verdoppelt und verdreifacht im Amzei-Markt, wo die besseren Kunden einkaufen. Vom Gehsteig aus konnte Ioan sehen, dass sie mit Waren bestückt waren, die in Bukarest vorher nur hinter verschlossenen Türen versteigert wurden. Er konnte sich nicht vorstellen, dass dieser Tag schlechter werden würde.

Auf der Mauer, über der ein hoher Zaun in gusseisernen Schleifen das Quartier des SS-Sturmbannführers Geißler umrankte, saßen Kulis und rauchten. Sie warten schon lange, dachte Ioan und strengte sich an, gelassen aufzutreten. »Kommt gleich mit«, sagte er im Vorbeigehen, in Sorge, die Hausdiener hätten es ihm allein überlassen, die Ware zu stapeln.

Schon im Halbdunkel der Diele erkannte er ihn an den Beinen. Vier Stück von gebieterischer Vollendung, kein Biedermann nicht, sondern etwas Rareres. Hoch in der Brust über sehnigen Fesseln, ein Zentaur verpackt in Filzdecken. »Wir haben nirgendwo angeschlagen, Ehrenwort, das kannst du glauben!« Wie Ioan gemächlich die Decken abwickelte, während die Kulis mit brüchigen Tabakstimmen auf ihn einredeten, kam er sich gänzlich deutsch vor. Eine Sorge umschwirrte ihn und nestelte sich an sein Bewusstsein wie eine Schmeißfliege. Seine Tochter hatte ihm einen Film erzählt, in dem Elefanten sich an einen geheimen Ort stehlen. Der Elefantenfriedhof. Ein Ort, den sie immer zu finden wissen, durch Kenntnis, über die sie schon im Mutterleib verfügen. Eigentlich hatte er ihn schon an der Form erkannt, die Beine bestätigten es nur. Es war der Umriss eines Schreibtisches, den er in Wien vor Jahren einmal kurz zu sehen bekommen hatte, als Packer in Hemdsärmeln ihn an der Wohnung vorbei, die er gerade anstrich, in die Mansarde darüber zu manövrieren versuchten. Man sagt, Elefanten wissen, wenn ihr Ende naht, und bewerkstelligen ihre eigene Entsorgung.

Damals begriff Ioan nur eines, als der Schreibtisch vorübergehend im Treppenhaus vor dem Gang abgestellt wurde, in dem
er sein Jausenbrot kaute. Dieses Ding war der schönste Gegenstand, den er jemals aus nächster Nähe sehen würde. Er wusste
sofort, was es war, hatte er ihn doch erst vorige Woche in den
Wiener Werkstätten bestaunt, wo er vor seinen Augen fertig-
gestellt worden war. »Wie eine Braut«, hatte er gesagt, und den
Meistern entlockt, dass diese Secessionsbraut, ganz in schwarz,
tatsächlich von einer jungen Witwe in Auftrag gegeben worden war. Nun stiegen die Möbelträger die Treppe zur Mansarde
hoch und klopften lange an. Keine Antwort. Ioan lugte heraus
und fragte, ob er ihnen dienlich sein könnte. »Dieses Ungeheuer
ist zu groß für die Treppe, das kriegen wir nicht durch.« »Es ist
zu groß, kein Zweifel, frage mich nur, warum man etwas bestellt,
das dann nicht über die Schwelle geschafft werden kann.« »Da
hätten Sie Recht, es ist aber ein Geschenk. Der Empfänger hat
keine Ahnung.« »Schade, dass der Bursche nun leer ausgehen
wird, und noch mehr schade um die gute Absicht.« »Kennen Sie
den Herrn denn?« »Flüchtig, ja. Er wird nicht zu Hause sein, er
arbeitet in einer Kanzlei und kommt erst nachmittags her.« Ioan
verschwieg, dass der Empfänger die Mansarde als Arbeitszimmer
mietete, nur um in Ruhe schreiben zu können. Er verschwieg
erst recht, dass der junge Mann für die Feuilletons schrieb. »Also
kommen wir am Nachmittag wieder. Können wir das Ding so
lange da stehenlassen?« Ioan fühlte sich befugt, zu fragen, was
es denn sei. Der Lieferschein sagt, es sei ein Schreibtisch. »Ein
Schreibtisch –«, gab Ioan nachdenklich von sich, »nicht zufällig
einer von den Wiener Werkstätten?« »Stimmt genau, potz Blitz,
wie können Sie das wissen?« »Zufällig kenne ich mich damit
aus. Genug jedenfalls um zu sagen, dass für den Kollegen in der
Mansarde wohl doch nicht alles flöten gegangen ist.« »Tatsächlich?« »Ich weiß, wie man den Schreibtisch zerlegt.« Der ältere
der beiden Träger überlegte schnell, während der jüngere leise

durch die Zähne pfiff. »Hören Sie, ich kann Ihnen versichern, es ist unmöglich, dass das Ding diese Kurve kriegt. Sie ahnen gar nicht, was es kostet, wenn wir es beschädigen. Bei Nichtlieferung geht dann aber der Lack von unserem Ruf ab.« Ioan schlug ein, um zwei Kranl war es seiner Mühe wert, den Schreibtisch stückweise in die Mansarde bringen zu helfen.

Die Vermieterin unterschrieb den Lieferschein und brachte Limonade beim Hinaufgehen, als sie aufsperrte. Weggehen wollte sie aber nicht mehr, sondern blieb hängen und schnatterte in einem fort von dem Wunderding, das sich da offenbarte. Ioan arbeitete von einer Erregung ergriffen, die er nur einmal bishin erlebt hatte: als er als kleiner Bub beim Buchstabieren wegsah und, wieder auf das Gedruckte blickend, merkte, dass ein ganzes Wort auf dem Blatt stand. Er hörte dem Gerede um sich nicht mehr zu, und bedauerte vage, nicht aufpassen zu können. Sie witzelten über den abwesenden Mieter, und wer ihm die Ehre des Präsents getan haben könnte. Die Träger waren im Treppenhaus auf und ab unterwegs, die Vermieterin in der Mansarde mit ihnen, als Ioan eine Schublade herauszog und einen Schrei unterdrückte. Auf einem Bogen beschriebenen Papiers in der Mitte der Lade promenierte ein Hirschkäfer mit hocherhobenen Kiefern, wobei sein Hinterteil zügellos kleckerte. »Es ist verwegen von mir, Ihnen etwas zu schenken. Nur ist es zu meiner Kenntnis gekommen, dass Sie in diesem Raum schreiben, und ich kann mir keinen besseren Zweck für diesen Schreibtisch mit seinem Insassen denken, als dass er Ihnen gehören soll.« Keine Unterschrift, nur Spuren von Käferdreck kreuz und quer über das Papier gemustert. Ohne zu zögern legte Ioan ein Wasserglas über den Käfer, beförderte ihn samt der Papierunterlage in die entfernteste Ecke des Zimmers und fuhr fort, als wäre nichts geschehen. Erst als der Schreibtisch oben wieder komplett dastand, sah Ioan sich genauer um. Die Mansarde war ein karger Raum, weißgetüncht, mit einem Kabinett nebenan, der ein Waschraum oder eine Abstellkammer sein konnte. Ein einziges Möbelstück stand in den Kubikmetern wei-

ßen Raums: ein Stuhl. Ioan erinnerte sich an das unaufhörliche
Hin und Her der Schritte des Mieters, und staunte, dass der kleine Raum solches Umherhasten enthalten konnte. Es hieß zwar,
dass der junge Mann seine Geschichten hier zu Papier brachte,
aber Ioan mutmaßte, dass er dafür nicht still genug hielt und eher,
wie ein Hamster in einem Rad laufend, bestimmte Zahnräder
seiner Denkmaschine betrieb. Als bräuchte er diesen Raum, um
die abseitigen Gewölbe seines Denkens zu erreichen. Nun stand
mitten im Raum der Schreibtisch. Glänzend schwarzes Holz,
dessen Maserung allseits den Blick auf sich zog und um die
wohlgeratenen Flanken drapierte. Erst jetzt gestattete Ioan sich,
den Saum zu betrachten, der als handbreites Band den oberen
Rand umschloss. Es war das einfachste Muster der Welt. Recht-
eckige Stäbchenmarketerie eingearbeitet ins Ebenholz, brav kon-
trastierend wie das Schwarz-Weiß von Klaviertasten, aber aus
der Nähe verwirrend lebendig gemasertes blondes Holz, das sich
zart zu rühren schien, wie Lamellen an der Unterseite eines Pil-
zes. Die Möbelpacker und die Vermieterin guckten inzwischen
scheel auf das Objekt, wie man es einer Burgtheaterschönheit,
die mit ihrer Gegenwart nicht geizt und sich populär gibt, irgendwann übelnimmt, dass sie sich verausgabt. »Ist so großartig
gar nicht, wird jemandem wohl nicht ins Dekor gepasst haben.«
»Ein komisches Ding, muss gesagt sein.« »Bin gespannt, ob der
Begünstigte sich freut!« Ioan steckte seine Gage weg und stieg die
Treppen wieder hinunter zur mittlerweile trostlosen Wohnung
voller Sonnenstäubchen.

Den Nachmittag über lauschte er gespannt, ob der Mieter der
Mansarde eintreffen würde, und erfand Namen für die Frau, von
der das Präsent stammte. Es war zweifellos die Verwitwete, eine wirkliche lebendige Frau, der man auf der Straße begegnen
konnte. Frau Rehbein, Frau Purpur, Frau Karmin. Frau von und
zu Narzissenwiese. Frau Zinnober Ziegelstaub. Frau Quecksilber Artifex. Frau Weißwieschneerotwieblutschwarzwieebenholz.
Eine Frau, die nun allen öffentlichen Umgang unsicher mach-

te. Denn der Junge würde sich bei jeder Unbekannten fragen, ob sie einen Anteil an seiner Welt hielt. Einmal im Zeidner Wald war Ioan von einem Reh umgehauen worden. Ein Schmaltier. Er stand auf einem Steg, links klaffte eine Schlucht, rechts der bewaldete Abhang, da krachten sie durchs Unterholz direkt an ihm vorbei, gejagt von weiß Gott was. *Erlkönig hat mir ein Leids getan.* In Wirklichkeit kommt ein Geschenk von hohem Geldwert nie aus heiterem Himmel. Besonders wenn es den eigenen Verhältnissen nicht entspricht, weit über ihnen liegt, ist es ein brutaler Hinweis auf die Niedrigkeit derselben. Brutalität ist beiläufig, wenn man mit Gebietern zu tun hat. Es mag sein, dass das Sprichwort mit den Flöhen und Hunden etwas auf sich hat, es stimmt aber auch, dass man durchbläut und ausgeraubt dasteht, wenn man erlauchte Gesellschaft verlässt. »Es ist verwegen von mir«, schrieb sie. Es war schlechthin unanständig. Ioan malte im schwindenden Abendlicht einen Rahmen um den oberen Rand der Musterschablone, die den Raum unter dem Plafond umgürtete. Bei jedem Besteigen der Leiter beschrieb seine Gestalt eine fließende Kurve von links nach rechts. Die Linie an der Wand war gleichmäßig waagerecht als hätte ein Luftgeist sie ohne Unterbrechung gezogen. Kein Laut von oben. Im Wasserglas stand der Hirschkäfer auf den Hinterbeinen und agitierte. Ioan seufzte und klingelte schließlich an der Wohnungstür der Vermieterin. Ihr entzücktes Bibergesicht erwartete Neuigkeiten, und bewegte die Backentaschen auf und ab, als Ioan sie mit seiner Bitte ablenkte. Ein Teil des Schreibtisches, den wir übersehen haben. Wollte ihn noch einfügen vor Feierabend. Sie gab ihm den Schlüssel. »Möchten Sie mich begleiten?« Sie tat gekränkt, klatschte die Hände: »Sie sind doch kein Fremder!«
Als Ioan den Schreibtisch zum letzten Mal, wie er meinte, zu sehen bekam, empfand er bewusst ein Stimmungshoch, das der Empfänger nicht erfahren würde. Wo dieser zu Recht Raffgier verdächtigen und Ramponierung seiner Welt einklagen konnte, sah Ioan die Stiftung. Frau Rehbein war für die Erschaffung dieses Möbels verantwortlich. Weil es ihn nicht persönlich betraf,

vollzog er den Weg ihres Schmachtens nach, das, undicht geworden, sich in diesem Ding verdichtet hatte. Der Junge jedoch würde nur Ärger haben. Würde den Schreibtisch kurz ansehen, wie man eine Novität im Bordell beschleunigt durchziehen lässt, was sie kann, damit man ihrer überdrüssig wird, bevor die Zeit um ist. Er würde Gründe finden, ihn für ungenießbar zu erklären. Die Türen wie Schmetterlingsflügel auseinanderziehen und entscheiden, er eigne sich unter Umständen für eine Kneippsche Dampfkur, aber nicht zum Schreiben. Ohne ihn je eines freundlichen Gedankens zu würdigen, würde er ihn versichern lassen und widerwillig, aber felsenfest bei sich behalten, sogar im Testament mit einer unverrückbaren Klausel versehen, dass er in der Familie bleibt. Das Schicksal des Stiefkinds stand diesem Schreibtisch bevor. Mütterlicherseits im Irrtum erstanden, väterlicherseits verkannt, würde es in ein glasiges Abseits außerhalb der Geschichte versinken. Ein Strom fruchttragender Reize, die Gedanken anspornen könnten – wirkungslos. Ioan hatte ein Stück Jugendstil stillgelegt.

Als die Stadt um ihn die Dunkelheit ausschloss, sich in die Bierkeller verzog und bei Gaslicht sich munter die Perlen zu Kopf steigen ließ, während ihre Brut in den Bettkisten daheim träumte, als der Stephansdom die Abendstunde auszählte und metallisch über Dome und Dächer klingen ließ, als Ioan selbst auf dem Heimweg hätte sein sollen, überraschte ihn die Straßenlaterne dabei, wie er das Taschenmesser aufklappte und unverfroren seinen Vor- und Nachnamen in die Unterseite der großen Schublade einritzte. Nicht die üblichen gotischen Schriftzeichen, sondern schmale karge Lettern wie im Heft Ver Sacrum, glänzend verfilzt wie die Haare verschlafener Nixen, welche die Strömung hochspült und sekundenlang neben den Rudern einhertreibt. Dann erst trat er auf die Straße, winkte der Magd der Vermieterin noch einen Gruß zu, eine anstellige kleine Tschechin, die ihn gerne sah. Er war überhaupt nicht müde oder hungrig, und vertrat sich die Beine mehrere Stunden lang im Straßennetz Wiens, durch Parks und katzenkopfgepflasterte Gassen, hellwach gehalten vom Bewusstsein, rechtzeitig am richtigen Ort gewesen zu sein. Das Rechte in dieser Geschichte geschaffen zu haben. Im Wiener Wald befreite er den Hirschkäfer aus dem Pennal, worin dieser Ioans ohrschmalzbefleckte Bleistifte zusätzlich bekleckert hatte. Der Unrat war der einzige Beweis für das Dasein des Käfers, denn vom Waldboden verschwand er urplötzlich vor seinen Augen. Den Bogen mit Frau Raubeins Handschrift behielt Ioan bei sich, bis er eines Tages in Zeiden Leontine davon erzählte und ihn vorzeigte, um sowohl Leontine als auch sich davon zu überzeugen, dass es eine wahre Geschichte war. Irgendwie blieb das Papier bei Leontine liegen und fand sich in ihrem Nachlass wieder. Niemand wurde klug daraus.

Quartier des SS-Sturmbannführers Geißler in Bukarest *Sonntag, 19. Januar 1941, 9.45 Uhr*

Noch ehe Ioan Zeit hatte, sich zu besinnen, ging die Tür des Schlafzimmers auf, und der Offizier mit Dame trat heraus. Er sah den Wink, sich zu verziehen, und nahm die Frau augenblicklich genauer wahr. Fürchterlich jung, siebzehn vielleicht, und schon die angegriffene Süßigkeit einer Dreißigjährigen ins Gesicht geschrieben. Schade, wie Frühreife bei jüdischen Mädchen so schnell vergeht. Werden vorzeitig und manchmal noch über Nacht zu stattlichen Matronen. Beim Hinausgehen hielt sie mit dem Hüftenwiegen inne, blieb selbstvergessen vor dem Schreibtisch stehen. Sekunden vergingen. Weder der Offizier im Vordergrund noch Ioan aus diskretem Abstand konnten sehen, was sich hinter der Krempe ihrer Cloche abspielte. Schließlich wendete sie und ging, ohne sich gänzlich aufzurichten, wie ein wandelndes Fragezeichen auf die Straße. Der Offizier lachte darüber, wie man über einen Streich wider Willen zum Lachen kommt. »Das packen wir lieber weg, meine ich mal. Lenkt die Damen zu stark ab«, sagte er. Pirschte sich an den Schreibtisch heran. »Soll ich ihn im Büro für Sie bereitstellen, Herr Major?« Ioan wusste genau, dass der Raum, in dem der Offizier eine Arbeitsstelle haben könnte, eine Abstellkammer geworden war, vollgestapelt mit Paketen verschiedenen Umfangs. Im Schlafzimmer, wo ein einfacher Tisch gelegentlich mit dem Inhalt der Brieftasche belegt wurde, würde der Schreibtisch erst recht stören. »Wie? Nein, das ist nichts für einen Soldaten. Könnte Frauen aber ganz kirre machen. Da steh ich blöd da und hüte einen Ständer auf Halbmast, wenn die Damen sich Zeit lassen mit dem Besichtigen.« Ioan lachte und konnte sich gut vorstellen, wie eine Frau den Chef der Gestapo warten ließ, Minuten in Anspruch nahm, die ihr vorbehaltlos gehörten, wie sonst gar nichts. »Ich werde ihn sofort wegräumen, Herr Major.« »Nicht sofort.«

Halb ausgezogen imponierte SS-Sturmbannführer Geißler nicht weniger als in Uniform. Die Januarsonne schlug auf die Fensterscheiben ein, gerade als die Heizung ihre Tagesarbeit verrichtet hatte, die letzten Winkel durchdrungen, und ab nun das Haus im Freilauf warm blieb, bis der Abend einbrach. Momentan würde sich Ioan sein Jackett abnehmen, dann fröstelt es ihn. »Was haben wir hier?«, fragte der Offizier und öffnete den Schreibtisch. »Solche Möbel, vor dem Krieg gemacht, haben manchmal Verstecke... Geheimfächer, schlau eingebaut, die vergessen wurden oder überhaupt nicht bekannt sein können.« Der Offizier klappte Türchen auf, schob Schubladen auseinander und tastete Unterseiten nach getarnten Hebeln so geschickt ab, dass Ioan in besserer Verfassung ihm fast ein Kompliment dazu gemacht hätte. Wie die Dinge standen, hatte die Schmeißfliege, die ihn bei seiner Ankunft umsummt hatte, sich nun permanent im rechten Augenwinkel seines Bewusstseins eingehakt. Er war überrascht, wie alle Einzelheiten, die er mehr oder weniger bewusst mitbekommen hatte, sich zu einer Gewissheit verfestigten, die ihm ein genaues Bild von dem, was ihm bevorstand, vorspiegelte. Dabei atmete er ruhig, wie ein Patient unter Vollnarkose, dessen Überleben in den Händen eines anderen entschieden wird. Die Fächer waren alle leer und sauber, als wäre der Tisch unbenutzt seit eh und je. »Ob da der Wurm drin ist?« Der Offizier stellte eine Schublade senkrecht, wobei sich Sandiges in den Ecken ansammelte. Er kippte die Lade um, klopfte sachte und nahm erstaunt wahr, dass seine Handfläche auf Unebenheiten gestoßen war. »Schau mal an!« Ioan war froh, dass der Offizier nicht gleich aufsah. Zwei Wörter, keine Umlaute. »Ist das ein Name? Kannst du das lesen? Nicht?« Ioan trat näher. »Kein Wunder. Diese ausgemergelten Buchstaben. Was soll der Stuss? Lungern wie ein Pulk Morphiumsüchtiger an der Lampe, he?« »Kann das der Name des Eigentümers sein?«, fragte Ioan. Geißler winkte ab, verstimmt. »Stell das wieder zusammen, nur behutsam, ich will keinen Kratzer daran haben. Das kostet saftig, was du nicht verantworten kannst.« »Jawohl, Herr Major!« »Besorg dir die Anschrift vom gewesenen Staatssekretär, Vaida-Voevod. Seine private Adresse. Die Emilie hat sie in der Kartei. Sprich bei ihm vor, es wird nicht leicht sein, denn seit dem letzten Sommer trotzt er uns. Wenn du vorgelassen wirst, hast du diesen Schreibtisch an ihn persönlich auszuliefern. Mit Gruß, und so weiter, ein Wiener Andenken in Anerkennung seiner Treue und Unterstützung. Rumpel garantiert, das Ding sei echt wienerisch. Vaida-Voevod wurde dort ausgebildet. Hat von den Österreichern gelernt, wie man rumänischer Patriot wird!« Geißler kratzte sich den haarigen Bauch über dem Schmeransatz. »Warst du nicht auch in Wien, als er Lueger zum Bürgermeister hievte?« »Das stimmt genau, Herr Major, ich hatte allerdings Mühe, mit den Gewerbekünstlern und Industriezeichnern Schritt zu halten, bekam wenig mit von der Tagespolitik. Siebenbürger Rumänen haben damals scharenweise dort studiert. Wien war die Alma Mater vieler vor dem Weltkrieg. Nun studieren sie alle in Bukarest, unter Professoren, die sich in Wien gebildet haben.« »Vor allem richtig gebildet, das muss man den Rumänen lassen. Ihr habt den Rassenfeind aufgespürt, die Fährte aufgenommen...« Im Vorbeigehen legte er freundschaftlich für einen Augenblick seine flache Hand auf Ioans Rücken.

Seit Maria sich für die Bürgerinnen vom Innenhof bei Nr. 61 nützlich machte, geschah es öfter, dass sie ihren kleinen Bruder loswerden konnte. Der spielte dann den Hahn im Korb und entdeckte früh seine Gabe als Unterhalter einer höheren Klasse von Hausfrau. Während sie sich wechselseitig mit türkischem Kaffee traktierten, machten sie den Jungen mit Patisserie bekannt. In Zeiden waren Cremeschnitten die Höhe der erdenklichen Raffinesse, ein Überrest des ungarischen Einflusses, der nach 1867 die Wiener Torten und Strudel vom Tisch gefegt hatte. Kuchen war in den Landküchen zweierlei: mit Obst oder Topfen, immer rechteckig. Als der kleine Ioan erstmals in ein Choux à la crème biss, glaubte er, nie frischere Luft eingeatmet zu haben, als den Alpensauerstoff, der direkt aus der Sahne strömte. Türmchen aus temperierter Schokolade umschlossen Schichten von zartestem Biskuit und Mousse, gekrönt von einer rosaroten Seerose aus Zuckerwerk. Gleich neben Paris lag Istanbul in der Auslage. Baklava und Kataif, von Nüssen und Sirup triefend, wurden ihm vorgestellt, und zum Entzücken aller Anwesenden probierte der Kleine alles anmutig wie ein Graf. Wie sehr er sich aber auch ins Zeug warf beim Gedichteaufsagen und mit putzigen Clownerien die Zuhörerschaft fesselte, vergaß er doch nicht, in regelmäßigen Abständen zu seinem Buster-Keaton-Gesicht zurückzufinden, der kleine Bub im Matrosenanzug, mit endlos langen Wimpern, ganz allein auf der Welt. Das tat er für sich selbst, so wie er nachts den Geruch seines Kopfabdrucks im Kissen abschnupperte, um wieder einzuschlafen. Für die Zuschauer war es aber ein Knaller, und sie räusperten sich und gurrten ihm krauses Zeug zu, das ihm nichts bedeutete. »Du bist jetzt unter Rumänen, jetzt ist alles gut, niemand wird dich verstoßen. Siebenbürgen ist Rumänien, wie es sich gehört.« »War es schon immer!« »Und nun haben wir es von fremder Herrschaft befreit. Und gute Rumänen wie Maria und unser kleiner Charmeur haben eine Zukunft in ihrem Land.« »Rumänien den Rumänen, so helf' uns Gott.« Da-

bei rekelten sie sich auf ihren Sitzen und setzten fuchsige Aus-
dünstungen frei, wie die Gosse neben der Fleischbank.

Frühmorgens, sobald ihr Vater die Wohnung verlassen hatte,
schlüpfte Maria aus dem Bett, in dem sie alle vier schliefen. Ihre Mutter schien wach, lag seitlich mit dem Gesicht zur Wand,
rührte sich aber nicht, wenn Maria sich sorgfältig für den Tag
ausrüstete und aus der Wohnung schlich. Maria fragte nicht,
was geschah, nachdem sie Mutter und Bruder allein zurückließ.
Manchmal fand sie frisch Gewaschenes auf der Wäscheleine,
und obwohl sie ihre Mutter so gut wie nie außerhalb ihres Bettes
vorfand, sahen Mutter und Bruder gepflegt aus. Die Locken des
Kleinen glänzten gebürstet, auch nachdem Maria all das unter-
ließ, da sie bereits auf den Märkten der Hauptstadt prospektierte,
wenn er sich aufs Topfi setzte. Maria hatten sich die Geschehnis-
se der letzten vier Monate zu rasch aufgedrängt, als dass sie ihre
Verhältnisse zu Hause in eine überlegte Ordnung hätte bringen
können. Sie hatte einfach alles fallenlassen und angenommen,
dass der Goldrausch wenn nicht heute, dann morgen vorbei sein
würde. Als ihr dann einleuchtete, dass die Aufträge und Ver-
pflichtungen, in die deren Ausführung sie verwickelte, eine Dau-
erangelegenheit waren, drückte Maria tagtäglich auf die Klinke
zur Mansardenwohnung in Erwartung einer Abrechnung. Wenn
die Türe aber aufschwang, wusste Maria mit Sicherheit, dass ihr
Leben unversehrt war. Die Gabe zu wissen, noch bevor man einen Raum betritt, ob er menschenleer ist oder nicht, würde Maria nie verlieren. Ihren Verstand und ihre Beweglichkeit würde sie
verlieren, nicht jedoch den Hörsinn der Fledermaus. In der Wohnung blieb alles wie von Heinzelmännchen erhalten. Der einzige
Beweis, dass die Mutter nicht in einem Koma lag, war bisher der
Summton gewesen, den sie von sich gab, wenn der Vater seine
Gestalt nachts um ihre gekrümmten Gebeine wand. Vom Geld,
das Maria in einen alten Kniestrumpf stopfte, sollten weder Vater noch Mutter etwas wissen. Dass beide davon wussten, war
aber so gut wie sicher. Als Maria ihren Bruder zurückzulassen

begann, damit rechnete, dass Mutter und die lustigen Nachbarinnen vom Innenhof mit den Oleandern ihn auffangen würden, kam sie noch vor Mittag schnurstracks nach Hause, schnappte den Kleinen und schleppte ihn ab ins Kino und in Konditoreien, wo sie Gebäck kennenlernten, das zum Essen zu hübsch war. Irgendwann dämmerte es Maria, dass ihr Bruder eigentlich lieber bei den Hausfrauen, als deren Gesellschafter und Gaukler er sich etabliert hatte, den Tag verbrachte. Nachdem er sich durch alte Filme durchgegähnt hatte und in Metropolis eingeschlafen war, gab Maria zu, dass er seinen eigenen Klub des Sohnes unterhalten konnte, und warum nicht.

Maria hatte ihrem Vater anfangs noch anvertraut, was sie in den Kirchen zu sehen bekam. Aber Ioan hörte immer weg. Er wollte wohl nicht urteilen müssen, ob ihr der Kirchgang verboten werden sollte oder nicht. Was mit Maria geschah, war, milde gesagt, unorthodox. Zuerst fand sie Moses im Schilf. Dann machte sie sich in Gedanken ganz klein und schlüpfte zu ihm in den Korb. Der Säugling Moses wachte nie auf, rülpste nur manchmal und kriegte ab und zu ein milchiges Bläschen am Mundwinkel, gut gestillt, bevor seine Mutter ihn Gottes Händen anvertraut hatte. Durch das Geflecht des Korbes sah Maria die Gestalten aus den Ikonen losgelöst durch die Luft waten, als wäre Luft für sie so schwer wie Wasser für Menschen. Die Heilige Veronika ging mit ihrem Tränentuch zu allen der Reihe nach und fragte: »Ist Euch dieser Mann bekannt?« über den Abdruck darauf. Wer war der Mann mit den geschlossenen Augen und Blut im Gesicht? Maria erkannte ihn nicht. Die Heiligen Ärzte Kosmas und Damian gingen gedankenvertieft am Schilf vorbei und sagten: »Es ist nicht zuzulassen, dass Studienplätze in dieser Sternstunde unseres Landes an jüdische Studenten vergeben werden.« »Wir müssen das Interesse unserer Nation voranstellen, sicherlich ungern, aber es muss sein.« »Jetzt zählt es, zusammenzuhalten und zu sehen, was wir können.« Der Heilige Johannes Chrysostomus trat hinzu, er sah wie ein Aasgeier um sich und näherte sich Sankt Pauli: »Es geht nicht anders. Ich sage den jüdischen Studenten klipp und klar: ›Ihr könnt gerne zu meinen Vorlesungen kommen, aber eine Prüfung bestehen werdet ihr nicht.‹ Und weißt du, was geschieht? Sie kommen, als hätte ich sie extra eingeladen. Was für Juristen wären aus ihnen geworden!« »Die besten. Es hilft auch, dass sie lernen, wie man Kiefer- und Rippenbrüche einsteckt. Das Judentum ist nichts für Weicheier.« Nur die Heiligen Narren für Christus traten Maria und Moses manchmal zu nahe. Sie fürchtet dann, ihre Deckung im Binsenkorb werde auffliegen. Der Heilige Nikolaus Krautstrunk, der ehemals auf dem Volchov durch Nowgorod wie auf ebener Erde gehen konnte, war einmal mit aberlautem Platsch direkt neben dem Korb ins Wasser gestürzt. Die Pfütze vor dem Fresko wurde nachher als Wunder ausgerufen. Als sie leider Gottes wieder trocknete, vergaß man den Zwischenfall. Jetzt sammeln sich alle bäuerlichen Heiligen, die Hungerkünstler, die Demutsengel, die Sämänner und Pflugfanatiker, die Erntemystiker und Gebetslaureaten, die von Feldarbeit dünn ausgehämmerten Lampione Gottes. Sie sammeln sich mit langen Gesichtern um den Altar, denn hinter der rechten Türe tritt schon der Erzengel Michael auf den Plan, dass seine Rüstung rasselt. Nur ist am Erzengel ein Defekt. Er wird immer größer. Seine Schultern reichen schon fast an die Decke, sein Kopf muss in den Dom unter den Pantokrator, dass er die Kirche wie ein Taucherkostüm anzieht. Seine rabenschwarzen Schwingen sind versengt und blutverklebt, seine Brustplatte voll Dellen. Sogar im Korb neben Moses wird Maria zu eng ums Herz. Was nun, wenn seine Größe zunimmt? Wo wird noch Platz sein für sie und den kleinen Moses, braun wie Brot?

Maria erkennt Legionäre daran, dass sie rumänische Bauernhemden und Schafspelze wie Gebirgshirten tragen. Das sind die Dandys unter ihnen, die diskreteren tragen grüne Uniformen. In Deutschland tragen die Faschisten braun, in Italien schwarz. Unter den Siebenbürger Sachsen drehen die Erneuerer, die sächsischen Faschisten, dem bäuerlichen Auftreten den Rücken. Sie wollen, wie die Deutschen, modern leben, fortschrittlich denken, die Errungenschaften der Wissenschaft in der Wirtschaft umsetzen, damit das Volk insgesamt besser lebt. Oder war das das Bauhaus, von dem Leontine schwärmt? Hätte das Bauhaus ein Auto entworfen, wäre da etwas anderes als der Volkswagen entstanden? In Bukarest sieht Maria, seit es hier von deutschen Offizieren wimmelt, die deutsche und die rumänische Faschismusmarke nebeneinander, und staunt. »Man läuft immer der eigenen Nase nach«, sagt ihr Vater. »Die Deutschen haben eine gewaltige Industrie, ihr Faschismus ist die Gloria des Maschinenzeitalters. Damit man nicht glaubt, sie seien Roboter, bedienen sie sich germanischer Sagen. In Rumänien gibt es keine vergleichbare Industrie, da arbeiten die Massen noch auf dem Feld.«

»Und jetzt sollen die Bauern ihre Höfe stehen und liegen lassen und sich ans Erneuern machen?«

»Das bleibt ihnen erspart, weil sich die Städter darum kümmern. Wer hat Zeit, tagsüber im Schafspelz auf der Calea Victoriei zu marschieren, jüdischen Studenten den Frack vollzuhauen und dickschädlige Politiker zu erdrosseln?«

»Studenten?«

»Wer erzählt die Geschichte? Das ist die Frage. Wer sagt, der rumänische Geist sei Weltkultur? Könne es ab sofort mit allen Hochkulturen aufnehmen, war sogar seit Urzeiten eine Hochkultur, ununterbrochen, nur haben wir das bisher irgendwie übersehen?«

»Aha, aber dazu fällt mir ein, Leontine hat mir das erklärt, dass man schon im Jugendstil damit angefangen hat. Nicht in Wien, aber zum Beispiel in Glasgow hat man die japanische Tradition ausgeschlachtet, in Amerika kopiert man jetzt heftig das ägyptische Altertum, und meinetwegen kannst du ja sagen, dass es höher als die beiden nicht geht, aber dass die Maler in Paris jetzt afrikanische Masken in den Himmel heben und dem Primitiven den Vortritt lassen, das ist doch gewagter als unsere rumänische Volkskunst, oder?«

»Du vergisst, dass diese angebliche Avantgarde aus Paris ent-
artete Kunst ist, jedenfalls für die Deutschen.« Maria merkt nicht,
dass ihr Vater sie mit diesem Satz von sich stoßen will. Der Streit
ist ein vertrackter, unstrategischer Krieg, den sie unterhalten, weil
der Clinch beiden eine spiegelverkehrte Erinnerung erlaubt, an
eine Nähe, die nicht mehr vorhanden ist. »Wann«, hatte Leontine ihn gefragt, »wann wirst du ihr klaren Wein einschenken?«
»Ich fürchte, sie wird noch überzeugter werden, wenn ich es ihr
verbiete.« »Und wenn demnächst ein Legionär anklopft und um
ihre Hand anhält?« Ioan lachte, ein bisschen überrascht über ihre
Offenheit, und gleichzeitig geschmeichelt. »Ich will daran glauben, dass ihr Gewissen ihr die Augen öffnet.« »Wie Hamlet.«
»Wer ist das?«

Vorbei waren die Zeiten, als Maria und ihr Vater noch darüber
lachen konnten, wenn ihre Mutter kerzengerade aufsaß und der
eben eingetretenen Maria kurzen Prozess machte, weil am Morgen, gerade als das Mädchen vermutlich auf die Straße getreten
war, eine Rauchwolke ihr Fenster erreicht hatte. Gewiss war sie
unten von einem Raucher erwartet worden. Nicht wiederkehren
würde der Leichtsinn, mit dem Maria ihr Abenteuer im Kino erzählte. Zufällig allein, hatte ein Junge sich direkt neben sie gesetzt und schien sich über etwas zu ärgern. Er war älter als sie,
aber Maria konnte sein Gesicht nicht sehen. Schließlich zischte
er sie an: »Fräulein, gefällt Ihnen der Film?« »Ja«, sagte Maria,
ohne Nachdruck. »Warum machen Sie dann nichts?« Beim Erzählen lachte Maria sich krumm und strampelte mit den Beinen
über soviel männliche Verbohrtheit. Im Kino hatte sie aber ihren erwachsensten Ton gesucht und laut gesagt: »Ich mache, dass
ich den Film sehe.« Das hätte dem Vater schon den Wink geben müssen. Inzwischen bruderlos geht sie nicht mehr in Mati-
neen, sondern sieht die neuesten Filme, die in Bukarest ankommen. Tarzan hat sie mindestens dreimal gesehen und zigmal
erzählt, wobei ihr Vater heraushört, was er am wenigsten hören
will. Dieser Tarzan ist ein junger Mann ohne Manieren, ohne

Schliff, unbeirrbar, ohne Selbstzweifel, ohne Zaudern, fröhlich, heiter, ungehemmt, nicht einzuschüchtern, nicht kleinzukriegen. Instinktiv brutal wie ein Tier. Kalter Abscheu packt den Vater, den er mit Mühe überspielt. Ihm ist, als hätte er einen Garten angelegt und behutsam gejätet, nur um zusehen zu müssen, wie seine Tochter ihn mit Unkraut besät. Gewalt gehört wieder zum zivilisierten Leben. Man soll sich nicht zieren, Gebrauch davon zu machen. Unkraut vergeht nicht.

Bukarest
Sommer 1939

Um sich nicht zu verlaufen, sah Maria anfangs in Bukarest nur die Umrisse der Gebäude, als gäbe es nichts wie Luft zwischen dem Gehsteig und den Bullaugen der Dächer. Hoch und dicht wie ein Tannenwald zwängten die Gebäude der Hauptstadt sie auf einen engen Pfad, von dem sie nicht abwich. Die Dächerlandschaft kannte sie gut vom Mansardenfenster, und nützte die zur Orientierung. Sie erkannte Türmchen aus blaugrauem Blech in Rhombenmustern und Dome mit grünen Schuppen, Bullaugen überall, außer beim schönsten Dom der Stadt, der Glaskuppel über der Sparkasse. Vom Platz des königlichen Palastes entsprangen Boulevards sternförmig in mehrere Richtungen bis hinaus an die Seen und Grünanlagen jenseits der Vorstädte. Diese hatte Maria nur vom Zugfenster aus gesehen. Hinfällige Häuser mit Brunnen im Hof und Plumpsklo zwischen Haus und Gemüsegarten. Nachdem die Arbeitermasse aus den Vorstädten in die Hauptstadt flutete, brütete Stille über ihnen wie ein Körper. Die Zurückgebliebenen waren Frauen, Kinder und Greise, die es nicht einmal als Domestiken oder als Straßenhändler mit Bündeln von Grünzeug geschafft hatten, in der Stadt Fuß zu fassen. Doch zehn Jahre nach der Weltwirtschaftskrise waren ihnen immer noch zu viele tatkräftige Jugendliche untermischt, die in ihren Kleidertruhen die dörflichen Nationalkostüme ihrer Großeltern auffinden konnten.

Als Maria anfing, die Verbindungstraßen zwischen den großen Achsen des Sterns um die Mitte Bukarests weiter und weiter nach außen zu erkunden, und dabei ein Spinnennetz in Gedanken mit Straßennamen bezeichnete, rückten Zeiden und Kronstadt weiter und weiter weg. Fielen ab vom Horizont samt ihren Häusern mit den dicken Mauern und kleinen Fenstern, jedes eine Festung zur Abwehr von Eindringlingen. Selbst die Kronstädter Stadtmitte, zugeknöpft und solide, wie ein Regal nordeuropäischer Klassiker. In Bukarest gaben große Fenster und verglaste Terrassentüren oft den ganzen Flügel eines Gebäudes frei. Das häusliche Leben setzte sich so in einer halbwegs privaten Welt von Gärten, Parks, Straßenbahnen fort, die öffentliche Gebäude und Geschäfte mit einschloß. Marias Zuhause weitete sich über die Stadt aus, so dass sie tagelang an der Vorstellung Spaß hatte, ein Teppichboden könne sich direkt aus ihrem Treppenhaus zu den Zielen erstrecken, die sie regelmäßig ansteuerte. In den Seitenstraßen standen Häuser von Geschäftsleuten, Beamten, Staatsbediensteten, wohlhabenden Freiberuflern. Maria kamen sie gedrungen vor, wie man sich eine Karawanenschönheit vorstellt, die sich in der Wüste niederhockt, ihren Körper zusammenfaltet, dass ihre Hüften von den Fersen wegzielen und ihr hübsches Kinn auf den Knien ruht. An diesen Erdgeschosswohnungen, deren stumpfwinklige Zeltdächer sich gelassen profilieren, bewundert sie die weißen Gipsornamente, wie Gehänge von den Schläfen seitlich abstehend, oder sich verschnörkelt über Fenster drapierend wie verzierte Augenlider. Unter dem Dachsims steht ein Perlstab aus mehrerlei Gipsornamenten hervor wie ein Diadem. Als hätte diese Karawanenschönheit von einem Raubzug durch Paris einen Beutel voll Ornat mitgenommen und, hier angekommen, sich nach bestem Wissen damit ausgeputzt. In solchen Häusern, stellt Maria sich vor, haben im vorigen Jahrhundert Hausherren nach dem Tagwerk sich verzweifelt vom Kaftan und der Wasserpfeife zu entwöhnen versucht, die nur hundert Jahre zuvor zum guten Ton gehört hatten. Ächzten und trotzten über den Hosenbund, während ihre Frauen sich wie Novizinnen zum Kloster ins Korsett stürzten. Französisch sprechen lernten und in aller Öffentlichkeit in einen unerklärlichen Wettstreit eintraten, aus dem es kein Zurück gab, obgleich Niederlagen mit Bankrott und gelegentlich sogar Selbstmord quittiert wurden. Maria ertappte sich beim Gedanken, dass es Kaufleuten notwendig war, sich miteinander zu verbinden, füreinander zu haften. Ob man ihnen die kindliche Geheimniskrämerei des Freimaurertums im Ernst verübeln konnte.

Bahnlinie Bukarest–Zeiden
Dienstag, 21. Januar 1941, 7.15 Uhr

Maria will versuchen, Leontine den Film zu erzählen, den sie schon dreimal gesehen hat. Es wird nicht nützen. Nichts nützt mehr, seit das Ziel näher und näher rückt. Mit jedem Kilometer bringt der Zug sie näher an das Bett, in dem Leontine noch schläft. Maria wird ihre Geschäfte mit dem Juden Brick diesmal preisgeben müssen.

Oskar Bricks Geschäft in Lipscani, Bukarest
Sonntag, 19. Januar 1941, 16 Uhr

»Sag du und Oskar zu mir«, eine Einladung, mit einem kurzen Blick unter dichten Augenbrauen punktiert, bedeutete Maria, wo sie sich hinsetzen sollte. Der schwarze Saum ihres Kleidchens ging wie der Äquator über die Hälfte ihrer Knie. Es saß besser als die Uniform eines Dienstmädchens, und mit dem kleinen weißen Batistkragen passierte es unauffällig von den Teegesellschaften ins Marktgetümmel. Und jetzt arrangierte es sich niedlich in Bricks Lagerraum. Wenn Maria ehrlich ist, weiß sie, dass sie schon damals, bevor Brick sie überhaupt ansprach, verärgert war, leicht zwar, aber spürbar, wie ein entferntes Unwetter. Vom Spirituskocher hob Brick einen Stieltopf mit einem lustigen Schwung und kam einen Augenblick später mit zwei winzigen Tassen in seinen großen sehnigen Händen zurück. An der Theke im Geschäft stand der Junge, der, ohne Maria eines Blickes zu würdigen, an ihr vorbeigegangen war, als sie Brick nach hinten gefolgt war. Wieder konnte Maria sein Gesicht nicht sehen. Er sprach heftig auf einen Kunden ein, der in der Türe stand und nicht weggehen wollte. Der Junge, der ihr vorhin beistrichschmal erschienen war, redete in einem fort, mit hochgezogenen Schultern, die Hände von sich gestreckt. Brick setzte sich zu ihr, ganz bei sich zu Hause, mit diesem stupiden Blinzeln in den Augen, als wäre er auf alles gefasst. Zitronenöliges ging von ihm aus, und Maria rollte die Augen und dachte, bloß nicht meinetwegen. Mit zunehmendem Unbehagen sah sie sich um und machte sich Vorstellungen über den Inhalt der gestapelten Packungen. Brick hatte dieses Gespräch eingespielt. Es war ihm vorher durch den Kopf gegangen, Maria zu treffen. Er hatte Marias Maße genommen, ihren Wert eingeschätzt, den Verlauf ihres Treibens studiert. Ihm war aufgefallen, wie Maria einkaufte. Sie hatte zufällig aufgesehen und vom gegenüberliegenden Gehsteig Bricks konzentrierte Obacht von seinem Gesicht abgelesen. Obwohl sie Brick seitdem mit wacherem Bewusstsein begegnete, manchmal mehrmals täglich, weil seine verzweigten Geschäftsverbindungen sein Walten bald in einem Laden, dann hinter einer Theke an diesem oder jenem Markt erforderten, hatte sie nie mit einer Begegnung wie dieser gerechnet. Maria bedankte sich für den Kaffee, stockte aber mitten im Satz.

»Glauben Sie mir, dass die Dame, bei der ich zu Hause in Zeiden arbeite, die gleichen Kaffeetassen hat?«

»Das ist verwunderlich.« Brick schmunzelte. Er sah zu, wie sie mit erhobenen Augenbrauen den Weg in ihre Heimatstadt zurücklegte, und dass er sich diesmal unendlich lang hinzog. Leontine hängt an diesen wertlosen Dingen, die kostenlos im Kaffeebeutel mitkommen. Weil sie hübsch sind. Das sind sie, aber jetzt, da Maria ihre Wertlosigkeit abzuschätzen weiß, wundert sie sich über Leontine.

»Sie ist besonders.«

»Wenn deine Dame in Zeiden keinen Wert auf ihr Porzellan legt, kann es wohl nicht sie gewesen sein, von der du den sicheren Griff zu den Schnäppchen gelernt hast?«

»Doch, zum Teil mindestens. Sachen fallen mir einfach auf. Von Leontine her kenne ich den Unterschied zwischen Wiener Waren und dem Bauhaus. Was jetzt alles wenig Nachfrage hat. Leute reißen sich um Meißen, um Belle-Epoque-Klimbim, Gemälde, die nur alt aussehen.« Maria grinste einseitig und sah auf, zutraulich erwartend, dass Brick zustimmte. Was hat er? Der Mann draußen redete immer noch auf den Jungen ein, in der Türe stehend. Der Straße zu flatterte sein Ärmel auf und ab. Maria fiel es erst jetzt auf. Sie hatte dem Mann im Nadelstreifenanzug keine Versehrtheit angesehen.

»Kriegsinvalide.« Brick gab sich einen Ruck. Er will mit diesem Mädchen parlieren, er will. »Will seinen ganzen Haushalt loswerden, zum Pauschalpreis, am besten schon gestern. Er kommt jeden Tag, hofft, wir lenken ein. Dabei füllt sich der Markt mit Krimskrams, und ich kann wie kaum noch beste Qualität mit Gewinn verkaufen.« »Emigriert er?« »Er will es gerne, aber je nötiger man etwas braucht, desto teurer kommt es. Das ist gesetzt.« »Ich denke, Kriegsinvaliden sind verschont.« Er muss wohl auf der richtigen Seite gekämpft haben, nicht wie ihre Siebenbürger, von denen die Ungarn und Sachsen in der k. u. k. Armee sehr wohl gegen Rumänen gekämpft haben können. »Ja, das sind sie jetzt, aber dieser Mann ist vorsichtig. Kann sich nicht damit abfinden, dass genug für die Heimat getan ist, wenn man seine Körperteile auf einem Schlachtfeld zurücklässt. Er will sich selbst entsorgen und so der Regierung die Sorgen ersparen.« Was focht ihn nur an? Der Kaffee war inzwischen kalt, und das Mädchen kam sich unter Juden fremder vor als je zuvor, was ein Rekord sein musste, denn sie war Siebenbürgerin, selbst unter anderen aufgewachsen. »Die wissen einfach, wenn man jüdisch ist«, hatte jemand unlängst bemerkt. Sie war Rumänin. Ihre ›Dame‹ in Zeiden entweder Ungarin oder Sächsin, jedenfalls exzentrisch, aber immerhin mit einem Ende des Taus in den Händen.

Die Ungarn wollen Siebenbürgen zurück, die Sachsen wollen nie wieder zum Freiwild erklärt werden, ihre Rechte auf alles, was sie aufgebaut haben, hinterfragt und bezweifelt. Die Sachsen haben keinen großen Appetit, wie die Reichsdeutschen oder die ungarischen und rumänischen Nachbarn. Ihnen blieb die Spucke weg, wie sonst ganz Europa auch, als Rumänien sich im Weltkrieg zur Entente an den Tisch setzte und reinhaute. Vom Kriegsglück Rumäniens reden die Sachsen, als wäre es ein Zufall. Sie, die so viel auf Bildung setzen, müssen immer im rechten Moment weggehört haben, sonst hätte das Magenknurren Rumäniens sie um den Schlaf bringen müssen. Es hielt seit zweihundert Jahren an.

Das Mädchen Maria machte Anstalten, zu gehen. Brick sah auf. Warum war sie hier? Warum stand der ausgeleierte Nadelstreifenanzug immer noch mit einer Schulter im Straßenverkehr und einer Schulter in seinem Laden, und plädierte glatt unzerknirscht, als trete ihm nichts zu nahe? Und sein Junge. Nichts ging wie es soll. Seine Töchter im Dachzimmer erst recht. Zumindest wurden sie nicht belästigt. Vor die Türe gesetzt, aber unverletzt. Scham hat sich in seine Innereien eingeätzt und kann nicht abgeführt werden. Er weiß nicht, wie er seine Kinder trösten soll. Gott erhalte die Redseligen, sie wissen sich zu helfen. Wie der Junge breiter scheint, wenn er großspurig auffährt. Dem Mädchen Maria hatte vorhin ein Blick auf seinen Jungen gereicht, um ihn wie eine Schickse abzulehnen. Er ist kein Tarzan, aber wenn sie wüßte, wenn sie ihn nur sehen könnte, wie tauglich sein Junge ist und brav, wie er sich ins Geschäft des Vaters fügt, obwohl es ihn zerreißt. Er weiß genau, was Mädchen ihres Schlags von seinem Sohn denken. Er erkennt es im anzüglichen Schnaubton, der ihnen entfährt und besagt, der Junge stecke voll Talent und hätte absolut nichts in der Hose.

»Du fragst dich wohl, warum ich dich zu uns in die Rumpelkammer gebeten habe«, leitete Brick ein.

»Rumpel« war das Wort, das Maria mit diesem Laden verbunden hatte. Jemand muss es gesagt haben: »zum Rumpel«. Brick war das Wort unbewusst eingefallen. Es war seine Kennziffer geworden, von Geißler persönlich schalkhaft aufgesetzt, und es saß. Die Geschichte kannte er selbst nur aus zweiter Hand. Die Rumänisierungs-Kommissare waren fleißig gewesen, hatten in mehreren Monaten ganze Häuserreihen und Villen rumänisiert, und wollten Geld, bares Geld, auf die Schnelle. Anfangs genügte es, wenn man den Juden sagte, die Rumänisierung erfolgt innerhalb einer Woche, mit Dekret und Stempel. Dann verschacherten sie ihre Habe zwar selbst, machten aber nachher das Geld nicht locker, sagten unter Todespein aus, es hätte keins gegeben. So wurden die Kommissare schlau und rumänisierten ohne Warnung, beschlagnahmten alles und gaben es an Brick weiter, der immerhin harte Währung dafür auszahlte. Die besten Stücke gaben die Kommissare an Geißler, der sich nicht die Hände schmutzig machen wollte und sie weiterverschenkte, wo Schmieren nottat. Den Krempel aber, die Massen von Ramschware, bekam Brick ab, von schwersten Drohungen begleitet, mit dem Geld rechtzeitig herauszurücken. Eine Zeitlang ging das, aber dann stagnierte das Geschäft, nicht nur, wie er den Kommissaren klagte, weil sie zuviel auf den Markt schafften, sondern weil er von seinesgleichen mit Waren und Flehen bedrängt wurde, immer ging es ums Leben, wenn ich keine 50.000 Lei bis Montag zusammen habe, verpasse ich die Überfahrt nach Istanbul, kann ich kein Visum für Bulgarien bekommen, meine Familie kann nicht zurückbleiben, meine alte Mutter. Brick konnte schlecht nein sagen. Seine Töchter hatten anfangs beim Buchhalten noch um den Tisch getanzt, Urgroßmutters Fes nacheinander aufgesetzt und mit hochgerafften Röcken auf die Bretter gestampft, aus Langeweile und Isolationsfrust. Er hatte auch weggesehen als sie eine prächtige aber ansonsten unverkäufliche Wasserpfeife nach oben beförderten. Inzwischen blieb der Übermut aus. Die Profite schmälerten sich, seine Juden gingen leer aus, die Preise der Visen und Überfahrten stiegen, je schlimmer sich der Alltag gebärdete.

50

Ein Klingelzeichen, als die Ladentür endlich zuschlug. Brick machte einen letzten Versuch. Er drehte sich ganz zu Maria und ließ sich einfach treiben. Wie ein Athlet, der glaubt, alle Kraft verbraucht zu haben, sich dann aber besinnt, dass seine mühsam aufgebauten Reserven noch das Ihre tun können. Er schnitt Frätzchen, die sie unerwartet zum Lachen brachten. Sie dachte: Er hat Töchter. Das ist seine Vorstellung davon, wie man weibliche Kinder für sich gewinnt. Maria hatte Brick mehrmals dabei beobachtet, wie er seine Kunden rumkriegte, und merkte, wie es nun auch auf sie wirkte. Beim Feilschen ging er ganz gewöhnlich hin und her, bis man sich einigte. Dann aber überraschte Brick den Kunden damit, genau einen Leu vom Abgemachten draufzulegen, als ließe er etwas von sich aus mitgehen. Augenblicklich wetterleuchtet der Kunde vor Wonne! Kehrt bestimmt wieder, denn es ist ein Vergnügen, mit Brick ins Geschäft gekommen zu sein. Und Brick blinzelt aus Mandelaugen und denkt sich: »Das ist der Preis deiner Gunst: 1 Leu.« Maria lehnte sich zurück und lachte mit ihrem ganzen Gesicht, bis es wehtat.

»Was du um dich siehst, ist nur die Kruste vom Kuchen. Die Stapelräume gehen weiter ins nächste Haus, und noch weiter. Ich weiß, du strapazierst dich den ganzen Tag ab. Ist ganz ordentlich, wie du dich für deine Kundschaft ins Mittel legst.« Brick lächelte vorsichtig. »Wenn du gleich hier anfangen wolltest, es wäre uns recht. Du könntest im Handumdrehen fündig werden und von Unwettern nichts abbekommen. Liefern ins Haus ist sowieso.«

»Es tut mir leid, Herr Brick.«

»Oskar.«

»Ja. Also. Ich sag es einfach mal heraus. Ich traue mich nicht, mit Ihnen zu handeln. Wenn ich die Angebote auf den anderen Märkten nicht ins Auge fasse, kann ich nicht ausrechnen, wo der faire Preis liegt. Ohne zu wissen, kann ich nicht kaufen.«

Brick sprang auf die Beine. »Komm, Maria, machen wir einen Rundgang.« Eine Türe wurde rechts aufgestoßen und schlug gegen die Wand. Der Raum war so groß wie Marias Wohnung im Kikeriki. Dunkel verhängt, obwohl es Winter war, mit freistehenden Regalen, vollgepackt mit kleineren Möbelstücken, Lampen, Spiegeln in schwere Verzierungen gerahmt, schwarzglänzenden Schreibmaschinen, Grammophonen, Radios, Skiern. »Vor vier Monaten wurden den jüdischen Schauspielern die Verträge gekündigt, den Anwälten und Zeitungsleuten der Beruf verboten. Was hier liegt, konnte ich nicht loswerden.« Marias Blick folgte der Verlockung einer Beuge aus Rosenholz, die hervorlugte. Dicht, aber sorgfältig verstaut standen vermummte Stücke nebeneinander wie Vollblüter in einem Stall, der scheinbar kein Ende nehmen wollte.

Gut des Grafen Bánffy in Bonchida
Juni 1935

Genau so einen Stall hatte sie sich als Kind einmal mehr als alles in der Welt gewünscht, und Meere zusammengeheult, als sie begriff, dass es außer Reichweite blieb. Ihr Vater hatte ein Machtwort reden müssen, um der Geschichte ein Ende zu setzen. Dabei war er es gewesen, der das Malheur angestiftet hatte. Mit dem Zug eine Strecke gefahren und dann gewandert, am Rand von Kornfeldern und sprudelnden Bächen voller Krebse, bis zum Gut des Grafen Bánffy, wo man um ein Eintrittsgeld sein Gestüt in den Stallungen bewundern konnte. Maria war zehn Jahre alt. Sie war zwar scheu und sah sofort weg, wenn ein Pferd sie mit der braunen Nässe des Auges von oben herab streifte. Aber Marias Willenskraft ballte sich zusammen und verkeilte sich unverhalten in diese Welt. Hier wollte sie bleiben. Sie schwitzte vor Wut, als Vater und Mutter heiter damit umsprangen, als wäre es Spaß. »Nein, ich rede im Ernst. Ich will hier Arbeit finden. Die brauchen sicherlich anstellige Stallknechte, die sich um die Pferde kümmern.« Sie würde in Gummistiefeln herumlaufen und in Kordhosen und kariertem Hemd ausmisten und striegeln und den Pferden Decken auflegen, wenn der Frost kam. Aber Mutter und Vater saßen Rücken an Rücken im Schatten und spekulierten, wieviel der junge Bánffy wieder verpokert hatte, zogen hin

52

und her über die ungarischen Großgüter und deren Erben, die sich auf nichts besser verstanden, als sich sagenhaft zu verschulden. Vor zweihundert Jahren noch wären ihre Leibeigenen dran gewesen und wenns hochkam immer wieder die Sachsen, die einfach lebten und ihr verfügbares Einkommen aufsparten. Jetzt sollte das Gestüt selbst für seinen Unterhalt aufkommen, zumindest zum Teil, die Tore standen offen, und Besucher waren willkommen. Es gab doch Fortschritt und Zivilisation in Siebenbürgen. Prosit. Gesundheit. »Aber ich bin entschlossen. Ich will einfach hierbleiben und arbeiten. Bitte, Vater, willst du nicht wenigstens darüber reden?« Maria steckt fest an diesem Platz. Hier übersieht und meistert sie ihr Leben, es fügt sich reibungslos in ihr Wesen ein, und mehr noch, Maria kann alles vor sich sehen und begutachten, wie Gott. Ihr Knochenmark lebt auf und ist einen Augenblick hart wie eine Perle, im nächsten Augenblick flüssig wie die Augen des Rennpferdes Syglavi Kapriola. Stunden später wollte sie nur noch ihre aufgeriebenen Sinne irgendwo zu Grabe tragen, wo auf dem Grabstein nichts als der Name Syglavi Kapriola steht. Auch heute noch liegt diese Grabstelle irgendwo. Wenn man nahe herangeht, merkt man und staunt, dass die Schriftzeichen aus mahagonibrauner blutwarmer Pferdehaut sind. Seitdem weiß Maria Begierde zu schätzen. Wenn etwas Äußerliches alles, was man in sich herumträgt, klärt, ordnet, gutheißt. Das zu haben, macht den Beutel locker, und wenn nichts drin ist, verliert man den Verstand, bettelt, borgt, verbürgt sich. Denn nicht einmal die Rückkehr der Königin von Saba von Salomons Bettstelle zum Tohuwabohu ihres Thronraumes war bitterer, als dem zu entsagen, was einen sein lässt.

Oskar Bricks Warenlager in Lipscani, Bukarest
Sonntag, 19. Januar 1941, 16.31 Uhr

In Bricks Abstellräumen trat Maria auf eine Schicht Sägespäne und Bausche von Stroh, die aus etlichen Polsterungen gefallen waren. Da kam es ihr in den Sinn, wieso Rumpel zu seinem Spitznamen gekommen war. Er fuhr fort: »Vor drei Monaten waren es Kaufleute, allesamt aus der Handelskammer ausgeschlossen, Lehrer aus dem Unterricht entlassen, Apotheker aus ihren Apotheken, Brauer um Brau- und Schankerlaubnis gebracht.« Brick stieß eine Türe am Ende des Raumes auf, die schwang schwer und führte zu einem gleich großen Raum mit noch höherem Plafond. Maria vermutete, dass sie sich im nächsten Haus befanden. Das Papier vor den Fenstern filterte die Sonne in ein algengrünes Licht, das wohltat und die hellen Hölzer wie Cognac beim Kaminfeuer aufleuchten ließ. Lauter Jugendstil, den niemand haben wollte. In Geschäften riss man sich um das Stramme, Zackige, Wuchtige, das mit einem Wink zur Volkskunst stubenzahm Gemachte. Auf dem Markt suchte man Sachen, die alt waren, um eine vorgegaukelte Familiengeschichte weit zurück in die Vergangenheit wiedergutzumachen. Dafür konnte Maria überhaupt nichts, das musste Brick doch einsehen. Da, ein Thonet-Schaukelstuhl. Leontine hatte einen in ihrem Elternhaus stehen, gekauft, wie sie mit Vorliebe erzählte, um den Preis von drei Dutzend Eiern zur Zeit, als ihre Eltern heirateten. Damals war Siebenbürgen noch österreich-ungarisch, vor dem Ausgleich, vor der Magyarisierungswelle. Leontine ist phlegmatisch, aber Maria hat sie im Kränzchen sagen hören, dass der rumänische Chauvinismus zum Teil Revanche sei für das, was die Siebenbürger Rumänen unter den Magyaren erlebt haben zwischen 1867 und dem Weltkrieg. Die Magyaren hätten ihnen nicht nur vorgemacht, wie man der eigenen Nation zur Ehre gereicht, sie hätten auch ein Argument eingeführt, das leicht gegen sie gewendet werden konnte – und wurde. Wenn entscheidend sein soll, welches Volk zuerst auf einem Gebiet ansässig gewesen ist, um ihm das Recht darauf zuzusprechen, dann sollte man doch vorerst ziemlich sicher sein, dass man kein Wandervolk gewesen ist! Und dann fluchte Leontine üppig auf Ungarisch, setze ihr Glas hart auf und nahm den Beifall dankend auf die leichte Schulter. Die Idee, auf die rumänische Akademiker gekommen waren, war Leontine zufolge schwer zu widerlegen und gleichzeitig belanglos. Sie behaupteten, dass

Rumänen von den ansässigen Volkstämmen der Antike, Thrakern und Dakiern, und von den römischen Eroberern abstammten, und zogen schnell den Schluss, dass sie die legitimen Erben dieses Gebietes seien, denn ihre Vorfahren waren zuerst da gewesen. Archäologen unternahmen Grabungen landein, landaus, um die Zivilisation der Antike überall und besonders in Siebenbürgen nachzuweisen, und waren erfolgreich, es gab römische und dakische Funde, die eine dichte Besiedlung belegten. Maria war stolz auf ihre Uransässigkeit, und die Tatsache, dass sie Leontine nie darauf ansprach, hing mit der Bruchlinie zusammen, die mitten durch dieses Thema lief. Leontine grollte dieser Auslegung. Man munkelt, als ein Archäologe aus Berlin, von den Funden angezogen, nahe von Zeiden, in Ariușd, an einer Ausgrabung mitmachte, habe sie sich mächtig mit ihm angelegt. Der Zoff hatte hin und wieder den Anschein einer Affäre gehabt, aber nichts Wesentliches konnte der Sache aufgepfropft werden.

Brick war weitergegangen, und Maria folgte ihm durch die Räume, vorbei an einem sahneweißen Kalb in einer Glastruhe voll grünlicher Flüssigkeit. Die goldenen Augenwimpern fingen kurz einen Strahl ein und leuchteten wie zwei Heiligenscheine. Sammlungen von Insekten, buntes Glas, Sportschuhe mit Sohlen, aus denen eiserne Dornen sprossen. Sie war Leuten in der Regel schlecht gesonnen, die ihr gedankliches Umsteigen durchblicken ließen: den Zungenschnalzern, den Mundaufreißern und Plafondmarkierern, die mentalen Aufwand ungeniert auftragen. Auf sie sah sie herab wie auf Fingerrechner. Auf gar keinen Fall darf sie es sich anmerken lassen. Die Masse ist umwerfend. Sie walzt einen flach. Was aber noch nicht heißt, dass der Preis von vornherein auf dem Tiefstand feststeht. Leontine würde diese Dinge wiedererkennen, sie gehören zum Alltag ihres früheren Lebens in Kronstadt. Jetzt geht sie herum wie ein braungebrannter Knecht, stakst in den hohen Stiefeln Alberts zum Acker und trägt die guten Kleider nur noch, wenn Besuch kommt. Stark war sie immer, man wusste von Tennisturnieren zu erzählen, nach denen sich ihre männlichen Gegenspieler in der Stadt nicht mehr sehen lassen konnten, untertauchten, erst mit neuer Braut per Arm wieder zurückkamen. Und wenn schon diese Dinge Leontine gehören könnten.

Leontines Haus in Zeiden
Samstag, 16. September 1933

Was war das nur gewesen, damals vor sieben Jahren, ein würdiger Herr, dieser von der Kronstädter Zeitung, den Leontine zuletzt eigenhändig rausgeschmissen hatte. Maria war dabei gewesen, hatte aber wie üblich dem Gespräch nicht folgen wollen. Herfurth hatte das Treffen vermittelt. Zurzeit verkroch er sich in die Gardine. Maria tat nichts. Sie stand mit der Teekanne in der Hand mitten in der Küche und versuchte wegzuhören. Leontine lehnte am Tisch, links und rechts auf die Daumen abgestützt, ihre Gestalt gespannt, dass bloß der Tisch wie ein Ableiter ihre Wirkung irgendwie erträglich machte. Maria erinnerte sich an den komischen Warnruf in Filmen »Keine falsche Bewegung!« Freimütig versuchte er, Leontine zu überzeugen.

»Ich soll dir sagen«, fing er an, »der Antisemitismus ist nebensächlich.« Leontine atmete kaum mehr. »Die Ungarn wollen die veränderten Tatsachen nicht wahrhaben. Die Nationalsozialisten werden jetzt Europa an die Kandare nehmen, und die Ungarn ärgern sich darüber. Sie haben nach dem Krieg, wie vorher, auf großem Fuß gelebt, immer im Glauben, man könnte bei Gelegenheit die Folgen des Kriegs revidieren. Jetzt machen sie Deutschland schlecht, nicht weil sie sich um den Antisemitismus scheren, sondern weil Deutschlands Vorrang Ungarn eins auswischt. Unsere Presse hat immer argumentiert«, und er saß breitbeinig auf Leontines Bauernstuhl, »man dürfe einer Minderheit, etwa den Juden, nichts antun, sonst wären alle Minderheiten, auch wir Sachsen, vogelfrei.«

Dann redete Leontine zu schnell für Maria: »Mir jedenfalls schmeckt nichts besser zum Kaffee als so ein Eingeständnis unserer eigenen Niederträchtigkeit, ehrlich währt! Wie? Nämlich, dass Judenhetze uns Sachsen nicht nutzen kann. Uns vielmehr in Gefahr bringt. Wir verwerfen den Antisemitismus, weil es uns schaden kann? Was wäre aber, wenn Judenhetze uns Nutzen bringen könnte?« Leontine las kreuz und quer rumänische, sächsische, jüdische und ungarische Zeitungen. Vom Blick, den sie tauschten, wussten beide sofort, dass sie den gleichen Artikel aus der jüdischen Presse kannten, in dem ein Mayer Ebner den Fall setzt, was denn dabei herauskäme, wenn es garantiert wäre, dass der Fremdenhass Rumäniens bei den Juden Halt machen würde? Ob die Entrechtung einer Volksgruppe denn nicht ein Verbrechen an sich ist, gleichgültig wie rentabel oder ungünstig sie sich auf die anderen auswirkt? Aber genau darauf kam die sächsische Presse nie, etwas, das Deutschland tat oder guthieß, auch nur irgendwie in Frage zu stellen. Das war Leontine gewohnt. Was das Fass diesmal zum Überlaufen gebracht hatte, war ein Artikel dieses Herrn, in dem er einklagte, dass die Ungarn »*doch soviel Besinnung haben müssten, um sich zu sagen, dass sie eine gewisse Rücksicht auch der deutschen Minderheit schuldig seien, die die große Erneuerung des nationalen Lebens in Deutschland naturgemäß mit Freude begrüßen müssen, wobei das Moment des Antisemitismus für sie so gut wie keine Rolle spielt.*« Maria las dies selbst im Siebenbürgisch-Deutschen Tageblatt, denn es war rot eingekreist und lag immer noch auf dem Küchentisch.

»Was ist mit uns geschehen, Emil? Wie konnten wir uns in solche Not ohne Boden geraten lassen, dass Hilfe uns um jeden Preis recht ist? Du kennst den Witz, vom Licht am Ende des Tunnels, das eigentlich der einfahrende Zug ist.« »Jetzt bereitet der Herr uns einen Tisch im Angesicht unserer Feinde, und wir sollen uns zieren, Leontine? Haben wir dir nicht genug verloren?«

Leontine schien seltsamerweise alles Interesse am Gespräch verloren zu haben. »Freilich, der Psalmist freut sich über den Tisch, der ihm da bereitet wird, aber er verlangt doch nicht, dass sich seine Feinde mitfreuen, oder?«

»Dass du mir immer ein Bein stellst! Warum kannst du nicht einfach geradeheraus reden, wie es sich für jemanden deines Standes gehört?«

»Du irrst, wenn du glaubst, mich einschüchtern zu können. Geradeheraus denken und reden geht nur, wenn man Scheuklappen anhat. Legt man diese ab ...« Leontine streckte sich, Wellen von Spannung schwanden aus ihrem Leib. »Es schadet uns Sachsen, Emil, wenn wir uns vormachen, dass unsere jetzige Niederlage – und ja, ich meine damit, dass die Rumänen uns am liebsten loswären, wie Gäste, die zu lange bleiben – ein neuartiger Schicksalsschlag ist. Wie eine Naturkatastrophe. Ein Erdbeben, sagen wir. Wie sind wir in eine so verzweifelte Lage geraten, dass wir uns den Anstand verscherzt haben?«

»Was, um Himmels Willen, haben die Sachsen denn getan?«

»Ich bin in Wien einmal einem Spielsüchtigen begegnet.« In sein überraschtes Gesicht lächelt Leontine vage: Du siehst, ich halte dich für einen Weltmann, der es einer Dame nicht verübelt, dass sie Bescheid weiß. »Man erklärte mir, dass er einmal, genau wann, wusste niemand mehr genau, es war zu lange her, eine Glückssträhne gehabt haben soll. Gewinn auf Gewinn, in dichter Reihenfolge. Er war vorher reich gewesen und mit dem neuen Gewinn reich wie Krösus geworden. Und dann kam der Fall, aber nicht geschwinde, ach nein, langsam und verzögert, es dauerte eine Ewigkeit. Für einen Süchtigen spielte er äußerst umsichtig. Er kam routinemäßig jeden Tag ins Kasino, immer im gleichen Anzug, in dem er damals Glück gehabt hatte, auch die gleichen Unterhosen, wie er selbst verlauten ließ, denn er hatte nach und nach allen Sinn für Schicklichkeit verloren. Sein Vermögen war so gut wie gänzlich abgetragen, aber sein Geist bis zur Weißglut entschlossen, erpicht darauf, dass sein Pech sich jeden Augenblick wenden muss. Weil er einmal, ein Mal, Emil!, Glück gehabt hatte.«

»Du meinst, die Sachsen rütteln seit Jahrhunderten am gleichen speckigen Würfelbecher, während der Rest der Welt auf internationalen Börsenmärkten spekuliert?«

»Richtig, aber das ist nicht der Punkt. Unser Vermodern in den eigenen Burgen in der Zuversicht, dass sich alles zum Guten wenden wird, ist eine elende Lage. Politisch sind wir ein Hurenhaus, werfen uns an den Hals von jeder Partei, die gerade das Sagen in der Regierung hat. Kapital haben wir, ein paar Industriekapitäne ausgenommen, keins. Unsere zivilen Weeeerte«, Leontine lachte bitter, als wieherte sie. »Der Anstand der Sachsen. Weißt du, Emil, wenn der Spielsüchtige im Kasino nach all den vielen verzweifelten Jahren den kolossalen Treffer hingekriegt hätte – er hätte es auch erwartet, dass sein Gegenspieler, obschon ruiniert, sich mit ihm mitfreut. Das steht in der Zeitung, unterschrieben von dir, Emil.«

Oskar Bricks Warenlager in Lipscani, Bukarest
Sonntag, 19. Januar 1941, 17 Uhr

Neben Maria klingelte ein Wecker rabiat, blechern, und ehe sie sich erholte, federten ihr Kuckucksfiguren aus allen Richtungen entgegen, vertikal und horizontal, aus ihren Gehäusen und mischten ihre Stimmen mit dem Schlagen von Uhrwerken, die überall verstaut waren. Brick wünschte sich, Maria würde besser aufpassen. Er hatte erwartet, dass Maria die Sachen kühl ins Auge fasst, das war ihre Masche, aber nun spielte sich etwas ab, dessen Lauf ihm entglitt. Ihr Vater, ein redlicher Kerl, arbeitete für Geißler. Anfangs kam Geißler selbst ins Warenlager, wo er nur auf Teile zu deuten brauchte, die Brick für ihn in den Vordergrund platziert hatte. Diese übernahm Marias Vater und unterschrieb den Frachtbrief, der jede Ladung Geißlers zu dem Politiker oder Großindustriellen, den Geißler gerade im Visier hatte, überbrachte. Jetzt kam Ioan allein, wickelte Geißlers Geschäft ab, besser als er es könnte – er spürte, wie seine Tochter, was wen betört. Dem Bankier einen fürstlichen Thronsessel und dem Fürsten einen Rembrandt. Aber mit Ioan, anders als mit der kleinen unbekümmerten Hummel hier, bestand immer der Verdacht, dass die Angelegenheit ihm irgendwie peinlich war, dass Skrupel sich regen, die er nicht überwindet. Und was ist mit Bricks eigenen Skrupeln? Brick fasste sich einige Wecker aus dem Durcheinander von Uhren und schob den Alarmknopf ein.

»Die kamen gerade neulich rein und sind immer noch auf fünf Uhr eingestellt. Sie kommen aus rumänisierten Häusern.« Samstag wurde den Rumänisierungs-Kommissaren alle weitere Tätigkeit untersagt, gesetzlich, weil die Regierung nicht länger tatenlos zusehen wollte, wie die Legionäre die Staatskasse zur Ader ließen und Banditismus grassierte. Die Legionäre würden sich damit nicht abfinden. Die steckten nichts ein. Brick fragte sich, ob er diese Begegnung mit Maria nur angezettelt hat, um sich abzulenken. Um sich zu überzeugen, dass er das Geschäft vorantreibt, dass er nichts unterlässt, was den Umsatz heben könnte, gewissermaßen. Maria würde ihrem Kundenkreis sachgerechte Vorstellungen machen von dem, was hier zu haben ist. In kurzen Sätzen, die zischen und blenden wie Streichholzflämmchen, wird sie Lust mit Widerhaken, ja Besessenheit, anfachen. Das ist günstig, das ist lebensentscheidend. Geld oder Leben. Mit Geld in der Tasche kommt man in eine Verhandlungsposition. Es gibt einem den Halt, den Tod zu überbieten: Nimm mein Geld anstatt.

Brick winkte eine lästige Erinnerung ab. Er wollte nicht an den jungen Schöngeist denken, dem er vor einem Jahr ein paar Drucke von Audubon verkauft hatte, mit Rahmen aus dem vorigen Jahrhundert. Obwohl zu alt für einen Studenten, war er offenbar zu kurz gekommen. Er versuchte gar nicht zu feilschen. Brick bot sie ihm zu einem um ein Weniges ermäßigten Preis an. Das Glas in einem Rahmen war zerschlagen und klaffte messerscharf auf den dünnen Händen. Der Ausdruck, mit dem er dafür quittiert wurde, nahm Geschichte vorweg. Aus tiefliegenden Augen fand er mit Mühe Bricks ruhiges Gesicht, wie eine Qualle Blickkontakt macht. »Mir ist das ganz gleich!«, warf er Brick hin, mit einer unerwartet tiefen Stimme vom Meeresboden, wo er eine zweifellos aparte Welt erschlossen hatte. Es war diese Stimme, die Brick im Radio vibrieren hörte, von einem wirtschaftlichen

Aufschwung von 30 Prozent Bericht erstattend, seit die Wirtschaft aus dem Würgegriff der Juden befreit worden ist. Brick vermutete allen Ernstes, dass der Affekt der Faschisten in Rumänien – sich mit dem Primat des Geistigen über das Materielle legitimieren und gleichzeitig plündern, was das Zeug hält – mit einer Fabel Äsops, die Kindern erzählt wird, zusammenhängt. Wenn das Gebrauchte außer Reichweite liegt, macht man sich vor, es wäre widerlich. Diese Jugendlichen, die mit großem Getöse Judenfresserei betreiben, gehören nicht selbstverständlich zu den Eliten. Viele hätten beim besten Willen nicht genug Substanz anhäufen können, um ihr Angewiesensein darauf nicht mehr als Versuchung, sondern Normalität anzusehen.

Für seine Kinder hatte er, wie sein Vater für ihn, vorgesorgt. Seine Töchter waren Buchhalterinnen, angestellt im Bukarester Außenbüro des führenden Petrochemiekonzerns. Das heißt, sie waren angestellt, bis zu dem Tag, als Neubacher, Minister für Wirtschaft an der deutschen Gesandtschaft in Bukarest, persönlich vorsprach. In vorauseilendem Entgegenkommen gebot der Direktor der Sekretärin, die Jüdinnen zu entlassen, so dass sie kurzerhand vor die Hintertür gesetzt wurden. Während Neubacher mit der Führung Zigarren paffte, bahnten sich die Schwestern den Steg um das Gebäude herum frei, zwischen Brennesseln, die trotz der späten Jahreszeit vor Säure trieften, wurmstichigen Katzenkadavern, lianenartig herabhängenden Elektrizitätskabeln, durchwegs lachend wie Furien. Brick gab zu, dass der Hausarrest, unter den er sie seitdem gestellt hatte, eher der Bedarf seiner Seelenruhe war, als eine praktische Maßnahme. Der Junge sollte Anwalt werden. Brick konnte mit seinem Sohn nicht mehr sprechen seit. Ach, sein Junge. Brick zog ein großes bepunktes Taschentuch heraus und trocknete seine Stirn. Der Gedanke trieb ihm den Schweiß gewaltig durch die Haut. Er erinnerte sich lächerlicherweise ans Gesicht seiner Frau, als ihr die Milch durch die Brustwarze zerrte. Was war das, soeben, als er an Maria vorbeiging. Vielleicht wird Maria den Jungen ablenken. Man will gefasst sein. Man stellt sich alles Mögliche vor, seit sie im Wichsalter sind, man will gefeit sein. Ausgeschlossen.

Monate bevor Neubacher eine Wehrwirtschaftsmission in Bukarest etabliert hat, wusste Brick Bescheid, denn seine Töchter berichteten, wie Telefonate seit September zwischen den Petroleumkonzernen hin- und herflogen. Ein Generalleutnant von Tippelskirch suchte sie auf, unterbreitete Modernisierungsvorschläge und besprach die Schutzbedürftigkeit des rumänischen Erdöls. Rumänien hatte Recht, sich Sorgen um seine Petroleumreserven zu machen. Wer weiß, was von Tippelskirch erwartet hatte. Die Zeiten, als rumänische Petroleumsbarone das Rohöl in Kesseln verarbeiteten, die man mit den Schnapsbrennanlagen im Hinterhof jedes Bauernhauses verwechseln konnte, lagen weit zurück. Gesetzlich gehörten dem Eigentümer 14 Prozent vom Wert des geförderten Rohöls. Man ging zu Bett als ein armer Schlucker und wachte auf mit einem Einkommen von 1,2 Millionen Lei pro Tag, kaufkräftig genug, um sich täglich fünf Chevrolets anzuschaffen. Von Tippelskirch wird sich über den Schneid der Barone gewundert haben. Wie sie sich unterstehen, einem Offizier der größten Kriegsmaschine der Welt Kante zu zeigen, wo noch ihre Großväter nicht wussten, wohin mit dem Geld. Ihre Pferdeställe mit Fayence verkachelten und die Pferde mit Champagner besoffen. Die Raffinerie Creditul Minier, für die Bricks Töchter vor sechs Jahren Buch gehalten hatten, machte Schlagzeilen mit der zweittiefsten Sonde der Welt, nur 158 Meter entfernt vom Weltrekord der General Petroleum Corporation in Kalifornien mit 3458 Metern! Rumäniens Erdölproduktion rangierte an vierter Stelle in der Welt. Aber dann. In schneller Reihenfolge hatte Rumänien seit dem letzten Sommer, nur vier Tage nachdem Frankreich niederlag, im Nordosten und Nordwesten Stücke an Russland und Ungarn verloren, die ein Drittel seines Körpers ausmachen. Großrumänien, das sich so stark fühlte und die Fremden abschütteln wollte wie Staub, war getroffen, wo es wehtat. Bricks Herz tat einen kleinen Hüpfer. Deutschland und Italien hatten Rumänien unter Androhung der »Vernichtung« das Abtreten des Nordwestens an Ungarn abverlangt! Zwischen Russland und Deutschland in die Kneifzange genommen, konnte Rumänien freilich nicht umhin, als sich Deutschland anzubiedern. Auf Zack waren die Deutschen schon da: kaum einen Monat nach Tippelskirchs Visite. Major Döring etabliert eine deutsche Heeres- und Luftwaffenmission in Bukarest, mit einem General der Kavallerie als Chef der Mission und einem Generalleutnant als Chef der Luftwaffenmission. Noch bevor der Oktober um war, traf die ganze motorisierte 13. Infanteriedivision ein, angeblich als Lehrstab, um rumänische Musterdivisionen auszubilden. Alles Teil der Wehrwirtschaftsmission, und Neubacher Minister für Wirtschaft an der Deutschen Gesandtschaft in Bukarest. In dessen Gegenwart seine Töchter nicht geduldet sind. Zu welchem Grad sich Deutschlands Wehrwirtschaftsmission mit rumänischem Erdöl bediente, konnte er sich denken. Er wusste auch, was demnächst geschehen würde. Wie Rabbi Israel ihm in Gegenwart seines gestrengen Vaters zugeflüstert hatte, als er ihn segnete: »Du hättest Prophet werden sollen!«

Maria hatte ihren Vater fluchen gehört über das Pfuschen der Rumänisierungs-Kommissare, die sich über jüdische Betriebe hermachten und vitale Nachschubwege verbauten. Sie traute sich nicht zu fragen, wieviel von den Waren in diesen endlosen Hangaren von Raubzügen der Legionäre und wieviel von notgedrungenen Juden selbst zum Verkauf preisgegeben war. Wenn die Legionäre seit September letzten Jahres an der Regierung beteiligt waren, hatten sie fünf Monate freien Lauf gehabt. Jetzt schaffte der Ministerpräsident das Amt der Rumänisierungs-Kommissare ab. Es wird wohl weitergehen mit Dekretgesetzen. Maria entdeckte, dass sie unbewusst die Reihenfolge der Gesetze mitbekommen hatte. Nach den Lehrern, die Brick zuletzt erwähnt hatte, traf es die Ärzte, die den Großteil ihrer Praxen verloren, als sie nur noch jüdische Patienten verarzten durften. Dann wurde den Juden der Hausierhandel verboten, und im Textilhandel wurden alle jüdischen Vertreter durch Arier ersetzt. Maria sah sich um und staunte. Warenvorräte, entweder von Kommissaren konfisziert oder von Händlern selbst abgegeben, in Ungewissheit eines Ertrags. Es ärgerte sie, dass sie nicht selbst herausbekommen konnte, wie hoch der Anteil der freiwilligen Geschäfts- und Haushaltsauflösungen im Verhältnis zu den erzwungenen war. Sie traute sich doch nicht zu fragen. Einerseits sah sie Arztkoffer, wie sie Landärzte in ihren Satteltaschen mitbrachten, mit verkrustetem Balsam in Phiolen und chirurgischen Instrumenten, die ihr klarmachten, dass sie nie krank werden dürfte. Aber während das alles Andenken an früher waren, die nur noch antiquarischen Wert hatten, konnte sie den Kämmen und Scheren, den Kloschüsseln, den Steiff-Bären und Miedern, die gerade wieder en vogue sind, dem Porzellangeschirr mit Blumenbukettmalerei, offenbar minderwertig, den Singer-Nähmaschinen und Steppdecken mit Satinüberzug in Türkis, Gold oder Korallenrot, den Rasierpinseln und Malkästen, den Reihen von Schuhleisten nach Größenordnung, aus einem hellen Holz, patiniert auf Hochglanz, den Reihen von handgroßen Drucksaugpumpen nichts entnehmen. Sie sagten ihr nichts.

Bahnlinie Bukarest–Zeiden
Dienstag, 21. Januar 1941, 7.20 Uhr

Maria weiß, warum Brick so viel Zeit für sie hatte. »Bis Mitte des 19. Jahrhunderts sind die Schwerter oft Schmierschwerter«, hatte er ihr anfangs bereitwillig erklärt, nachdem sein Ärger darüber verflogen war, dass Maria ihm wieder etwas abgekauft hatte, das in ihren Händen dann doppelt wertvoll erschien. Ein Glücksfall, denn Brick ist nachtragend. Das war nur, weil Maria Brick leicht ablenkt. Sie hat keine Ahnung von der Geschichte der Dinge, mit denen sie handelt, dafür aber einen unbeirrbaren Sinn für schöne Gestalt und für Zusammenhänge. Dinge mästen sich einen Schein an unter ihren flinken Äuglein. Goldränder, Filigreearbeit, Verbrämtes, Aufgemaltes, Durchwirktes sind an und für sich bedeutungslos in ihrem Konzept – was darüber entscheidet, ob das

Gebilde geglückt ist oder nicht, ist eine Art Gleichklang des Ganzen. Darauf hört sie, und klaubt nach und nach in ihren Schoß wie ein Laubenvogel, undurchschaubaren Regeln folgend, eine artikulierte Sammlung, in der jedes Ding in endlosen Kombinationen zu den anderen in Verbindung steht. Sie sollte Brick amüsieren. Am Samstag auf dem Boulevard wurde Major Döring erschossen, am Sonntag soll er an seinen Wunden gestorben sein. Ihr Vater wusste, dass eine Prozession deutscher Führungsstäbe einfliegen und in die königlichen Winterkurorte – Predeal und Sinaia – durchfahren würde, wo ganze Hotels für sie bereitstanden. Seine Dienste wurden nicht beansprucht. Gerade jetzt erwartet Deutschland Ordnung in Rumänien, und dem Ministerpräsident Antonescu steht das Wasser bis zum Hals. Wie wenn die Schwiegermutter kommt, als man den Mann gerade umgebracht hat. Mit dem Attentat auf Döring, scheinbar von einem ehemaligen griechischen Boxchampion aus Eifersucht in einer Liebessache ausgeübt, fiel jedoch das Verbot des Rumänisierens zusammen, und die Legionäre konnten in jedem Augenblick hohe Wellen schlagen. Früher wäre Brick vielleicht ins Bordell gegangen. An dem Tag zog er es vor, mit dem sonderbaren Vogel Maria einen Rundgang durch sein Warenlager zu machen. Es stimmte, sie hatte kein Gewissen. Vielleicht wollte Brick es bewerkstelligen, dass Maria ihrem Vater eben hier über den Weg läuft. Die Wiedererkennungsszene im Bordell einfädeln. Denn wenn Maria es ohne Murren hinnimmt, dass der Vater ihr Anschaffen für eine immer größer werdende Kundschaft wie Dreck behandelt, weiß sie zugleich Bescheid, dass er selbst bei Brick ein- und ausgeht... Maria schwört, sie habe Bricks Jungen beim Fortgehen nicht gesehen.

Oskar Bricks Warenlager in Lipscani, Bukarest
Sonntag, 19. Januar 1941, 17.13 Uhr

Sie schlüpfte in ihren Mantel, erschauerte, als das glatte Futter an ihr Kleid anhaftete. Der Mantel hatte neben der Tür gehangen, und obwohl es Sonntag war, kamen fortwährend Kunden in den

Laden. Familienväter und Witwen mit vergrämten Gesichtern, die sich umständlich Auskunft erbaten, nachdem sie umständlich draußen von einem Fuß auf den anderen getreten waren, womöglich um Begegnungen, die nur gegenseitig Ängste bekräftigten, vorzubeugen. Der Laden mit seinen anliegenden Gebäuden stand nun völlig im Dunkeln, beleuchtet allein von der Straßenlaterne vor seinen Schaufenstern. Brick gab sich zufrieden, als er sah, wie Gruppen von Sonntagsbesuchern über dünnen Reif dahertrippelten, Pakete und Flaschen in den Händen. Die Lipscani Straße war kein Boulevard. Sie war zwar Bukarests älteste Geschäftsstraße, dem Namen nach Handelsbeziehungen mit Leipzig bekundend, aber an Sonntagen konnte sie vorübergehend menschenleer werden. Die Schaufenster, wenn Licht hart auf sie einfiel, spiegelten eine graubraune Mondlandschaft zurück, obwohl die Häuser, mindestens hundert Jahre alt und abrissreif, sich mit aufgetakeltem Zierrat an allen möglichen Stellen hervortaten. Es war unerklärlich und bot Brick Gelegenheit zu zweifeln, ob er noch bei Trost war. Er sperrte die Ladentüre auf und trat mit Maria hinaus. Die aufgeraute Kälte des Nachmittags hatte sich um einiges gemildert, es war windstill, der Himmel lag eng an. Maria erkannte den Augenblick der Gnade vor dem Schneefall. Als ob fallender Schnee aus der Höhe einen Puffer Wärme vor sich herdrängt. »In Kronstadt soll es gut geschneit haben«, sagte Brick und rieb sich die Hände. Übermorgen in aller Hergottsfrühe wird Maria hinfahren. Warum sagte sie nichts? »Habe ich gehört«, flüsterte sie und merkte vergnügt, dass Brick nicht bewusst war, was Maria mitbekommen hatte.

Oskar Bricks Geschäft in Lipscani, Bukarest
Sonntag, 19. Januar 1941, 15.54 Uhr

Als sie am Nachmittag eingetreten war, spielte im Radio Musik und aus der Kammer hinter der Theke kam aufgeregtes Geschwätz. »Du bist einfach verrückt, ganz und gar«, schwärmte eine Stimme, die Maria jung vorkam.

»Es tut mir kein bisschen leid, erstens ging es um einen Richthofen, der Cousin von *dem* Richthofen ...«, diese Stimme war einen Deut tiefer angesetzt.

»Wie sieht er aus?«

»Gewöhnlich, er ist Ingenieur, fliegt einen Storch. Langer Ledermantel, zum Schreien. Aber ein Richthofen!«

Bricks Stimme unterbrach etwas ungeduldig: »Wie viele Offiziere?«

»Fünf, sechs. Richthofen wurde Killingers neuer Mercedes zur Verfügung gestellt, den anderen sonstige Wagen aus der Garage der Gesandtschaft. Es ging vom Flugplatz sofort ab nach Predeal und Sinaia.«

»Hat er was gesagt?«, wieder Brick im Verhörerton.

»Der Vorsatz war, ich verstünde Deutsch, könnte es aber nicht gut sprechen. Er hat zuerst versucht, in seiner Aktenmappe zu blättern, aber die Landstraße wurde zu holprig. Der Mercedes fährt wie ein Phantom auf Gleisen. Unsere Straßen jedoch ...«

»Mich kümmert es herzlich wenig, ob er wie ein Furz auf der Gardinenstange flitzt. Es war Leichtsinn. Du hättest dich verfahren können. Was nicht alles hätte schieflaufen können!«

»Tja, Onkel Oskar, davon kann ich auspacken. Ich habe mich nämlich ... ein bisschen verfahren. Es war fast dunkel, die Wegzeichen verschneit.«

»Freilich kann sich ein Chauffeur nicht dazu bringen, anzuhalten, um Schnee von Zeichen abzuklopfen. Nicht wenn der Fahrgast schwarzes Leder anhat und Richthofen heißt.«

»Es hatte den ganzen Morgen über geschneit. Na, und irgendwo vor Kronstadt wurde es auch dem General klar, dass ich Bammel hatte. Oder die Landschaft bedeutete ihm etwas. Er wollte halten. Ich hoffte, dass er nur sein Wasser abschlagen wollte, und als er die Böschung bestieg, hatte ich etwas Zeit, mich umzusehen. Das wollte der General auch, allerdings mit bestimmter Absicht.«

Während Maria im Zeitlupentempo Mantel und Galoschen abstreifte, erzählte die Stimme hinter der halboffenen Tür, wie der

General schon eine Zeitlang mit verdrehtem Hals zum Fenster hinausgestarrt hatte, vermeintlich im Verdacht, auf einem Irrweg zu sein, tatsächlich hatte er jedoch eine Figur in der Ferne entdeckt, die direkt am Waldesrand entlang auf Skiern im schnellsten Slalom herunterkam. »Das war unglaublich, keine eigentliche Piste, so dass Bodenwellen einfach so im Sprung genommen wurden. Ich bekam Angst. Wölfen kann man so nicht entkommen. Ich schaltete die Scheinwerfer aus und beruhigte mich ein bisschen, denn wir hatten genug Sprit im Tank, um umzukehren. Richthofen schien den Winkel des Skiläufers gegen die Straße genau kalkuliert zu haben, er ist Ingenieur, und stellte sich an einem Punkt auf, wo er einfach gesehen werden musste. Ich merkte langsam auch, warum jemand zu dieser Stunde Ski läuft. Es war nicht zu dunkel im Widerschein vom Schnee und die Luft voller Funken, nadelspitzengroßen. Die Kiefern immens. Die Figur näherte sich, biegsam wie eine Weidenrute, und kam mit einem Christiania-Schwung zum Stopp, der mir den Schnee in die Nasenlöcher aufstob. Puderschnee eben. ›Guten Abend, Herr General,‹ – eine Frauenstimme! Richthofen stellte sich vor, beflissen wie der kleine Zinnsoldat.« In dem Augenblick bemerkte Brick die wartende Maria und kam schnurstracks auf sie zu, begrüßte sie und schickte die Magd weg. Mit einem Wink gab er seinem Sohn das Zeichen, den Laden zu hüten. Als Brick mit Maria im Gang an den Jungen vorbeiging, neigte sie den Kopf ihrem Geflüster nach, und fing gerade noch den Fetzen »...und wie er sich bei bester Laune hineinsetzte, gab sie mir die Route an – auf Deutsch! und zuckte die Schultern zum Abschied, irgendwie resigniert: ›Nazis stehn auf mich!‹ Was kann das bedeuten? Wusste sie, dass ich Jude bin?!«

»Du solltest dich am besten einsperren lassen. Wenn sie mit dem großen Schlitten anfährt, bist du weg – vom Fenster!« »Hör auf, es war eine alte Kronstädterin, die kommen mit Skiern angeschnallt auf die Welt. Übrigens, du solltest dich eher in Acht nehmen!«

»Wieso? Ich hol mir die Königskinder selber. Geht doch auf Kosten des Hauses!«

Unterwegs zu Marias Wohnung in Bukarest
Sonntag, 19. Januar 1941, 17.20 Uhr

Als Maria links aus der Lipscani Straße in den Boulevard einbog, besann sie sich, dass morgen eine neue Woche beginnen
würde. Vielleicht würde der Schnee nicht eintreffen. Auf dem
breiten Trottoir bildeten sich Garben von Reif und knirschten
angenehm unter den Sohlen. Sie hatte Mühe wegzusehen, denn
im Lampenlicht schimmerten sie violett und giftgrün, wie ein
Benzinfilm auf Wasser. Auf dem Brătianu Boulevard wäre sie
fast in eine gelbe Wachslache getreten, in die sich eine Kerze
übergeben hatte. Das musste die Stelle sein, wo Major Döring
gestern erschossen wurde. Maria sah verdutzt auf. Samstag-
abend. Männer in langen Mänteln mit Fuchspelzkragen wie
Woodrow Wilson, Gecken, ihre weißen Schals lässig zurückgeworfen, winkten Taxis heran und steuerten Frauenkörper hinein,
Autos fuhren vorbei, alle Schaufenster beleuchtet, Kneipenlärm
an jeder Ecke. Sonntagabend waren nur Schatten unterwegs.
Vor der Kirche regte sich ein Knäuel, und gleich kam Bewegung
in einen Sack daneben. Maria machte, dass sie weiterkam. Ver-
einzelt und in kleinen Gruppen gingen Männer an ihr vorbei,
die sie gar nicht zu bemerken schienen. Einige waren jung und
hätten Studenten sein können. Gedankenvertieft und schweig-
sam überholten sie Maria immer wieder, obwohl sie der Kälte wegen eilte, so schnell sie konnte. Als Maria an der Piața
Romană den Boulevard verließ, war sie derart verunsichert, dass
sie vorübergehend die Waffen strecken und ihren Vater um
Auskunft bitten wollte. »Bis morgen«, hatte Brick sich verab-
schiedet.

Marias Wohnung in Bukarest
Montag, 20. Januar 1941, 8 Uhr

Die Laufereien, die Maria am Montag bevorstanden, hatte sie
unterlassen. Der Tag begann wie ein Traum. Mutter war aufge-
standen, setzte Tee auf und füllte den Raum mit Kamillenaroma.

Maria und ihr Bruder lagen im Bett und sahen ihren Eltern zu wie Fischen in einem Aquarium. Mutter legte Brotscheiben auf die Ofenplatte und wendete sie mit einem Spieß. Maria hatte das in dieser Wohnung nie erlebt. Es war, als hätte es die Kinder nie gegeben. Über der Morgenausgabe der Zeitung, in der stand, dass Rumänisierungs-Kommissare per Dekret ihres Amtes enthoben seien, taten sie ihre Köpfe zusammen. Das Gerücht, dass der Innenminister abgesetzt wird, salzte nach. Zur Rechenschaft gezogen für das Attentat auf Döring.

»Das«, sagte ihr Vater mit Nachdruck, »macht man im Affekt, ehe man Zeit hat, sich zu besinnen. Der Major wurde am Samstag erschossen! Zuerst beschneidet Antonescu den Legionären ihre Mission, und dann macht er das mit dem Mann der Legionäre im Innenministerium.«

»Er fühlt sich unschlagbar. Erst ist er Oberhaupt der Armee, dann, über Nacht, dehnt sich sein Machtbereich über das ganze Land aus ... Er kann alles. Militär und Zivil alleseins müssen auf ihn hören. Er straft einen, wenn man auf die Straße spuckt.«

»Wir derben Rumänen. Bestimmt schämt er sich für uns! Wir können uns nicht beherrschen und gefallen uns selbst dabei. Ungehobelte Bauernsöhne, die zum Pariser Schinken eine Zwiebel mit der Faust zerschlagen und den Roquefort in unsere Galeries Lafayette zurücktragen, weil er verschimmelt ist. Nun verkehrt Antonescu in seiner Hauptstadt mit dem Generalkommando des VIII Fliegerkorps, direkt aus dem Hotel Herzogenhof in Baden bei Wien, wo sie im Saus den Frankreich-Feldzug gefeiert haben. Es hebt die Moral – nicht? –, mit General von Kleist, Generaloberst List, General von Greiffenberg, auch der Quartiermeister ist ein Oberstleutnant von Dawans, zusammenzuarbeiten. Als Verbündeter, Waffenbruder – Ebenbürtiger.«

Mutter schlug ihre Hände vor den Mund. »Es gibt Staatsstreich«, sagte sie matt. Vater neigte sich näher.

»Wen hassen die Legionäre am meisten?«, fragte Mutter schüchtern, als traue sie sich nicht richtig.

»Wen ... Juden. Freimaurer.« Vater sah auf: »Verräter!«

»Antonescu gibt sich die Blöße, weil er mit dem Rausschmiss des Innenministers vor den Deutschen Männchen macht. Er glaubt sich nicht in Gefahr. Entweder er vergisst, was er seinen Partnern in der Regierung schuldig ist, oder er nimmt jede Gelegenheit wahr, den Legionären übel mitzuspielen. Sie können ihm nichts. Nicht nur, weil die Armee geschlossen hinter ihm steht. Er kann auf diese uniformierten Legionäre mit ihren handfesten Schläger- und Räubertypen herabsehen wie auf die freiwillige Feuerwehr der Provinz. Es hat mit den Deutschen zu tun…«

Während sie sprach, heiser und aus der Übung, aber ohne zu stocken, arbeiteten ihre Arme, eckig aus dem Schultertuch abstehend, etwas auf der Tischdecke zusammen. Maria konnte nicht sehen, ohne aufzustehen, und das ging heute nicht. Unter der Decke spielte sie mit ihrem Bruder Zwicken, eine von sämtlichen eingespielten Foltern mit der aufgesetzen Finesse, dass man dem Gegenspieler das Höchstmaß an Schmerz zufügt, wenn es am wenigsten erwartet wird. Es sah aus, als ordnete Mutter das Gedeck wie ihre Gedanken.

»Du könntest zur Gesandtschaft gehen. Von Killinger weiß noch nicht, wo vorne und hinten ist. Er ist der neue Gesandte – seit Samstag? –, und seitdem überschlagen sich Nachrichten aus Berlin, Sinaia und Bukarest. Das Personal sitzt mit dem Stab in Sinaia. Du wirst nur ausgebrannten Büroochsen begegnen. Du gehst hinein und bedauerst, aufrichtig, aber unnachgiebig, dass du geschäftlich sofort aus Bukarest verreisen musst. Es ist eine bittere Pille für dich, aber es gibt keinen Ausweg. Die werden froh sein, ein Routinegesuch abstempeln zu können. Umbruch liegt in der Luft…«

Ioan saß wie benommen mitten in Schwaden von Kamillendampf und der Stimme der Frau, für die er zu schuften gemeint hatte. Er wusste, dass sie wusste. Dass er wusste. Schon die ganze Zeit. Er frönte dem gediegenen Erwerb, dem monatlichen Lohn, den die Gesandtschaft ihm korrekt und pünktlich auszahlte. Er frönte dem Entgelt für seine Leistung, das sonst immer unzureichend war, weil sein Anspruch, ganze Arbeit zu leisten, bei rumänischen Arbeitgebern zu oft auf Unverständnis stieß.

Dass seine Frau keinen Blutsturz mehr hatte, dass sein Sohn sich als kerngesunder kleiner Hochstapler herausstellte, der ausgezeichnet schulkrank spielte, das hätte er in Zeiden nicht wissen können. Andererseits war die Wohnung zu klein bemessen und zu hoch gelegen, um der emsigen Frau Arbeit zu geben. Was sie tun konnte, tat sie langsam, zögerte jede Tätigkeit hinaus, wie man einen Leckerbissen im Schneckentempo verzehrt. Dabei verbrannte sie ein Körnchen Weihrauch oder Myrrhe und glitt auf den schiefen Ebenen von Licht und Rauch auf und ab im Raum, wie die Engel auf Jakobs Leiter. Ioan hatte versucht, ihr vom Weihrauch abzuraten. War sie doch in einen flachen, nicht enden wollenden Husten verfallen, als er geräucherte Fische aus dem Delikatessenladen mitgebracht hatte. Sie waren damals soeben erst eingezogen, und es erregte keinerlei Anstoß, dass er am ersten Abend bei der Vermieterin anklopfte und das Paket als kleine Aufmerksamkeit für sie aufgab. Aber Weihrauch in winzigen Mengen linderte eher. Und die bessere Ernährung, mit der sie alle vorlieb nahmen. Er wanderte abends heimwärts durch den einen und anderen Laden, erkundigte sich nach Auslagen, die er nicht kannte, kaufte ein Paar Scheiben von da und von dort. Dazu konnte er sich als junger Mann in Wien nicht überwinden. Als er fließend Deutsch sprach, hatte er allerdings schon angefangen, auf Teufel komm raus Geld zusammenzusparen, und Wiener Gaumenfreuden blieben dabei auf der Strecke. Das tat nichts. Der Genuss wäre lamentabel im Sand verlaufen, teuer Erbeutetes in seinem Wiener Dachzimmer völlig fehl am Platz gewesen. Jetzt aber, wie er die Straßen überquerte, ein Paket in den Händen, dessen Wachspapier unter dem Bukarester Abendhimmel glänzte wie Perlmutt und knisterte, wenn schwere Schneeregenflocken daran abglitten, vorbei an Zigeunerinnen, die Schneeglöckchen oder neulich Seerosen in Eimern feilhielten, vorbei an angeheiterten Studenten, manche national kostümiert, vorbei an Männern und Frauen, die letzte Einkäufe besorgten, unter den Straßenlaternen ein flohbraunes Meer von Mänteln, Hüten, staubigen Stiefelschäften und matten Seidenstrumpfknittern am Knöchel, das sich um den schreienden Zeitungsjungen teilte, wie Ioan jetzt etwas außer Atem in die Seitenstraße um Piaţa Romană einbog und die Treppe zur Dachwohnung hochging, bebte eine Zufriedenheit in ihm, die er gewähren ließ. Nicht ohne Vorbehalt. Dass er seiner Maria ihre Ruck-Zuck-Küche ersparte, dass sein Sohn etwas Herzhaftes runterkriegte, stimmte ihn freudig. Dass seine Frau sich zu ihm setzte und mit ihm aß, dass sie lächelte, warm und flüchtig wie Kerzenlicht, brachte einen Krampf zum Bersten, der sich tagsüber zwischen seinen Schulterblättern eingezwängt hatte. Er wusste, es war vergeblich. Die Kinder rückten heran und setzten sich dazu, obwohl Maria vor Müdigkeit keinen Hunger hatte und die Nachbarinnen den Kleinen mit Feingebäck von Nestor gestopft hatten wie eine Haselmaus. Einmal hatte Ioan ein Gespräch in der Gesandtschaft mitgehört, als Italiener mit der römischen Sitte prahlten, Haselmäuse kugelig aufzufüttern und auszubacken, gefüllt mit Nüssen und Zibeben. Trotzdem, wenn seine Frau mit dem Messer die Scheiben Schwartenmagen auseinanderteilte, wenn das goldige Gelee um die dunkelroten Ochsenzungenstücke bibberte, wenn der eiserne Nachgeschmack der Leberterrine den Schlund überzog, konnte er nicht umhin zu glauben, dass es ihnen guttat. Ruhe und Kost, hatte der österreichische Arzt gesagt, weiter reicht unser Latein nicht.

Marias Wohnung in Bukarest
Montag, 20. Januar 1941, 10.39 Uhr

Maria hatte ihn nicht gehört, als er die Wohnung verlassen hatte. Sie war schon eine Weile mit dem Gesicht zur Wand gelegen, ganz die Mama, ihren Blick auf die Sprünge im Putz fixiert. Sich so gut wie völlig in die Wand dekantiert. Der Kleine stieß noch ab und zu seine Ferse in ihre Nierengegend, aber er schien mehr sich selbst weh zu tun. »Komm schnell, Maria!«, herrschte Mutter sie an, mit einem Schmirgelton in der Stimme, als hätte sie zigmal schon gerufen. War Maria denn eingeschlafen? Mutter entfernte sich vom Fensterbrett und keuchte. Sie hustete nicht, sie hatte Mühe, Luft zu bekommen. Unten auf der Straße war Gedränge vor dem Haus gegenüber, einige abgehackte Schreie klangen zu ihnen hoch, und darauf sofort kurze Brüller verschiedener Stimmen. Maria dachte an die Schimpansen im Film, wenn sie auf Randale ausgehen und über Cheetahs Muttertier herfallen. Mit beiden Händen auf dem Tisch und der Stirn dazwischen versuchte die Mutter so ruhig wie möglich zu bleiben. Sie wollte ihr etwas sagen. Als sie aufblickte, brannten rote Flecken auf ihren Wangen. »Ich glaube, sie haben ihn umgebracht. Maria, sieh doch nach, was kannst du sehen?« Die Straße war jedoch leer bis auf einige unbekümmerte Passanten. »Ich habe deinen Vater erwartet, da kamen diese Halunken im grünen Zeug und befühlten sich ihre Gürtel beim Gehen, ich konnte nicht sehen was, aber sie hatten Pistolen drin.«

»Wen haben sie umgebracht, Mutter?«

»Dein Vater ist noch unterwegs, er ist außer Gefahr.«

»Wen, Mutter, weißt du wen?«

»Ein Junge, er kam heran und hob seinen Hut, salutierte, aber sie ließen ihn nicht vorbei. Sie fragten ihn etwas, und er hob beide Schultern hoch, so.« Maria sagte nichts mehr. »Wenn sie nach einer Anschrift gefragt haben, freilich kannte sich der Junge nicht aus, er ist nicht aus dieser Nachbarschaft. Einen Augenblick schäkern sie, und du glaubst, sie kennen sich. Aber sie kennen sich nicht. Etwas an dem Jungen erkennen sie aber, ich meine nicht, dass er jüdisch ist, oder Freimaurer, oder was weiß ich, ich konnte es selbst von hier oben sehen. Er hatte das schon einmal erlebt. Etwas in seinen Knochen, wie er dastand, bot ihnen seine Blöße an. Sie wussten genau, wo sie Treffer zu landen haben. Fäuste wie durch Papier durch. Und jetzt kommt es mir in den Sinn, Maria. Du musst gut zuhören, denn ich habe fast keine Stimme mehr.«

74

»Mutter, wir müssen der Vermieterin sofort kündigen. Wenn ich morgen nach Zeiden fahre, wird das Haus in ein-, zwei Tagen bewohnbar sein. Ihr könnt aufbrechen. Aber jetzt muss ich ihr sagen ...«

»Ja, mach das. Aber hör mir zuerst zu, denn du musst das deinem Vater erklären.« Mutter atmete durch und setzte sich aufs Bett.

»Kannst du es mir nicht später sagen?«

»Weiß nicht. Es geht um Antonescu.« Maria wäre fast hinausgerannt. »Die Legionäre haben es spitzgekriegt, dass Antonescu ganz andere Absichten als die ihrigen mit dem Land hat. Wegen der Deutschen und wie Antonescu mit ihnen umspringt. Antonescus Absichten sind ... wie aufgedeckt. Wie auf meinem Röntgenbild. Und der Junge soeben: Die Halunken konnten sehen, wo seine Hohlräume waren. Antonescu kümmert sich nicht um eine geistige Auferstehung des Volkes, er will Rumäniens Aufnahme in einen Klub der Eliten.«

Maria war schon an der Tür. Ganz matt tönte es noch vom Bett: »Maria, zieh doch etwas an!«

Der kleine Bruder hob seinen Schlafrock und improvisierte ein Liedchen: »Maria im Schlafhemd, nackig auf die Straße ...« Zornig schlüpfte Maria ihr Kleidchen über. Es war das letzte Mal, dass sie es trug.

Treppenhaus des gegenüberstehenden Wohnhauses in Bukarest
Montag, 20. Januar 1941, 10.47 Uhr

»Du bist nicht gekommen, und dann habe ich gehört, dein Vater hat gekündigt. Die Gesandtschaft ... Ich wusste nicht, wo du wohnst. Jemand hatte einmal Piața Amzei erwähnt.« Weil der Junge nuschelte, hörte er sich vertraulicher an, als beabsichtigt. Er nuschelte, weil Blut in seinem Mund schneller zusammenquoll, als er schluckte. Sein Mund war wundgetreten, sein Auge eine dunkelblaue Falte, die aufsprang. Es war seine Blässe und die Langsamkeit, mit der er die geringste Bewegung vollbrachte, wie eine

Ameise, die aus dem Bernstein herauszukommen bemüht ist, was Maria zwang, stillzustehen. »Dein Vater wird mich umbringen«, fauchte sie, und er lachte auf, aber nur ein Gluckser kam zustande, und dann verschluckte er sich noch dabei. Sie sah ins Treppenhaus hinauf und wollte um Hilfe rufen. Da gaben die Beine unter ihm nach. Maria fasste rasch seinen Rücken, aber ihre Hand glitt aus und mit dem Hemd zusammengerafft hoch. Sie prallten hart auf die Treppenstufen, und als Maria versuchte, ihn aufzurichten, sah sie, dass sein Rücken ein Rinnsal war, glatt vom Blut aus einer Schusswunde im Nacken. Maria erschrak über den Schluckauf, der ihn in kurzen Abständen schüttelte, über sein unablässiges Flüstern, dass er immer gewusst hatte, wegen Schluckauf würde er ums Leben kommen, und ob sie ein Mittel dagegen kenne, über ihre Hilfsbedürftigkeit, über ihr Unverständnis dafür, was er hier zu suchen hatte. Maria kippte ihren Kopf zurück, um Hilfe herbeizurufen, aber der Junge raunte »Schschsch« und grub sein Gesicht in ihre Brust. Sie war empört, dass ein Mensch verbluten kann, wobei sein Zwerchfell Krämpfe auslöst, weil es irrtümlicherweise glaubt, Atemwege wären verschlossen. Von seiner Kopfhaut kam ein Duft hoch wie von Kartoffelbrot und Ameisensäure, den sie mochte. Es war dieser Moment, als Maria seinen Lockenkopf an sich presste, dass er sich mit einem erschütternden Schluchzer an ihrer rechten Brust festsog: Mit Krachen beugten und brachen sich ein paar Zähne aus seinem Kiefer heraus und blieben im Stoff ihres Kleides haften. In Zukunft wird Maria dieses langgezogene knorpelige Gekrache zurückrufen, um sich zum Weinen zu bringen. An Ort und Stelle blieb sie ungerührt.

II.

Herfurths Haus in Zeiden
Dienstag, 21. Januar 1941, 7.55 Uhr

Herfurth sagt heiser: »Sie kommen heute Abend von der Volksführung aus Kronstadt, Leontine soll sich bitte Mühe geben und
kommen. Es ist ein Vortrag mit Lichtbildern, sag ihr, es reicht,
wenn sie nur im Saal sitzt.« Und stillhält, denkt Maria. Hinhalten: ein oft wiederholter Scherz zwischen Maria und Leontine.
Wenn das Wort bloß fällt, drehen sie sich weg, gleich wo sie
stehen, als fielen sie plötzlich in einen Hexenkessel, in dem ver-
mengte Lachlust weiterbraut.

Kaffeekränzchen bei Leontine
Samstag, 31. August 1940, 17 Uhr

Einmal war die Mutter der feministischen Ida im Kränzchen
mitgesessen. Eine alte Bäuerin mit Kopftuch und Händen,
gichtknotig wie ein Haufen Windewurzeln im Schoß. Ida, einen
Fuß eingegipst nach einem Kletterunfall auf dem Königstein, be-
anspruchte ihre Hilfe, allerdings minus die Überwachung rund
um die Uhr. Sie war auffällig still diesmal, während ihre Mutter
mit geweiteten Nüstern die Witterung unbeanstandet gebliebe-
ner Frevel im Raum aufnahm. Die Flausen der Mode. Der Geist
der Zeit. Einhaken war aber nicht leicht, denn die meisten Namen und Ereignisse waren ihr unbekannt. Als die Frauen jedoch
über den jungen Volksgruppenführer herzogen, der im Taumel
seines Erfolgs, mit der 1.000-Mann-Aktion im letzten Sommer nicht 1.000, sondern sogar 1.060 rumäniendeutsche Männer an die Waffen-SS spendiert zu haben, zum Lohn keine Geringere als die Tochter des Gottlob Berger, eine Klara, heiraten

sollte, riss ihr die Geduld. Man bemerkte seine Freigiebigkeit mit Aufmerksamkeiten, Zärtlichkeiten und Versprechen in allen Gemeinden, als es ihm darum ging, den Mädchen ihre Hofführer für Hitler abzuwerben. Fast ließ er jeder eine persönliche Bürgschaft zurück, er würde allezeit in Abwesenheit so gut oder besser. Und erst die Ledigen. »Aber dafür haben wir doch den Stein da, im Kirchhof, mit der Kette.« »Ida, endlich!«, man lachte. »Ja«, erzählte weiter die Apothekerin Edith, unverfroren schulterzuckend, »ich habe gehört, der Andreas Schmidt soll nichts anbrennen lassen, ob alt, ob jung, er kann eben gut.« »Also das will ich mir jetzt nicht mehr anhören. Schatzichen, du wirst es noch erfahren: Wir müssen hinhalten. Von Vergnügen keine Rede. Den Arsch hinhalten müssen die Frauen, so ist das«, sagte Idas Mutter und klopfte sich die Handflächen nacheinander ab, wie man Staub wegmacht. War Herfurth mit dabei? Maria kann sich nur an ungläubiges Frauengelächter erinnern, wie es um den Tisch aufstieg und den lichterfüllten Raum belebte: Leontines Veranda, verbaut mit Glaswänden, in die eingelegt acht Rhomben aus gelbem Glas und acht Rechtecke aus meerblauem, oben und unten rundum in gleichen Abständen einen Fries ausmachten. Den hatte Leontine so ausgerichtet, dass die gelben Rhomben die Nachmittagssonne auffingen und den Raum zeitwilig in Muskatweinlicht tauchten. Darin nun Idas Mutter in einem schnorrenden, Rücksichtnahme vorschützenden Selbstgespräch fortfuhr: »und wenn es euch im Arsch juckt, steckt euch einen Krautstrunk rein und zieht euch einen Sack Kartoffeln auf den Bauch.«

Als Maria gerade genug Deutsch verstand, um Gesprächen folgen zu können, hatte sie begriffsstutzig zugehört, wie Sachsenkinder, nur wenige Jahre jünger als sie selbst, sich erzählten, dass Schwangere ihre Kinder durch den Arsch hinausbekämen. Als gehörte es zur guten sächsischen Erziehung, anzunehmen, dass die Spalte, die sich im Halbkreis unterhalb der beiden Rumpfhälften zieht, uniform zäh wie das Sitz- und Prügelfleisch ist, und darum auch kurzerhand »Arsch« genannt werden soll. Gewöhnlich hätte eine kurze Besprechung mit Leontine genügt, um die Welt zurechtzurücken; jedwelche Tourniquets guter Erziehung abzuschaffen, um Blut- und Ideenzufuhr freizugeben. Vielleicht schläft Leontine noch. Vielleicht kann Maria sie wecken und ihr die Einöde verständlich machen, in die sie sich verlaufen hat.

Herfurths Haus in Zeiden
Dienstag, 21. Januar 1941, 8 Uhr

Das mit dem Vortrag soll Maria ihr sagen, weil Herfurth keine Geduld mit Leontine mehr hat. Herfurth ist es alleseins, was Maria denkt. Ihr Gesicht stach hart hervor aus dem fliehenden Morgennebel vor seinem Fenster, wie die chitinösen Backen und Augen einer Fliege. Er winkte sie herein und setzte das Rasiermesser an, jedes Mal, wenn Maria einen neuen Satz anfing. Johnny Weissmüller heißt er. Das Fällen eines Vollbarts, den Herfurth sich drei Wochen mindestens stehengelassen hat, begleitet ein sanftes Rollen von Zirptönen, das dem Zikadenlärm im Dschungel ähnelt. Weiß dieses Mädchen, das im Mantel dasitzt und redet, dem die Röte ins Gesicht steigt, dass Tarzan ein Rumäniendeutscher ist? Dass der olympische Sieger im Wettschwimmen und Hollywoodstar einer von uns ist? Ihre Lippen nun scharlachrot. Die Wangen stehen hervor wie Granatäpfel. Brutfärbung. Tritt auf, wenn Lachse die Gewässer erreichen, wo sie laichen. Treiben es mit vorgeschichtlichem Ingrimm. Seit Rumänien 1919 Siebenbürgen ergattert hat, ist die Bevölkerung auf dem Land mindestens um vier Millionen angestiegen, eine unerhörte Explosion. Bei den Sachsen Geburtenrückgang durch die Bank bis neulich. Dabei ist Maria äußerst hübsch geworden. Er hatte das Fenster aufgerissen und mit seinem angenehmen Bariton ausgerufen: »Was denkst du dir, Maria, soll nun aus meinem Frieden werden, wenn die Jungen erfahren, dass du zurück in Zeiden bist, und mich auf der Straße umrennen?« Ihr Körperchen verspricht eine Maja Desnuda von der anderen Straßenseite besehen. Nahebei kommt sie ihm gebrochen vor wie ein splitteriges Streichholz. Erst als Leontine ihm dereinst weismachte, dass Maria eigentlich ganz gut zu ihm passen könnte, inmitten einer ihrer verflixten pückischen Schippennahmen, wo man nie weiß, woran man ist, sah er ein, wie peinlich ihn die Tributforderung der Rumänin berührte. Was es kostete, ihre Süßigkeit zu invertieren. Frauen wie Maria seien, laut Leontine, sein Stoff: Frauen, die Geschäfte führen, Unternehmen verwalten, Realität um ihren Finger wickeln können, die allezeit mit beiden Füßen fest auf der Erde stehen. Nicht die gefühligen kuhäugigen Sachsenmädchen, die sich einbilden, er wolle sie unter seine sensiblen Fittiche nehmen. »Es gibt genug selbstbewusste Sachsenmädchen«, hatte er gekontert. »Natürlich«, räumte Leontine ein, als müsste sie der Form halber den Kern der Sache nennen, »es muss dir schon vorkommen, dass du sie mehr als nur einmal ficken könntest.« Es war im Affekt anschwellender Empörung, die Herfurth wegen Edith empfand, da er sich verriet. Aber mit Leontine konnte man Pferde stehlen. Sie wechselte ihre Miene unvermittelt und wusste, verflixt und zugenäht, sie wusste Bescheid.

Herfurths Zukünftige steht früh auf. Sie geht früh zu Bett im großen Haus am Markt, wo vorne ihre Apotheke ist. In ihrer Kindheit war der Raum nur zur Hälfte freigegeben. Doch zwischen den Hustenbonbons und dem Tannensirup, alles in der Sommerküche selbst zusammengebraut, den Bottichen mit Malzschrot und Rohöl aus dem Erdölgebiet, das Tote zum Leben erweckt und Läuse samt Kopfhaut entfernt, steht nach wie vor ein Krautfass aus der Zeit der Urahnen, vielleicht noch vor der Zeit, als man Kartoffeln in Siebenbürgen angebaut hat. Auf dieses Fass legen die Kunden unauffällig die Hand, als legten sie einen Eid ab. Es soll eines der letzten sein, die man zum Andenken aus den Fruchthäuschen der Burg herübergerettet hat, wo sie während Belagerungen und unendlichen Wintern im miserablen siebzehnten Jahrhundert die Gemeinde vor dem Skorbut bewahrt hatten.

Herfurth ist auch vom Fach, verfolgt eifrig die neuesten Entdeckungen in der Medizin und spielt mit Leontine das Spiel: Wenn wir Penizillin ins vorige Jahrhundert schaffen könnten, wem würdest du es verabreichen? Für Herfurth eigentlich kein Thema, er würde Nietzsche sofort aufsuchen. Leontine kann sich zwischen Flaubert und Manet nicht entscheiden. Zwar ist es ihr unleidlich zu wissen, dass Manet auch im Endstadium seiner Syphilis nicht zugeben konnte, dass er dem Treponema pallidum erlegen war, sich einredete, er leide an etwas anderem. Das quetscht und prellt ihr Gemüt, wobei sie Flauberts klinische Selbstbeobachtung bewundert. Der verglich seinen zerstörten Leib mit einem faulen Camembert. Flaubert also. Ach weißt du, sagt Leontine, und zieht an der Zigarette, der lange Sommernachmittag steht ihnen bevor wie ein lichtbesprenkelter Hohlweg im Wald; ihr Gespräch schützend umfasst. Unsere Sympathie tendiert immer zu den besser Angepassten, und – sie schwingt die Zigarettenspitze aufwärts – Bewunderung geht vor Mitleid. Wie sich die Nazis über Wien und Paris breitgemacht haben. Gewalt zeugt nicht von Anpassung. Unangepasste zerschlagen Instrumente, die sie nicht meistern können. Und dann kommen sie uns mit dem Rassenschmarrn.

Maria, die starr im Sessel aufsitzt, ist verstummt. Ihr Blick verweilt auf ihm mit febriler Beharrlichkeit. Herfurth erinnert sich plötzlich an die Radiosendung um Mitternacht und stockt. Wie konnte er das bis jetzt vergessen? Studenten demonstrierten auf den Straßen, sangen und skandierten, es soll eine rein legionäre Regierung geben. Nieder mit Antonescu, Horia Sima soll Führer werden. Vielleicht ist es schon zu einem Regierungsputsch gekommen? Unvermittelt fragt er Maria. Es gab Unruhen in Bukarest, aber das sei nur der Anfang, meint ihr Vater. Ihre Familie wolle zurückkehren, innerhalb von Tagen. Herfurth fragt nicht weiter. In seinem Hinterkopf stellt sich ein Rauschen ein. Seit dem letzten Herbst saust die Zeit an uns vorbei, denkt Herfurth. Ich fühle den Schwung in meinen Gliedern. Die Welt bewegt uns mit, ob abwegig, wie Leontine meint, oder einlenkend, wie unsere neue Führung behauptet. Fakt ist, der Rückenwind, der uns aus Deutschland zuweht, hat nach zwanzigjährigem Warten bewirkt, dass die Rumänen ihr Versprechen an die Sachsen einlösen. Seit September sind wir eine Körperschaft öffentlichen Rechts, und in unsere sächsischen Einrichtungen kann uns niemand mehr dreinreden. Ähem. Außer Hitlerdeutschland. Leontine lacht sich die Haut voll darüber, dass es uns irgendwie leichter fällt zu akzeptieren, dass die Deutschen über uns das Sagen haben, weil es den Rumänen ähnlich schlecht ergeht. Weil denen jetzt die deutsche Wehrmacht ins Land steht, einquartiert in ihre Dörfer und Städte. Jetzt im Januar sind mehr reichsdeutsche als rumänische Soldaten in Kronstadt stationiert. Weil Antonescu mit den Legionären fuchtelt, die ihrerseits Oberwasser von der SS bekommen. Geißler soll ihnen Waffen zugesteckt haben, und mir scheint, heuer ist Bukarest eine eigene rumänischlegionäre Kristallnacht beschert. Das wird schon schiefgehen. Auch wenn Antonescu nichts tut, schaufeln sie sich selbst ein. Antonescus Armee hat allenfalls die Oberhand, selbst wenn die Wehrmacht sich das Spektakel tatenlos ansehen sollte, südwärts gewandt, das Land der Griechen mit der Seele suchend. Trifft es zu, dass wir Sachsen um jeden Preis unsere kleine Sachsenwelt bewahren wollen, zu jedem Kompromiss bereit, keiner Schandtat verlegen sind?

Unterwegs zum Gemeinderatstreffen im Zeidner Rathaus
Donnerstag, 11. Juli 1940, 10.45 Uhr

»Wir denken nostalgisch«, sagte Leontine zu Herfurth, der sie begleitete. »Vor dem Weltkrieg waren wir an der Schwelle einer besseren, erfüllteren Zeit. Wir waren der Aufgabe gewachsen, die Österreich-Ungarn ursprünglich an uns gestellt hatte. Was wir nie richtig begriffen hatten. Für Österreich waren wir eine entfernte gescheiterte Provinz: Nicht nur waren die Steuern, die wir der Krone zahlten, enttäuschend erbärmlich. Wir wurden hergeladen und mit Privilegien ausgestattet, damit wir die Zivilisation vorantreiben, gut und für die Krone erträglich wirtschaften. Das waren unsere Abmachung, unser Zweck und unsere Rechtfertigung. Stattdessen haben wir unsere Privilegien privat ausgeschlachtet, haben uns ein kleines Ländchen gemütlich eingerichtet und nicht danach getrachtet, dass die Krone auf ihre Kosten kommt. Wir machten den Erhalt unserer eigentümlichen Sachsenwelt zum Daseinszweck. Lieber klein, aber mein. Ja, ja, die Krone hatte im achtzehnten Jahrhundert so viele Kriege angezettelt, es befremdete uns, und wir verloren den Zusammenhang. Warum wir uns für die Kriege Österreich-Ungarns abzuquälen hatten. Weißt du, als die Garnisonen der Kakanier bei uns einquartiert werden sollten, waren sie nicht wenig überrascht, dass sich die Sachsen die Mühe machten, ihnen regelrechte Kasernen außerhalb ihrer Stadtmauern zu errichten, nur um ihren teuren Haus- und Gemeindefrieden nicht einzubüßen!«

»Es war der Dreißigjährige Krieg, Leontine, und nachher das Versagen der Habsburger, uns zu protegieren, was zum Bruch geführt hat. Die Krone ist selbst schuld.«

»Tja«, sagte Leontine, »der Haken daran ist nur, dass wir, und nicht die Krone, hier Bittsteller waren. Die Krone brauchte unsere Steuern weniger, als wir ihre Protektion. Da haben wir uns verrechnet. Wir stellten uns an wie der Esel, der sich über das Dorf geärgert hat und nicht mehr zurückwill. Aber der Esel braucht das Dorf mehr.«

»Und nach dem Ausgleich, als die Ungarn uns magyarisieren wollten und die Rumänen im nationalistischen Untergrund alle Fremden aufscheuchten, war es wunder, dass wir unser Sachsentum noch stärker empfanden? Du siehst es bei den Juden: Assimilierte bekehren sich zum Judentum, jetzt, da sie deswegen verfolgt werden. So auch wir damals, vor hundert Jahren: Wenn jemand etwas an meinem Deutschtum aussetzt, da werde ich erst recht deutsch. Das ist allzu menschlich.«

»Genauso wie irren. Auch menschlich. Man wird angegriffen und baut an der Stelle eine Schutzmauer, dahinter mobilisiert man eine Armee, weiter im Hinterland wird ein Waffenarsenal zurechtgeschmiedet. Eh du dich versiehst, wird das dein Schwerpunkt. Was wir im Auge behalten müssen, ist, dass diese Einstellung aus einer Abwehrhaltung kommt. Geduckt, fauchend, zähnefletschend im Wesen – nicht frei erfunden. Die unter Zwang entstanden ist. Mit solchem Grottengewächs schlägt Deutschland jetzt eine Parade für sich: Weil jemand einmal das Deutschtum schlechtgemacht hat, ist ihnen das Deutschtum das Höchste über alles geworden. Mir ist speiübel von diesem Schwindel mit Volk und Charakter – nämlich man wär' so und nicht anders beschaffen, weil man deutsch oder jüdisch oder sonstwas ist. Speiübel.« Sie lächelt. »Womöglich weil wir Sachsen Pionierarbeit darin geleistet haben... Waren als Minderheit ja auch eher angreifbar.« Der Krieg nimmt sie mit, hatte Herfurth in dem Augenblick gedacht. Man könnte sonst versucht sein zu denken, dass Leontine gar nicht altern kann. Sie ist irgendwie dem Inzuchtschaden ihrer Abstammung entgangen. Wie Edith hat sie die großen Knochen der Sächsinnen, aber ihr Fleisch ist zäh und ihre Bewegungen wieselflink. Manchmal, wenn er ihr gegenübersitzt und sie haben schon ausgeredet, der Abend gießt bläuliches Licht zum Fenster hinein und beide regen sich nicht, das Feuer im Sparherd ächzt und wirft einen verlegenen Schein auf diesen und jenen Goldrand, und immer noch regt sich niemand, um das Licht anzuzünden, manchmal fragt sich Herfurth, welche interstellaren Messgeräte geeignet wären, den Abstand zu schätzen zwischen dem jetzigen Stand der Dinge und der Geschichte, in der wir alle richtigen Entscheidungen getroffen haben. Es ist kein gutes Gefühl. Ihm wird irgendwie schwindlig und brausig im Kopf, wie damals im Treppenhaus der Alten Pinakothek.

Alte Pinakothek in München
Mittwoch, 30. April 1930, 12.00 Uhr

Auch das hatte Leontine ihm eingebrockt. Jaja, sie wusste Bescheid. Seine Edith ließ sich umarmen, war aber steif wie ein Brett. Leontine hatte zwar nicht ausdrücklich gesagt, worauf ihre Vermutungen hinausliefen, sie empfahl ihm nur unumwunden, Edith demnächst ein Lucas-Cranach-Album zu schenken. Herfurth waren die Einheiten schwarzer Magie, mit denen Leontine handelte, nicht neu. Widerlich, weil er brannte zu wissen, sich aber lieber eine Hand abgekaut hätte, als nachzuhaken. Widerlich, aber wirksam. Sämtliche Lichter gingen ihm auf, als er schließlich vor den Cranachbildern stand. Entgegen aller Erwartungen kann man als ausgewachsener Mann und Mediziner durch eine Erektion ganz von den Socken gebracht werden. »Ha!«, hatte er ausgerufen, lauter als erlaubt war, und sich missbilligende Blicke und das Gezwitscher junger Engländer – »ripping Stendhal Syndrome!« – zugezogen. Denn er stellte fest, dass den abgebildeten Frauenakten Frauen aus seiner Stadt in Siebenbürgen Modell hätten stehen können. Das war es, weshalb Leontine ihn hergeschickt hatte. Denn es gibt diesen Körpertyp im Reich oder anderswo nicht mehr. Weil im Reich die Träger dieser Erbanlagen diversere Verbindungen eingegangen sind, als es in der Genkonserve Siebenbürgen erdenklich passieren konnte. Schmalschultrig, zartbrüstig, starkbeinig und mittendrin das blendende Ellipsoid weit ausholender Beckenknochen, so lieblich, wo es aus dem Bild hervorsticht: Lucas Cranach ist scharf auf unsere Mädchen! Walter von der Vogelweide hätte sie aufs Artigste gevögelt. Wolfram von Eschenbach würde sich als Wanderpokal von der einen zur anderen reichen lassen und unsere schöne Stadt in der Armbeuge der Karpaten nie mehr verlassen. Eine patriarchale Rührung überkam ihn. Dass so kostbare Weiblichkeit unerschlossen bleibt! Die Rumänen, Ungarn und Slawen pfeifen auf unsere Sachsenmädchen. Bei ihnen hat sich ein zappliger Windhundtyp durchgesetzt. Obwohl Herfurth keine großen Stücke auf die Mission der frauenbewegten Damen im Sachsenland hält, kann er sich ohne Mühe zu Gemeinheiten hinreißen lassen, die darauf zielen, dass den anderen Völkern die Wenigkeit der Frau nie wenig genug ist. Und schließlich: ein Drittes. Man sagt, als Marlene Dietrich sich für den Blauen Engel bewarb, soll ein Assistent Sternbergs befunden haben, dass ihr Popo nicht schlecht sei, aber brauchten sie nicht auch ein Gesicht? Die Gesichter der Cranachfrauen hatten die kuriose Eigenheit, dass sie Herfurths Aufmerksamkeit blitzartig ableiteten. Sie leuchten, dachte er, wie mit Zitrone aufgehellt. Ihr Farbton lockte entfernte Bilder vom Schweineschlachten aus seiner Kindheit hervor, als er heißhungrig von den wilden Düften darauf wartete, dass der Ausruf kam »Wie eine Zitrone!«. Der bedeutete, dass die Erwachsenen das Schwein aus dem Sengefeuer gehoben hatten, dass mit einer Handvoll Stroh alle Borsten abgerieben waren und die Schwarte leicht vom erhitzten Speck abgezwickt werden konnte. Im Mund zerplatzte und schmeckte die Schwarte Zelle für Zelle. Das ist die erste Fertigkeit, die der Mensch erwirbt, das Zellgewebe einer Brustwarze mit Zunge und Gaumen auszupressen. In Herfurths Fall eine bewusste Vorliebe: Trauben, Melonen, Honigwaben, alles was Zellen hat, die bersten: Cranachfrauen, ein Mund voll Cranachfrauen, die zwischen Zunge und Gaumen zergehen, in Bächen von gelbem Fett und Süßigkeit an ihm hinunterfließen. Schließlich dämmerte Herfurth, was das Dritte war, und seine Stimmung schlug um, denn er war auch nur ein Mensch. Drittens war es schade. Dass der Beischlaf am besten ist, wenn eine Prise Verachtung dazukommt. Die Gesichter gaben den Ausschlag. Fies und herzig lächelnd wie ein frisiertes Spanferkel gibt es nichts, was sie vorenthalten, keinen Dreck, für den sie zu schade sind. Man findet den Anschluss, wenn man in einer Frau etwas enthüllt, was sie als geringere Lebensform bloßstellt. Das sollen die Feministinnen sich mal hinter die Ohren schreiben. Buchstäblich. Es sollte ausreichen, ihnen einen Mann zu besorgen, der sie regelrecht überbrät.

Herfurths Haus in Zeiden
Dienstag, 21. Januar 1941, 8.25 Uhr

Herfurth hat einfach keine Zeit mehr für Leontine. Heute, zum Beispiel, war er aufgewacht, im Begriff, zur Arbeit zu gehen. Und dann kommt Maria vorbei, und er kann nicht umhin, als auf der

Stelle zu entscheiden, dass er zum Waldbad muss. Ja, es ist Januar, na und? Seine Stiefelschäfte reichen bis an die Knie. Ins Bad und zurück braucht er einen halben Tag, dann kann er immer noch einen Anzug anziehen und zum Gemeindesaal flanieren. Der Schnee knautscht und knirscht und wird den Rausch der Zeit in seiner Ohrmuschel übertönen. Herfurth will frieren. Allein wie ein Spartaner den Angriff der Wölfe erwarten. Das Mädchen Maria sitzt auf seiner Couch, sammelt ihr Gepäck um sich, als wäre sie bereit aufzustehen. Für einen Sekundenbruchteil glaubt Herfurth, dass Maria angespannt einen Vorwand sucht, länger hierzubleiben. Aber letztendlich, was kann sie schon verbrochen haben. Es ist ja nicht so, als hätte Maria sich bei der politischen Führung über Leontine und Albert verplappern können. Dazu gehört mehr. Für diese Leistung steht Herfurth persönlich alle Achtung zu. Als Maria an ihm vorbeigeht, malt er sich das Gesicht des Mädchens aus, und seine Erleichterung, wenn er zu sagen wagte: »Vergessen wir uns, Maria. Steigen auf den nächsten Zug und löschen einfach unsere Vergangenheit aus.« Das würde Leontine als russische Geste bezeichnen. Garantiert säße sie mit ihnen im Abteil und rauchte die letzte Sobraine der Welt. Stattdessen drückt er den Rücken durch und sagt: »Grüß mir die Leontine und sag ihr, sie soll sich heute Abend sehen lassen.«

Gemeinderatstreffen im Zeidner Rathaus
Donnerstag, 11. Juli 1940, 11 Uhr

»Wir denken nostalgisch«, hatte Leontine auch später im Gemeindesaal behauptet, »nicht vernünftig. Wir wollen um jeden Preis die Uhr zurückdrehen zum Zeitpunkt so um 1913, da wir an der Schwelle standen, unseren rechtmäßigen Platz in der Geschichte einzunehmen. Ohne zu begreifen, dass der Wind eine neue Richtung eingeschlagen hat, haben wir nach dem Weltkrieg gebockt, haben uns in Kleinsachsen eingemauert und der Illusion hingegeben, wir könnten Rumänien zum Trotz separat fortbestehen. Wir hätten unsere Geschichte vorantreiben sollen, statt zu schmollen. Wir hätten danach trachten sollen, uns dem Staat unentbehrlich zu machen.« Der ehemalige Stadthann saß Leontine direkt gegenüber und antwortete mit einer unerwarteten Milde, die seinem Sperbergesicht fernlag: »Das war nicht möglich. Der rumänische Staat hat uns alle im Vorhinein bewilligten Rechte praktisch vorenthalten. Wir verstehen sie sogar. Ihre Stunde hatte geschlagen. Die eigene Genugtuung war dran. Unsere Politiker haben alles versucht – überzeugen, zuwarten. Sollten eine Völkerbundsklage in Genf einreichen. Du weißt, was folgte, Leontine: Wir zahlten erhöhte Steuern für die Schulen. Dann standen unseren Jungen im Militärdienst anderthalb bis zwei Jahre Misshandlungen bevor: Wo immer Rumänen Sachsen in ihrer Gewalt hatten, wurde ihnen die Geschichte heimgezahlt. Wir wurden aus dem Beamtenwesen entlassen. Wie sollten wir uns beliebt machen? Es war keine rechte Zeit dafür. Zuerst musste Vergeltung geschehen. Bestraft für die Privilegien. Ich weiß nicht, wann die Jahrhunderte, in denen wir ihnen ... ja, was denn?... Eigentumsrechte in unseren Städten und auf unserem Königsboden verweigert haben? Aufnahme in unsere Zünfte verwehrt? Marktrechte eingeschränkt haben?... abgegolten sein sollen.« Er blätterte zerstreut in seinen Papieren: »Vielleicht unsere Kindeskinder ...« Es war dem Hannen schon vorher durch den Kopf gegangen, und er hatte auch begonnen, eine Vergeltungsliste zu seiner eigenen Unterhaltung aufzustellen, ein Hauptbuch, das seine Finger jetzt unbewusst ertasten wollten. Auf der linken Seite Haben: acht oder neun Jahrhunderte lang Privilegien; auf der rechten Seite Soll: wie sie uns dafür bestraft haben. Es fällt ihm schwerer als gedacht. Ihm ist, wie wenn er mit seiner Meta zuhause in einen Streit verkeilt ist, und sie zetert, und ihm gehen die Lichter aus, bis er nicht mehr weiß, worüber sie streiten. Stattdessen zeichnet er ein Haus unter Soll. Er zeichnet den Laden der Brotfabrik Adolf Bitt in Bistritz. Der Hann hatte Adolf als jungen feschen Springhansel in Kronstadt gekannt, als der noch zusammen mit dem Verleger Christel in die Buchdruckerlehre ging. Adolf wechselte dann zum Brotbacken über, gründete

eine Kohlenbrennerei dazu und eröffnete 1908 das erste Kino in
Bistritz. Es sprach sich herum, dass die Kinder sich darum rissen,
seine Brote zu verkaufen, denn für jedes verkaufte Brot gab es eine Marke und für zehn Marken einmal freien Eintritt ins Kino.
Nach dem Krieg beschlagnahmten die Rumänen erst seine Mehl-
vorräte, dann die ganze Fabrik, setzen eine Autodivision hinein
– was dem Adolf, der in Maschinen verguckt war, unter anderen
Umständen gefallen hätte – und ließen ihm 1919 eine Spelze anstelle der rentablen Wirtschaft zurück. Das Geld war knapp, und
die Banken hatten keine Kredite für Sachsen übrig. Nach zwei
Jahren zerzauste es ihm die Nerven, und Adolf Bitt war tot. Der
Hann zeichnet auch das Schwimmbecken im Waldbad, in dem
ein blondes Mädchen, ein zartes Fischlein, mit dem Bauch nach
oben an der Oberfläche treibt, seine Arme sind ihm gebrochen
worden, und den Eltern wird nicht gestattet, sie wiederzusehen.
Was dem Mädchen, das eigentlich wollte, ihr Leichnam möge
niemals und besonders nicht von ihren Eltern entdeckt werden,
gefallen hätte. Er sieht ihr Gesicht, aber er kennt sie nicht. Der
Hann zeichnet weiter den Zeidner Glockenturm im Schneegestöber. Auf Neujahr um Mitternacht spielen die Musikanten
zum Tanz vom Turm hinab auf den Marktplatz, wo sich Sachsen aus allen Richtungen versammeln, mit Feuerwerken und Flaschen bestückt, umeinanderwirbeln, klatschen, sich vor dem Vergangenen verbeugen und das Neue begrüßen. In der Kälte bildet
der Schall einen Kristall um den Wetterhahn, die Basteien und
Wehrmauern der Kirchenburg, den Ballsaal und die Schulen der
Gemeinde, auf ebener Erde gebaut, wo einst der Wassergraben
klaffte, den zinnenen Drachenkopf, der Wasser vom Dach des
Rathauses speit, die soliden moosbewachsenen Bergsteigerbeine
der Sachsen, die sie zum Tanz schwingen. Als die Musikanten
steifgefroren vom Turm heruntertorkeln, entdecken sie perplex,
dass man sie eingesperrt hat. Der Eingang zum Turm ist von
außen zugestemmt. Was man den Rumänen nicht übelnehmen
kann, denn sie wollen auch ihren Spaß auf Neujahr haben. Er
hat die Farbe eingeschmolzener Schneeflocken. Auch zeichnet

der Hann das Loch, das ein Rumäne mit seiner Zigarette in den neuen Mantel der Kindergärtnerin Herta brennt, zwischen die Schulterblätter, als alle das Schauturnen vom Turnverein anpeilen. Ein Loch, das bleibt. Was sich in keiner erdenklichen Weise zum Guten kehren lässt. »Wir werden es ihnen immer übelnehmen, dass sie nach unserer Habe trachten; abpassen, dass wir schwach werden, um sich ins gemachte Nest zu setzen. Wir haben gerodet. Wir haben für alles, was wir besitzen, gearbeitet, als wären wir nicht privilegiert. Nicht wie die ungarischen Adligen, die Drohnen, die sich Dörfer in Leibeigenschaft hielten. Wir haben selbst gerodet. Wir haben unsere Städte selbst aufgebaut. Jetzt werden wir behandelt, als wären wir Sklavenhalter gewesen, als hätten wir unsere Errungenschaften ihnen zu verdanken und stünden in ihrer Schuld. Wir haben leider Gottes keine Beweise...«

Die Geschichte, die Leontine der Versammlung an jenem Vormittag auslegte, drehte sich um zwei Jahrhunderte wirtschaftlichen Winterschlafs, in dem die Sachsen ihrem Zusammenhalt der »Stiftung Deutschtum« zuliebe nach und nach ihren Wohlstand einbüßten. Aber in dieser Blase hatten die Sachsen überwintert, mutmaßte Leontine. Es war ein prekärer leisetreterischer behutsamer Gruppentanz, präzise geregelt wie Uhrwerk, das rückwärts läuft, mit dem man als Gemeinschaft gerade noch über die Runden kam. Um die Jahrhundertwende hatten sie sich in eine Zeit größerer Stabilität hinübergerettet. Sie konnten aus ihrem Gehäuse herausschlüpfen und vorwärtsgleiten. Doch etwas hatte sich in dieser mageren Zeit an die Sachsen geheftet. Ein Lindenblatt am Rücken. Ein Faden zog sich nun durch die eingestickten Kreuze auf ihren Gewändern und hielt sie zusammen. Eintracht durch Zusammenarbeit. »Bis zum Weltkrieg entwickelte sich im Sachsenland eine blühende Leichtindustrie. Der Engländer Charles Boner«, fuhr Leontine fort, »der uns in den 1860ern besuchte und die Produktion in unseren Zünften rückständig fand, hätte gestaunt, wäre er sechzig Jahre später in Kronstadt in die Schergsche Fabrik getreten und hätte die Stoffballen mit ›Made in England‹ durchwirkt gesehen. Die Qualität der Ware war den Engländern inzwischen gut genug, uns ihren berühmten Tweed in Auftrag zu geben. Und hier in Zeiden gab es seit 1903 ein Elektrizitätswerk, die Werkzeugfabrik Wenzel, die Holzwarenfabrik Gross, auf deren Parketten man in Kronstadt tanzen lernt, die Baumwollweberei Mieskes und andere mehr.«

»Na also«, unterbrach man sie ungeduldig von allen Seiten. »Unsere Arbeit, unser Werk, unser Wirtschaften. Das bewegt uns. Darum waren wir keine Sklavenhalter und Kolonialherren.«

»Außerdem, selbst wenn wir ihnen Arbeit abzwingen wollten, wie könnten wir sie unterwerfen? Rumänen hätten täglich Gelegenheit gehabt, Fersengeld zu geben, über die Karpaten in die Walachei zu flüchten. Oder unsere Wirtschaften anzuzünden, und dann wären sie uns im Handumdrehen losgewesen.«

»Quod erat demonstrandum«, warf der neue Pfarrer ein. »Wenn auch nur die Hälfte von den Mordbrennereien, die unsere Großväter uns erzählten, wahr ist, haben die Sachsen spätestens im 1848er einsehen müssen, dass ihre Häuser drangenommen werden konnten, auch wenn sie kein Geld ausspuckten«, Leontine streckte sich unauffällig und sah sich um. Die Tradition der Geschichten, in denen ein junger Sachse von Gesellenwanderungen heimkommt und nichts mehr wiedererkennt, weil die Zeit im Schnelldurchlauf vergangen ist und in einem Wanderjahr für ihn ein Jahrhundert in seinem Heimatort verstrichen war, hat wohl damit zu tun, denkt Leontine. Nur ist alles verkehrt. Der Sachse kehrt aus der Fremde nach Siebenbürgen zurück, wobei doch in Siebenbürgen die Zeit auf der Stelle trat. »Hm, hm.«

»Ja, Leontine hat eine Idee?«

Ja, sie spürte es auch. Der Gemeindesaal, mit den Nusstäfelungen, den fürstlich hochlehnigen Stühlen um den kolossalen Tisch, an dem alles entschieden wurde. Nein, das war es nicht, es war die Zuneigung in den Gesichtern, die behaglichen Gesichter der Nachbarväter, der Richter, der Notar, der Hann, der Pfarrer im Talar mit den Silberhaspeln, Presbyter und Presbyterinnen. Wie wohlig, unter Sachsen zu sein. Frei von der Gemeinde gewählt, ihr Schicksal zu lenken. Leontine begann langsam.

»Etwas aus der Geschichte der Familie Scherg. Wie bekannt, Verwandte von mir. Nachdem Katharina Scherg an der Seite ihres Sohns die Tuchfabrik in Kronstadt zu einer Rentabilität heraufgewirtschaftet hat, die in Rumänien mustergültig bleibt, hielt sich so um 1890 die Familie finanziell gut über Wasser. Die alles verzehrende Sorge um die Zukunft ließ nach und räumte Platz für andere Bedenken ein. Nun war unsere Katharina Scherg mit der alten Zunftordnung aufgewachsen, die Lehrlingen eine feste Bleibe im Haus und am Tisch des Meisters gab. Wenn junge Menschen jetzt in die Fabriken der Städte strömten und tagsüber arbeiteten, wie sah es mit Verpflegung aus? Sie grübelte und verhandelte und schrieb Briefe und warb Hilfe an. Schließlich spendete sie 2.000 Florin von ihrem eigenen Geld als Reservefond, dessen Zinsen der Verwaltung dienen sollten, und es kam zur Eröffnung einer Volksküche in Kronstadt. Arbeiter aller Nationen waren willkommen und wurden bedient: Sachsen, Rumänen, Ungarn, Zigeuner, alle. Die Frage ist: Warum tat sie das? Sie war vorher nicht gerade durch ihren Wohltätigkeitszwang aufgefallen. War stets eine äußerst praktische, pragmatisch denkende Frau. Ich glaube, es hat mit Rechtfertigung zu tun. Wenn man in eine Machtposition kommt, muss man diesem Privileg ein ... Gegenstück in der eigenen Rechtschaffenheit finden. Man will Gewissheit, dass man das Privileg verdient hat, weil man rechtschaffen ist. Oder umgekehrt. Weil die anderen nichtsnutzig sind. Ihr kennt unsere Geschichten, Schwänke und Witze, in denen wir den Ruf von Rumänen und Zigeunern übel zurichten. Nein, ich will nicht streiten! Ich will nicht richten, wieviel Wahrheit dahinter steckt. Tatsache ist, wir haben uns diese Geschichten ausgedacht, und ich hoffe, ihr könnt einsehen, wie gut wir damit rechtfertigen können, dass wir uns diesen Völkern verschließen. Jetzt komme ich zum Punkt.«

Warum altert dies Weib nicht, denkt der Richter Göbbel. Wenn sie aufsieht, scheinen ihre Augäpfel weiß wie Perlen.

»Die Rumänen haben uns in ihrer Gewalt.« Leontines Stimme war fest. »Nicht erst seit 1918, sie waren auch vorher die Mehrheit um uns, und haben nun noch die Staatsgewalt dazu. Was sie uns alles vorwerfen, läuft darauf hinaus, dass sie mehr Recht als wir auf das haben, was wir uns in Siebenbürgen erbaut haben. Sie haben zwar die Macht, sich in den Besitz unserer Eigentümer zu bringen. Das reicht aber nicht aus. Der Mensch braucht Rechtfertigung. Es soll kein Übergriff sein, sondern eine Rückgabe von uns an sie. Weil wir hier sowieso nichts zu suchen hätten. Weil wir unsere Städte unter ausbeuterischen rechtsverletzenden Umständen errichtet hätten. Weil wir ihnen etwas schuldig geblieben wären. Und so weiter und so weiter. Das Verfahren können wir Schritt für Schritt verfolgen, wenn wir achtgeben, was den Juden widerfährt. Unter Deutschen und unter Rumänen.«

»Aber das kannst du doch von den Deutschen nicht sagen«, rief da die Lehrerin Herzi Kraus durch den Saal. »Die Rumänen, ja. Das haben wir auch so gesehen, dass wir gegen die Verfolgung dieser Minderheit protestieren müssen, haben es auch getan, weil wir im gleichen Boot sitzen, und was heute mit den Juden geschieht, kann morgen uns geschehen.«

»Freilich haben diese Proteste nachgelassen, nachdem es klar war, dass Hitler unsere Causa unterstützt.«

Darauf fragte Herfurth Leontine rundweg: »Bist du noch gescheit? Dieses Ungleichgewicht der Mächte, von dem du so beredt sprichst: Hitler kann es mit einem Fingerzeig aus Berlin berichtigen. Und all unsere Sorgen sind vorbei. Sollen wir gegen Hitler *und* unsere Regierung protestieren, um mit den Juden Steine brechen zu gehen?«

Sie schnappte mit offenem Mund nach Luft: »Soll es mich denn etwa beschwichtigen, dass ich gegen Übergriffe der Regierung nicht protestieren kann, ohne meine Freiheit zu riskieren? Es ist nicht zumutbar, dass wir in einer solchen Machtlosigkeit verharren. Umsonst trösten wir uns mit unseren Einrichtungen. Wir blenden uns mit Trostpreisen. Statt uns aus dem Sumpf herauszuziehen, schustern wir uns längere Stiefel zu. Die einzige

Lösung ist, ein gegenseitig vorteilhaftes Verhältnis zum Staat aufzubauen. Rumänien wird uns nie gestatten, ein Bundesland für uns allein zu sein. Ein Vatikanstaat. Wieso unterstehen wir uns eigentlich, so etwas zu beanspruchen? Was haben wir für die Rumänen getan?«

Anscheinend glaubte Leontine, die Sachsen in Großrumänien sollten sich allmählich etwas einfallen lassen. »Wohlweislich hätten wir gelernt, unser Deutschtum etwas zurückzunehmen, wenn wir die Rumänen nicht herausfordern wollen. Und warum sollten wir es denn mit den Rumänen aufnehmen wollen? In welcher Hinsicht, ich bitte euch, können wir dem Staat Rumänien die Stirn bieten? Unsere Stiftung Deutschtum ist ihnen ein Dorn im Auge. Ist es nicht dämlich, mit deutschuniformierten Paraden auf der Straße zu provozieren? Defensiver Schwachsinn! Von der Schlagkraft aufgeregter Bienen. Stechen und draufgehen. Ich rate: Behalten wir unser Deutschtum für uns und geben dem Cäsar, was des Cäsaren ist.«

»Machen wir also einen Freizeitklub draus!«

»Machen wir etwas, das brauchbar ist. Erschaffen wir eine Lage, in der es den Rumänen mehr schadet als nützt, uns zu verärgern. In der Rumänien es sich nicht leisten kann, uns zu verlieren. Um unserer selbst willen, nicht um Hitlers willen.«

»Wie soll das aussehen?«

»Wie üblich: Industrie und Handwerk. Das können wir gut. Das hat uns wieder stark gemacht zwischen 1870 und 1914. Aber nicht mehr separat. Wie wären wir jetzt gestellt, wenn wir zum Beispiel die Maschinenbauindustrie Rumäniens in der Hand hätten? Und wenn ein bedeutender Prozentsatz der Rumänen Arbeitsplätze von sächsischer Industrie bezöge? Stellt euch vor, eines Tages träumen alle rumänischen Kinder davon, ein Auto sächsischer Marke zu fahren.« Hier und dort wurde gelächelt. Unwillig. »Diesmal hatten wir aber keine jahrhundertelange Frist, uns zu erholen. Als Hitler in Deutschland an die Macht kam, dämmerte es uns Sachsen: Moment mal, vielleicht wird es uns erspart bleiben, uns dem nationalistischen Rumänien anzubiedern. Wo die uns eh' hassen. Moment also, wenn Hitlerdeutschland eine Weltmacht wird, vielleicht dürfen wir ein kleiner deutscher Satellitenstaat werden, und alles bleibt so, wie es uns seit Jahrhunderten beliebt. Wir machen uns Hitlerdeutschland nützlich, und sie stärken uns den Rücken politisch, militärisch wenn's Not tut, wirtschaftlich allenfalls.«

»Was ist an dieser Idee so falsch?«, wollte Herfurth wissen. Leontine sah direkt an ihm vorbei.

»Milch mäd chen rech nung. Rumänien – der Staat Rumänien! – hat sich neulich mit einem 23-prozentigen Verlust an Gebieten abfinden müssen. Deutschland hat ihm diese abverlangt, und Rumänien hat sich der Forderung Deutschlands kommentarlos fügen müssen. Wenn ein Staat in keiner Verhandlungsposition ist ... seine teuer erkämpften Territorien zu bewahren ... sind wir besser dran? Wo bleiben wir, denkt ihr, wenn es Hitler praktisch nützen würde, dass wir zum Beispiel aus Siebenbürgen ausgehoben und in ein neudeutsches Gebiet umgesiedelt werden, sagen wir, an die Ufer der blauen Wolga, weil es Hitler so will? Vielleicht will er dem nationalistischen Rumänien einen Gefallen tun, und es könnte den Rumänen schon passen, unsere Städte und Dörfer pauschal überreicht zu bekommen. Wir Sachsen, wie alle anderen ›Verbündeten‹, sind ein Pfand in Hitlers Hand. Wenn ihm ein Vorteil vorschwebt und er uns einzulösen gedenkt«, Leontine zieht die Schultern hoch und starrt auf ihre Handflächen, »werden wir uns damit abfinden müssen: Wir haben kein Mitspracherecht.«

»Das macht er schon nicht mit Deutschen!«, wirft der Pfarrer ein. Leontine entspannt sich, und ihre Ohrringe klirren leicht dabei, als sie sagt:

»Was hält man so von Erwachsenen, die wieder an den Weihnachtsmann zu glauben beginnen, weil ihnen unverhofft etwas beschert wird? Wir sind in unserem Deutschtum gut gediehen, haben uns Städte erbaut, Kathedralen, Schulen, Banken, Fabriken. Wir haben es uns schön gemacht hier in Siebenbürgen.

Freilich haben wir die Fremden davon ausgeschlossen, aber wer kann es uns verübeln, dass wir mehr füreinander übrig haben als für Fremde? Wir wissen, wenn wir einen Sachsen sehen, dass er eine Kathedrale bauen kann ...«, sie winkt ab. »Dass er Wort hält, dass er pünklich zur Arbeit erscheint und alle Kräfte dabei anstrengen wird.«

»Die Leistung der anderen hat uns über die Jahrhunderte hinweg eben nicht von dieser Überzeugung abzubringen vermocht«, warf der Richter Göbbel ein. Seine Stimme rieselte durch den Raum wie Löschsand.

»Und dann kommt so ab 1871 und neulich lautstark die Kunde aus Deutschland zu uns herübergeweht, dass Deutschsein etwas Überlegenes ist, dass wir tatsächlich besser sind als die anderen. Wir denken, Deutschland will uns jetzt prämieren, weil wir langfristig und unter Widerständen deutsch geblieben sind. Wir denken, morgen kommt der Weihnachtsmann und belohnt uns Buben und Mädchen. Wir haben es verdient. Versteht ihr? Wir sind schwach und flehen wie kleine Kinder. Wir bilden uns ein, dass Deutschlands Absichten mit unseren übereinstimmen. Das ist unsere Milchmädchenrechnung. Deutschland jedoch will mit Amerika und Großbritannien ins Rennen gehen und die Vorrangstellung in der Welt erkämpfen. Wir ... wir wollen bloß unsere kauzige Stiftung Deutschtum unter den Schutz des Reichs stellen. Die ist dem Reich aber keinen Pfifferling wert. Beweis? Alles, was von der Nazi-Parteilinie abweicht, wird abgetrieben. Wo bleibt unsere Selbstregierung? Deutschland hat einfach Wichtigeres zu tun, als sich mit uns zu befassen, uns ein Thermometer einzustecken und nach Wehwehchen zu befragen: ›ach tu herziges Kind!‹ Sollten unsere Anliegen von denen Deutschlands abweichen, so werden unsere einfach zur Seite geräumt. Wie Rumänien – ein Staat, um Himmelswillen! – die Abgabe Nordsiebenbürgens erdulden musste. Und dass sie abweichen, also das ist garantiert. Wir aber haben nichts, das uns in eine Position bringt, mit Deutschland zu verhandeln. Kommt es euch denn wahrscheinlich vor, dass Deutschland uns gibt, was wir erwarten?«

»Ganz ehrlich: ja.« Der Richter Göbbel sieht sich um und nimmt zustimmendes Nicken entgegen. »Wenn Deutschland erst diesen Krieg gewinnt, du wirst schon sehen, sie werden uns in Ruhe lassen, uns selbst zu regieren.«

»Ironisch, nicht? Wir befehlen uns um unserer Selbständigkeit willen dem Schutz Deutschlands an, nur um sofort von unserem Beschützer selbst dieser Selbständigkeit entledigt zu werden.«

»Wir müssen Geduld haben, es bestehen Ausnahmezustände: Krieg. Unser Siebenbürgen gehört Rumänien, und wir können nicht erwarten, dass Deutschland unsere Umstände kennenlernt.«

»Und«, bemerkte Leontines Nachbarvater schulterzuckend, »wenn wir Deutschlands Avancen an Rumänien teilnahmslos über uns ergehen ließen, als wären wir Rumänen, oder Zigeuner, oder sonstwas anderes ...«

»Statt«, unterbrach Leontine hilfsbereit, »auf der Stelle zu springen und den Deutschen desperat zu signalisieren ›wir sind euer eigen südöstlichster Vorposten in Europa, schickt uns endlich Verstärkung ...‹!«

Doch der Nachbarvater fuhr unbeirrt fort, wie man auf ein nervöses Pferd einredet: »Was wäre dann aus unserer Selbständigkeit geworden? Unsere Männer müssten alle ins rumänische Militär, würden Rumäniens Streitigkeiten als Rumänen auskämpfen, unsere Zivilbevölkerung würde verarmen und sich innerhalb weniger Generationen im Rumänentum auflösen. Die Regierung sieht weg, lässt es zu, dass wir verelenden, damit wir endlich einsehen: Wir sind nichts. Unsere Leistungen: Fata Morgana. Unsere Geschichte würden sich die Rumänen an den Hut stecken, würden sich weltlich geben, sagen: *Wir* sind der südöstlichste Vorposten westeuropäischer Zivilisation und schon seit Jahrhunderten. Sie würden vergessen, wie sie uns bestraft haben, bis uns das Überleben unmöglich gemacht war. Sie würden Touristen rumführen wie Türken heutzutage die Ruinen Trojas vorzeigen, als wären sie deren Erben, wenn nicht Urheber. Manchmal denke ich, es wäre gescheiter, einfach alle unsere Bauten, Parkanlagen, Wanderwege, Badeorte dem Erdboden gleichzumachen, damit die Rumänen ungestört von fremdem Einfluss aus eigenen Kräften zu sich selbst finden können. Wir könnten einfach gemeinschaftlich mal auswandern und alles so zurücklassen, wie wir es ursprünglich gefunden haben. Wisst ihr, ich liege abends im Bett und fantasiere mir alles weg, was wir errungen haben. Entblöße den Ort vom letzten Pflasterstein, Rohr der Wasserleitung, vom zuallerjüngst gesetzten Obstbäumchen. Es streichelt meine Seele.«

»Schon gut, Hans. Wir bedauern, dein Witwertum ist kein Honiglecken«, säuselte der Richter Göbbel und wendete sich kurzentschlossen an Leontine: »Leontine, du hast uns hier argumentiert, dass unsere Loyalität besser bei Rumänien als bei Deutschland aufgehoben gewesen wäre.« Sie nickte resigniert und warf nur noch halblaut ein: »Egal wie viele seiner Aspirationen Deutschland letztendlich verwirklicht, Rumänien ist einfach näher, und Rumänen sind überzählig auch in ›unserem‹ Siebenbürgen. Ich glaube, wir wären besser dran, wenn wir unsere Existenz in die rumänische Gesellschaft einfügten. Deutschland kann nicht jedesmal zur Hilfe heranreiten, wenn unser Haus brennt.« Als Leontine noch redete, spürte sie, wie der Raum sich um sie weitete. Alle Leute, die an diesem Vormittag im kühlen Gemeinderaum zusammensaßen und aus Gläsern mit Blasen einen jungen Wein tranken, ausnahmslos alle zerbrachen an dieser Idee. Eine Pause entstand, man tätschelte sich selbst und starrte ins Leere. Viskose Schwere war in Leontines Glieder eingezogen, wie bei Leichen. Sie hatte Mühe, ihren Körper aufrechtzuhalten.

Dann können wir nicht mehr Sachsen untereinander sein, munkelte der sächsische Konsens. Müssen den anderen zuliebe Rumänisch reden, müssen ihnen unsere Späße erklären, müssen ihnen ständig auf die Finger sehen, damit sie uns nicht ins Handwerk pfuschen. Unsere gründliche deutsche Arbeit ist nicht mehr unser.

»*Umdunkelt lausch ich; ich hab manches Mal / Mich halbwegs in den leichten Tod verguckt*«, dachte Leontine. Wir Sachsen sind halbverliebt in unsere Arbeit und können nicht dulden, dass sie uns fremdgeht. Womöglich würden wir eher die Ausschließlichkeit unserer Ehen preisgeben, als dass die Frucht unseres Kunstfleißes nicht mehr ausschließlich uns gehört. Wir haben gerodet. Wir geben unser ausschließliches Urheberrecht nicht auf. Selbst wenn der Verzicht darauf unsere Haut retten sollte. *Denn was hülfe es dem Menschen, wenn er die ganze Welt gewönne und nehme doch Schaden an seiner Seele? Oder was kann der Mensch geben, womit er seine Seele auslöse?*

Zeidner Rathaus
Donnerstag, 11. Juli 1940, 12.59 Uhr

Auf der Straßenseite gegenüber dem Rathaus trat Edith gerade in diesem Moment vor ihre Apotheke. Die ausschweifend lange Zunge des Zinnendrachens spaltete sich direkt über ihr. Sie stand augenblicklich still in der Hitze der Mittagssonne, in Herfurths Blickfeld vom Fenster des Gemeindesaales direkt über dem Wasserspeier: Edith in einen Spitzbogen gefasst wie eine Gottheit in einem Mandala. Ohne aufzusehen, horchte sie. Er vernahm nun auch schwach das Krähen der Kinder vom neuen Schulhof nebenan: Wer fürchtet sich vorm Schwarzen Mann? Man spürt die Panik der Knirpse, den festen Griff verschwitzter Hände, zu einer Kette geschlossen, dem Schwarzen Mann gegenüberstehend und ihn aufstachelnd: Niemaaaaaaand! Es ist zu heiß fürs Spiel. Sie haben sich eben vom Mittagstisch weggestohlen, im erstmöglichen günstigen Zeitblick, und sich mit den anderen Kindern im Nu zusammengetan. Die Turmuhr muss auf Eins zeigen. Die Glocke läutet vornehm und, weil nichts mehr folgt, komisch, wie wenn der Herrgott gefurzt hätte. Ein Kind schreit jetzt: Soll ich kommen? Einstimmig alle: Jaaaaaaaaaaaaaaaaa!, und werden niedergetrampelt. So hört es sich an. Oder war es das andere Spiel, das sie gespielt hatten? Irgendwann im letzten Sommer merkte Herfurth, dass Kinder statt Schwarzer Mann andere Formeln gebrauchten: Land, Land wir brauchen Soldaten, worauf die Antwort lautet: Wen?, den Harald!, das Friedchen! Die

Erkorenen mussten dann im Ansturm die Reihe durchbrechen und jene mitnehmen, eine eigene Reihe zu bilden, die sie von der Kette mitreißen konnten. Aber die Bilder des Sommernachmittags werden unscharf vom Moment, als er aus dem Rathaus heraustritt und die Straße überquert, schnurstracks auf die Apotheke zu. Edith ist nicht mehr da.

Ihr rüstiger Vater hatte über Nacht eine kurze Stippvisite zu Hause gemacht, gebadet, sich, mit frischgebügelten Hemden ausgestattet, im Morgengrauen ins abfahrende Auto des Volksgruppenführers geschleudert, als die 1.000-Mann-Aktion in vollem Gang vorankam. Aber Andreas Schmidt ließ nicht locker. Er durchkämmte jedes Nest und machte überall Freunde, war bester Kumpel und Leitwolf in einem.

Leontines Haus in Zeiden
Donnerstag, 11. Juli 1940, 18.00 Uhr

Ja, an dem Abend hatte Herfurth Leontine zum letzten Mal besucht. Diesmal hatten sie sich nicht einmal die Mühe gegeben, ausführlich zu streiten. Leontine empörte sich über das Spiel der Kinder – es war also doch Land, Land, wir brauchen Soldaten –, das sie auf dem Heimweg überhört hatte. »Und das Spiel ist aus, wenn mehr Soldaten als Land dastehen! Was verspricht sich dieser Schnösel eigentlich von solchem Übersoll? Wir stellen uns an wie das Stiefkind, das sich mit protzigen – bankrottierenden! – Ehrengaben einen Platz am Tisch und im Testament des Hausvaters erschwingen will. So aber erst recht seine klägliche Position hervorstreicht. Ich wette, die Deutschen geben uns die Drecksarbeit!« Leontines Streitlust hatte sich offenbar am Vormittag im Rathaus nicht ausgetobt. Sie war in ihrem Arbeitszimmer auf- und abgegangen. Er konnte das von der Straße sehen. Leontines Arbeitszimmer ist im Bauernhaus das beste Zimmer, zur Straße hin ausgerichtet, das andere Leute nur zu Festtagen benützen. Mahlzeiten werden im Zimmer nebenan eingenommen, das eigentlich eine große Küche ist, mit Sparherd aus der Werkstatt Georg Mühl und Bruder, beste Spenglerarbeit, Platten, zwei Bratröhren und Heißwasserkasten dabei, unter dem Lampenschirm aus dünnstem Porzellan mit Schattenrissfiguren, die überdeutlich von elfenbeinenem Hintergrund abstehen. Der und die Schwarzwalduhr in der Küche waren der Stolz der Mutter Alberts. Dass diese ihre geliebten Sachen nicht mitnahm, kränkte die Gemeinde noch tiefer, durchschnitt sogar die letzten unerklärten Bindungen. Unter dieser Lampe um den runden Tisch kommt Leontines Kaffeekränzchen zusammen, wenn es auf der Veranda mit den Buntglasfenstern zu kühl wird. Dann ist Hefeteigsaison im Kränzchen, mit Grammelpogatschen und Wespennestern bis Fasching, wenn Leontine auf Mürbeteig umsteigt und den besten Harlekinkuchen der Welt in der Kammer stehen hat. Sich selbst bekocht sie nur mit dem Nötigsten. Lebt von Kaffee und Schülerbrot, Studentenfutter, Milchreis und Eingemachtem, was man mit gelegentlichem Zeitaufwand leistet, um dem Alltag umso mehr Stunden abzuringen. Leontine musste sich inzwischen eingestanden haben, dass ihre Zeit knapp ist. Nun ging sie in ihrem Zimmer auf und ab, und hielt die ganze Zeit ein eingerahmtes Foto in der Hand. Erst beim Weggehen konnte Herfurth erkennen, wer darauf war: Es war das Foto von Leontine mit Amalie Musotter, im Sommer 1914 in Paris aufgenommen. Darüber jedoch ist sich Herfurth im Klaren. Was sich seinem Verständnis entzieht, ist die Zeit unmittelbar nach ein Uhr.

Unterwegs vom Rathaus zur Apotheke
Donnerstag, 11. Juli 1940, 13.05 Uhr

Herfurth war entschlossen gewesen, der Sache ein Ende zu bereiten. Entweder wir heiraten, hatte er sagen wollen, und damit gerechnet, dass Edith ihm dann hitzig ins Wort fällt. Von ihrer Haarlinie zwirbeln zentimeterlange Härchen in alle Richtungen, wie strammgeflochten ihr Zopf auch geraten mag. Der feine Flaum auf ihren Wangen vertuscht ihre Miene, ihr Ausdruck wird unleserlich, er schimmert, wenn man direkte Fragen stellt. So sind die Sachsenmädchen alle. Ihre Gesichter wabern heran weißgold, mit Mehl bestäubt. Aber nichts ist tückischer als der irisierende Sonnenstaub, der Edith in der Apotheke umgibt. Als Herfurth den Platz überquerte, war er allein. Im Schulhof hinter den Wehrmauern sausten Kinder abgeschottet, wie in Zeiten der Belagerung, als alle Zünfte aus ihren Türmen – Weberturm, Schmiedeturm – dem Feind draußen Kattun und Lehrer den Kindern drinnen im Schulturm Unterricht gaben. In einem Hinterhof spaltete man Holz. Der Storch auf dem Schornstein über dem Bücherladen wechselte von einem Bein aufs andere. Herfurth öffnete die Tür der Apotheke, ohne das Glöckchen zu rühren. Edith hatte ihm das vor Jahren beigebracht. Er trat ein und wartete, augenblicklich verblendet, auf sein Sehvermögen. Der Laden war dunkel und kühl. Gläser mit altertümlich bekritzelten Etiketten glänzten grünlich in der Kredenz, und die Luft war dick vom Kampfer. Edith muss Tigersalbe gemischt haben, bei diesem Wetter ist Nachfrage zu erwarten. Herfurth lugte im Vorbeigehen in ein Glas, das ausgetrocknete Pilze zu enthalten schien. Als sie ihm gezeigt hatte, wie man die Schelle knebelt, hatte sie auf Zehenspitzen auf seinen Schuhen gestanden, ihre Achselhöhlen betaut mit frischem Schweiß. Dill und Anis. Und dabei verstand Herfurth die Misere der Sachsenmädchen, wenn nicht der Frauen überhaupt! Sie wurden verschreckt, eingeschüchtert, eingepfercht wie läufige Haustiere. Der Griff der Bändiger um ihre Fruchtbarkeit lockert sich nur, wenn es zur Hochzeit läutet. Herfurth und sein Freund Fritz, der andere Arzt in Zeiden, hatten schon früh ein Sendungsbewusstsein in dieser Hinsicht entwickelt.

Zeiden, Kindergeburtstagsfest bei Beate Kueres
Sonntag, 24. September 1900, 14 Uhr

Noch als Schulkinder hatten Gerüchte von der schönen Aische der Donauinsel Ada Kaleh sie erreicht und machten die Runde der Kinderstuben. In Puppentheatern gerieten Kasperle und Schneewittchen in Missgunst, denn Kinder forderten Geschichten, in denen eine Königs- oder Bauerntochter so schön war, dass ein Blick in ihre Augen furchtbares Unglück für die Betrachter nach sich zog: Diesen wurde fiebrig und wirr im Kopf. Innerhalb von Tagen waren sie erledigt. Dagegen wurde die Schutzmaßnahme getroffen, dass die schöne Aische sich hinter Schloss und Riegel hielt und in Gesellschaft ihren Schleier nie abnahm. Was in fast allen Geschichten den Ausschlag gab, war die hektische Verhandlung zwischen Aische und dem nächsten wackeren Helden, der entweder in den Kampf geht oder siegreich daraus zurückkehrt, allenfalls ist er im Bannkreis seines Todes, und bittet um die Ehre, seinen Sieg oder Tod ihrer Schönheit zu widmen. Sonderbar, meinten Herfurth und Fritz, dass es diesen Kühnen ein Begriff war, wie Aische aussieht? Dass sie garantiert über jeden Vergleich erhaben sei? Die Geschichte ging gut aus, wenn Aische überzeugte, dass sie sich nur bei Dunkelheit unverschleiert zur Kenntnis gab. Wenn Kinder sich selbst überlassen sahen, ging die Geschichte freilich anders aus: Heb ihren Schleier auf!, heb ihn auf!, und die Puppenspieleronkels und -tanten kicherten unter ihren Bühnenstimmen und drehten Aische weg vom Publikum. Ihre Puppenhände fassten zierlich den Rand ihres Schleiers, und lüpften ihn über ihre Stirn; sie seufzte und sah zu, wie ihr Liebhaber um Atem rang, als verfinge sich sein Leben in seiner Kehle, stockend auf sie zukam und ihr demoliert zu Füßen fiel. Herfurth hatte sich darüber geärgert, dass alle Eltern jedesmal, als wären sie darauf vereidigt, den Kindern verboten, Aisches Gesicht zu sehen. Alle anderen Gestalten mit kunstvoll bemalten Gesichtern und Händen, mit hübschen bunten Kleidern ausstaffiert, durfte man, wenn man ganz höflich bat, anfassen; aber nicht Aische. Da war die Antwort immer nein, das sei nicht erlaubt. Herfurth wartete ab, und er hatte ziemlich lange zu warten, aber seine Gelegenheit kam nichtsdestotrotz.

Sie kam beim Geburtstagsfest für Beate, seine Mutter hatte einen Apfelkuchen spendiert, und so befand er sich im lustigen Chaos von sechs Familien unter einem Dach an einem regnerischen Nachmittag im September. Reden schwirrten im Raum, Zigarettenrauch und Kaffeedampf, Kinder gingen auf Entdeckungstour durch alle Räume, spielten hysterisch, dann wieder leise, bekamen Kuchen und Milchkaffee ausgehändigt und wurden brüsk in improvisierte Schlafstellen gebettet, von geschäftig anpackenden Händen, an deren Gelenken Kettchen summten, und die sie nur auf den zweiten Blick als die ihrer Mütter erkannten. »Ich will keinen Mucks hören!«, raunten Mütter beim Hinausgehen, »Augen zu, der Sandmann geht um!«, und Herfurths Mutter kehrte noch einmal zu ihm zurück und blies leicht pustend auf seine Augen. Sie hatte Grübchen in ihrem braunen Gesicht – sie lächelte oft und lachte selten, alles an ihr glänzte, von morgens wenn sie sich über das Kaffeereindl beugte und den Satz von der Oberfläche wegpustete, wie eine Hexe, bis abends, wenn sie ihre Röcke ablegte und ihre sahneweißen Beine mit Salben einrieb. Herfurth schloss seine Augen fügsam. Er wusste, dass sie wusste, er sei ein großer Junge und ein Mittagsschläfchen käme nicht in Frage. Sie würde ihm auch nicht böse darüber werden, wenn er jetzt Fritz anstieß, der tatsächlich schlief, der Lümmel, und beim Hinausgehen noch zwei Jungen heranwinkte, die im Nu aufsprangen und lautlos folgten. Herfurth stand still auf dem Korridor, die anderen wie Schatten hinter ihm, und wartete. Das Zimmer, in dem sie vorher gespielt hatten, im Blick, lauschten sie und schlichen sich an, das war das Zweitnächste, das Nächstliegende jedoch war erfüllt vom Lärm der Gesellschaft. Ein Grammophon spielte Platten ab, Scharr- und Hopslaute, aufgeregtes Durcheinanderreden, und die Türe halb offen. Im Korridor hingegen regte sich nichts. Die Luft, torpid vom Zigarettenrauch, schräg durchstochen von Sonnenstrahlen, blieb ungetrübt, als sich die Jungen einer nach dem anderen mit einem Satz auf die andere Seite stahlen. Ohne Spielzeug war das Zimmer fast nicht wiederzuerkennen. Aber mit zugespitzten Sinnen orteten sie eine Kiste hinter der Couch. Die Bühne und der Vorhang des Puppentheaters, sorgfältig zusammengefaltet, lagen darüber. Lautlos und mit fliegenden Händen machten sich die Jungen an die Arbeit. Der Vorhang, rauhes Zelttuch, auf den jemand Sterne mit Goldfarbe gemalt hatte, wurde abgewälzt, die Kiste aufgestemmt, und Herfurth steckte demnächst bis zu den Ellbogen in einem Haufen Handpuppen. Sie schleuderten den König und den Prinzen heraus, warfen Wolf und Großmutter in hohem Bogen weg, ließen alles fallen, das keinen Schleier vor dem Gesicht trug. Und dann hielten sie Aische in festen kleinen Pratzen.

Es bestand kein Zweifel, das war sie, im Musselinkleid mit Goldmünzen gesäumt, die tannengrüne Schärpe um ihre Mitte gewunden. Ihre schwarzen Zöpfe, die den Schleier rechts und links streiften, waren so dick wie ihre Arme, und rau, dachte Herfurth. Rosshaar. Eine dünne Linie Leim zeichnete sich auf ihrer Stirn ab, und daran klebte ein schimmernder Stoff, der im Licht Wellen machte. Herfurth, der schon seit einiger Zeit den Schleier befühlte, hätte nichts dagegen haben sollen, den Mahnungen seiner Freunde nachzugeben und ihn endlich zu zerfetzen, allein er spürte das Aufkommen einer Idee, die ihm nahegelegen hatte, aber nie in den Griff geraten war. Und er verzögerte ihr Warten, denn es war ihm wichtiger, das Sausen in seinem Kopf loszuwerden und klare Verhältnisse zu schaffen. Freilich, als er Sekunden später wusste, worauf er gewartet hatte, war es zu spät, dieses Wissen ungeschehen zu machen. Was er verloren hatte, könnte er auch heute nicht sagen, aber verloren hatte er unbedingt, und hatte sich darüber hinaus den Verlust freiwillig beigebracht. Mit zugeschnürter Kehle, ein bisschen wie Aisches diverse Kavaliere, begann Herfurth laut zu mutmaßen. Wie sollte es für Beates Vater der Mühe wert sein, ein Gesicht zu schnitzen, das man nicht zu sehen bekam. Bestimmt war hinter dem Schleier nur ein fein abgeschmirgelter Glatzkopf, und er zeigte ihn herum, wie der Lehrer einen Hirschkäfer herumreicht und bestaunen lässt. Angehimmelt hatten ihn die anderen Jungen, nachdem er sie in tadelloser Währung reich gemacht hatte, und sie verloren keine Zeit, ihren Vorsprung im Wissen um die Handpuppe Aische mit Gewinn zu verwerten. Fritz feilschte mit Beate am selben Abend, neckte sie, dass sie selbst nicht wüsste, wie ihr Spielzeug aussehe. Beate, nicht auf den Mund gefallen, schützte vor, sie wüsste schon, dass sie hässlich sei, und da rauschte Fritzs Blut durch ihn und vertiefte den Ton, in dem er abstritt: »Ist sie nicht, ist sie nicht!«, mit einer Überzeugung, die für das Mädchen schwerer ins Gewicht schlug als die Wahrheit über eine schon halb vergessene Puppe. Der Spieß drehte sich aber für Fritz, als Beate einwilligend begann, die Pluderhosen unter ihrem Rock aufzuschnüren, und ihn bis zum letzten Moment eine gemeine, unablässige Angst davor plagte, dass sie zwischen ihren Beinen fein und glatt und rund aussähe wie das Puppengesicht, und dass er nichts anderes verdiente.

Gymnasium Johannes Honterus in Kronstadt
1904–08

Ihr Sendungsbewusstsein beflügelte Herfurth und Fritz weiter als Honterianer, dann als Medizinstudenten in Budapest. Es spornte sie an, dem schönen Geschlecht zu huldigen. Nicht nur durch Ausflüge nach Amerika, wie das Bordell in Kronstadt hieß, sondern auch durch eigenes Unternehmertum, wobei Fritz den Löwenteil abhatte. Fritz' Ferien verliefen in einem lustigen Haufen sich überschlagender Erlebnisse, über die Herfurth im Bild war. Er sah vor sich das Durcheinander von Gliedmaßen und Skiern, wenn man sich irgendwie in den Schnee fallen lässt. Hochrote Gesichter, kehlige Stimmen. Die Sonne scheint direkt auf die dampfenden Schamberge der Mädchen. Es hat etwas mit der Breite des Kinns zu tun, denkt Herfurth, dass Mädchen spontan mit ihrem Muttermund auf Fritz' Eichelkranz hin- und herglitschen wollen. Oder mit der Tatsache, dass Fritz keinen Gedanken verliert über den Abstand zwischen ihm und dem Schleim, der ihn im nächsten Augenblick umschließt. Gletscher-

106

wonne nennt Fritz es, worunter man sonst hierzulande das kräftig durchgeschüttelte Gemisch von Schnee und Marmelade im
Glas versteht. Das erfrischt Skifahrer. Herfurth, obwohl selbst
ein begabter Sportler, interessiert sich weniger für das Sportliche
am Akt, weil ihm der Einsatz da zu gering ist. Zu wenig steht auf
dem Spiel. Wenn die Begehrte aus dem Haus stürmt, weil man
am Ende des Festes im Morgengrauen zutraulich fragt – und in
seinem Kreis ist eine wörtliche Zusage besonders von Jungfrau-
en erforderlich – bleibt man im Wesentlichen unverändert. Es
ist unpraktisch, aber belanglos. Das eigene Wohlbefinden, die
Wohlfahrt seines Werdegangs, werden nicht weiter betroffen.
Herfurths Phantasie entzündet sich am Potential gegenseitiger
Beeinflussung. Was aus ihm werden könnte. Welche Saiten er
unter dem Einfluss einer Frau rühren würde. Welchen Charakter
die Anpassung an seine Frau hervorkehren würde. Herfurth erfrischt die Bedürfnislosigkeit Ediths.

Reimers Apotheke in Zeiden
ab 1913

Als Herfurth 1928 nach Zeiden umzog aus seinem heimatlichen
Kronstadt, mehr als ein Jahrzehnt nach Leontine Philippi, führte er ein bequemes Junggesellenleben. Edith, zwar jünger als er,
aber in allem weltlichen Umgang besser angepasst, führte das
Geschäft ihres Vaters seit Jahren so gut wie eigenhändig. Ihrem
Vater gelang es inzwischen, eine Niederlassung der I.G.-Farben
in Zeiden zu gründen, aber er blieb weiter fern, im Reich Ver-
träge schließend, in Siebenbürgen der Volksführung beistehend,
als es galt, Deutschland mehr Soldatenmaterial zu überführen.
Aus väterlicher Zuneigung bekam Edith ab und zu eine Ladung
Ungewöhnliches fürs Geschäft zugestellt: Ambergris, Angostura,
Johannisbrot, Kassiarinde, getrocknete Mammuthoden aus dem
Neanderthal. Mit den etikettierten Kisten stolperte Joseph, ihr
Knecht und Dorftrottel designatus, durch Haus und Hof in die
Scheune, weil er dabei buchstabierte und lachte, dass es ihm die

Beine wegschlug. Man sagte, Edith hätte ihm notgedrungen das Lesen beigebracht. In der Schule hatte sich Joseph nur passager aufgehalten, wenn der gereizte Lehrer ihn nicht gerade wieder nach Hause abkommandiert hatte. »Joseph, geh und putz dir die Zähne!«, »Joseph, geh und wasch dir den Hintern!« Als Edith ihn Buchstaben erkennen lehrte, wurde Joseph wieder zum Gespött, weil er sich in die Buchstaben verguckt zu haben schien. Er schlug Haken auf dem Gehsteig, beschrieb Schleifen im Gehen und hüpfte, wenn der Buchstabe vollendet war. »Bücherfraß!«, schrien ihm die Kindergartenknirpse nach, denn er soll gesagt haben, er würde die Bücher fressen, wenn er noch einmal in die Schule gehen dürfte.

Er war ein Kind im Zeidner Armenviertel, dem Schakerak, gewesen, als Albert 1913 mit seinem Flugzeug über den Zeidner Berg flog, und niemand jubelte lauter als der kleine Joseph, als die Gemeinde ihren Aviatiker auf den Schultern durch die Stadtmitte trug. Albert hatte ihn aus der Menge herausgerufen: »Hast du's gesehen?«, und Joseph hatte genickt, sprachlos. Vor dem Berg hatte Albert das Flugzeug angehalten, war einige Meter im Sturzflug gefallen und hatte dann links abschwenkend seinen Kurs zurückgewonnen. Ein Jott, sagte man sich, wie Joseph. Man sah seine rauchige Spur am Himmel verweilen. Albert hatte nicht geirrt, den Joseph in seiner Werkstatt zu dulden, ihm die Motoren mit der wortkargen Umgänglichkeit erklärend, die er für sein eigenes Kind gebraucht hätte. Als in den Jahren des Weltkriegs bekannt wurde, dass Albert aus Zeiden ausgewandert war, hatte Joseph quasi nebenbei die Stromleitungen in Ediths Apotheke gelegt, wie man sich der Vorsicht halber etwas notiert, das später in Vergessenheit geraten könnte. Währenddessen saß Edith im elektrischen Licht und verkaufte Gallusfarben neben Arzneien, worüber die österreich-ungarischen Protomedici vor hundert Jahren den Stab gebrochen hätten. In der *Generalis apothecarium visitation rigorosa* von 1807 lobte der Protomedicus, dass zwölf der 43 Apotheken in Siebenbürgen die Chemie von Lavoisier kannten und einzelne Apotheker sich sogar ein *Herbarium vivum* mit Heilpflanzen anlegten, entrüstete sich aber über das schnöde Feilbieten nebenbei von Spiritus, Tabak und Süßwaren. Vor den Habsburgern, bis an die Schwelle des 18. Jahrhunderts, waren Apotheken Eigentum der Stadt gewesen. Der Apotheker nahm sie in Pacht, legte bei Amtsantritt einen Eid bei der Stadtverwaltung ab, sich an Vorschriften zu halten – keine Kinder abtreibenden Arzneien auszubieten, kein Gift an unbekannte oder verdächtige Personen zu verkaufen – und blieb mit dem Reingewinn. Er durfte auf eigene Rechnung Wein, Gewürze, Zucker, Marzipan, Kerzen und Siegelwachs, rotes und grünes, verkaufen. Herfurths Edith bot alles an, was dem Kolonialwarenladen nebenan nicht direkt Konkurrenz machte. Das Geschäft ging ausgezeichnet. Edith bestickte auch Kissenüberzüge mit schwefelschwarzem Zwirn nach einem selbstentworfenen Muster, das Ritter hoch zu Ross mit offenem Visier Lanzen kreuzen ließ. Die Schwarzburg auf dem Zeidner Berg war vom Deutschen Ritterorden den Sachsen zur Wehr gebaut worden. Die Ritter kamen zum Schutz der Sachsen an die Grenzmark des Ungarlands. Sie bauten Burgen und führten Krieg gegen alle, die sie bedrohten. Edith stickte im elektrischen Licht das fürchterliche Antlitz der Hospitäler, saß und stickte ganz auf sich gestellt, ein stilles Wasser, von Glühwürmchen umschwirrt, wenn Herfurth hinsah.

Herfurths Haus in Zeiden
Dienstag, 21. Januar 1941, 8.40 Uhr

Herfurth taugt zum Schularzt in Zeiden. Zufriedenstellend. Er ist nicht mehr der notorische Anfänger, dem ein Trinker patzig antwortet. Schlaflos im neuen Bett, war Herfurth eines Nachts ausgegangen, sich die Füße zu vertreten, und begegnete einer Figur, die sich an der Wehrmauer beim Weberturm ins Gleichgewicht schaukelte. »Aber Herr Mieskes, Sie sind doch völlig besoffen!«, hatte er ausgerufen, worauf der Alte mit einer Halbdrehung, sich am Pimmel festhaltend, erwiderte: »Herr Doktor, diesmal haben Sie es erraten!« Der Alte hatte gut lachen. Sein Sohn ist gleich alt wie Herfurth – und Albert und Fritz übrigens auch – und besitzt die Weberei in der Weihergasse, aufgebaut mit kleinen wohlüberlegten Schritten in den letzten dreißig Jahren, deckungsgleich solide bis ins Mark, von einem mechanischen Webstuhl auf dem Dachboden zu einem Unternehmen mit 83 Webstühlen, das nahe hundert Angestellten Arbeit gibt. Der Absatz steigend, die Kundschaft stetig wachsend, die Qualität ihres Gingans ein Prüfstein des Gewerbes. Herfurths Vater hatte, fatal rückwärtsgewandt, noch 1920 von seiner Kanzel in Kronstadt gegen die Gefahr der Verjudung gewettert; dem Verderben, das Sachsen bevorstand, wenn man Internationalismus und Kapitalwirtschaft freien Lauf ließ. In diese Verlegenheit kamen die Sachsen gar nicht. Unter rumänischer Verwaltung wurde die Konjunktur für Nichtrumänen rückläufig gemacht, was Sachsen wegen ihrer Eigenbrötelei besonders traf. Herfurths Vater war von gestern. Eigentlich wuchs der Drang nach privatem Unternehmen im Verhältnis zu den Hindernissen. Es lag nahe, sich Unterstützung vom Reich zu versprechen. Schon vor dem Krieg hatte Deutschland den Auslandsdeutschen jede Menge Begünstigungen nachgeschmissen: Stipendien für Studium, Reisen ins Reich, Besuche von Reichsdeutschen zum Austausch von Deutschtum. Herfurth sah zu, wie die Sachsen mit beiden Händen zugriffen. Sie kamen voller Initiative und mit Kontakten im Reich zurück. Es lag nahe, sich dem Reich unterstellt zu dünken. Warum also dann dieses infernale Ohrensausen.

Wäre sein Vater noch am Leben, hätte er mit Tarzan sympathisiert, das ahnte Herfurth. Er ist wie die Sachsen, hätte sein Vater erklärt. Warum müssen die Weißen ihn gewaltsam in die zivilisierte Welt herunterziehen? Ja, er ist zwar auch weiß wie sie, aber er hat es gut, ist zufrieden mit seiner Wirtschaft im Dschungel. Die Weißen kommen und verderben ihm alles mit ihrem Einfluss. Er würde argumentieren, wir hätten uns schließlich nicht gegen die Tataren und Türken gewehrt, von den Rumänen, Ungarn, Juden und Zigeunern gesondert gehalten, um nun von Deutschland kolonisiert zu werden! Die Sachsen waren einst frei und stark. Eine Körperschaft öffentlichen Rechts, die direkt dem König Ungarns unterstand. Später Österreich-Ungarn. Wie der Adel in Ungarn und sonstwo. Rumänien erkannte ihnen zum ersten Mal in ihrer Geschichte diesen Status ab. Nun ja, dachte Herfurth, und jetzt waren sie sogar weniger wert als Rumänen. Viele Hunde sind des Hasen Tod. Im letzten Sommer erst hatte sich die Lage jedoch unverhofft günstig verändert. Mit Deutschlands Beistand waren die Sachsen wieder, wer sie einst waren: eine Körperschaft. Wenn sie sich nur einig werden könnten. In seine Lehrerwohnung, die ihm kostenlos zugesprochen wurde, kam jeden Morgen eine der mittellosen Witwen, meistens aus dem Schakerak, die vom Presbyteriat bestellt waren, Feuer zu machen. Gemeindliche Lebensstellungen brachten nicht nur das Gehalt und Pensionsberechtigung, sondern meistens auch freie Wohnung und ein paar Klafter Buchenbrennholz pro Jahr. Herfurth löschte das Feuer aus und fragte sich, wo die Witwen sonst noch in aller Frühe Feuer machten, in welchen anderen Häusern, in denen Beamtete – Notar, Organist, Kantor, Glöckner, Kirchenkurator, Kindergärtnerin, Krankenschwester des Evangelischen Frauenvereins – wohnten. Er nahm sie selten persönlich wahr. Durch die Wimpern sah er manchmal eine gebückte Gestalt, halb Maulwurf halb Gevätterchen Frost, und tauchte in der Wärmewelle sofort in tiefere Schichten Schlaf ein. Herfurth träumte, er sei ein Stein im Flussbett. Wasser rauschte über ihn, aber es bewegte ihn nicht. Ihm fiel erst im wachen Zustand ein, dass eines Morgens nur eine dünne Sandspur in seinem Bett zurückgeblieben sein dürfte.

Unterwegs ins Zeidner Waldbad
Dienstag, 21. Januar 1941, 8.42 Uhr

Als er nun auf die andere Straßenseite tritt, sieht er gerade noch Maria am Ende der Weihergasse links abbiegen, ungewiss, ob sie gleich zu Leontine oder zuerst zu ihrem eigenen leeren Haus gehen würde. Die Sonne kämpft gegen die grauen Hüllen an, ein dampfender Knödel aus der Ursuppe. Herfurth geht die Marktgasse hinauf, vorbei an den Häusern mit Giebeltoren, unter denen ein hochgetürmter Heuwagen passieren kann, vorbei an den wackligen Häusern des Schakeraks, wo die ärmeren Sachsen wohnen. Vorbei am Haus der Liebhaberin des Doktor Petersberger, der eigentlich privat über der Apotheke gewohnt hatte, aber im Haus dieser Frau gestorben war. Als die Gemeinde ihn mit Nichtachtung strafte, war er zum Glück schon morsch im Kopf. Er gestand jedem, der's hören wollte, was für einen gesunden Körper seine Schakerakerin hatte, bis er tot von ihr weggeschafft wurde. Die Straße geht steil aufwärts, aber Pferdewagen haben den Schnee festgedrückt, so dass Herfurth mühelos vorankommt. An seiner Seite schwingt seine Axt und legitimiert seinen Ausflug. Er sieht aus wie ein Wanderer, der losgeht, die Landschaft zu beobachten, immergrüne Sträucher voller Beeren und Tannenzweige zurückzubringen. Wie die Schulkinder, soeben vom Bergelchen absteigend, im Gänsemarsch auf festen Schuhen, »Und was ist das für ein Vogel?« »Rotkehlchen, Herr Lehrer!« »Herr Lehrer, Herr Lehrer – dort ist ein Stieglitz!« Herfurth und der Lehrer geben sich im Vorbeigehen die Hand, der Lehrer rollt die Augen, sagt: »Fritz hat's gut, der ist schon bei der dritten Abfahrt!« »Es ist sein bescheiden Teil!«, lacht Herfurth. Fritz ist also auf Urlaub zu Hause, und hat nicht einmal reingeschaut. Jetzt steht er auf Skiern unten am Fuß des Bergelchens und erzählt und lacht mit einigen Rentnern, ehemaligen Turnern, noch bis in ihre mittleren Jahre in der Alten Herrenriege aktiv. Man kann ihn nicht verkennen. Niemand hält sich so gerade, ballt so knisternde intelligente Energie in jede Bewegung wie Fritz Klein. Er wäre der Liebling der Gemeinde geworden, wenn Albert nicht alle ihre Erwartungen im Sturm genommen und leichtsinnig überflügelt hätte. Fritz und Albert. Albert und Fritz. Max und Moritz. Wie notwendig sich ihre Wege trennten.

Alberts Haus in Zeiden
1898–1908

Albert hatte von Schnellkraft und der unabwendbaren Hitze der Aurora über den Wolken gelebt, geistig beweglicher als ihm gut bekam. Sein Vater, ein einfacher armer Bauer, hatte die schulischen Auszeichnungen des Jungen bewusst vernachlässigt, um ihn nicht auf den Gedanken zu bringen, es könnte etwas anderes als ein Bauer in Zeiden aus ihm werden. Er wollte ihm die beste Voraussetzung zu einem gesicherten Leben schaffen. Was gibt es Besseres, als wenn der Zeidner sich im Spätherbst in seiner Wirtschaft umsieht und aus dem Keller duften die Äpfel auf ihren Pritschen, die Goldparmänen und die Jonathan, die Möhren dösen in ihren Sandbetten, die Krautköpfe prickeln in ihrer Lake, die Speckseiten verdicken sich auf den Schweinen, die Scheune vollgestopft mit Wiesenheu bis zum Dach, der Schuppen einladend mit Werkzeug zum Reparieren und Tüfteln: Hausweberei, Zimmerei, Rundfunk. Der Schnee zieht über den Zeidner Berg, der Fluss Burzen friert fest, Kraniche fliegen westlich zum Mittelmeer, Störche nach Afrika, die Bären tapsen in ihre Verstecke und der Bauer versorgt sein Korn in sein eigenes Fruchthäuschen in der Burg, wie seine Ahnen und Urahnen vor ihm. »Warum willst du«, hatte der Vater Albert gefragt, »dich tagsüber in ein Gehäuse einschließen lassen, wo du nicht furzen kannst.« Die Federhalter, die goldgeränderten Brillen, über denen rotgeränderte Augen in seine Richtung schweiften, aber gleich kehrtmachten. Als Junge war Alberts Vater in Kronstadt in eine Kanzlei getreten, kurz vor dem Ausgleich, als Österreicher noch die Beamtenstellen versahen und sich mit nasaler Schärfe über das Sachsenkind in der Tür ausließen: »Mach Er die Türe zu, der Straßengestank kommt durch.« Das war keine Stelle für einen Mann, für einen redlichen Sachsen. Als Albert mit seinen Erfindungen aufzufallen begann und sich auf eine Europareise begab – er feierte seinen 20. Geburtstag in London –, schickte er seinem Vater ein Paket aus England, in dem unter unzähligen Gazelängen eine perlmuttschimmernde Nautilusschale lag. »Mein lieber

Vater«, stand auf einem Zettel, »die Seekreatur, genannt Perlboot, die in diesem Gehäuse gelebt hat, treibt sich hinauf, wenn sie ihre eigenen Abgase in die rückwärtigen Kammern abschießt. Dein Dich liebender Sohn, Albert.« In England erst verstand Albert, wieso die prominenten Österreicher in Siebenbürgen – Beamte, Offiziere, Schauspieler auf Tournee – sich in ihre Kutschen zurücklehnten, durchs Monokel mit schiefem Lächeln die sächsischen Bürger und Bauern musterten, deren retardierte Nettigkeiten, gutgemeinten Fiaskos und ihr generelles Mondkälbertum Revue passieren ließen, wobei ihre feinbeschuhten Füße ziemlich ungehalten den Takt eines zornigen Frusts schlugen. In England entdeckte Albert die industrielle Revolution. Dadurch stand es anders um die Würde des freien Bauern, des Handwerkers. Adlige und Mittelstand interessierten diese Stände, weil sie von der Industrie verdrängt waren, die ihre Gesellschaft bereichert hatte. Wenn Österreich-Ungarn industriell gleichziehen könnte, sich nicht allein auf dem Markt der Luxuswaren behaupten würde, die sich nur die Wenigsten leisten können, und andererseits den Markt mit der rohesten Verbraucherware, die entsprechend wenig Profit abwirft, drücken würde... wenn man eigene Legionen von »*dunklen satanischen Mühlen*« überall in der Doppelmonarchie stehen hätte, dann könnte man die Selbständigen auch hier romantisieren. Vorläufig mussten sie zum Sündenbock herhalten für die unzulängliche Industrialisierung und konsequente Niederlage der k.u.k. Oberschicht im internationalen Weitpissen. Die Geschichte vom Lamm, das von zwei Mutterschafen gesäugt wird und nach dem unträchtigen Schaf ausschlägt.

Unterwegs ins Zeidner Waldbad
Dienstag, 21. Januar 1941, 8.51 Uhr

Genug, genug mit Leontines Geschichten. Mit seiner Entrüstung müsste Herfurth jetzt an Fritz herangehen. Ihm kundgeben, er besuche Leontine nicht mehr, er höre ihr nicht mehr zu, Leontine sei ihm keine Freundin mehr. Fritz winkt zurück. Von unten, am Fuß des Bergelchens, lacht er, so lebendig über dem Rollkragen, und Herfurth kommt sich vor wie ein Schuljunge, neu und unverbraucht. Inzwischen hat sich der Himmel in alle Richtungen vergilbt, das Licht in Dünen und Bänken geschichtet, die Sonne selbst eine graue Perle in bleichem Austernfleisch. Fritz' Mutter war eine Witwe mit sieben Kindern, die in die Firma Zell putzen ging, und alle ihre Söhne wuchsen heran und lehnten sich rückwärts gegen den Karpatenbogen wie gegen das Gummi einer Schleuder, dem Tag entgegenblickend, da die Militärpflicht sie zum Dienst nach Wien befördern würde. Für Fritz wurde nichts daraus, er war noch Medizinstudent, als der Erzherzog Franz Ferdinand und seine Frau Sophie in Sarajewo erschossen wurden. Der Anfang vom Ende, hieß es, nachdem der Krieg entschieden war, als Siebenbürgen den Rumänen zufiel und nun von jenseits der Karpaten, von Bukarest aus regiert werden sollte.

Bahnlinie Kronstadt–Bukarest
Montag, 2. Februar 1904

Ein Jahrzehnt früher, als das serbische Königspaar in Belgrad ermordet wurde und ihr Nachfolger Serbien auf russlandfreundlichen Kurs steuerte, als die Eisenbahnlinie Kronstadt-Bukarest die Karpaten zwischen Predeal und Sinaia bereits seit Jahren durchschnitt und gut eingefahren war, war Fritz ungeplant aufgestiegen und schwarz nach Bukarest gefahren. Ungeplant zwar, aber nicht unabsichtlich. Er hatte Herfurth im Schlepptau. Auf dem Bahnhof hatten sie Lokomotiven gezählt und Kärtchen gesammelt, auf denen »Pflastermautbollette« gedruckt stand. Die bescheinigten, dass die Kutschen die Gebühr entrichtet hatten, um vom Bahnhof in die Stadt zu fahren. Sie zankten sich und schossen einen Erdklumpen umher, von heftigem Kommentar und Gegenkommentar begleitet. Im Feld jenseits des Bahnhofs lag Frost auf. Als der Zug mit einem Ruck in Bewegung kam, sprang Fritz hoch, und schrie: »Kommst du?«, und der jüngere Herfurth war schon auf der Treppe, bevor er wusste, was geschah.

Der Zug ratterte durch die Felder und hielt lange in Predeal, wo Fritz und Herfurth argwöhnten, wer zuerst vorschlagen würde, den Wahnsinn aufzugeben und irgendwie nach Hause zu gelangen. Sie hatten offenbar zu gut aufgepasst, denn schließlich fuhr der Zug weiter, und statt klein beizugeben, nahm Fritz einen Stoß Karten aus der Tasche und mischte sie, während er aus dem Fenster sah. Die Sonne schien, aber es war eine Sonne mit Zähnen, täuschend hell und warm. Dunst hob sich über das Land, gelbliche Schwaden, darüber rosig noch der Himmel im Osten. Herfurth starrte auf die Karten, geschmeidig in den Fingern seines Gegenübers, schon zu oft durchgemischt, geschnitten, wieder durchgemischt, wandte sich schnell ab und sah aus dem Fenster, zwischen seinen Wimpern durch, wie Schotter, Gräser, Gestrüpp ihre Formen aufgaben und in Farbfäden entlang den Schienen verliefen, endlose Linien von Farben, im Ton abwechselnd, und dünkte sich selbst ein Sandkorn, das in einen Webstuhl gefallen ist. Als der Zug in einen Tunnel fuhr, glaubte Herfurth, das Sandkorn sei unter den Kamm des Webstuhls geraten. Fritz ließ ihn nicht dabeibleiben, er teilte Karten aus, und sie spielten Schnapsen und Canasta, wobei sie immer öfter den Blick über den Rand ihrer Kartenhände schweifen ließen und zu ihrem Vergnügen feststellten, dass niemand sich um sie kümmerte. Männer in Uniform dösten, unrasiert und mit zerzausten Haaren, Zigarettenrauch hing in der Luft, und Herfurth atmete tief ein, wenn Rauch aus einer neu angezündeten Zigarette ihm entgegenschwebte. Irgendwo im Wagen rauchte jemand türkischen Tabak, eine Frau vielleicht, und Herfurth harrte stockstill in Erinnerung an Leontine, die am Tag nach ihrer Konfirmation im Café in Kronstadt gesessen hatte, gerade beim Fenster, blass und schalkhaft, ihre rotbraunen Wellen mit einer Berette seitlich geheftet, und zum ersten Mal öffentlich eine Zigarette paffte. Er hatte Leontine seit einiger Zeit nicht allein gesehen. Man traf sich natürlich in Kronstadt, aber es waren immer andere dabei. Leontine schien zu jeder Zeit zumindest ihr halbes Kränzchen um sich zu haben. Nur einmal war er ihr allein begegnet, sie kam gerade aus der Konditorei Montaldo heraus, beide Hände voll mit Paketen und Päckchen, eilig und kurz angebunden, sah ihn grinsen und nickte: »Da, kannst du mir mal eine Zigarette anzünden?«, und sie sagte seinen Namen. Herfurth starrte begriffsstutzig auf die Tasche an ihrem Trägerkleid, korallenrote kleingemusterte Blüten wie die neuen Tapeten des Notars, und kam erst wieder zu sich, als er ihr eine Zigarette reichte und Leontine die Augen rollte und fauchte: »Angezündet, bitte!« Er ahnte, dass die Zigarette auf gar keinen Fall befeuchtet werden durfte, warf das Streichholz an und zog stark aber vorsichtig, als hinge seine Zukunft davon ab. Dann sah er nur noch, wie Leontines Kussmund sich um die Zigarette schloß, ihre Pupillen sprangen einen Millimeter auf, schwarz, und er machte sich wie gestochen aus dem Staub, so schnell ihn seine Füße trugen.

Ein kräftiger Faden Rauch mit Andeutungen von Damaszener-Rosen und Sultaninen zog durch den Waggon, als hielte jemand eine Zigarette vor sich, ungeraucht. Fritz richtete seine Nase nach diesem Duft und wäre gerne auch eingenickt, mit der Sonne auf der Stirn, denn der Blick aus dem Fenster war ihm nicht geheuer. Felder, manche geackert, andere brachliegend, Dörfer mit Häusern, die unter riesigen Dächern kauerten, mit kleinen Fenstern und Holzschnitzereien überall, auch an Türen und Toren, als hätten die Walachen da nichts Besseres zu tun, als ihr Elend auszuschmücken. Schlampig, dachte Fritz bestürzt, da ist alles im Flug zusammengeworfen, dass Wirtschaften aus Gottes Gnade allein aufrechtbleiben. Hilf dir selbst, so hilft dir Gott, hatte seine Mutter ihm beigebracht, und Fritz ärgerte sich über seinen Verdacht, dass es für diese Walachen in der Tiefebene genügen könnte, auf festgetretenem Lehmboden alle miteinander auf einen Haufen schlafen zu gehen, statt sich um fester gebaute Häuser aus Backsteinen und Mörtel, mit ordentlich bestellten Gärten und Feldern zu bemühen. Dass diese Leute vielleicht wähnten, ihre Bestimmung gefunden und alles Erreichbare im Griff zu haben? Es widerte ihn an, dass man sich mit schäbigen

Eigentümern nicht lediglich zufriedengab, sondern sie mit Ornat zur Geltung brachte. Die lückenhaften Zäune gaben den Blick frei aufs Gehöft, Wäscheleinen dampfend behangen in der schwachen Sonne. Köter lagen herum, Kessel auf Kohlenfeuern, in denen Rüben für Schweine verkocht wurden, Kinder liefen am Zug entlang, kreischend, Zäune lagen umgeworfen, Unkraut, verblüht und vertrocknet, streute seine Samen in alle Winde. Fritz' Mutter hatte in Notzeiten, wenn Kammer und Keller bis auf Kartoffeln und Zwiebeln leer standen und Speck nur als Erinnerung auf der Zunge lag, ihre Schränke, Kästen, Truhen ausgeräumt und jeden Topf, Teller und Becher sauber gescheuert und gespült, auf Hochglanz gebracht. Danach erging es einem Zimmer nach dem anderen ebenso, alles wurde ausgeräumt und bis in die letzte Ecke vom Rachegeist der Reinheit heimgesucht und in Obhut genommen. Fritz sah seine Geschwister vorsichtig auf die echoenden Dielenbretter tretend, sich im Glas des Wandschranks spiegelnd, dass sie versäumten, durch das Glas zu sehen und die glimmenden Kaffeetassen und Likörgläser dahinter zu bestaunen. Ihr Zuhause steckte voller Wonnen, es roch nach süßem Majoran und Bratäpfeln aus der Röhre. Die Überzeugung der Mutter, dass man sich durch Notzeiten wie durch einen Tunnel ans Licht durcharbeitet, würzte die Kinder bis ins Mark.

Die Sonne stand hoch im Zenit, verschleiert, und zeigte ab und zu ihre gelbliche Wange, wie sich das Gesicht einer türkischen Schönheit hinter einem Halbschleier nur vermuten lässt. Der Zug gab einen Ruck und hielt, draußen auf dem Bahnsteig tummelten sich Bauern mit Körben und Säcken Ware, unterwegs zu den Märkten der Haupstadt. Eine Truppe Krankenschwestern mit Rotem Kreuz an ihren Uniformen stieg ein, hoben eine Tragbahre auf den Zug. Sie sprachen Rumänisch, und Fritz war erstaunt, nicht folgen zu können, wie scharf er auch hinhörte, als sie im Vorbeigehen kurze Sätze passten. Herfurth war wach und hungrig, und auch Fritz gab es auf, seinen knurrenden Magen mit dem Einsaugen von Zigarettenrauch zu beruhigen. Sie machten sich auf die Suche nach Bauern. »Am Ende des Wagens sitzt eine Zigeunerin mit ihrer Brut«, raunte Fritz. Mädchen von verschiedener Größe, die um ihre Mutter standen und Augen machten wie ein Pfauenschwanz. Fritz sprach sie ungarisch an, und sie bestürzte ihn mit dem üblichen Schwarm von Verlockungen, dass Fritz wünschte, er hätte seinen Mund gehalten. »Küss deine Hände, Hübscher, deine Augen könnt' ich aussaugen, ein Glückspilz bist du, das seh' ich, lauf' nicht gleich weg, Glücklicher!« Er zog Herfurth, der von einem Fuß auf den anderen trat und vom Duft der Veilchen, welche die Zigeunerinnen bündelten, wie benebelt schien, nach sich, stakste über Käfige mit gackernden Hühnern, Säcke, aus denen ein dünner Faden Blut verrann, an einer Bäuerin vorbei, die einer nassen Gans die letzten Federstümpfe ausrupfte. Über dem Stallgeruch schwelgte der Gestank von menschlichem Schmutz, aus talgigen Kragen von Wintermänteln, in die man jahrelang nachgeschwitzt hatte. Diese Bauernleute fuhren zu den Märkten in Bukarest schon am Vorabend, um ihre Stände bei Morgengrauen aufzustellen, und übernachteten wer weiß wie. Als Fritz eine Bäuerin entdeckte, die gusseiserne emaillierte Eimer um sich hatte, in denen, unter Wasser in weiße Tücher geschlagen, Käselaibe lagerten, sprach er sie hoffnungsvoll auf Deutsch an. Er stieß auf Unverständnis, und noch schlimmer, auf ein argwöhnisches Rätseln darüber, ob sie angebettelt würde. Sie hatte keinen Begriff davon, woher sie kamen, ließ sich von ihrer einfachen Erscheinung täuschen, blind für das privilegierte, selbstgewisse Auftreten der Sachsen. Auf ihrer Seite des Gebirges hätte eine rumänische Bäuerin Deutsch verstanden, und die Kinder sofort dafür genommen, was sie waren: durchgebrannte Welpen, die ihr Herumalbern weitergetrieben hatten, als sie zugeben wollten. Es hätte sich wortlos ergeben, dass sie aus ihrer Tasche eine Handvoll Walnüsse befördert und an die Jungen verteilt hätte, unter Drohungen, dass ihre Mütter demnächst von ihr hören würden. Befangenheit stieg in den Jungen hoch, sie hatten zwischen diesen Bauern nichts zu suchen, und es dünkte ihnen schließlich, dass sie nur noch zurückwollten, wobei der Zug sie weiter und weiter in die rumänische Tiefebene hinausfuhr. »Durst«, sagten sie und hingen ihre Zungen heraus, »wir haben großen Durst«, rollten ihre Augen, hielten sich an der Kehle, und walzten zu den Schwingungen des Wagens. Die Bäuerin überraschte die Jungen mit ihrem Lachen, es krachte so schnell auf sie ein, dass sie wie geohrfeigt dastanden. Das war es, warum das Rumänisch um sie unverständlich war, es war kein Akzent, man sprach nur rascher hier als zu Hause und zog die Wörter zusammen, bis ein Surrton Rede und Widerrede ohne Unterbrechungen zusammenraffte. Wie sie noch lachte, fragte Herfurth schnell, ob sie Wasser von den Käseeimern trinken durften, und sie winkte sie heran, als sei es nichts. Die Jungen beugten sich nacheinander bis ihre zugespitzten Münder ans Wasser reichten, dann sogen sie in endlosen Zügen Wasser ein, es schmeckte himmlisch, salzig, molkig. Sie zogen ab mit dem mindesten Dank, was der Bäuerin nichts auszumachen schien, und weiter auch nicht auffiel. Fritz und Herfurth waren zwar selbst nicht in der Lage, sich fein zu benehmen, und doch schafften sie es, die Nachlässigkeit der fremden Manieren zu beanstanden.

Als sie zum Fenster hinaussahen, wurde ihnen nicht besser zumute, denn sie entdeckten sich inmitten von Ölfeldern. Soweit das Auge reichte, waren die Felder mit Gruben übersät, auf denen hie und da eine Pumpe sich türmte und wie ein verrückt gewordener Vogel Strauß ihren Kopf wieder und wieder in den Sand steckte. Am Horizont standen eine Reihe Gebäude, gerade und kahl wie Festungen, darüber sich kerzengerade Schornsteine hoben, aus denen Flammen konzentriert nach oben schossen. Herfurth war neugierig auf Bodenschätze. Er probierte den Gedanken aus, dass er auf den Vorrat an Rohöl in der Walachei ebenso stolz sein dürfte, wie auf die Steinkohle vom Bergwerk Concordia neben Wolkendorf, die Tag für Tag über eine normalspurige Industriebahn nach Zeiden und dann auf dem Bahnhof in Kronstadt eintraf. Er nahm sich auch Zeit, die Stücke Kohle zu betrachten, nachdem er gelernt hatte, wie vorgeschichtliche

Lebewesen ihren Abdruck darin hinterlassen hatten; Pflanze, Wirbeltier und was dazwischenlag. Die Natur berechtigte sie gleichermaßen zu einer unversehrten Gestalt nach Jahrtausenden. Das Wissen, dass längst verflossene Zeit so ephemeren Arten ein Andenken genehmigte, tröstete ihn. Seine Mutter hingegen hatte auf die erbeuteten Fossilien, die er ihr anfangs noch vorgeführt hatte, mit Gähnen geantwortet, ihr reichte der Kohlenstaub, den Herfurth in seinen Kleidern vom Bahnhof mitbrachte, und dass sein Rotz die Taschentücher durchschwärzte wie Tinte. Aber Rohöl, ein formloser, stinkender Mulch, hatte ihn bei einer besonders schweren Grippe fast ums Leben gebracht. Er war seit Tagen apathisch gelegen, als seine verflixte Mutter mit einer Handvoll Rohöl sich über ihn hermachte und die Knoten aus seinen Gliedmaßen ausknetete. Der Gestank des Öls drehte seinen Magen um, Wellen von Übelkeit schüttelten seinen Leib – Fäulnis wie von Moorschlammbädern und ein heftiger Stich. Er kam sich vor wie ein lockerer Geselle in einem Totentanz. Speiübel, wie ihm zumute war, trieb ihn das Zeug immerhin aus dem Bett, und er wurde gesprächig und munter innerhalb von Tagen.

Die Eisenbahn fuhr nun gemächlich durch Vororte, in denen Lichter angingen, anheimelnd und abweisend, und zunehmend verschloss die Welt sich den Kindern. Sie fuhren auf Bukarest zu, mit ihrem Latein am Ende, erschöpft und aufgekratzt. Aus der Ferne kam ihnen eine Flut von Lichtern entgegen. Die famose Straßenbeleuchtung mit Gas hatte Bukarest den Ruf einer fortschrittlichen Stadt erworben, der ersten Hauptstadt weltweit, die es 1857 so weit brachte. Was sie beleuchtete, erzählte eine andere Geschichte: Gruben auf allen Straßen, die den Droschken die Räder abbrachen, Bettelvolk in den Gossen, und überall Kirchen, in denen Leute nicht bloß niederknieten, sondern sich kopfüber hinwarfen, wieder und wieder, wie die Türken. Was Fritz und Herfurth an diesem Abend sahen, waren aber auch Männer im Gehrock, einen schlanken Spazierstock an der Seite schwingend, Frauen nach eng geschnürter Mode gekleidet, die ihre Stiefeletten geschickt wie Katzen über den Morast manövrierten. Gegen die goldenen Schaufenster der Geschäfte und Kneipen standen diese Figuren scharf ab, wie Scherenschnitte im Märchenbuch von daheim. Über den Köpfen der Passanten erhob sich Gerüst, um Bauten herum, die höher standen, als die Jungen je Mauern gesehen zu haben meinten, und an mehr Baustellen, als sie zählen konnten. Die Hauptstadt erneuerte sich mit einem haltlosen Verlangen, das Herfurth Bange machte. Die Erdölproduktion heizte ein. Der Staat hatte ein Gesetz erlassen, das Gründern von großen Unternehmen Startkapital in der Höhe von 50.000 Lei und zeit einer fünfzehnjährigen Frist allerlei Ermäßigungen anbot. Neues Geld kam in Umlauf. Sogar Sachsen wie Kopony gründeten Fabriken jenseits der Karpaten, weil man hier schneller voranzukommen schien. Nach einiger Zeit hörte man dann von ihren Pleiten. Die Fabriken in Kronstadt jedoch blieben solide. Angekommen in dieser Tiefebene weit südlich der Berge, die ihm heimlich waren wie die Klumpen in seiner Matratze, merkte Herfurth, dass sich das Leben hier schneller abspielte, als er mithalten konnte, und einen größeren Zeitaufwand von ihm verlangte als von den Einheimischen. Ihm dämmerte, dass er für jede Minute, die das Leben den Walachen abnahm, ein Vielfaches zollen musste, und dass er, sollte es ihm gelingen, wieder in seinen Winkel jenseits der Berge zurückzukehren, als verhutzeltes Männlein ankommen mochte.

Als Herfurth sich auf den Lärm um ihn einstellte, merkte er, dass der Zug stillstand und Leute über ihren Köpfen Gepäck hievten, einander anrempelten, roh und genussvoll lästerten. Im Zug war es halbdunkel, und alle Fahrgäste eilten ins Freie und zogen ab. Allein im Wagen, im Kielwasser der Abziehenden, atmeten die Kinder auf, ratlos aber erleichtert, und sie sahen ihre Gesichter im Fensterglas gespiegelt, Fritz dunkel, aufgeschossen, mit hohen Wangenknochen, und Herfurth, dem das Blut rasch ins Gesicht schlug, sommersprossig mit breitem Lachen. Er öffnete nun unversehens das Fenster, lehnte sich hinaus und krähte was seine Lungen hergaben: »Bukareschti! Bukareschti!«, und Fritz schubste ihn beiseite und beugte sich gleichfalls hinaus, tat sein Bestes, Herfurth zu übertönen: »Bukareschti! Bukareschti!«, und das ging so, bis die Schreie der Kinder wie ein Alarmruf die Luft in der gewölbten Halle des Hauptbahnhofs Nord erfüllten und man sich nach dem Lärm umzudrehen begann. Allein, es gab so gut wie kein Personal mehr auf dem Bahnhof, sogar die Fahrkartenknipser hatten Feierabend. Es schien so, dass niemand im Ernst die Kinder zu finden versuchte, so dass sie schließlich im gleichen Zug wieder nach Kronstadt fuhren und nach einer Woche Hausarrest und Ächtung ihr Abenteuer vergessen durften. Nichts war geschehen, Fritz und Herfurth waren in einen Zug eingestiegen, waren hin- und zurückgefahren, ohne zwischendurch abzusteigen, hatten beide Reisen in einem Zustand kribbliger Nervosität verbracht, und nachher Mühe gehabt, Mütter und Geschwister zu begütigen, die das ganze Städtchen inzwischen aufgebracht hatten. Wieder ein Kind verschwunden, hieß es, entweder hätten die Zigeuner sie verschleppt, oder die Werbung fürs Militär. Fritz rannte nach Hause, suchte seine Mutter überall, sie war aber nicht da, seine Schwester rollte die Augen und lachte grimmig. Fritz schob die Decke vom Diwan zur Seite und warf sich der Länge nach nieder, in Gedanken bei der Vorstellung, von der Zigeunerin im Eisenbahnwagen geraubt worden zu sein, und schlief ein mit dem Gefühl, ihre rauchige Ausdünstung einzuatmen, während sie ihn skrupellos aber sanft auf ihren Schoß zog und ihm die Brust gab, wie die Madonna dem Jesuskind.

Unterwegs ins Zeidner Waldbad
Dienstag, 21. Januar 1941, 9.12 Uhr

Jetzt im Schnee fällt Herfurth auf, dass er keinen Hunger hat. Er weiß immer genau, was es bei Edith zu essen gibt, obwohl er selten dort zu Tisch sitzt. An der Apotheke vorbeigehend, hat ihn neulich eine Duftströmung von den Kellerfenstern belehrt, dass ihre Quitten braun anschlagen und einander anstecken. Die diskrete Fäule der Quitten verdirbt, langsam vor sich hinwirkend, den gesamten Vorrat. Herfurth sieht Edith beim Quittenschälen, wie sie mit scharfer Klinge das Kerngehäuse ausschneidet, in einer Wolke rosiger Frische. Pelzige Quittenschalen liegen überall und hauchen ihren letzten Rückstand Aroma in die warme Küchenluft. Er sieht sich selbst, wie er die geschälten Quitten aus ihren Händen entgegennimmt, sie mit seinem Taschenmesser spaltet und aushöhlt. Irgendwo im Hinterhof klaftert jemand Holz. An Ediths Händen läuft Blut hinunter, ihr Schürzensaum trieft davon, Tropfen federn vom Staub und Quittenflaum ab, hüpfen und platzen nieder. Es ist nicht auszuschließen, dass Herfurth sie fragen will, ob sie etwa den Joseph entjungfert hätte. Was Herfurth eigentlich sah, war Edith, am vorigen Abend, durch die Fenster der unbeleuchteten guten Stube in ihre Küche hindurch, wo sie am Herd stand, im Reindl mit Quittenmarmelade rührte, wobei ihre dicken Tränen auf der heißen Platte einen Veitstanz vollbrachten. Was, um Herrgotts Willen, was ficht sie an? Herfurth kannte diese Miene nicht. Eine häßliche Starre hielt alles Bewegliche, Ungewisse in einem Bann. Wie wenn man einen Schmetterling einfängt, und der tanzende Regenbogen teilt sich in separate Farbfelder und ist vor allem tot. Es war etwas Originelles, Anarchisches, nicht unbedingt Feministisches, wie sie ihn immer wieder abblitzen ließ, wenn er auf ein Datum drängte. Ein Wirbel Selbstgefälligkeit kursierte durch sie wie Elektrizität, seit dem Cranacherlebnis erst recht. »Ich will meine Freiheit noch etwas länger genießen«, sagte Edith. Es wäre eine günstige Fügung für sie, das Geschäft führen zu dürfen, in allem allein zu bestimmen. »Aber es wäre albern von uns zu akzeptieren, dass Ehen nur ein Paar Hosen zu vergeben hätten. Am besten wir lassen beide die Hosen fallen.« »Aber Herr Doktor, das ist ein Kunstgriff, um mich zu überlisten. Dann können wir auch gleich heiraten.« »Aber Edith, machen wir uns doch nichts vor. Ich kann mir ausrechnen, wie hoch deine Erfolgsrate mit Abtreibungen ist. Die Misserfolge weise ich immerhin selbst ins Depnersche Sanatorium ein. Das ist brav. Verhütung sollte uns beiden kein Rätsel sein.« Und dann sah sie auf, direkt in seine Augen, und sagte: »Ich meine, weil wir dann ohneeinander nicht mehr auskämen.« Unter dem Anflug von virilem Stolz auf seine einsichtige Verlobte regte sich nun in Herfurth zum ersten Mal auch etwas wie eine Vorfront von Unbehagen. Kann man mutmaßlich so treffsicher zielen? Da stand sie aber, vor dem Herd, mit ihrer schmelzenden, glasigen Quittenmasse, die vermutlich ins Zinnoberrote schlägt. Fritz hält ihn für eine Memme, die Stadt lacht ihn aus, die Welt kullert sich um die Sonne, nur weil er sich aus diesem nuptialen Dilemma nicht befreien kann.

Unterwegs ins Zeidner Waldbad
Sonntag, 9. Juli 1939, am Nachmittag

Fritz meinte, es hätte mit Beutemachen zu tun. Weil Herfurth zum ersten Mal gefühlsmäßig verklettet sei, wäre ein Zwang freigesetzt. Etwas aus der evolutionären Vorgeschichte des menschlichen Höhlenbewohners. Man sei fixiert und könne seine Freiheit nicht eher erlangen, als man sich diese erste Beute unter den Nagel reißt. »Gesellschaftlich können wir dich vorerst nicht für voll nehmen«, bedauerte Fritz scheinheilig. Erst wenn der Leopard die Antilope den Baum hochgezerrt, sie in die Astgabel endgültig festgeklemmt hat, könne er weiterjagen. »Du musst vorerst diese Beute schlagen, dann kannst du frei entscheiden, ob du sie behältst oder eine andere suchst.« Unfassbar, dass dieses »vorerst« seit fast zehn Jahren andauerte. Herfurth hatte unversehens das Triebwerk haltbarer Ehen freigelegt. Man wiederholt im Leerlauf die Jagd auf ein und dieselbe Beute, wenn sie es versteht, sich nie ganz geschlagen zu geben. »Was heißt hier eine andere? Ab einem gewissen Alter kann man doch mit einer Standhaftigkeit, wenn nicht Unverführbarkeit der Sinne rechnen?« Sie standen miteinander ungefähr an dieser Stelle, im Nachzug des Bonner Germanistenchors, der Zeiden im vorletzten Sommer besucht hatte. Die verschiedenen Chorverbände der Sachsen – Fritz war Vorstand des Zeidner Männerchors –

hatten den Empfang vorbereitet: Quartiere bei Sangesbrüdern und -schwestern, Festessen, Konzerte und an jenem Nachmittag einen Ausflug ins Waldbad organisiert. Der Zeidner Verschönerungsverein konnte es sich nicht nehmen lassen, sein Meisterstück vorzuzeigen. Der Goldbach, der um die Jahrhundertwende angeblich sogar wärmer aus dem Felsen hervorgesprudelt war als jetzt, war 1904 vom Verschönerungsverein in ein Schwimmbecken geleitet worden. Weiter im Tal ergoss sich das Wasser in zwei Seen, die im Winter zufroren und die Furchtlosen unter der Jugend zum Eislaufen verlockten. Herfurth war selbst über das Eisschild geflitzt, angespannt horchend, ob der Beginn eines Risses sich andeutete. Eisläufer gingen absichtlich in kleiner Anzahl aufs Eis und hielten auf Abstand. Es heißt, die Seen leuchten wie Drachenaugen in der Nacht. An Wintertagen glimmert das Eis grün wie Lötz'sches Glas. Man erinnert sich an Vergessenes, man bereut und geht auseinander. Wenn das Eis nachgibt, ist man drin. Weniger als fünfzehn Minuten am Leben. In der Eiskruste liegen eingefasste Karpfenleichen, hochgeschwemmte Flusskrebse, die Spitzen der Vegetation, die das Seebett bedeckt und die eigentliche Todesgefahr im Waldbad, bei einer Todesrate von 1,5 Schwimmern pro Sommer, ausmacht. Leontine, die den ersten See immer längs überschwimmt, berichtet Schauergeschichten über Wasserpflanzen, die ihren Bauch und ihre Gelenke unterschiedlich streicheln. Sie schwimmt oder schiebt sich eher in schnellen Zügen wie eine Libelle über die Oberfläche, kennt trotzdem die Erleichterung, wenn man die Pflanzen zurücklässt und über Lichtungen schwimmt. Man sagt, sie wachsen dichter, wo Leichen im Morast unterliegen. Taucher haben keinen der Ertrunkenen je auftreiben können. Sie waren sämtlich ausgezeichnete Schwimmer. Man kann nur annehmen, sie schwammen im Tiefgang, um die Wälder unter Wasser zu sehen. Im Winter gleiten Eisläufer über den See in grimmiger Hoffnung, dass ihre wahren Gedanken an die Oberfläche kommen, und wenn nicht, dass mindestens einmal das Gesicht eines jugendlichen Schwimmers sie von unten anstarrt.

In jenem Sommer, zwei Monate bevor Deutschland in den Krieg ging, war Herfurth der Zeidner Wald zeitlos und unverwüstlich entgegengekommen, die Wanderwege von den Schulkindern frisch gekehrt, die Promenaden mit gezimmerten Rastplätzen, die Buchen aufrecht und deutlich markiert an Gabelungen. Die Bonner Germanistengäste waren vorausgeeilt. Hinter den Gruppen schloss sich der Wald wie ein Vorhang und umgab Herfurth und Fritz anheimelnd still. Fritz federte von Nadelteppich zu Moosdecke, spielerisch ernsthaftes Wissen verhandelnd. Dass wir in unserem Entwicklungsstadium zwar einsehen, dass lebenslange Monogamie das beste Angebot für uns moderne Menschen sei, allerdings hätten unsere Gene mit dieser Entwicklung nicht Schritt gehalten. Für die ist Fortpflanzung mit möglichst verschiedenen Partnern immer noch Programm. So geben die Gene Ruhe, wenn eine Beziehung neu ist. Wenn aber das Fortpflanzungspotential erschöpft ist, ganz gleich ob es sich verwirklicht hat oder nicht, suchen sie weiter. Unsere Gene suchen unermüdlich das Gelände ab, egal wie entschlossen wir an unseren neuzeitlichen Ideen hängen. Sie suchen nach einer neuen genetisch günstigen Partie, wie wir mit unseren Lottonummern auf die nächste Ziehung warten. Sie suchen und suchen, völlig uneingedenk unserer Pläne und Umstände. Sie suchen, auch wenn wir kinderlos bleiben wollen, oder wenn unsere Fruchtbarkeit längst abgelaufen ist. Das Programm registriert diese Ideen nicht. Es wird von ihnen nicht beeinträchtigt. Das Programm läuft in uns weiter. Irgendwann in Zukunft werden die Impulse unserer Gene und Kultur übereinstimmen – entweder das Fortpflanzungsprogramm wird eingestellt, oder Monogamie kommt auf den Schrott. Fritz hoffte, das Letztere träfe zu. »Wir denken nicht bedeutend anders als unsere Vorfahren – sie kannten den Zwist zwischen Sünde und Tugend, Neigung und Pflicht – aber wir heute sehen ein, dass unsere Neigungen, unsere Triebe und Instinkte, gut waren. Dass wir als Spezies ihretwegen überlebt haben.« Ein Überzeugungsnazi, wie er leibt und lebt, dachte Herfurth. Und so freigiebig mit dem »wir«.

»Fritz, es fällt mir als Nietzscheaner eindeutig schwer, diesen Standpunkt zu verteidigen, aber hör zu. Ich will keinesfalls eine Gesellschaft, in der Abschaum gedeiht – die Chandala bevorteilt. Nein. Ich finde auch, dass sich Qualität durchsetzen soll. Macht es dir aber nichts aus, dass die Faschisten unsere Bürgerrechte einfach so abwinken? Sachen wie Meinungsfreiheit, freie Presse – sollten wir uns etwa gar keine Sorgen machen, wenn die Nazis Andersdenkende gleich einsperren?«

»Die Nazis haben den steilen Aufstieg gewählt. Das ist ohne Gewalt, meinetwegen Brutalität, nicht zu machen. Es fällt dir bestimmt nicht leicht zu verstehen, dass sie die Arbeiterpartei sind. Du mit deinen Bürgerrechten, mit deiner Leontine Philippi, die mir weismachen wollte, dass Gewalt die Gewalttäter degradiert. Ihr habt keine Ahnung, was es bedeutet, eine Gesellschaft, in der man akzeptiert wird, zu Lebzeiten in Aussicht gestellt zu bekommen. Ihr habt eure bürgerliche Satisfaktion seit Generationen. Die Nazis wollen eine Entwicklung, die in hundert Jahren unvermeidlich eintreten würde, heute, hier, für uns verwirklichen. Die Germanen werden dominieren. Ja, wir beschleunigen den Lauf der Geschichte, und einigen von uns wird schwindelig davon. Stellen wir uns nicht so an! Warum nicht wissenschaftlich, ja chirurgisch vorgehen, und das schwächende Geschwür vom Körper der Nation entfernen? Erst die Blutgefäße abbinden, dann kommt das Messer dran. Heilen ist brutal, das sollte dir doch einleuchten!«

Unterwegs ins Zeidner Waldbad
Dienstag, 21. Januar 1941, 10 Uhr

Weit und breit keine Spuren von Tieren. Nach der Promenade führt der Weg aufwärts, geschaffen von Niederschlägen, die den Berg herunterströmen, mit schmalen Pfaden seitlich entlang zum Wandern. Zwischen den Fichtenzweigen verdichtet sich das Licht Richtung Mittag. Herfurth tritt durch eisige Oberkrusten in körnigen Schnee und wühlt tiefer Laubschichten auf, die Unzahlen von Lebewesen Schutz geben. Ein Buntspecht fliegt ihm über den Weg. Ab und zu fällt ein Fichtenzapfen in die Tiefe, eine Schar Krähen zankt sich weiter vorn, und immer das vertraute Knirschen der eigenen Schritte. Herfurth fällt ein, dass niemand weiß, wo er hingegangen ist. Seit dem letzten Sommer ist seine Freundschaft mit Leontine beendet. Sie reagierte nicht auf die Einstellung des täglichen Besuchs. Es gab keine Konsequenzen. Sie hatten sich auch nicht verkracht, es war eher so, dass Herfurth die Verbindung fallenließ, als sie ihm den Teppich unter den Füßen wegzuziehen drohte. Es verwirrte ihn, darüber nachzudenken, denn an jenem Tag hatten sich gleich zwei Komplikationen ergeben, ein unverständlicher Moment am Mittag, in Ediths Küche, und ein schmerzhafter gegen Abend, als Herfurth auf dem Heimweg von Leontine entschied, sie nicht mehr aufzusuchen. Es schmerzt, Gewohnheiten aufzugeben. Leontine war, wie Schnupftabak oder Groschenromane für andere, ihm eine Gewohnheit geworden. Seines Wissens nach schrieb sie weiter am letzten Kapitel der Turmknopfschrift, trug ihre Schuld ab, wie es sich gehörte, denn ihre Familie war entfernt verwandt mit Georg Draudt, dem Pfarrer Zeidens, der den ganzen Spaß begonnen hatte. Dass Pfarrer eine Stadtchronik verfassen, ist üblich und korrekt, aber dieser Pfarrer, ein Waisenkind, 1748 vom Kronstädter Magistrat mit einem Reisegeld der Stadt auf die Universitäten in Halle und Jena geschickt, fiel aus seiner Rolle heraus, wie ein Jungvogel aus dem Nest halbwegs nach unten stürzend seine Flügel rührt und auffliegend entdeckt, in welchem Verhältnis das Nest zur Welt steht. Ein Humanist, der eine neue zeitgerechte Schulordnung einführte und die politischen Interessen des Burzenländer Capitels am Hof Maria Theresias vertrat, konnte mit konventionellen Erwartungen aber auch freier umgehen, diese etwas höher anlegen, als man in Zeiden den Hintern hochzureißen gewöhnt war. Aber wie hoch? Hoch an der Spitze des Glockenturms, unter dem Wetterhahn, über dem Turmhelm mit den vier Glocken im C-Dur-Akkord, auf denen Sprüche stehen wie »*Sachsenfleiss und Bürgersinn / Stellten mich als Wächter hin*«,

glänzt goldig auch heute der Turmknopf aus Werkstätten sächsischer Goldschmiede. In diesen Kugelkessel legte Georg Draudt
1794 eine Kopie seiner Chronik hinein. Andere legten später ihre
Fortführungen hinzu. Es war jedoch Draudts Kühnheit, die Leontines Puls höher schlagen lässt, wenn der Turmknopf sie blendet. Der Mahlstrom der Buchstaben war Draudts primärer Trost
geblieben. Auch Danaë war wohl nach dem goldenen Schauer-
regen in ihrer bronzenen Klause für gewöhnlichen Verkehr ruiniert gewesen. Draudts Ehe zur schönen Pfarrerstochter Susanna
blieb kinderlos. Die hautnahe Zwiesprache des Waisenkinds mit
dem Schrifttum prägte ihn lebenslänglich. Man sagt, auf seinem
gichtbrüchigen Leib hätten seine Leichenwäscher das subkutane
Auftreten von Schriftzeichen entdeckt, wie Tätowierungen, die
mit Verzögerung von innen an die Oberfläche finden. Immerhin,
es war verwegen, klapsmühlenreif und entzückend, seine Schrift
zum Blendwerk zu machen. Sie, ins Blendwerk der Handwerker
geharnischt, an die Spitze zu stellen. Nun war Leontine für diesen Spaß aber nicht mehr zu haben. Niemand, niemand verlangt
von ihr, Hagiographin der Nazis zu sein! Nur mit der Ruhe, Nerven behalten, Ausgrabungen nicht so tief führen, dass man auf
der anderen Seite der Welt herauskommt.

Dabei ist Leontine gewieft, kann ihren Mund halten, muss nicht
loswerden, was sie wirklich drückt. Weil dann die Volksgruppenführung auch sofort parat hätte, dass die Nazis ihr wohl nicht
vornehm genug sind. Stattdessen trinkt sie Tee mit den Erneuerern, fühlt ihnen auf den Zahn mit Geschichten, wie der von
der Rumänin mit den Fasanenfedern am Hut. Heråscu heißt
sie, deren Eitelkeit dem gesellschaftlichen Emporkommen ihres
Mannes vorausrennt, so dass sie ihn nicht selten mit Tapeten-
wechseln, Möbelgarnituren oder Verzierungen der eigenen Person überrascht, die er weder befürworten noch bezahlen kann.
Die Heråscu schickt also ihr Sofa in die Tapisserie- und Pols-
tererwerkstatt Schneider in der Langgasse. Als ihr Mann nach
Hause kommt, fällt er in Ohnmacht. Wieder bei Sinnen, rauft

er sich die Haare und weint wie ein Kind. Mann und Frau sitzen beide auf dem Teppich, wie vom Schlag getroffen, als die Magd anklopft und den Polsterer ankündigt. Sie empfangen ihn wortlos, desorientiert. Der Handwerker misst sie auf und ab über den Brillengläsern auf seiner Nasenspitze und sagt schwungvoll, einem Drang nachgebend: »Herr Herăscu, gnädige Frau, ich nahm soeben das Sofa auseinander, da stoße ich auf einen Gegenstand, der nicht dorthin gehört... in die Polsterung eingebuddelt lag dieses Bündel Banknoten. Ich habe gründlich gesucht, es sind keine im Sofa zurückgeblieben.« »Herr Schneider, wie sonderbar«, sagt sie. Und er: »Wir hatten dieses Geld völlig vergessen...« »Jedenfalls ist es nicht meins«, sagt Schneider und geht ab. Das ist eine wahre Geschichte. Leontine kennt sie von Maria, der die Herăscu sie erzählt hat. Welche von ihren anderen Geschichten wahr sind, weiß nur sie.

Hauptquartier der deutschen Volksgruppenführung in Kronstadt
Freitag, 27. September 1940, 16 Uhr

Da saß Leontine also in ihrem früheren Wohnzimmer, in ihrem ehemaligen Elternhaus am Rossmarkt, das unverzüglich zum Hauptquartier der politischen Führung umfunktioniert werden sollte mit Ledersesseln und Schreibtischen, und mittendrin einigen Teilen der Bauhausmöbel, einst von ihr selbst importiert, die nun incognito dissidierten. Es herrschte eine Schwüle, wie man sie selten im September erlebt. Der Schatten des Zinnenbergs setzte aus. Sie wollte den nächsten Zug nach Zeiden nehmen, aber der Nachmittag dehnte ihr Wahrnehmungsvermögen wie einen Heißluftballon und trieb sie durch grünfeuchten Dunst einem Ton nach, der sie unmissverständlich rührte. Verstärkt Hitze Laute? Leontine hatte befürchtet, was dann geschah. Sie hatte den vertrauten Weg nach Hause eingeschlagen, zum Haus, in dem sie aufgewachsen war, und konnte ihre Füße nicht unter Kontrolle bringen. Es ist wahrscheinlich, dass sie manchmal hüpfte. Immer an den Mauern entlang, im engen Streifen Schatten gehend, manche der Tore weit offen. Und sie sah in die steingepflasterten Höfe hinein, an den efeuumrankten Hauseingängen vorbei bis in die Werkstätte der Böttcher, Schuster, Lederer, Tuchmacher, Fleischer, wo man in ihrer Kindheit Bestellungen beim Meister persönlich abgab. Das Wälzen in ihrem Kopf, wenn sie als Kind entdeckte, dass nur die Sachsen ihre Kundschaft gelegentlich weiterleiteten, Leuten empfahlen, mit einem anderen Meister ihr Geschäft zu machen, der ihr bestimmtes Anliegen besser erfüllen konnte. Rumänen dagegen ließen sich keine Gelegenheit entgehen, nahmen jeden Wunsch der Kundschaft als Herausforderung an ihre Phantasie und Improvisationskunst entgegen, und lieferten sich und den Kunden gleichwohl einer spannenden Achterbahnfahrt aus. Sachsen konnten sich den Verlust zwar nicht leisten, aber sie hingen zwangsläufig an der Solidität des Handwerks. Wie festgenagelt. Das Ding an sich gut und anständig zu verrichten ging vor Rendite. Wer sagt, es gibt keine Stigmatisierung bei Protestanten. Wenn Leontine hoch in die Gesichter der Erwachsenen aufsah, blinkten Lichtspalten aus den Vertiefungen zwischen ihren Runzeln. Entsprechend der im Laufe der Jahre vermerkten guten Geschäfte, welche um die Ecke flöten gegangen waren.

Ihr Körper mit der steil abschrägenden Taille stand schließlich in der Haustür voll selbstverständlicher Autorität. Das alte Grammophon, dessen Krächzton sie bewogen hatte, es zurückzulassen, spielte ihr die letzten Garben von Orffs Gassenhauer zu, bevor eine braungebrannte Hand die Abtastnadel aufhielt. Die Jungen baten sie herein, brachten ihr Tee und stellten ihr einen Sessel ans Fenster. Zwischen den Fenstern zum Rossmarkt hing aufgerollt das Polarrot einer übergroßen Hakenkreuzfahne.

»Sie sind erstens ewiggestrig, zweitens verdammt ungerecht: Sie wissen nicht, was es bedeutet, ein Auskommen zu verdienen, wenn der Ertrag von heute auf morgen entscheidet, ob die Familie das Nötige zusammenbekommt. Man hat uns genug über den Tisch gezogen. Wir können nur mithilfe einer gewissen Biegsamkeit des Gewissens über die Hindernisse hinwegkommen. Die uns mit der Absicht in den Weg gelegt werden, uns unterzukriegen. Lernen wir etwas von unseren rumänischen Konkurrenten.« Der Junge hielt die Zigarette zwischen Daumen und Zeigefinger, als wäre er zu direkt und unkompliziert, um den Mittelfinger anzuspannen. Er pfiff einen Zehnjährigen in Kuriersuniform herein und schickte ihn im Eilschritt mit einem Artikel zur Redaktion. »Die Rumänisierungs-Kommissare gehen um wie Gauner, sie wissen nicht, was sie zusammenrechnen, das Geld rinnt ihnen durch die Finger. Das muss man ordentlich planen und mit Staatsgewalt durchführen. Sie werden ihr Fett schon weghaben, jedenfalls lassen wir nicht locker. Zurückdrängen werden sie uns nicht!« In Hemdsärmeln, ohne Krawatte, Schweißperlen auf den rasierten Oberlippen, von denen Pheromone verdunsteten. »Wie man seine Rechtsansprüche gegenüber den Juden durchsetzt, darüber müssen wir die Gemeinde aufklären. Betriebe gehen dann nahtlos in die Hände sächsischer Unternehmer über, die Produktion hält sich über Wasser. Was könnte vorteilhafter sein, als zu wissen, dass die Angestellten im Posten bleiben und die Arbeit am Laufen gehalten wird? Unter ungarischer Herrschaft haben die Juden sich magyarisiert, unter österreichischer haben sie deutsche Kultur poussiert, in Bukarest sind sie rumänische Patrioten. Sie arbeiten mit allem und jedem zusammen, nur nach Leistung, Profit in harter Währung! Es ist bei denen einfach anders als bei uns mit unserem Zusammenhalt über Jahrhunderte. Kommen Sie uns nicht damit, es ist unser Recht, das wir da fordern.«

»Also«, krächzte Leontine ihrerseits und schielte gereizt nach dem Grammophon, »mir ist Ihr Begriff von Deutschsein noch grün. Ich kenne aber die Geschichte unseres Volks hier in Siebenbürgen. Es geht uns gegen den Strich, dass wir uns auf die Seite der Vielen schlagen und den Wenigen in den Rücken fallen. Denn wir haben erlebt, was es heißt, wenn die Vielen die Wenigen plagen. Ich sag nicht, dass wir uns den Enteignungen widersetzen; das ist eine Politik, an der wir nichts ändern können. Aber wäre es nicht passender, uns herauszuhalten?«

»Das gefällt Leuten wie Ihnen, die von Haus aus Fabriken besitzen!« Die Häme schlug ihr aufs Gemüt.

»Wir sind aber eben nicht in Deutschland. Wären wir in Deutschland, könnten wir in Sachen Antisemitismus ohne Vorlage alles mitmachen, wir wären eins mit der breiten Masse, Arier gegen Nicht-Arier. Hier in Siebenbürgen ist es nicht so einfach: Sind Rumänen Arier? Sind Ungarn Arier? Die haben nämlich versucht, uns fertigzumachen, uns aus der Geschichte und der Landschaft auszuradieren. Nicht die Juden und Zigeuner, die haben uns nichts getan, die hatten auch nie das Sagen über uns. Wir sind eben selbst eine Minderheit, und wer auch immer politisch am Zug ist, kann uns leicht unter Druck setzten, weil wir so anders sind. Wir sind eben nicht in Deutschland...« Leontine war versucht, eine Hutnadel auszuzupfen und sich die Kopfhaut damit zu kratzen. Sie hatte es unterlassen, den Hut abzulegen. Gesten, die sich in der Diele dieses Hauses reflexartig aufdrängten, zensierte sie äußerst vorsichtig. Nun aber Haltung wahren und nicht nachgeben. »Das Argument der Deutschen und Rumänen ist, dass eine Minderheit Fremder ihr Volk betrogen und ausgebeutet hat, und ihre Maßnahmen gegen die Juden seien gerechte Vergeltung. Unser Argument ist, dass wir eine Minderheit Fremder sind, deren Ehre unbescholten ist. Wo bleiben wir, wenn uns dieses Argument abhanden kommt?«

»Und selbst wenn wir im Unrecht wären«, sagte der Junge, denn er hatte studiert, wenn auch nicht abgeschlossen, »es gibt in jedem Volk Verbrecher. Leute die etwas umsonst wollen. Sachsen hatten auch eine Strafgesetzgebung, wie alle anderen Völker. Das hat uns nicht weniger deutsch gemacht.« Er lächelte schräg. »Wir können es uns nicht leisten, diese Gelegenheit ungenützt verstreichen zu lassen.«

»Es ist eben nicht umsonst. Wir konnten stark auftreten, weil wir Recht hatten.«

»Nun treten wir stark auf, weil wir Geld haben! Wenn wir Geld haben, kann uns niemand nichts. Die Rechtschaffenheit hat uns beinahe vernichtet.«

Es war augenblicklich stockstill in Leontines ehemaligem Zuhause. Der leichte Stoff der Fahne regte sich flach, wie der Atem einer Wüstenkreatur. *Der Eifer um dein Haus*, dachte sie. Die Triebkraft, was auch immer ihren Eifer geschürt hatte, verließ sie in dem Augenblick und entwich zum offenen Fenster hinaus. Leontine hätte mit dem Finger darauf zeigen können.

Unterwegs ins Zeidner Waldbad
Dienstag, 21. Januar 1941, 10.42 Uhr

Herfurth machte sich nicht die Mühe, herauszuklügeln, ob es Drückebergerei, Weltmüdigkeit, Liebeskummer oder ein Hitzschlag war. Was auch immer Leontine an jenem Nachmittag im Kronstädter Elternhaus vorgeschwebt war, es vertilgte endgültig den Glauben an den Sinn einer Stiftung Deutschtum in Siebenbürgen. Das muss sich Herfurth nicht anhören. Jetzt, im günstigen Zeitblick, wenn sich alles zum Guten kehren kann, wenn eine Aussicht besteht, eine Überlebensbasis aufzubauen, bekommt Leontine einen Trotzanfall? Das muss nicht sein. Als die Kumpels von der Volksführung mit ihm über Leontines Besuch plauderten, schlitzohrig lauernd, ob er sie noch weiter verteidigen würde, war es ihm leichtgefallen, sonderbar leicht, sie als Gescheiterte abzuschreiben. So benommen war Herfurth von der Leichtigkeit dieses Austauschs, dass er aus freien Stücken und ganz ohne Not noch eins drauflegte: Er sagte ihnen offen seine Meinung zum Klatsch über das andere Zeidner Ass, den Aviatiker. Es war gewiss kein Unfall, dass Alberts Flieger unter den Beschuss der Deutschen kam – von wegen, irrtümlich! Er hebt einfach nur so ab, in seiner ältesten Maschine, von diesem stillgelegten Aerodrom in der Picardie... und dann fehlt jede Spur von ihm. Nicht einmal wo die Absturzstelle war, weiß man. Dabei kannte Albert die Gegend gut, hatte sich doch als junger Mann zwei volle Jahre dort herumgetrieben. Maschinen eingeflogen für eine Firma in Paris. Unzweifelhaft für Herfurth, dass Albert keine Absicht hatte, sich den deutschen Truppen anzuschließen.

Wenn, dann hätte er das schon eher gemacht. Nachdem die Deutschen im Mai die Weygand-Linie überrannt hatten... Die Heiterkeit, die das Zutrauen der Mannsleute darauf in ihm erregt hatte, lässt Herfurth aus heiler Haut zusammenfahren.

Er rennt den Abhang hinunter. Als er den Halt über seine Geschwindigkeit verliert, seine Stiefel durch Schneekrusten in Tiefen stürzen, die unberechenbar sind, sein Körper zum Projektil wird, das der Berg von Halt zu Halt abfedert, brüllt Herfurth und schwingt sich mitten im Flug um eine biegsame Tanne, gegen die ihn seine zweite Drehung ohrfeigt und blutend zum Stillstand bringt. Er hat seit seiner Jugend den Kopf nicht mehr riskiert. Jetzt ist die Stunde der Tat. Es gilt, einen Krieg zu gewinnen. Koste es, was es wolle, wir machen Deutschland stark. Seine Lungen haben sich bis ans Ende der Verästelungen ihrer Bronchien gelüftet. Er kommt sich gewaltig vor, ein Koloss, in dessen Brustkorb die Welt sich um ihre Achse dreht. Er steht an der Schwelle einer bahnbrechenden Entdeckung, fühlt das entzündete Auge der Sonne auf sich gerichtet und spürt in seinen Knochen die Gewissheit, dass er sich ins Leere katapultieren und heil davonkommen würde. Links unter dem Abhang platscht das Schwimmbecken, und weiter vorn erspäht er den Zehn-Meter-Springturm, rotweiß wie eine Lakritzenstange.

Er nähert sich dem Schwimmbecken seitlich, aus einer Richtung, die keinen Zugang verspricht. Wo der Wald unwegsam ist. Ins Tal führen zahlreiche Wanderwege von unterschiedlichem Gefälle, mit oder ohne Serpentinen, als auch eine fahrbare Landstraße, die um den Berg biegt und an der Wiese vor dem Wirtshaus endet. Ohne Vorsatz hat Herfurth die Richtung gewählt, die 1928 der Mörder Ion Bălan einschlug, um sich in der Abenddämmerung an seine Opfer heranzuschleichen. Das Waldbad mit Wirtshaus, Schwimmbecken für Erwachsene und Kinder, Umkleidekabinen und Sitzbänken auf der Wiese, diese einfache Angelegenheit konnte allein wegen ihrer günstigen Lage – in der

Talsohle unter den dicht bewaldeten Wänden, der warmen Quelle, die jahrüber die Becken füllte und sich weiter abwärts durchs Tal von einem See in den anderen ergoss – zum Irrtum verleiten, dass das Waldbad von Gotteshand zum Behagen der Menschen ausgestattet war. Doch ohne das Wirken des Zeidner Verschönerungsvereins, der das Waldbad seit 1904 hütete... Herfurth hat wirklich keinen Anlass, über das Bad sentimental zu sein. Die Burzenländer lieben es zu baden. Hatte Kronstadt nicht sogar eine Zunft gehabt, die Bader, die das Badhaus bewirtschafteten, sich auf Klempnerei und Zahnextraktion ebenso gut verstanden wie auf innere Medizin? Die wurden dichtgemacht, als man ermittelte, dass frischgebadete, gesalbte und um alle Sorgen erleichterte Badegäste versehentlich venerische Krankheiten ausfuhren. Aus seiner Kindheit kann Herfurth Bilder abrufen, die seinen Vater tief im Gespräch mit Würdenträgern der Stadt zeigen, barfuß unter Mänteln im Morgentau spazieren gehend. Seine weißen Haare, ein dauniger Nimbus, der jeden Hauch registriert, aufgeplustert im Nebel wie die Unterseite einer Turteltaube, wippten, als er urteilte: »...ein kleines, in steter Abwehr sich verzehrendes Volk kann ja große Dichter und Künstler kaum hervorbringen.« Und sie zogen ab, die Postwiese hinauf, die aquatischen Anfechtungen der modischen Kneippanstalt über sich ergehen zu lassen. Herfurth war immer noch glücklicherweise klein, als er zwei Tanten im Schlammbad überraschte und anstarrte, nicht begreifend, wo ihre hochschwangeren Bäuche aufhörten und der Damm begann, denn bei jeder Drehung rollten sie das ganze schwarzglänzende Ufer auf. Sie blinzelten ihn böse an, splitternackte Säue, allein durch ihre qualmenden Zigaretten vermenschlicht.

Zeidner Waldbad
Montag, 20. August 1928

Die Burzenländer lieben es zu baden. An dem Montagabend im August 1928 hörte man die letzten Partien Badegäste auf dem Heimweg sich ihr Geplänkel zurufen, über wachsende Abstände, wobei der Schall aus den Tiefen der Seen aufzustoßen schien. Herfurth hat das Folgende von Fritz erfahren. Er lebte damals noch in Kronstadt, vorübergehend arbeitslos im väterlichen Pfarramt in der Blumenau. Fritz betreute schon als Hausarzt einige Familien in Zeiden, zunehmend auch rumänische Sippen auf dem aufsteigenden Ast, neue Eigentümer von sächsischen Häusern, in denen er als Kind gespielt hatte. »Es ist amüsant«, erzählte Fritz ihm damals, »ich gehe ins Haus der Kureser ein, zum Zimmer hinter den Türen mit Glaswand, und alles sieht wie immer aus – nur riechen tun diese Räume plötzlich anders, ich gäbe sonstwas, zu wissen, warum, denn braten tun wir in unserer Küche ja auch, aber vielleicht bleibt das Lüften aus? Oder das duftige Grünzeug, das unser Weibervolk hinstellt – also, ich gehe durch zu den Türen und erkenne dahinter bekannte Umrisse, stell dir also vor, du trittst in den Raum und wähnst dich im *letzten* Zimmer, allein mit der Maske des roten Todes, jede Fläche mit rotem Tuch bedeckt, denn das Kind hat Scharlachfieber und Rot treibt den Scharlach aus ...«

Fritz wurde am selben Abend vor dem Zubettgehen vom Alarm auf die Straße getrieben. Sowohl die Sirene des Orts als auch die Glocken der Kirchen läuteten alles wach. Er bat die Gendarmen, an den Tatort mitgehen zu dürfen. Ein anderer Arzt war aber bereits unterwegs. Eine Division Gebirgsartillerie der rumänischen Armee, die in Zeiden stationiert war, verteilte Schusswaffen an die Feuerwehr. Streifzüge bewaffneter Feuerwehr und Zivilisten mit Heugabeln durchleuchteten den Wald. Irgendwann beschloss die Gendarmerie, ihrerseits Waffen auszuteilen, und eine neue Partie von etwa 40 Zeidnern schlug den Weg zum Waldbad ein, bald gefolgt von Gendarmerieregimenten aus Kronstadt und Fogarasch, die im Lauf der Nacht dazustießen. Die ganze Zeit gingen Sachsen auf dem Zeidner Marktplatz mit aufgerissenen Augen um und fragten immerzu: »Warum?« Warum hatten die Zeitungen das Gesicht des Mörders nicht abgedruckt? Es gab weit und breit kein Bild von dem Kerl, der vor zwei Jahren seinen sächsischen Arbeitgeber in Heltau erschoss, zu lebenslänglicher Kerkerstrafe verurteilt wurde, jedoch nach zwei Jahren aus der Gefangenschaft floh, nur um zurückzukehren und einen vermeintlichen Verwandten seines Opfers aus kürzester Entfernung zu erschießen. Das war vor zehn Tagen geschehen. Warum war sein Gesicht nicht überall bekannt, warum, wenn er jedem, der's hören wollte, verkündete, er sei der entflohene Mörder Ion Bălan. Er habe mit einigen Sachsen abzurechnen. Er habe die gerechte Sachsenwut. Erklärt mit einem sympathischen Schulterzucken. Zwar wurde gelegentlich Anzeige erstattet, so dass die Gendarmen nicht völlig überrascht dastanden, aber die Welt schien geneigt, dem Flüchtling die Durchreise mit seinem Mannlichergewehr, seiner automatischen Steyerpistole und dem Bowiemesser wenn nicht direkt zu genehmigen, dennoch keinen Anstoß daran zu nehmen. Es dauerte noch einen ganzen Monat, bis man ihn festnahm. Währenddessen wurde bekannt, dass er vorzüglich reiche Rumänen ausraubte, was auch gut ankam. Man konnte alte Rechnungen begleichen. Die rumänischen Bauern von Kleinschenk verrieten ihm, der Rumänenpfarrer hätte viel Geld. Aber das eigentliche Großwild der Karriere Bălans blieben die Sachsen, zwei in Heltau, drei im Zeidner Waldbad abgeschossen. Seltsam, wie Leichen in ihre Umgebung hineinschrumpfen. Am Tag darauf, einem Dienstag, obduzierte der Gerichtsarzt die drei Leichen in Anwesenheit der Zeidner Ärzte.

Das vierte Opfer, die Schwester des Wirts, war am Morgen lebendig im Wald gefunden und sofort ins Depnersche Sanatorium nach Kronstadt geschafft worden. Während das Skalpell geschäftig einschnitt und Haut und Haare wie Teerdachpappe auseinanderbrachen, konnte Fritz seine Aufmerksamkeit vom Gerichtsfoto kaum wegreißen. Am Ende erbat er sich eine Kopie des Fotos. »Siehst du«, hatte er Herfurth gezeigt, »sie saßen alle um den Tisch auf der Terrasse, spielten Karten. Der Urlauber Folberth, das war der Lehrer, in dessen Wohnung du eingezogen bist. Der Hilfsnotär Seiferth. Eigentlich eine Eitelkeit, sich weiterhin als Hilfsnotär auszugeben. Er war erst 55, als sein Beamtenposten 1919 einem Rumänen zugesprochen wurde, die Pension freilich unzulänglich, und er froh, dass er sich als 64-Jähriger im Waldbad als Bademeister verdingen konnte. Der Wirt Kolf, den die erste Kugel traf.«

Herfurth hatte Fritz nur mit halbem Ohr zugehört, verstört über seine lüsterne Neugierde, die alles beiseite schob, das nicht Rosa Kolf, die sechzehnjährige Schwester des Waldbadwirts, betraf. Eine der Kugeln hatte sie am Fuß getroffen, aber sie schleppte sich von der Terrasse und verschwand vorläufig, bis Bălan, inzwischen von einer Kugel aus Folberths Browning selbst an der Hand blutend, mit der Kasse die Liegewiese überquerte und sie leider entdeckte. Zweifellos war Bălan aufnahmebereit für ihre Reize. Er hatte das Intervall zwischen dem Mord in Heltau und dem Waldbadbesuch in Bordellen verbracht. Am Montag kam er ins Waldbad, unbewaffnet und entspannt, nahm ein Bad und gab seine Bestellung fürs Essen bei Rosa Kolf ab. Er sah, wie geschickt sie sich um die Gäste wand, hin und her huschte mit Tabletts und Leergut, Hände voll, Leibchen voll, Zöpfe waagerecht, und er gab sich Mühe, war äußerst zerknirscht, genoss es sogar zu wissen, als sie recht kaltschnäuzig sein Geld abnahm, dass sie ihm innerhalb von Stunden ausgeliefert sein würde. Herfurth fragte sich, ob sein eigenes Faible für junge Mädchen mit Rosa Kolf angefangen hatte. Ein Fieberwahn war in jenem Sommer unter den Männern ausgebrochen. Ein kollektiver Impuls belegte Rosas Gestalt mit orgastischem Beschlag: Perplex entdeckte man, dass man beim Ejakulieren blitzartig Rosa beschwörte. Hatte sie oder hatte sie nicht? Sie wurde auf einem Apfelbaum gefunden, hatte Blut verloren, war aber bei Bewusstsein. Bălan hatte sie sieben Kilometer lang unter Drohungen weggeschleppt, bis sie in der Dunkelheit von den Hunden einer Senne aufgespürt wurden. Bălan lief davon, und Rosa zog sich an den Ästen des nächsten Baumes hoch, unter dem ohrenbetäubenden Gebell der Hunde. Der Konsensus war natürlich, dass keine unzüchtigen Verbrechen an ihr verübt worden waren. Aber während sich die Frauen mit diesem Säulenheiligenbild Rosas zufriedengeben konnten, blieb sie für die Männer, denen sie den Garaus machte, lichtverschneit in den Ästen hängen, fortwährend deren flüssige Salven empfangend. Dabei glissierte Rosa auf Augenhöhe in den Charleston – *Crazy Legs* – mit beiden Händen auf den Knien, dass ihre Vagina auf- und zuschnappte wie ein Hilferuf.

Herfurths Vater starb kurz nach den Morden im Nachbarort und hinterließ eine Lücke in der Gemeinde. Der Sohn tat, was er konnte, zu vermeiden, hineinzustürzen. Er zog aus, nach Zeiden. Ein Glücksgriff, denn in den folgenden Jahren war Zeiden ein Ort des Tumults. Als hätte jemand eine schärfere Lupe in seinen Ausblick eingelegt, brachte die im Vergleich zu Kronstadt kleinere Gemeinde die neue Zeit zum Vorschein. Die Sachsen dort bauten sich Betriebe auf, scherten sich wenig ums Mittelalter, wollten Tennis spielen, Ski laufen, tanzten zu Radiomusik und hörten Nachrichten von deutschen Sendern. Die Jugend war in Aufbruchstimmung. Sie forderte und bekam. Das Presbyterium betonte durch die 1920er hindurch, dass es alle der Erziehung der Jugend gewidmeten Vorhaben unterstützen wollte. Die Jugend ließ sich nicht bitten. Sie forderte einen Tanzplatz an der Westseite der Kirchenburg und einen Eislaufplatz im Winter an der Innenseite der Mauer, den sie sich zu erhalten verpflichtete. Ein Radio fürs neu geschaffene Jugendheim. Als Hallenturnen Anfang der 30er Jahre passé war, verlangten die Halbwüchsigen einen Sportplatz für Leichtathletik, Fußball und Tennis. Sie ließen sich nichts sagen. Jedes Mädchen mit ihrem Embrasseur per Arm ab ins Kino. Ganz anders als in seiner Jugend.

Pfarrhaus in der Blumenau, Kronstadt
Freitag, 27. August 1910, 9 Uhr

Herfurth war dabei gewesen, als eine ad-hoc-Versammlung von Pfarrern im Sprechzimmer seines Vaters beschloss, den Zeidner

›Bauerndichter‹ Michael Königes bei lebendigem Leibe tot-
zuschweigen. Der junge Herfurth saß seit dem Morgengrauen,
nachdem er sich eher zufällig durch die richtige Haustür fallen-
gelassen hatte, bewegungslos im Ohrensessel, einem Kater entge-
genstarrend. Eine Prozession rabenschwarzer Talare raschelte an
ihm vorbei, ließ sich im Nebenzimmer nieder und begann hände-
ringend zu rechtfertigen, warum die Ächtung unumgänglich sei.
Halbwegs durch das Gespräch merkte Herfurth, dass sie nicht
über ihn sprachen. Am Ende standen ihm die Haare zu Berge.
Selbst der befürchtete Kater blieb aus. Sie redeten nicht um den
heißen Brei herum. Niemand bemühte sich wie die österreichische Prominenz sachgerechte Bedenken zu äußern – Königes habe keine nennenswerte Bibliothek, man müsse davon ausgehen,
er habe von Shakespeare nie gehört... Die Pfarrer gingen die Sache direkt, mit harten Bandagen an: Man könne ihm den Mund
nicht verbieten. Denn er verpflichte sich dem Wahrheitsprinzip
der Kunst und schätze den Schaden, der dem Ansehen der Gemeinde widerfahren könne, zu gering. Sein Plebejertum sei unerheblich. Er schaffe eben keine eskapistische Kunst, die Mankos
ausblendet, auch keine politische Kunst, die man mit politischer
Debatte ausmerzen kann.

»Für jegliche Form von Sozialismus gibt es im Sachsentum
sowieso keinen Nährboden, denn was wir uns durch unermüdli-
che Geschicklichkeit erworben haben, ist eine Streckung unseres
Selbst. Was uns abhebt. Das lassen wir uns nicht nehmen.«

»Königes gefährdet uns, eben weil für ihn nichts außer Gefahr
steht. Er eröffnet ein Gespräch – gleichwie ungeschliffen – über
die Mutabilität der Welt. Alle Begriffe sind für den Verkehr freigegeben, es gibt keine Berührungsangst, keine anständige Scheu
vor nichts. Diese Unzucht gefährdet uns; es ist leider Gottes unsere Aufgabe, sie ungefährlich zu machen. Unser Überleben als
Gemeinde fordert dieses Opfer!«

»Dem stimme ich zu.« Das war die harzig bezwingende Stimme seines Vaters. Die garantierte, nun weit auszuholen, wo er ja
bei sich zu Hause war. »Wir bestehen allein dadurch, dass sich

Einzelne dem Ganzen verpflichten. Ein prekärer Aufbau, der es nicht verkraftet, gerüttelt und geschüttelt zu werden, ohne auseinanderzufallen. Sehen wir uns selbst an: Wir sind die Evangelische Kirche, halten aber die säkulären Zügel in der Hand. Dem Anschein nach sollte eine solche Einrichtung im 20. Jahrhundert längst ausgedient haben. Hier ist sie aber eine Notlösung. Denn dieses Völkchen von gut 200.000 Seelen ohne direkte Vertretung in der Landesregierung hat straffe Koordination nötig. Um sich geschlossen dem Assimilationsdruck zu stellen. Wir bestimmen, wen die Gemeinde wählt, damit wir uns politisch Gehör verschaffen. Wir fördern unsere Gesinnung durch Schulunterricht. Verwalten das Gemeindegut zum Zweck der Gemeinde. Seht die Schulen, die wir gebaut haben, das Theater, die Bürger- und Bauernbanken. Ja, es ist Bevormundung; ja, wir trachten danach, dass niemand aus der Reihe tanzt. Denn sonst? Wenn jeder redet, wie ihm der Schnabel gewachsen ist, nach Lust und Laune in andere Völker hineinheiratet, Steuern der Kirche verweigert und nach eigenem Gutdünken der Welt vorne und hinten Beiträge leistet, ist es vorbei mit uns. Daher weht der Wind größerer Gefahren. Verjudung, Veramerikanerung, Geldsucht und Kosmopolitismus kann unsere Eintracht im Nu aufwirbeln und in alle Winde verstreuen. Das werden wir den Herren Fabrikanten immer vorhalten müssen, dass sie sich ja nicht getrauen, ihr Glück außerhalb der Gemeinde zu suchen. So weit sind wir noch nicht. Was jetzt aber unsere Kultur betrifft, ganz abgesehen davon, ob dieser Zeidner Bauerndichter etwas kann oder nicht: Sie ist für die Umwälzungen durch moderne Ideen, Realismus – gar Naturalismus! – zu empfindlich. Das ist uns zu starker Tobak.«

»Sagt mal, täuschen mich meine alten Augen, oder bewegt sich dein Sessel drüben gerade?« Das Konsilium trat augenblicklich dicht um den Sessel, aus dem Herfurth sich wie ein gestrichen volles Glas mit äußerster Verzagtheit herausstemmte.

»Hier stehe ich und kann nicht anders!«, murmelte er, *»Gott helfe mir, Amen!«*, und stakste zur nächstliegenden Kloschüssel.

Unterwegs ins Zeidner Waldbad
Dienstag, 21. Januar 1941, 10.50 Uhr

Wenn Herfurth jetzt dem über sechzigjährigen Königes auf der Straße begegnet, der ihn wie auch Leontine mit wohlwollender Verachtung streift, denn beide gehören ins Feindeslager der Täter, die seine Karriere vernichteten, schwindelt Herfurth vor der Höhe des Falls, den die Kirche erlitt. Die ehemaligen Gebieter und Verbieter biedern sich nun der Jugend an, bewilligen ihre Forderungen – ihr wollt einen Turnsaal mit Geräten – her damit! ihr wollt einen Eisplatz – da ist euer Eis, dass ihr euch den Hals...! – wo immer möglich. Setzten sich erst vor Kurzem von den Erneuerern ab, um ihnen nicht Autorität durch Nähe zu verleihen und ihre eigene Position noch ärger zu schwächen. Die Macht war ihnen entschlüpft. Sie war folgerichtig in den festen Händen der Erneuerer. Und Herfurth kann sich nicht vorstellen, wie das nicht gut und gerecht sein sollte.

Deutsche Schule in Zeiden, Naturkundelektion
Montag, 3. Dezember 1928, 10.10 Uhr

Herfurth geriet in den Sog der neuen Zeit hier im Waldbad, kurz nachdem er nach Zeiden umgezogen war. Er war der Schularzt. Als Sohn eines der stursten Opponenten des Lehrerstreiks von 1920, als die Kirche die Lehrer zwar auf Vordermann brachte, dummerweise aber den guten Willen der Gesellschaft einbüßte, hatte Herfurth mit Zurückhaltung gerechnet. Die Lehrerschaft Zeidens nahm ihn aber herzlich auf.

»Unsere Gesellschaft trägt ihr Skelett äußerlich, wie Insekten.« Hatte der Lehrer das laut gesagt? Herfurth hörte minutenlang hin. »Diese bilden den Chitinpanzer aus, um ihren Körper zusammenzuhalten, bleiben aber in dieser Fassung stecken und können nicht wachsen. Um zu wachsen, streifen sie das alte Skelett ab und bilden ein neues, größer angelegtes aus. Welches ist das größte Insekt hierzulande?«

»Der Hirschkäfer.«

»Im Vergleich zu den Tieren, deren Beute er ausmacht – Vögel, Allesfresser – ist er größenmäßig unterlegen. Warum wohl legt der Hirschkäfer sich nicht einen Körper zu, mit dem er seinen Beutemachern gewachsen ist? Ein Hirschkäfer, so groß wie eine Maus, wäre vor Spechten sicher. Wäre er so groß wie ein Wildschwein oder gar ein Mensch, wir würden heute wahrscheinlich im Kampfsport gegeneinander antreten! Aber ihre Entwicklung verlief anders. Insekten blieben klein bemessen. Warum, weiß das jemand?«

»Weil ein großes weiches Insekt, das nicht laufen kann, besonders leichte Beute ist?«, meldet sich ein Blondschopf.

»Lecker bestimmt auch! Richtig, ein Insekt hat keine Weile, einen großen Panzer auszubilden. Außerdem: die Schwerkraft ist ein Problem für einen Körper, der größer ist. Denkt euch euer Skelett weg für einen Augenblick. Wenn der Joseph beispielsweise, der hier am Sicherungskasten die Zeit vertut, plötzlich kein Rückgrat hätte, was sähen wir? Ein Häufchen Elend! Nein, noch nicht, Joseph, du gehst nach Hause, wenn ich es sage. Die Organe kollabieren in sich zusammen.« Und der Lehrer sackte halb zusammen, Gesäß ans Katheder gestützt, von schallendem Gelächter umwogt. Ab und zu setzte sich Herfurth in die Biologiestunde, wenn die Pause vorbei war und niemand angeklopft hatte. Es belustigte ihn, dass Kinder täglich Milch und backfrische Kolatschen auf Kosten der Kirche ausgeteilt bekamen und diese verdauten, während Lehrer ihnen die neue Gesinnung einträufelten. »Die evolutionäre Branche der Insekten ist im Stillstand. Die Evolution geht aber weiter, mit Lebewesen, die ein Skelett inwendig gebildet haben, ihren ganzen Aufbau aus neuer Basis umgebaut haben. Und selig sind die Wirbeltiere, denn sie besitzen das Erdreich«, sagt der Lehrer und zwinkert Herfurth zu, der in der Eselsbank unter einer Stellage mit Gläsern voll grünem Sirup und unidentifizierbaren Föten vor sich hin döst.

Was Herfurth jedoch die Gelegenheit gab, völlig und restlos der Gemeinde einverleibt zu werden, ereignete sich auf Anregung der Lehrerschaft Zeidens, von Rektor Dück und dem Lehrer Göbbel, der den Turnverein im Griff hielt und bei Gauturnfesten Preise eingeheimst hatte. Fast vier Jahre waren seit den Morden im Waldbad vergangen. Erst jetzt nahm die Gemeinde das Waldbad wieder in die Hand. Der Plan, den die Lehrerschaft im Presbyterium durchsetzte, war groß angelegt. Er wurde ohne Kürzungen durchgeführt. Herfurth kam sich wie neugeboren vor. 100-jährige Baumriesen wurden gefällt, und es wurde Licht im Talkessel. Das alte Schwimmbecken von 20 Metern Länge wurde auf 50 Meter erweitert, die alten Tannenpfosten herausgezogen und das Becken mit Eichenholz neu verschalt. Eine Betonstauwand wurde errichtet. Lehrerschaft und Verschönerungsverein, dem das Waldbad gesetzlich gehörte, organisierten den Abwechsel von Arbeitsbelegschaften mit den Fabriken Zeidens, den Schulen, den Bauern, Kaufleuten und Handwerkern, dem Männerchor, Bläserkapelle, Theaterverein, Landwirtschaftsverein, Gewerbeverein, Spar- und Vorschussverein, Turnverein. Der Evangelische Frauenverein richtete Brötchen an und lieferte sie nach Absprache ab, die Krankenschwester des Frauenvereins dienstbereit dabei. Nach seinem ersten Sommer in Zeiden kannte Herfurth jeden Zeidner mit Namen und Stammbaum. Pferdefuhrwerke ratterten ein und aus, Schaufeln schnitten tief, Spitzhacken bissen gierig in die Wälle oberhalb des Schwimmbeckens, weiteten einen behaglichen Raum für Terrassen aus.

Zeidner Waldbad
Dienstag, 21. Januar 1941, 11 Uhr

Herfurth blickt direkt hinüber. Das Wirtshaus ist, wie erwartet, unbewohnt an einem Wochentag im Januar. Eine Haube Schnee auf dem Dach und Eiszapfen tief herunterhängend. Er stapft zur

Veranda, bricht einen Eiszapfen ab und kaut darauf. Die Welt hatte sich verdunkelt. Vielleicht würde es in den nächsten Stunden schneien. Über seiner Schläfe und Wangenknochen trocknet Blut und zieht an seiner Haut. Er spürt noch keinen Schmerz. In seinem Schnurrbart entdeckt er einen Klumpen Blut, den er langsam kaut. Am Hof Etzels im Hunnenland öffnen die belagerten Burgunder die Wunden ihrer gefallenen Waffenbrüder und stillen Hunger und Durst mit deren Blut. Vielleicht war das Nibelungenlied der Ursprung des Vampirismus in Ungarn. Schwaden von Dampf steigen vom Schwimmbecken hoch, wirbeln auf und nieder und lösen sich auf. Schnee liegt unberührt auf den Terrassen um das Becken, auf den Bänken, die Schüler der 7. Klasse in der Schulwerkstatt gebaut hatten, auf der Böschung von exakt 45° Grad, die hinauf zur weiter oben abgestuften Terrasse mit den Umkleidekabinen führt. Der Sprungturm mit den theatralischen Streifen hat Borten von Eiszapfen vom Drei- und Zehnmeterbrett hängen. Zwischen Schwimmbecken und Wirtshaus liegt das achteckige Plantschbecken für Nichtschwimmer. Die Geometrie des Waldbads hatte sich verlegt. Nach freiwilliger Gemeinschaftsarbeit an insgesamt 1.158 Tagen hatte die Gemeinde die Kontrolle zurückgewonnen. Man war hier unwiderrückbar zu Hause.

Im Dämmerlicht der Schneewolken zieht Herfurth die Brauen zusammen. Die erinnerten Bilder in seinen Augenhöhlen blenden den Nerv: der Rektor Dück, der Lehrer Mild, langbeinig in kurzen Hosen, braungebrannt, behaart mit Gold- und Eisenspänen. Das Wasser des Goldbachs, warm aus dem Felsen sprudelnd, flutete das Becken, blieb trüb bis zum nächsten Morgen, als Herfurth und Fritz zuerst ankamen und sich wie Halbwüchsige gegenseitig hineinzustoßen versuchten. Das Wasser schon klar wie Hühnersuppe. Die Pferderücken glänzten von Schweiß. Schuljungen lachten anstellig und flink mit Schubkarren heran, der Männerchor gab den Ton an und sang das Waldbadlied, eine Gelegenheitsdichtung des Lehrers Göbbel. Seit letztem Sommer ist Göbbel Richter von Zeiden, dick befreundet mit Andreas Schmidt und Kompanie. Wie ging das Waldbadlied noch? »Erwacht aus dumpfem Brüten, ihr Kameraden mein, / lasst die zu Hause sitzen, die Luft und Sonne scheu'n.« Klar, ein Seitenhieb aufs *Ancien Régime* der Herren, die entweder zu alt oder zu fein waren, um Waldmenschen zu werden. Damit hatte die Lehrerschaft ins Schwarze getroffen: Sie konnte die Jugend ausspannen, da sie ihr energisch unter die Flügel greifen, ihr Erfolgserlebnisse vermitteln konnte. Mit kleinen gemeinschaftsnützigen Projekten und der Eröffnung der Natur als Perspektive, in der alle gleich sind. Undenkbar, als Herfurth Schüler war, dem Lehrer einen anonymen Zettel aufs Katheder zu setzen, mit: »Der Himmel ist heiter / das Wetter ist schön. / Wir bitten den Herrn Lehrer / spazieren zu gehn.« Undenkbar, dass der Lehrer heutzutage schmunzelnd seinen Hut nahm und sagte: »Gut, gehen wir also aufs Bergelchen. Machen Heimatkunde.« Leontine wendete dagegen ein, dass es schon gut und richtig sei, die Jugend zum Sport zu erziehen, ihr Disziplin und Pflichtgefühl einzuflößen, aber der Rest der Geschichten, die man per Wandervogel, Artamanen, pangermanische Rüstzeiten mitbekommt, ziele schließlich eindeutig auf Separatismus und Selbstherrlichkeit. »Was für uns ein gefährlicher Irrtum ist. Der uns teuer zu stehen kommen könnte.« Das alte Lied. »Unser Problem ist, wir wissen uns belagert und schikaniert. Es ist uns unfassbar, dass wir mitverantwortlich sein könnten an der Misere.« »Misere?«, hatte Herfurth ihr entgegengerufen. »Was für welche Misere? Warum gehst du eigentlich nie ins Waldbad, bringst dich lieber fast um mit deinen Seeüberquerungen? Steig einfach mal hinein, ins Schwimmbecken. Oder ärgert es dich, dass die Sachsen, die hier gebaut haben, keine neulicheren Dichter als Goethe und Storm kennen? Dass sie sich im Zweifelsfall lieber den Rücken zerbrechen als den Kopf?« Wie ging das Waldbadlied noch?

»Im Waldbad wird ein Becken gebaut der klaren Flut,
drin wollen wir uns strecken, erfrischen unser Blut.

Brüder, packt die Arbeit an, stemmt euch in die Speichen!
Niemals ist genug getan, will man was erreichen!
Mit jeder Schaufel Erde, mit jedem Krampenhieb,
da hau'n wir eine Kerbe in Heimatboden lieb.
Sie sollen einst draus sehen, dass die, die hier geschafft,
sich selber treu gewesen, in freier Bruderschaft.
Brüder, packt die Arbeit an, stemmt euch in die Speichen!
Niemals ist genug getan, will man was erreichen.«

»Ach«, sagte Leontine, als hätte sie zwei saure Kirschen im Mund,
»die Kerbe! Dass erwachsene Männer von der Kerbe im Heimatboden lieb *singen*, schon das ist mir zuviel.« Herfurth hatte Leontines Direktheit damals noch sehr gemocht. In einer Gesellschaft,
in der sogar Zungenküsse das konventionell Akzeptierte verletz-
ten, war Leontine, die berufsbedingt, wie sie sagt, ihr Unterbewusstsein nahe an der Oberfläche trägt, etwas Seltenes. »Wie
machst du es eigentlich, mit der Literatur?«, hatte er das Mädchen einst gefragt. Sie waren so jung, die Frühlinge so warm, die
Matura bevorstehend wie eine steile Felswand. Herfurth lernte
im Gehen, er durchstreifte mit einem Armvoll Büchern die Bier-
gärten, die Rahmen, wo die Weber ihre Tücher zum Trocknen
gespannt hatten, die Promenaden hinter den Mauern Kronstadts,
stellenweise Reihen davon, wie die Zähne der Haie. Man wusste, Leontine büffelt im Weißen Turm, Betreten auf eigene Gefahr, denn Leontine ist eine Verwilderte, die niemanden um sich
braucht. Sie hatte die Schultern bis zu beiden Ohren hochgezogen, ihr Reformkleid mit Trägern immer noch lose auf der Brust,
Spätentwicklerin, die Wände des Turms rundherum dicht be-
schrieben mit Trigonometrie. »Nein, wirklich, wie machst du es,
mit der Literatur?«, hatte er sie in Zeiden gefragt, im Herbst 1928
nach dem Schulbeginn, als er sich einzuleben versuchte, befange-
ner als die Erstklässler. Diesmal blieb sie nicht stumm. »Es ist ein
bisschen wie wenn Rhoda Erdmann im Institut für Experimen-
telle Zellenforschung in Berlin in einer Petri-Schale Zellenkul-
turen heranzüchtet. Man fängt mit einer Zelle an und bald sind

es mehrere, sie teilen sich, sie vermehren sich, sie bilden Gefüge nach eigenem Wissen. Man ist eher Beobachter.« »So? Und ich dachte immer, du zögst dir einen Falken.« Leontine hatte gelacht, aus dem Zwerchfell heraus, und zugenickt: »Ja, das auch.« Das war das einzige Mal, dass Herfurth es gewagt hatte, Leontine über Albert auszufragen. Doch über diese Andeutung ging das Gespräch nicht hinaus.

Als Herfurth neulich im Hauptquartier der Volksführung über Leontine zur Rede gestellt wurde, unterschätzte er den Ernst des Gesprächs gewaltig, plärrte drauflos, Leontine sei eine Moderne, die ganz gut auch ohne Öffentlichkeit zurechtkomme. »Das klingt aber ungemütlich«, warf der Pressechef Walter May ein. »Ich verstehe es nicht, warum diese Poeten und Prosaiker immer meckern müssen, immer etwas an der Welt auszusetzen haben. Ich gehe durchs Leben mit einem bewundernden Ausblick, trachte danach, zu erkennen, was das Leben bejaht, beschwingt, unsere Kräfte mehrt. Dann liest man etwas Neues, und alle Gewissheiten sind uns verleidet. Es ist, wie wenn jemand Wertsachen verschleudert. Skrupellos. Dafür hattest du Zeit?« »Skrupel doch, schon. Es kann sein, dass Leontine ziemlich alles wohlfeil ist, lauter Freiwild – bis auf ihren Flieger.«

Die Eroberung der Städte, das schwebte den Rumänen nach der Bevölkerungsexplosion auf dem Lande vor. Eine Nivellierung der Unterschiede, unter dem Vorwand, dass moderne Lebenskultur den eigentlichen Kulturträgern des Volkes – den Bauern – nicht vorenthalten werden darf. Erneuerung kommt von der Basis. Die Städter können sich glücklich schätzen. Die Idee von Gabriele D'Annunzio hatte sich seit zwei Jahrzehnten in Europa umgetan und ein Ziel in Rumänien gefunden. Hochtrabende Rechtfertigung einer hungrigen Bevölkerung auf Nahrungssuche. »Der Rumäne ist des Waldes Bruder«, hatten sie im vorigen Jahrhundert geantwortet, wenn bezichtigt, dass sie aus Waldungen stahlen, die Sachsen gehörten. »Es ist nicht Diebstahl, wenn es von

Gottes Gnaden wächst.« Die Schleifspuren von Baumstämmen sichtbar für Wochen. Waldungen, Obstgärten, Bienenstöcke, Weiden: der Herrgott gibt's. Allein handwerklich Erzeugtes gebot Einhalt. Herfurth wundert sich, ob die Sachsen ihre Arbeit als Grenzmarke hinstellten, um ihr Gebiet festzulegen. Schulkinder fegten die Wege ins Waldbad so, wie Wölfe und Füchse ihre Territorien mit urinösen Duftzeichen markieren. Ansonsten ist es ironisch, dass Rumänen, seit eh und je Brüder des Waldes, hier nichts mehr herausholen wollen, sich den Städten zuwenden, gerade als Sachsen, welche die Wälder stets mit mindestens gleichem Sachverständnis auskundschafteten und nutzten, den Fimmel kriegen, sich in die Waldesmystik hineinzuknien.

So kommt es, dass Herfurth, ein Arzt aus bürgerlichem Hause, heute genau weiß, wo man den Schneedeckel aufzuheben hat, um eine natürliche Bank von Bucheckern zu orten, welche die Schwerkraft und der Wind gesammelt haben. Um ihn verringert sich die Sichtweite zusehends. Eine Wolke scheint sich über der Esplanade des Waldbads niedergelassen zu haben. Sie kommt vom Berg und bindet in ihren Wassermolekülen die Würze der Tannen, der Wacholderbüsche, die Träume der Winterschläfer von Fett, Blut und Sonne. Es rührt sich kein Lüftchen. Die Wolke saugt in sich den milden Fäulnishauch vom Schwimmbecken. Herfurth sieht nur noch Umrisse. Sein Herzschlag senkt sich langsam in die Tiefe seines Wesens, in den Schacht hinter dem Nabel. Er empfindet seine Körperdichte allumfassend, gleich der Wolke und dabei unverrückbar fest wie einen menschenförmigen Anker. Wie bei einer Bergbesteigung in seiner Kindheit, als schmachvolle Höhenangst ihn piesackte, seine Innereien komprimierte, und es gab kein Zurück, bis eine Wolke die Schlucht rechts und links auffüllte und ihm seine Sinne zurückerstattete, Blut durch seinen Kopf rieselte wie Selterswasser. Nun packt Herfurth die Bucheckern ein und bewegt sich immer noch diagonal aber rückwärts gekehrt vom Schwimmbecken den Quellen des Waldbads zu.

Am Ursprung fließt die Quelle am wärmsten. Direkt aus dem Felsen, unter dem eine natürliche Mulde entstanden ist, sammelt sich Wasser und dampft in den Wintertag hinein. Herfurth fragt sich, ob sein Leib in diese Mulde passt. Ob es sich lohnt, die Kleider abzulegen. Er fragt sich, wie er wieder in sie hineinkommt, klitschnass, unbeherrscht zitternd in der perlmuttigen Eiswolke. Er schämt sich genüsslich über das Risiko, von der importunen Ankunft einer Schlittenpartie aus Zeiden überrascht zu werden. Der nackte Doktor in der Beuteltasche des Bergs. Kinder, heute zeichnen wir einen Akt. Herfurth uriniert schwefelgelb in den Schnee und beginnt, benommen von der Gelöstheit seiner Harnblase, die Bucheckern und zwei lange Eiszapfen neben die Mulde abzulegen, dann in fliegend sausender Reihenfolge alles auszuziehen. Mit einem Satz voltigiert er ins Becken und sinkt ein, zusammengefaltet wie ein Suppenstrudel im Teller, bis zu beiden Nasenlöchern. Das Wasser erwärmt seine Extremitäten, ist aber nicht viel wärmer als sein Blut. Kopfhaut, Stirne und Schläfe pochen und bluten bald liberal in seinen Mundwinkel hinein. Er wäscht sein Gesicht vorsichtig, der Mitmenschen wegen. Unter der Wollmütze errötet er. Seine Füße stecken knöcheltief in seidigglitschigem Schlamm, der seine Körperwärme auffängt. Ob er es riskieren würde, sich hineinzusetzen. Die Glätte geil um seinen Genitalienbereich. Haben wir denn Kaolin in Siebenbürgen? Mit der langen Unterhose zu einer Nackenrolle angerichtet, bereit, seine bebenden Glieder trockenzufrottieren, starrt Herfurth, Bucheckern kauend, Nussöle seine Nervenenden informierend, auf den Quellmund in der Felswand. Er hat die Form der Harnröhrenöffnung unter dem Kitzler einer Frau. Herfurth weiß genau, wann alle Zimperlichkeit ihm definitiv abhanden kam: als er, Student in Budapest, das zünftige Gesellschaftsspiel mitmachte, worin Kommilitonen einander Abfall aus dem Sezierraum zuschmuggelten. Auge ins Bierglas war spießig – Pimmel ins Pennal, Zunge ins Zahnputzglas, Steißbein im Schuh, das hatte Niveau. Herfurth dreht sich seitlich zum Quellmund, die Nackenrolle versetzend, und kaut nun schallend auf einem Eiszapfen. Die Sichtweite hat sich vergrößert. Die Wolke hebt sich bedächtig vom Schwimmbecken. Er kann nur raten, wo die Sonne steht. Der Himmel macht keine Andeutung. Es ist noch nicht Mittag. Schon sieht er das Zehnmeterbrett des Springturms aus dem Dunst erscheinen. Innerhalb von Minuten erscheint der Umriss des Achtecks mit dem netten Holzrahmen, auf dem die Muttis sitzen können, wenn ihre Kleinen plantschen, und dahinter schon die Veranda des Wirtshauses, die dereinst drei ausgestreckte Erschossene enthielt. Vielleicht hatte Bălan die Entführte an dieser Quelle vorbei verschleppt. Entführt ist nicht verführt.

Das Depnersche Sanatorium in Kronstadt
Sonntag, 26. August 1928, 17.30 Uhr

Der einzige Grund, warum Herfurth Rosa Kolf nicht ansprach, war Amalie Musotter. Er hatte sich artig im Leinenjackett und mit Strohhut zum Gartenfest präsentiert, ungeladen, aber höchst willkommen, wie Margarete Depner ihm versicherte, der Obstgarten voller Bienen und Wespen, die im Suff von gegorenen Reineclauden wie blinde Kugeln umhersurrten. »Einen feschen Kavalier…«, hörte er die Dame des Hauses, als sie ihren Mann unterhakte, den hervorragenden Chirurg und Geschäftsmann Wilhelm Depner, der sich im Vorbeigehen noch nach Herfurth umdrehte und ihm zunickte. Margarete leuchtete wie eine Judenkirsche inmitten der geladenen Gäste und Patienten, ausgelassen wie ein Mädchen im orangen Leinenkleid mit tiefer Taille. Eine Mode, die mit moderner Prägnanz und Knappheit den Körper einer Frau über einen einzigen Teil – ihr Hinterteil – definiert. Wie Bücher eine Inhaltsangabe im Anhang führen, so geben Trägerinnen dieser Mode eine Erklärung ihrer erotischen Anatomie ab, die auf einen Blick ausschlaggebend ist. Herfurth und Margarete hatten sich in Budapest öfter getroffen, beide Kronstädter, vom Krieg in Siebenbürgen dahin verschlagen. Herfurth hatte seine Studien abgeschlossen, als der Weltkrieg begann, aber sein Vater befahl ihm, in Budapest zu bleiben, arrangierte es, dass er sich dort im Krankenhaus nützlich machen konnte. Margarete und ihre Familie flohen 1916 die rumänische Armee, die vom Süden aus Siebenbürgen eroberte. In Budapest nahm Margarete Zeichenunterricht bei einem Universitätsprofessor und stellte im selben Jahr ein Bild aus, das prämiert wurde. Im folgenden Frühling kehrte Margarete nach Kronstadt zurück und warnte Herfurth sofort per Telegramm, bloß nicht seine Stelle im Krankenhaus zu kündigen, denn sie hätten ihr Haus völlig ausgeplündert wiedergefunden, und der Zeitpunkt, eine ärztliche Praxis zu eröffnen, sei äußerst ungünstig. Obwohl von ihren beiden Töchtern mit Küsschen mitunterschrieben, was in einem Telegramm wirklich nicht sein muss, blieb Herfurth mit dem nagenden Eindruck, gegängelt worden zu sein. Wer praktizierte noch Medizin in Kronstadt in dem Jahr? Das Sanatorium in der Hirschergasse, Depners Privatklinik für Chirurgie, Orthopädie und Gynäkologie, war eine teure Angelegenheit, von der man nur in letzter Instanz Gebrauch machte. »Nach und nach«, schrieb ihm Margarete Monate später, »konnten wir uns Möbel und Einrichtungsgegenstände neu beschaffen.« *Das hat mit ihrem Singen*, dachte Herfurth lächelnd. Margarete, Tochter des Tuchfabrikanten Wilhelm Scherg, versus Herfurth, Pfarrersohn und Gelegenheitsarzt, der appetitlos im Leben herumstochert. Eins zu Null. Plötzlich stand sie wieder neben ihm, knallorange, und sprühte ihm entgegen, dass sie seine Hilfe benötige: Wäre es nicht wundervoll, ihre Skulpturen aus dem Studio in den Garten zu bringen, wo sie am Fest teilnehmen können? Wie er unter den Plastiken hechelte und keuchte, von ihrem metallischen Schweiß der Nase nach geleitet, konnte Herfurth es sich nicht verkneifen zu bedauern, dass die Rumänen eben diesen Hang zum Klassizismus altväterisch fanden. Worauf sein Schwerpunkt sich unversehens verschob und ihn in die Knie zu stürzen drohte.

Aber das Resultat ließ sich sehen. Die Obstbäume flankierten Galerien, in denen man wie in der Platonischen Akademie wandeln oder im Rollstuhl fahren konnte, abwechselnd in Licht und Schatten. Unter der Markise stimmte ein Impromptuorchester aus Familie, Patienten und Gästen die Streichinstrumente ab. Zwei Hausmädchen balancierten auf Tabletts Glasschalen mit eiskaltem Apfel- oder Weichselkompott. Er hielt ein Mädchen auf, um aus einer Schale ein schwarzes Insekt zu entfernen, und merkte, dass es eine Zutat von Kassiarinde war, und dass die Hausmädchen eigentlich die Töchter des Hauses waren. Er stieg flott die steinernen Stufen in den Eiskeller hinab, als eine Stimme ihn aufhorchen ließ. Jenseits der Bretterwand, die sich zwischen Gärten und Wirtschaftsgebäuden zog, redete jemand im gedämpften Ton der Vertraulichkeit. Herfurth kauerte und löste die Schnürsenkel seiner Schuhe als Alibi. »Wieso, sag ich ihm, und schau an mir herunter: Mir scheint, ich bin noch ganz da?!« Ein halbherzig ausgeprusteter Laut entgegnete darauf. »Es ist so eine gemeine Konvention«, fuhr Amalie Musotter jenseits der Bretterwand fort, »erfunden, um uns Frauen zu kujonieren. Wir dürfen damit nicht gemeinsame Sache machen.« Amalie Musotter war eine der Frauenrechtlerinnen, mit denen man rechnen musste; wegen der Brillanz und Tüchtigkeit der Person und trotz ihrer Gesinnung. In den Stadtrat gewählt, hatte sie vom Fleck weg auf Mängel in der Verwaltung hinzuweisen gewusst und in kurzer Zeit Verbesserungen im städtischen Siechenhaus erreicht. Ein verschwommener Dynamo, ging sie durch die Stadt mit einem Wagenrad von Hut, auf dem ein Makartsträußchen seltsam auffiel, und saß nun wie eine Bisamratte auf einer Wolke Moschus und verdrehte Rosa den Kopf.

»Was ist das denn?«, fragte Rosa.

»Das war ein Nagetier, würd’ ich sagen. Ich hab’s vergessen. Leontine Philippi, du kennst sie aus Zeiden? Was du jetzt machst, das war unsere Abmachung, seit sie klein war: Sie hört zu, wenn sie mir mein Makart selbst zurichten darf. Sie wurde dreist mit der Zeit. Neben Federn, Ähren und Disteln lugten bald allerliebst die Sporen eines Hahns hervor. Die Masche war Schlangenhaut. Oder die Schneidezähne dieses Schädels fassten das Bukett zusammen. Wie in einem Fingerhut. Ich kann es einrichten, dass du sie besuchst. Soll ich?«

»Danke. Es ist zwecklos. Ich habe keine Kraft. Wie wenn man mir die Batterien rausgenommen hat.«

»Rosa, lass dich nicht verrückt machen. Es ist ein Schwindel. Auch wenn die Männer selbst darauf reinfallen. Die Alchemisten waren auch überzeugt, dass sie Gold erzeugen könnten. So glauben die Männer, dass sie uns ausstechen, uns übertreffen, uns überlegen sind, wenn Intimität zugänglich ist. Dass sie uns skalpiert haben. Unseren Esprit, unsere Lebensenergie getankt. Ich will dir nicht zu nahe treten und auch nicht einen Anflug von Verdacht aufkommen lassen, ich wollte dich verhören. Wenn man aber so alt und ungeduldig ist wie ich und Unrecht geschieht... Was will ich sagen? Dein Intimleben ist momentan brisant, Leute spekulieren, und konventionell geht das so aus, dass sie dich als Frau unterkriegen. Verbitt's dir!«

»Was immer ich sage oder tu'... es ist, als würde ich mich immer danebenbenehmen. Glauben Sie an den bösen Blick?«

»Nein. Das heißt, es gibt ihn wohl, aber ich glaube nicht, dass er wirken muss. Hast du die Höhlenmalereien der Tropfsteinhöhle im Zeidner Berg gesehen? Nicht? Das steht dir noch bevor... Sie sind aus Zeiten, da Menschen hierzulande noch Mammute und Auerochsen jagten. Als ich zum ersten Mal hinging, das war noch im vorigen Jahrhundert, war damals so schmal wie du und kroch auf dem Bauch zu den innersten Räumen, da glaubte ich zu sehen, dass die Tiere auf den Wänden aussahen, wie im Moment, da sie dem Jäger begegnen werden. Dass die Zeichnung die Jagd vorwegnahm und dem Jäger einen Vorteil verschaffte. Ich weiß, zuerst fiel mir auf, dass die Zeichnung nicht fiktiv war, wie die Vorstellung von besonders edlen Exemplaren. Es war kein Typ. Es war ein ... Porträt. Von einem bestimmten Tier. Aber nicht wie unsere Porträts, wie Margarete Depner sie malt; die zeigen einen bestimmten Menschen in einem erdachten Moment, als er

156

gerade kluge und heitere Gedanken denkt, nicht wahr? Es waren
Porträts von bestimmten Tieren, die man beobachtet hat, deren
einmalige Haltung, Durchschnittsgeschwindigkeit, Ausdauer,
Futtervorlieben und Stuhlgang man kennt. Nennen nicht auch
unsere Hirten jede Kuh der Herde beim Namen? Wie gesagt,
nicht wie unsere Porträts, die uns in einem günstigen Moment
einfangen. Diese Zeichnungen zeigen ein bestimmtes Tier im
Moment, als es dem Jäger begegnen wird. Der Zeichner nimmt
vorweg dessen Herzschlag, Fluchtreflexe, Finten. Er bemächtigt
sich des Lebens dieses Tiers, um es leichter zu töten, wenn er
es in Wirklichkeit jagt. Der Mensch schwindelt, wenn ein Vorteil dabei herausspringt. Später fiel uns ein, die Klingen unserer
Säbel zu vergiften. Heute gehen wir mit Spickzetteln ins Exa-
men. Wir führen Böses im Schilde. Ich will dir nur eines gesagt
haben: Lass' dir unlautere Dinge nicht bieten...« Als Herfurth
sich später den beiden näherte, sah er Rosas auf einen Liegestuhl
ausgestreckte Beine, eines davon verbunden. Er hatte schon entschieden, die Sache zu vergessen, bevor ihr Gesicht hinter dem
Sonnenschirm erschien.

»Fräulein Stadträtin, Fräulein Kolf: ich bringe Ihnen einen
Trunk Eiswasser.«

»Eis! Vorzüglich. Das erinnert mich an die Schneekönigin, als
die Lappin ...oder war es die Finnin? auf Gerda einredet und zugleich dem Rentier einen Brocken Eis auf den Kopf legt. Weiß
nicht, warum mir das jetzt einfällt. Rosa, ich lasse dich in guten
Händen – du kennst den Doktor Herfurth?«

Rosa Kolf sah geduldig zu Herfurth auf, wie eine Kurzsichtige
wartet, dass das Bild sich bessert. Ihr Gesicht tiefblass und grün
um die Ohren. Ein weißer Klarapfel. Madig oder nicht.

Zeidner Waldbad
Dienstag, 21. Januar 1941, 11.19 Uhr

Herfurth fragt sich, ob Amalie Musotter ihm leidtun sollte.
Mamalie, wie die Jungen von der Volksführung kopfschüttelnd

stöhnen. Mamalie kommt selten aus dem Haus. Er sah ihr Embonpoint um die Ecke einbiegen, als er neulich in Leontines ehemaligem Haustor Abschied nahm. Ihr Pelzmantel schlingerte und rollte ihre Figur vorwärts über den vereisten Gehsteig. Waden voll Wasser, kippt sie doch ruckartig bald links bald rechts, ihr Hut heutzutage eine komische phrygische Filzmütze mit obligatem räudigem Makartbukett seitlich dran. Sie sah ihn nicht. Er hätte etwas über ihren Rücktritt als Bundesleiterin des Deutsch-Sächsischen Frauenbundes sagen müssen. Kaum ein paar Jahre her, aber in der abwechslungsreichen aktuellen Geschichte schon verjährt. Da er in Zeiden wohnte, blieb ihm eine Begegnung sofern erspart. Mamalie hatte die Sache der Frauen untergraben, heißt es. Sie erlebte Anfeindungen. Was soll es nur genützt haben, das neue Volksprogramm von 1935 nicht anerkannt zu haben. Dem Deutsch-Sächsischen Frauenbund entzog der Volksrat das Wahlrecht und die legitime Vertretung aller sächsischen Frauen, um ihn darauf pauschal in die Deutsche Frauenschaft zwangseinzugliedern. Und Mamalie gab immer noch nicht Ruhe.

Um ihre eigene Glaubwürdigkeit nicht einzubüßen, drängten ihre Mitarbeiterinnen Mamalie nach zwei Jahren zum Rücktritt. Ja, sie wollten auch nicht wieder für politisch unmündig erklärt und mit Mutterschaft abgefertigt werden, aber was nützt es, das Handtuch zu werfen? Was nützte es dem Tandem aus Kirche und ehemaligem Volksrat, sich von der Volksführung zu scheiden? 1936 fuchtelte die Kirche mit einem Rundschreiben herum, das den kirchlichen Angestellten befahl, sich allen politischen Zugehörigkeiten zu entledigen. Die Verweigerung ihrer Unterschrift kostete Männer und Frauen im Lehramt und Kindergärtnerinnen ihren Posten, wobei die angeblich Unpolitischen, die im Posten blieben, mit ihrem Denken und Wirken gut gelaunt Lanzen für die Erneuerer brachen. Alle Mittel der Meinungsbildung bis auf die Predigt von der Kanzel waren der vormaligen Elite gestrichen worden. Als Dr. Depner über Andreas Schmidts

Rekrutierungen für die SS im letzten Sommer lästerte und ihn als Scharfmacher beschimpfte, drohten ihm Halbstarke im Alter seiner Kinder mit dem Knüppel aus dem Sack. Sie zählten nicht mehr. Die leichtblütigen Jünglinge hatten die alten Talare in den Schatten gestellt. Übertrumpft. Nicht durch Einschüchterung, wie man fälschlicherweise annehmen konnte, sondern weil das politische Machwerk der alten Garde überholt schien. Sie waren auch für Deutschland, aber weniger schwungvoll und begeistert als die Erneuerer. Sie waren auch für Wirtschaftswachstum, aber ohne das Schnellwirken in Geschäften, die Raffgier, den Wagemut.

Herfurth würde an diese Stelle zurückkehren. Das Becken füllt sich fortwährend mit einem Strudel warmen Wassers, das, wenn auch nicht warm genug, Dampffransen von seinen Schultern in den Wintertag hebt. Die Quellen kühlen ab, Jahr für Jahr. Es ist nun vielleicht Mittag. Die Wolke ist aufgestiegen und hat eine matte stahlgraue Leere hinterlassen. Jetzt wird es schneien. Um seine Badestelle liegt in einem Radius von einem Meter kein Schnee. Moose und Wurzelfasern halten Schichten von Trockenlaub fest, aus dessen bronzenen Blättern die Speere von Schneeglöckchen grün sprießen. Um die Quelle ist es frühzeitig Frühjahr geworden. Nur zwei oder drei Knospen haben sich geöffnet, aber sie hängen an ihren Stengeln, platzreif bereit. Herfurth sieht scharf auf die Blütenblätter. Zwischen ihm und der Sonne häuft sich vaporisierte Materie und leert die Luft schleunigst von Photonen. Zurzeit stehen die Blütenblätter matt feinporig wie aus Gips ab. Herfurth agitiert seine Beine. Was mache ich hier, fragt er sich, wie komme ich im Januar in dieses warme Bassin, strampele darin umgeben von Gipsblumen in einem Talkessel voll katatonischer Natur, umgeben von seltsamen Ansiedlungen, umgeben von einer Gebirgskette. Was hat mich hierhin verschlagen? Bin ich eine fahle Echse in einem Terrarium, in einem Zoo Gottes, in einem vergessenen Lustgarten? Die Sonne ist so weit von hier, es gibt sie nicht.

Bin ich der kranke Mann auf dem Werbeplakat des Rassenpolitischen Amts? »*Neues Volk*« steht darauf. Es zeigt einen »Lebensunwerten« mit seinem Pfleger und großgedruckt die Summe in Reichsmark, die es kostet, diesen Kranken am Leben zu erhalten. Unterstellen wir dort die Summe, die wir von Deutschland an Entwicklungshilfe erwarten, um als Sachsennation in Rumänien am Leben erhalten zu werden. Unsere Luft schmeckt nach Glas, unser Obst nach Medizin, unser Koitus nach Kollaps, unsere Gräber nach Schulden. Stopp. Das ist es, wozu er hier ist. Herfurth besinnt sich. Das Werbeplakat hatte auf dem Tisch gelegen, am Vorabend des Tages, als er Edith verlor.

Reimers Apotheke in Zeiden
Mittwoch, 10. Juli 1940, 18 Uhr

Sommerabend, Heuriger auf dem Tisch. Ediths Vater, Capesius und er sahen Edith zu, die mit langen Fingern Zwirn um die Stopfen von kleinen Medizinbehältern band, ihre Fingerkuppen rosig im Dämmerlicht. Capesius hatte den Moment abgepasst, als der Apothekeninhaber zu sprechen war, war wie bestellt gekommen, seine Pharmazeutika dem Verbindungsmann der I.G. Farben in Zeiden, Apotheker Reimer, anzudrehen. Selbst Vertreter der I.G. Farben, hatte Capesius geglaubt, bei dieser Apotheke auf Nummer sicher zu gehen. Der Apotheker war jedoch inzwischen so vollständig in der Politik aufgegangen, so dass es ihm nicht unpassend erschien, Capesius an seine Tochter weiterzuleiten. Wie konnte Capesius es schaffen, die friedfertige Edith innerhalb von Minuten vor den Kopf zu stoßen? Hatte er ihre Geschäftstüchtigkeit angezweifelt? Herfurth konnte ihm nichts nachweisen. Hatte er sie gereizt, einen Moment zu lang auf ihren kindlich kurzen Nacken geschaut, wo er wie ein Entenschwanz in die Schulter einhakt? Seine Frau war selbst Apothekerin, eine gebildete, hochgeborene Sächsin, der Edith nicht das Wasser reichen konnte. Seine Edith muss ihm wie eine Quacksalberin vorkommen, die einen Tante-Emma-Laden hält. Und woher weiß ihr idiotischer Hausknecht, der ungefragt Feuer macht, dass sie friert? »Geh nach Hause!«, hatte ihr Vater ihm zugebellt. Aber umsonst, Joseph lauerte immer noch hinter der Küchentüre, angezogen von der Neuheit des Geschehens, Gäste in der Apotheke, unfähig, sich loszureißen. Motten begannen in den elektrisch erhellten Raum einzufliegen. »Dann mach dich mal nützlich, Joseph, du hörst mich, und hol uns nochmal vom Heurigen.« Der Vater wusste, dass Edith bei Nacht nicht in den Keller geht.

»Bayers gute alte Malonsäure, wer hätte es gedacht«, hört Herfurth sich sagen.

»Ja«, fuhr Capesius fort, »die Barbitursäure, aus der man Luminal macht. Es ist einfacher zu gebrauchen, da die Behandlung als solche unbemerkt bleibt. Man injiziert das Medikament wie ein Sedativum, und der Tod tritt diskret und natürlich ein. Vergasung ist auch effektiv, aber umständlicher, denn zuerst muss man die Pflegefälle in die Behandlungsräume treiben, was dem Personal logistisch schwerfällt, und dann wieder ausmisten, zum Einäschern. Es sind der Etappen zu viele. Die Pflegerinnen kriegen das nicht hin.« Sein Lächeln stach Edith, die nicht aufsah, ihre Arme aber mit Gänsehaut überzog. Capesius wusste, ohne hinzusehen, wie ihre Brustspitzen aus entspannter Glätte sich fest zusammenballten. Was ist das für einer, dachte Herfurth, der eine Frau unter der Obacht ihres Vaters und Verlobten betatscht, als wäre sie das Satinfutter in seiner Hosentasche. Ein Verkäufer.

»Was gibt's denn hier?«, hatte er sich mit vexierend erhobenen Brauen erkundigt, das bauchige Glas an sich nehmend: »Gummi Laudani.« Auf die Packungen deutend, die Edith nach alter Sitte in Papier und mit Zwirn über dem Stopfen plombierte, fragte er: »Das ist wohl für eine krebskranke Kundin?« Sie hatte das weiche Papier des Werbeplakats befühlt, ohne zu lesen was darauf stand, Capesius gedankt und begonnen, ein hellgelbes Rechteck von unten abzureißen, es zu falten, dass das Gedruckte am Rand inwendig verschwand. Zitronenfaltergelb. Das nächste Rechteck hatte weiße schwarzschattierte Sütterlinlettern. *eues olk.* Kohlweißling. Im Uhrzeigersinn weiterreißend, kam ins nächste

Rechteck ein missratenes Paar Beine, die atrophisch in den Beuteln des Anzugs vom Stuhl abfielen. Eine verklumpte Hand hing auch ins Bild, und Edith konnte nach zwei Versuchen die Hand doch nicht wegknicken. Sie blieb vornedrauf auf dem Päckchen. Totenkopfschwärmer.

»Leisten Sie sich einen Vorrat Morphium. Manche Waren finden zu ihren Klienten, auch wenn Sie die vorläufig nicht geführt haben. Markenware hat einen Absatzmarkt bei uns. Wegen Deutschland natürlich. Leute kennen diese Marken. Sie werden sie aufkaufen wie warme Semmeln. Man kann es fast unpatriotisch nennen, was Sie hier treiben, Fräulein Reimer.«

»Wie bitte?«

Mit Nachdruck las Capesius die lateinischen Bezeichnungen der Gläser ab, die Edith um sich gesammelt hatte. »Pulv Liquirit. Cort Condurang. Gummi Myrrhae. Gummi Arab Elect. Pulv Acori. Pulv Culbebar. Cnigus Benedic. Pilul Antifebr.« Er seufzte affektiert. »Sie würden Ihre Klientel verdreifachen, wenn Sie Aspirin von Bayer statt *Pilul Antifebr* anböten. In was für ein dubiöses Licht stellen Sie Ihren Herrn Vater, der sich für unser Volk abmüht, den ganzen Sommer lang keine zwei Nächte unter dem gleichen Dach geschlafen hat – übrigens, die Waffen-SS ist begeistert von unseren Jungen! –, und im Laden, der immer noch unter seinem Namen läuft, gibt es so gut wie keine deutschen Pharmazeutika, und ein Idiot lungert rum wie bei sich zu Hause.« Er sah direkt auf Joseph, der unbemerkt näher gekommen war und nun auf der Schwelle stand. Seine Augen weiten sich viereckig, wenn er aufpasst, dachte Herfurth, und witterte seine Aufregung. Ein toxischer Dunst gequälten Mannestums, dem der letzte Halt entzogen wird.

»Wenn die Euthanasie-Anstalten auch zu uns kommen, werden Sie Ihre Aushilfe anmelden müssen. Sie sind verantwortlich dafür, dass er die entsprechende Behandlung bekommt. Rassenhygiene ist Pflicht.«

»Joseph, reg dich jetzt gleich ab«, schoss ihm Reimer zu, aber es war zu spät, Joseph konnte sich nicht fassen und brüllte:

»Sollen sie nur kommen, ich zeig's ihnen schon, den Nazis!«
Seine Joppe spannte sich auf ihm, als er seine großen Hände
zu Fäusten ballte und mit weißen Knöcheln auslegte. »Wenn
sie kommen, ich renn nicht weg, nein je, ich warte hinter dem
Tor, und wenn sie drinnen sind, spring ich auf ihren Rücken und
spalte ihren Kopf mit den Händen, so und so, und so.«

»Also Joseph, du hältst still!«

»Ein Nazischreck! Ein Nazischreck, dass ich das noch erlebe!«
Capesius rieb sich die Hände gefällig. »Mit Geifer und Motten
im Haar, ich werd blass! Besser, wir warnen die SS sofort.«

Und dann tat Reimer etwas, das Herfurth in dem Moment
unbedeutend schien. Er wendete sich an Edith, als er sagte:

»Kinder, Kinder, die Euthanasie beseitigt nur Ballastexisten-
zen, die uns auf der Tasche liegen und verbrauchen. Joseph ist ein
braver Junge, er arbeitet fleißig und hilft unserer Edith.«

»Kastrieren werden sie ihn aber trotzdem«, warf Capesius beiläufig ein, und darauf brüllte Joseph ihm zu, dass sein Sabber in
Fetzen flog:

»Sollen sie nur versuchen!«

Das Ganze endete, als Reimer tiefstimmig befahl: »Mach dich
jetzt weg, du Nazischreck, oder soll ich dir unter die Eier greifen?«

Reimer drehte sich Edith zu. Aus dem Gewühl heraus steht
Reimers Profil; er spricht seine Tochter an.

Zeidner Waldbad
Dienstag, 21. Januar 1941, 11.38 Uhr

Herfurth sieht hinauf, einer aschgrauen Ladung von Schneeflocken entgegen, die auf ihn zukommt. Die Luft lichtleer. Wie
hätte er ahnen sollen, dass ausgerechnet die Rassendoktrin,
kühn und etwas unheimlich zwar, seine Edith entsetzt. Wäre er
ihr prompt zur Seite getreten… Aber er ließ sie allein mit ihrer Angst fertigwerden und verpasste so fahrlässig den günstigen Augenblick, wo sie nicht allein sein wollte. In Gedanken
war er schon beim bevorstehenden Gemeindetreffen, kreuzte die

163

Klingen mit Leontine. Hat sein Versuch, Leontines Einfluss zu brechen, ihn womöglich sein Glück mit Edith gekostet?

In der Grelle jenes Nachmittags, als er den Platz vom Gemeindesaal in der Burg in Richtung Apotheke überquerte, war Edith bereits eine andere. Sie war verwirrt, wich ihm aus, aber anders als zuvor, als sie zauderte und entgegnete, schien das Thema jetzt belanglos, als ginge es sie nichts mehr an. Die Apotheke war menschenleer, die Welt um sie im Schatten brütend, allein Joseph arbeitete in einem Schuppen, spaltete Klötze teilnahmslos. Herfurths Blicke und Worte prallten ab. Er konnte nicht umhin, als sich zu verabschieden und einzusehen, dass die Geschichte an einem toten Punkt verendet war. Während Leontine im Gemeindesaal seine Aufmerksamkeit beansprucht hatte, am Morgen, nachdem Ediths Vater im Auto des Volksführers ihre Landstraße in einer Staubwolke zurückließ, am Morgen musste Edith... Obwohl sie jetzt durch die Räume flatterte wie eine streunende Zinnobermotte und Joseph treffsicher automatisiert sein Beil fallen ließ, war sie die Antreiberin gewesen. Joseph war nicht besonders idiotisch an dem Morgen. Das ihm beschiedene Mindestmaß an Intelligenz lag nur tief im Schock, ein Kriegsneurotiker im Ausland auf dem Marsch heimwärts. Wie lange dauerte es, bis er verstand, dass Edith ins Undenkbare einwilligte. Tag für Tag ist Joseph einer der Männer, die um Edith kreisen und selbstverständlich ihre Rührungen aus den Schläuchen putzen. Dann macht er das Tor auf an diesem Morgen, und was? Was hat sie getan? Obschon Herfurth wünscht, sie hätte alles falsch gemacht, ihn überrumpelt, brüskiert, gehemmt, rückt seine Vernunft das Bild gnadenlos zurecht. Umsonst wünscht er, dass Joseph ante portas versagt hat. Denn Edith ist Apothekerin. Herfurth weiß, was sie und ihre Busenfreundinnen sich zuflüstern. Die Verschwörung um die Holzkästchen mit Schiebedeckeln, die sie ihren Freundinnen über dem Ladentisch verkauft. Für alle anderen ist die Crème Céleste, nach dem Rezept ihrer Urahninnen bei Vollmond emulgiert, ganz simple Penatencreme, allgemein gebraucht. Sie muss irgendwann den Schluss gezogen haben, dass die Hexen, die man ersäuft hat, weil sie mit Scheiden voll Crème Céleste auf Besenstielen in den Himmel ritten, ganz gewöhnliche Frauen gewesen waren. Eine Zeit lang muss sie geglaubt haben, dass die Lust, die man sich eigenhändig zufügt, die beste ist. Dann überraschte Joseph sie. Sein Ejakulat unerwartet heiß in ihr, Magma aus einer Tiefe, nach der keiner fragt. Sie wird ihn kaum angerührt haben. Sich weich durchhängend ganz seinen Sinnen überlassen haben. Warum Joseph? Warum nicht Herfurth? Jeden Mittag, das wird ihm jetzt klar, wenn Edith den Laden schließt, nimmt sie den Joseph in ihr Bett. Dann blättern sie in den Atlanten ihres Vaters und kichern, Trostmann und Trostfrau, über den Bildtafeln botanischer oder anatomischer Querschnitte von Organen mit lateinischen Unterschriften, in einem Nest von Leinen und Papier. Denn Herfurth hat sie nicht zu trösten gewusst. Er war einer der Männer, die Edith hungrig angingen, sie wie eine lebendige Auster auszuschlürfen, und von ihr geringer als von einem Wirbeltier dachten.

Zeidner Waldbad
Dienstag, 21. Januar 1941, 12.08 Uhr

Es ist Mittag. *Ich aber bin elend und voller Schmerzen*, denkt er. *Ich soll zurückgeben, was ich nicht geraubt habe.* Als er sich von Brechreiz gezwungen aufzustellen versucht, sacken seine Beine unter ihm zusammen. Er schnappt Wasser in seine Luftröhre und hustet, dass der Wald wackelt. Von Hypothermie beschlichen, hat er die Versteifung seines zusammengefalteten Leibes ignoriert. Sein Knochenmark wie Beton. Seine Hauptsäfte voll Kalkmilch und Zement. Er projiziert die Schmerzen, die bevorstehen, wenn sich sein Blutkreislauf wiederherstellt. Die Schreie der Schützengrabensoldaten, wenn ihre von Fußbrand zerstörten Füße wieder durchblutet wurden. Lieber dableiben? *Denn das Wasser geht mir bis an die Kehle. / Ich versinke in tiefem Schlamm, / wo kein Grund ist;* stößt er hervor. Verwundert, dass gerade die Psalmen an die Oberfläche treten. Die Flaute hatte sich innerhalb von Augenblicken gewendet. Die vorerst flaumigen Flocken trommeln nun auf waagerechten Windböen wie Hiebe in sein Gesicht. Dürrholz knackt aus allen Richtungen. Er wähnt sich umzingelt. Vorübergehend stehen seine Gedanken völlig still. Hat es Waldestiere in seine Nähe getrieben? Ist es die Witterung von Entsetzen und Not, die den Erdboden zusammenklappt und das Zeidner Waldbad mit dem Bukarester Hinrichtungsort doppelt wie Rorschachs Kleckse? Er kommt sich beobachtet vor. Nicht von Seinesgleichen, die ihm die Extravaganz als Mutprobe gutschreiben würden, auch nicht von Rumänen, die sich bekreuzigend verziehen würden. Er weiß es genau. Es sind jüngst Verstorbene. Ermordete. Graue Gestalten stehen von den Bäumen ab, schmelzen im Wind mit ihnen zusammen, stehen wieder im Weg. Sie ziehen ihre Schultern hoch, enttäuscht. Sie machen kehrt. Ihre Not ist seiner Bedrängnis nicht verwandt. Die Eiskugeln, die im Wind auf Herfurths rotgeriebene Flanken knallen, fallen ab und lassen ihn am Leben.

III.

Die Klinge gleitet in den Bauch, schlitzt ihn bis zu den Kiemen-
spalten auf. Das Gedärme zerrt sie mit einem Zug aus. Dann
setzt sie das Messer schräg an und kratzt los, Notiz nehmend,
wo die entferntesten Schuppen landen: auf der kupfernen Gu-
gelhupfform, dem Lampenschirm mit Schattenrissfiguren, dem
Telefunken-Radiogerät. Gib's auf, denkt Maria, und schürft rasch
und rücksichtslos einen Halbmond von silbrig klebrigen Punk-
ten um sich zusammen. Die Stille Zeidens immer noch unfassbar.
Die Stille in Leontines Haus unheimlich. Zutiefst verstört hatte
Maria am Morgen Spuren im Schnee bemerkt, die zu Leontines
Tor führten. Zwischen Außentür und Küchentür lag ein Paket,
sorgfältig in Papier gewickelt, das sich beim Aufheben sofort als
Fleisch zu erkennen gab. War Leontine außer Haus? Selbst wenn
sie entschieden hätte, einen Besuch nicht zu empfangen. Ein Paket kann man nicht so liegen lassen. Und doch, als sie die Klinke
hinunterdrückte, schlug Leontines Gegenwart unmissverständlich an ihre Schläfen, wie ein Luftzug, und Marias Innereien, von
Übernächtigung verätzt, rückten sich zurecht. Womit soll man
beginnen. Von den gebeizten Querbalken unter dem Plafond
glitzerten senkrechte Fäden – einstmalige Spinnennetze, von
Eiskristallen beschwert, entwirrt. Auf der Ofenplatte das kleine
gußeiserne Reindl, in dem Leontine zu allen Jahreszeiten Obst
dünstet, hielt zwei Birnenhälften unter Eissplittern fest. Von
draußen kam so gut wie kein Licht. Was knarrten die Dielen unter jedem Tritt. Das Schlafzimmer tat sich auf wie immer, nur
kalt, von vieler Tage Kälte. Der Spiegel tief wie ein Brunnen. Die
Fenster voll Eisblumen. Leontine atmete defätistisch, erdrückt

167

von ihrem rotbraunen Schopf, und murmelte etwas, das sich wie eine Namenreihe anhörte. Maria hörte nur zu, weil ihr Name häufig aufkam.

»Oskar Maria Graf... Erich Maria...« Maria legte ihre Handfläche auf Leontines Stirn. Die Stirn war kühler als ihre Hand.

»Maria«, sagte Leontine beim Einatmen und versuchte, ein Augenlid hochzuziehen.

»Bleib noch im Bett«, flüsterte Maria, »ich mach Feuer und bring dir einen Kaffee.«

Morgen ist Mittwoch. Die Mitte der Woche. Der Scheitelpunkt. Im Badehaus Flora in Kronstadt ist dieser Tag für Frauen reserviert. Ach. Das Bett ist lauwarm, aber als Leontine sich wendet, ortet ihr Bauch die wärmste Mitte des Bettes und brütet sie. Sie hatte sich erschrocken, als Maria ihr vor die Augen trat. Über die scheckige Fläche Pollenkörner, die Innenseite ihrer Lider, verbreitete sich ein Tintenfleck. Geh mir aus den Augen, geh. Jetzt stürzt sie kopfüber, wähnt sich in Sicherheit, und steckt auf einmal tief im Schlaf. Albert baute ein Flugzeug, das er Pfeil nannte. Aber das kann es nicht gewesen sein. Das war vor dem Weltkrieg. Was kann ich tun, fragt sie ihn direkt, was suchst du in meinem Raum, in meinem Tiefschlaf, der mich seit Wochen meidet? Was ist diesmal gebrochen? Wieso liegst du nicht im Krankenhaus? Bretterwände um ihn, aber kein Schuppen oder Abstellraum, eine richtige Wohnung, mit Feuer im Ofen, Gardinen, ein Paar Jane-Avril-Stiefeletten. Warum kommst du zu mir, wenn dir der Tod aufsitzt? Ich kann nichts ausrichten. Ich kann niemandem erklären, warum die Feuer von Sonnwendfeiern auf der Steilau, oder sogar auf dem Zeidner Berg, von wo sie weit ins Burzenland leuchten, ein toller romantischer Spaß sind, wo unsere Sportler jung und alt, Respektpersonen und Gesindel ausm Schakerak, im Sprung über die meterhohe Glut setzten, wobei. Ich kann niemandem weismachen, warum der Spaß beim Bücherverbrennen aufhört. Als unsere Sachsen begriffen, wer alles auf den Scheiterhaufen kam, strahlten sie, als hätte Frau Welt sie geherzt. Die böse Dichtung, die man nicht verstehen konnte, und was man verstand, einen dumm und alt aussehen ließ. Und immer der Verdacht, man sei geladen, des Kaisers neue Kleider zu bewundern. Dass Lug und Trug sich Kunst nenne. Nein, da hielt es unser unbeirrbares Handwerkervolk mit Artisanen wie Wilhelm Busch, der reimen konnte, und zeichnen obendrauf. Mit Gustav Frenssen und Karl May. So wird man Herr der Lage. Dass diese Herren alle für eine längst vergangene Zeit stehen, störte niemanden.

Die Wand zwischen ihrem Raum und dem Zimmer mit den Bretterwänden, wo beim Fenster ein konvaleszenter Albert sich über ein vergilbtes Zeitungsblatt beugt, lässt sich herunter. Seine linke Körperhälfte ist in ein Gestell geschient. Teile davon – Propeller, Schnallen – kommen aus einem Flugzeug.

»Weißt du«, sagt Leontine, »der Segelflieger Klompe kam neulich von der Zinne herunter und musste eine Bruchlandung aufs Dach der Mädchenschule bauen.«

»Konnte sich aber zu Hause davon erholen. Ich nicht. Hier an der Somme, wo meine Freundin nur mit äußerster Mühe ein deutsches Feuilleton ... von 1909! in der Suppenterrine finden konnte ...« Leontine streckt ihren Arm aus unter die Wand und greift nach der Zeitung.

»Gib her, was liest du? Dachte ich mir. Der Junge, der das damals schrieb, er ist auch einer von denen, die sie verbrannt haben. Er starb 1924, viel zu jung, einen schlimmen Tod. Und schau, zum Beispiel in dem Artikel, den du liest, ist er so komisch hochgehisst, so abgrundtief lächerlich und lieb, wie er mit deutschem Ordnungssinn durchsetzt in helle Panik gerät über das Transportwesen von Brescia – liederliche Italiener –, als stünde er vor der Verneinung seiner Existenz. So flattern bürgerliche Mores in modernen Zeiten. Warum darf ich das nicht mögen? Das – danke, Albert, für die Eingabe –, das kann ich den Faschisten nicht verzeihen: die Orthoerotik, dass sie mir vorschreiben, was ich mögen darf ...« Sigmund Maria Freud, versucht Leontine aufs

Geratewohl, und prompt meldet sich der Feuerspruch: »*Gegen seelenzerfressende Überschätzung des Trieblebens, für den Adel der menschlichen Seele! Ich übergebe der Flamme die Schriften der Schule Sigmund Freuds.*«

Die Wand rutscht einige weitere Zentimeter herunter.

»Aber irgendwie ist es tröstend, zu wissen, dass Kafka die öffentliche Hinrichtung seines Werks nicht erleiden musste«, findet Albert, über das Tal blickend.

Ja, denkt Leontine, er starb einen schlimmen Tod, aber umgeben von Freunden, darunter eine Dora Diamant, eine mächtige Hexe, der er sehr gewogen war... Die Wand trifft dumpf auf die Dielenbretter.

Leontines Haus in Zeiden
Dienstag, 21. Januar 1941, 12.10 Uhr

Leontine schwingt ihre Beine aus dem Bett, richtet sich auf und überzeugt sich, aufzustehen. Sie taumelt durch den Raum und den Hof zum Plumpsklo im Hinterhof, steif und leicht wie Treibholz im grauen Gewäsch des Januartags. Die Kälte befällt sie wie ein Schlag beim Zurückkommen, und sie rennt im Nachthemd durch den Hof, vorbei am Schlafzimmerfenster, direkt in die Küche, in Marias Fußstapfen, und hätte sich am liebsten auf die Herdplatte gesetzt. Sie hält eine Hand hoch, bedeutet Maria, dass sie nicht ansprechbar ist, ehe sie sich die Zähne putzt, und tut dies genüsslich an der Spüle. Maria hatte die Karpfenfilets in geschmeidige Bänder zerschnitten, Leontines zwei größte Töpfe mit Wasser gefüllt und zum Brodeln gebracht, einen Kaffee im Stieltopf gekocht und am Rand der Platte abgestellt. Während Leontine ihre Nase rümpft, weil sich Verbranntes mit Wasserdampf aufdrängt, legt Maria die Zinkwanne mit einem Barchentlaken aus.

»Du hast eigentlich eine Menge Vorräte in der Kammer«, sagt Maria, ihre Finger behände, aber ihr Blick weit entfernt, während Leontine ihren Hintern in die Katzenhöll neben dem Ofen abstellt. Alberts Eltern hatten eine Hauskatze gehabt, welche die Katzenhöll wohl beehrt hatte. Leontine hielt sich kein Haustier. Sie legte in die Mauernische ein Satinkissen ein und wandelte manchmal aus ihrem Arbeitszimmer in die Küche, passte sich hinein, mit angezogenen Beinen, und sah Maria bei der Hausarbeit zu.

»Ich muss mich mal erkundigen, im letzten Jahrhundert, als die Sachsen Wasser in ihre Höfe leiteten, hatten sie Rohre mit Fellen ausgelegt, um das Wasser zu säubern. Ich verstehe nicht, wie das hygienisch funktioniert, wenn die verwesen… Vielleicht steckte die Fleischerzunft dahinter. Oder hab ich das nur geträumt? Vorräte, ja, ich habe ein paar Chicorée gestern vor der Tür gefunden. Heute war's offenbar ein Fisch und – ist das eine Zitrone?« »Wenn die Schale so dick ist? Zedratfrucht?«

Leontine drückt zu, dass eine Aura Öl ausgeht. »Saftig. Doch Zitrone, nicht Judenapfel.« Der Blick in Marias Augen kommt etwas näher, aber irrlichtig trügerisch nahe. Der Blick des geretteten Sklavenmädchens von der anderen Seite des Flusses, wo ihre Halter ihr nicht folgen können, denn es ist ein freier Staat. Leontine redet behaglich weiter. »Als ich aufwachte, kam ich mir ausgebrannt vor und dachte, ich könnte nur Sauermilch oder Joghurt vertragen. Ich wollte dich zur Molkerei gegenüber schicken, welche zu holen. Aber jetzt habe ich einen Bärenhunger. Du bestimmt auch. Angeschlagen siehst du aus. Warum gehst du nicht und streckst dich aus im Bett, das Zimmer ist inzwischen warm, und ich bringe uns etwas zum Schnabulieren.« Während Leontine spricht, schüttet sie das heiße Wasser in die Wanne, dass das Laken sich aufbauscht und zur Oberfläche stiebt. Sie rennt immer noch im Nachthemd zum steinernen Brunnentrog in den Hof und füllt zwei Eimer mit kaltem Wasser. Als sie in die Wärme eintritt, ist sie allein. Vom Dampf haben sich alle Eisblumen aufgelöst. Maria muss einen Lappen mit Apfelessig getränkt über alle Oberflächen gezogen haben, an denen Dampf kondensierte und ablief. Sogar der Lampenschirm leuchtet hell gelb hinter den schwarzen Grazien.

Jetzt würde Leontine gern ein Feuer in der Sommerküche machen, und den Fisch dort ausbraten, denn ihre Küche duftet wohlig nach Seifenflocken, Zitrone und Apfelessig. Die Nachbarn werden denken, sie wäre rapplig geworden. Noch kann sie mit Schonung rechnen. Aber es gibt Raster, aus denen man nicht fallen darf. Sie erinnert sich, wie die Ächtung der Leute leichtfertig wie Lauffeuer um sich griff und Kronstadt packte, als ein altes Patrizierehepaar an einem Frühlingstag entschied, trotz Schneefall ihren Tee im Garten zu nehmen. Im Handumdrehen sprach man ihnen den Verstand ab. Die Stadt zeigte ihnen die kalte Schulter. Sie fanden aus der Kältezone nicht mehr heraus. Irgendwann starben sie an Lungenentzündung. Leontine schien es völlig transparent, warum die beiden Alten sich hinausgesetzt hatten. Sie konnte es nur nicht nennen. Die Einsicht drängte sich ihr auf, als sie auf Alberts Einladung nach Zeiden kam zum Schlittschuhlaufen.

Turnerball in Kronstadt
Samstag, 6. Dezember 1903, 22.10 Uhr

In Kronstadt hatte sie Mühe, die Anzüglichkeiten der Zuschauer zu ignorieren. Sie lief im Zwinger hinter den Mauern im Kreis an Schulfreundinnen vorbei, ab und zu eine Arabesque, sonst das Schwungbein rückwärts ausstreckend, gegen die Unartigkeiten der Honterianer und Offiziere, die nichts Besseres mit sich anfangen konnten, als am Rand der zugefrorenen Fischteiche in den Zwingern zu stehen, den Mädchen Tipps zuhissend. Vor sich hin knurrend, wenn eine hinfiel: »Und nun sehen wir eine neue Kunstfigur: die Drehung auf dem Arsch«, oder nörgelnd bei Fortgeschrittenen: »Und warum kommst du nicht und schlägst deine Beine sonstwo über ... zum Beispiel auf meiner Lendengegend.« Albert fragte die Gelangweilteste, Blasseste, Fernste von ihnen, als er sie am Abend beim Turnerball wiedersah, wo auch der Zeidner Turnerklub ein paar Pyramiden darbot, er selbst Vorturner – Leontine sah die ganze Zeit weg –, ob sie nicht Lust hätte. Der feste Schnee auf den

Straßen Zeidens, von den breiten Rädern der Ochsen- und Pferdewagen kompaktiert. Beobachtungen bei Geschwindigkeit. Ihre
Augen, flüchtig seinem Blick begegnend. Pflaumen im Reifmantel.
Nun bekommst du keine Küsse mehr, ging es durch seinen Kopf. Später
amüsierte es ihn, die kommerziellen Phrasen vom Schminkzeug
seiner Freundinnen abzulesen: Himmel über Bosporus, Abendröte
Albions, Vergissmeinnicht, Tee in der Sahara, Sternenstaub, Vol de
Nuit, Meeresschaum, Tigerauge, Pusteblume Puterrot, Kanniba-
lenschmaus, Englische Freuden, Grünes Feengarn. Nichts passte
so richtig auf Leontines Augen wie jener kleine bitterkalte Satz
der Schneekönigin. Diese Leontine schulterte ihre Schlittschuhe
eines Nachmittags auf und fuhr mit dem Zug nach Zeiden. Sie
hatte Alberts Einladung abblitzen lassen und ihn nicht wieder gesehen. Dies sollte ihr eigenes Abenteuer werden.

Im Straßennetz Zeidens
Donnerstag, 18. Dezember 1903, 14.53 Uhr

Zeidens Straßen waren leer bis auf eine letzte rumänische Bettle-
rin, die, tief im Schultertuch vermummt, an Leontine vorbei ihren Schlitten mit einem Sammelsurium von Almosen hügelauf
zu den Rumänengassen hochzog. Endlose Wände von geschau-
feltem Schnee zwischen Gehsteig und Straße warfen kobalt-
blaue Schatten aufs Weiß ab. Leontine eröffnete sich ein Netz
von Gleitbahnen. Sie versteckte ihre Stiefel, schnürte die Schlittschuhe fest an und begann zu ahnen, was es mit den beiden tee-
trinkenden Alten auf sich gehabt hatte. Sie hüpfte gerade über
einen Kuhfladen, der den Eisfilm rüd unterbrach, als sie Albert
erkannte, wie er auf Schlittschuhen näherglitt, ein Pfeifton die
Reibung seiner Klingen begleitend. Der Bauernjunge empfing sie,
als hätten sie sich verabredet. Er bot sein Geleit frischfröhlich an,
und Leontine überraschte sich selbst beim Zusagen. Es war ein
Leichtes. Er schlug eine Route ein, die sie schnell entlang von
Häuserreihen gleiten ließ. Sie sahen das 18. Jahrhundert vorbei-
flitzen, feuerfestes Mauerwerk mit Schopfwalmdächern obenauf

und tiefen Kellern drunter, sie winkten dem 19. Jahrhundert nach, mit den klassizistischen Geometrien nebst eingemauerten Riesentoren, geräumig genug, die Heuwagen einzulassen. Die Burgwirtschaft hatte sich privatisiert, jeder Hauswirt ein Kastellan, dem es an nichts fehlte: Kleinwirtschaften mit einigen sieben Joch Grund auf Zeidner Hattert, Stallungen hintenan und Heimarbeit im Winter. Sie schliffen schnell und brachten die Geschichte voran, vorbei, die Vergangenheit vergangen. Dann erzählte Leontine von den Alten im Garten, unter Schneeflocken Tee trinkend, von Mägden und Nachbarn aus allen Fenstern rundum verunglimpft. Albert nickte anerkennend. »Sie wollten probieren, sich über die Zeit zu erheben«, meinte er. »Der Zeit zeigen, wo's langgeht«, als er ihre Stiefel finden half und sie zum Zug brachte.

Leontines Haus in Zeiden
Dienstag, 21. Januar 1941, 13 Uhr

Der Wind schwärmt Schneeflocken an ihr Fenster. Sie rieseln vorbei. Aus ihrem Hof hatte sie den Berg nicht sehen können, nur das Bergelchen davor. Er steckte in der Wolke, die nun über Zeiden hinwegrollt. Leontine steht in ihrer Küche im Morgenrock, wollbestrumpft und gestiefelt, die Tür weit geöffnet, und wendet eine pfannevoll Fischteile. Der Sand aus Weizen- und Maismehl, in dem Maria sie stehengelassen hatte, brennt leicht an. Auf ihre Hüfte stützt Leontine eine Porzellanschale und rührt mit einem Holzlöffel eine Mayonnaise zusammen. Nach dem ersten Schub war mehr als genug für ihr Mittagessen da. Aber Leontine briet weiter, bis der ganze Vorrat gar war. Sie spritzt einen kräftigen Strahl Zitronensaft in die Mayonnaise, filetiert den Rest in dünne Scheiben und richtet sie auf zwei Tellern an zwischen krossen Karpfenhappen, Chicoréeblättern und um einem glänzenden Kegelstumpf Mayonnaise. Sie lüftet und wirft eine Handkuhle Nelken ins Feuer. Beim Schließen der Fenster spiegelt das Glas ihr Gesicht vor, und Leontine entdeckt einen gelben Klecks an ihrem Mundwinkel. Sie erschauert. Ihr Mund, ihr Spürorgan, hatte die Verunreinigung nicht gespürt. Der Kallus des Alters, der einen fühllos macht. In ihrer Jugend hätte sich ihr Mund wie Rohes in der Pfanne zusammengezogen. Bienen entziffern mit ihrem Unterkiefer die Schwingungen der Luft, nehmen Kriegstänze und Kundgebungen neuer Pollengefilde zur Kenntnis.

Weißer Turm an Kronstadts Wehrmauer
Sonntag, 1. September 1913, 11 Uhr

Sie hatte damals ihren Unterkiefer ans Fensterbrett gepresst, als Alberts Flugzeug zum scheinbar hundertsten Mal den Himmel über Kronstadt halbierte. Sie hatte nicht damit gerechnet, ihn wiederzusehen. Ihre Unterhaltungen zu zweit, auf Schlittschuhen durch Zeidner Gassen, Nachbarschaften den neuen Rechtsstaaten angleichend, die demnächst die Vereinigten Bundesstaaten Europas ausmachen sollten, berührten Leontine peinlich. Sie verabredeten Wiedersehen damals: in fünf Minuten auf dem Hradschin, in zehn Minuten auf dem Markusplatz Venedigs, nächste Woche auf dem Corso in Temeschwar. Sie waren Bundesminister und bummelten zwischen Krisengebieten, handelten Kompromisse aus, nickten Gesetze ab. Zwar trat ihre Lippe ein kleines bisschen vor und bebte, als es Leontine im Sommer darauf einfiel, dass er sie nicht einmal geküsst hatte. Doch das war zehn Jahre her. Sie rechnete damit, ihn nicht wiederzusehen. Sie lernte Geschichte und wurde belesen, sie sah vom Fenster des Weißen Turms von den Wehrmauern Kronstadts die Bienen schwärmen im Hitzeflimmern, und spürte in ihren Knochen, dass es mit Siebenbürgen aus und vorbei war. Dass Siebenbürgen unter den Vereinigten Staaten Europas keine Chance gehabt hätte. Wegen dem Kallus. »Als Sachse kommt man mit einem Kallus zur Welt, einer Dickhäutigkeit, die hilft, sich über offensichtliche Logik hinwegzusetzen. Wie zum Beispiel«, fiel Leontine ein, »dass die Rumänen und Ungarn uns nicht zubilligen, die

Besseren zu sein, die Aristokratie, die führende Kaste. Dass solches Gefälle uns an den Rand drängt. Macht uns nichts aus. Dass wir wirtschaflich nicht wachsen können, wenn wir unter uns bleiben. Macht nichts. Unser Volk will deutsch bleiben, das ist sein Wille. Sollten Wien und Budapest ihm jedoch Eigenständigkeit gestatten, wären wir in Kürze bankrott. Wir können uns den Separatismus nicht leisten. Und warum sind wir so sauer gegen die anderen? Kallus. Als Sachse kommt man mit einem Kallus auf die Welt, der uns gegen den Einfluss der anderen abdichtet. Sie zählen weniger. Nun haben wir weder einen autarken Wohlstand, noch Gelehrte, die den Mumm haben, unsere Zwangslage beim Namen zu nennen und dem Volk die Zukunft als Projekt zu erschließen, für das jeder verantwortlich ist. Die Einzigen, die das tun, die Deutschtümler, greifen auf die Romantik zurück. Rufen den Körper der Nation zum Zeugen unseres Vorrangs an. Wie Deutschland in der Welt, so die Sachsen in Südosteuropa. Unser deutsches Blut und die deutsche Gesinnung machen uns adlig.« Gefährliche Gespinste. Leontine erschrak, als sie sich noch Jahre später, als alte Jungfer in Zeiden, dabei ertappte, wie sie Maria unbewusst überwachte. Ich tue das, um sicher zu sein, dass sie mir nichts stiehlt, gestand sie. Ihr Herz stand still, ihre Wangen flammenrot. Das ist der Kallus.

Sie hatte ihre Jugend klammheimlich damit verbracht, den angeborenen Kallus dünn zu wetzen, Einflüsse in sich aufzunehmen, ihr Blut zu verdünnen, zu vermischen, zu verfälschen. Ihr Deutschtum sei eine Blüte im Umlauf. Mit dem Kinn auf dem Fensterbrett des Weißen Turms starrte Leontine in den Sommertag und ließ die Gedanken schwärmen. Über der Zinne dröhnte ein Flugzeug hinweg. Alberts Schauflüge beherrschten das Stadtgespräch seit Wochen, seine Rekorde, seine Arbeitsverträge in Wien, Paris, Berlin, seine Flugmaschinen, seine Wäsche aus Wien, denn trägt man Wiener Wäsche einmal, gibt es kein Zurück... Leontine blendete in Gedanken seine Stimme ein, verdunkelt von den Zigaretten, die er inzwischen geraucht hat, den

Säften der Münder, die er geplündert hat, dem Sprit des Erfolgs, der ihn wie ein Maskottchen vervielfältigt unter die Leute bringt. Jede Nachricht von ihm wertete die Sachsen auf: Man kann aus eigener Kraft abheben! Leontine blendete seine Stimme ein, Kneipenraconteur jugendlich, unbesiegbar. Ach, die Huren von Wien. Keine dreisten Bukarester Faxen, schlagen nicht Krach wie eine Schar überraschter Papageien im Tiergarten. Kindfrauen, die dich per Arm zu ihren Betten wie zum Sandkasten führen. Glauben, es gehöre sich, verschämt über deine Erregung zu tun. Eine Niedliche mit Zahnlücke, durch die sie beim Atmen ungewollt flötete, erzählt mir von der Wiener Dame, die sich so desperat in einen Flaneur, ein Schreiberling für Feuilletons, verguckt hat, dass sie kungelt. Sie unternimmt es, die Kupplerin des Hauses, wo er und seine Freunde 'ne Runde rüberkommen, zu bestechen, dass diese ihm statt der einen oder anderen Nutte, in die er sich befriedigt, ihre eigene alabasterne Persönlichkeit unterschleift. Als der Betrug aufflog, denn die Kupplerin konnte mehr als zweimal nicht stillbleiben, oder sie wollte den Preis aufschlagen und beide zu Narren halten, soll sich der Junge seelenruhig den Schwanz von der Geschichte gewaschen haben, das Etablissement nie wieder betreten und beim Ausgehen noch bemerkt, es täte ihm leid, aber er habe nichts, höchstenfalls Gonorrhö, für seine Gönnerin übrig. Die Geschichte ankere übrigens tief im Unterbewusstsein Wiens und geistere seinen Jünglingen gelegentlich vor. Zwingt sie, einen Augenblick länger als erwünscht aufs Gesicht zu sehen, bevor sie der Dame endlich den witzigen Reifenrock, in Bordellen so beliebt, mit den ausgefransten bunten Maschinenspitzen zwischen die Reifen gespannt, über den Kopf ziehen, erleichtert, mit dem Objekt alleingelassen zu werden.

Warum tue ich das, fragte sich Leontine später in der Schwarzen Kirche, mit ihrer Brille hoch auf die Stirn geschoben, um die kleingedruckte Schrift im Konzertprogramm zu lesen. Ich mache ein Mausoleum aus mir, eine Wüstenei, in Erwartung einer Invasion. Ist das nicht auch der Kallus? Ich verhärte mein Herz gegen ihn. Angeblich, weil ich es missbillige, dass er zurückgekommen ist. Dass er sich vom Volk im Triumphzug tragen lässt und die Illusion aufrechterhält, dass Sachsen gut im Rennen liegen. Ich weiß nicht, was er denkt. Vielleicht denkt er auch, dass das Rennen für uns gelaufen ist. Und ich sitze da im Weißen Turm, sehe zu ihm hinauf und ärgere mich darüber, dass ich nicht weiß, was er denkt. Und wie die Lady von Shallott verprellt es mich, dass es einen Ritter gibt, auf den ich nicht wirken darf. Ich kann nur warten, dass er mir aus freien Stücken anträgt, was ich will. Unzumutbar für die Zauberin von Shallott. So vernichtet sie sich, und wirft ihre leere Form dem Ritter vor, ihre Schönheit als Salz in die Augen. Ihr Selbstmord ein Präventivschlag, der ihm Terror einjagen soll. Was hatte Albert eigentlich gesagt? Seltsam, wie sie sich als Schulkinder ständig über den Weg liefen, wie keine Wimper zuckte, als Leontine und Albert an blauen Winterabenden auf Schlittschuhen durch Zeiden glitten, Leontine inzwischen überzeugt, dass niemand in Zeiden sie identifiziert hatte.

Nachdem sie in Alberts Haus eingezogen war, hatte sie eine Weile erwartet, dass irgendwer sie auf ihre Verbindung ansprach. Das blieb aus. Sie war die Kronstädterin. Was Zeiden betraf, zum ersten Mal im Ort. Sie selbst hatte Albert nicht ein Mal in Kronstadt zu Gast gehabt. Ihre Eltern, ihr Kränzchen, ihre Bekannten ahnten alle nichts von ihrer Bekanntschaft. Geradezu so, als würde sich die Welt diskret wegdrehen. Standen sie unter einem schlechten Stern? Jetzt antworte endlich: Was hat Albert eigentlich gesagt?

Kasino in Kronstadt
Sonntag, 1. September 1913, 16.12 Uhr

Wie kann man bei der gleichen Unterhaltung anwesend sein und sich nicht begegnen? Samuel Schiel hatte zum dreißigsten Jahrestag seiner Papierfabrik einen Empfang bereitet, der Bund der Sächsischen Industriellen war stark vertreten, Dr. Depner und seine Frau Margarete, der Direktor der Kronstädter Sparkasse, der Bürgermeister Karl Ernst Schnell mit seiner ganzen Familie, die Schergsche Familie, und Leontine war schon im Kasino, wo sie nachmittags im Ohrensessel vergraben aller Völker Zeitungen las, die das Vereinshaus brav abonnierte. Sie blieb einfach sitzen, nahm gedankenabwesend den Sektkelch entgegen, toastete ohne die Augen vom Blatt zu heben, als die Rede es verlangte, und wollte eigentlich schon gehen, als ein Gespräch sie aufhorchen ließ und sie sich keck auf die Armlehne zurücksetzte, ihre Antwort zurechtlegend. Man war ein junges Fräulein, keine 25 Jahre alt. Man konnte sich Freiheiten nehmen, wenn man ohne Bedeutung war.

»Die Cucuteni-Kultur«, sagte eine Stimme mit Berliner Akzent, »reicht weit hinter den Zeitpunkt zurück, an dem Volksstämme, die uns etwas bedeuten, in Quellen erscheinen. Es war eine blühende Hochkultur in der Donauebene und weiter nördlich durch die obere Moldau bis ins Gebiet der Ukraine, wo viel später hauptsächlich Slawen ansässig sind. Diese Siedlungen haben wir nun auch in Siebenbürgen bei Ariuşd gefunden. Ihre Tongefäße, ihre Fruchtbarkeitsskulpturen sind unbeschreiblich, erschütternd originell. Sie haben mit dakischen, thrakischen oder gar römischen Artefakten nichts gemein. Auch nicht mit denen der Slawen.«

»Freilich, die Rumänen werden frisch von der Leber weg behaupten, sie wären eine Vorform dakischer Kultur, daher ihre Bodenständigkeit auf 4.600 v. Chr. zurückdatieren.« Schiels Augenzwinkern galt dem Berliner Gast.

»Jedoch wenn es bewiesen wäre, dass es eine slawische Kultur ist: Heißt es dann, dass wir unser Land dem Zaren als Präsent zurückerstatten sollen, denn die Slawen waren zuerst da? Falls sie dakisch ist: Werden die Rumänen bald beim Zaren vorstellig werden und die Ukraine für Rumänien fordern? Und was geschieht, wenn wir eine noch ältere Kultur im Land entdecken, die dieser Cucuteni vorausgeht? Ändern wir dann wieder alle Grenzen rückgängig?«, japste Herfurth Junior, der eigentlich in Budapest sein sollte. Die Semesterferien waren abgelaufen.

»Es ist nicht von Belang. Man kann ein Land nicht erben wie ein Haus oder ein Kalb. Die Uransässigkeit verleiht kein Eigentumsrecht.«

»Mach' das mal einem Ungarn oder Rumänen weis!«

»Nein, aber man kann sich eine Zugehörigkeit zum Land ausbedingen.«

»Das ist das Ungelegene an Kulturen, die keine Schriftsprache verwenden: sie bleiben verschlossen.« Leontines Ohren spitzten sich und zuckten. Sie schaltete sich ein.

»Aber selbst wenn Kulturen schreiben, wie die Wüstenvölker, die Keilschrift oder Hieroglyphen verwendeten. Wenn sie nicht den Ehrgeiz haben, der Sprache ein Monument zu schaffen, wie die Juden mit der Bibel, ihre begabtesten Denker dazu erzogen, Sprache so gut wie Gott selbst gebrauchen zu können. Wenn man nicht Ernst macht, ist's für die Katz.«

»Wir haben auch Monumente geschaffen: unsere Kirchenburgen, unsere Städte innerhalb von Mauern, die Glockentürme Siebenbürgens.« Der Bürgermeister Schnell klang pikiert.

»Gebäude sind zwar dauerhafter als Papier«, sinnierte der Berliner Archäologe und neigte sich Leontine zu, »aber sie können entfremdet werden. Sie selbst haben Steine aus den Burgen der Deutschordensritter, der Hospitäler, in Ihre Kirchenburgen einverleibt. Die wiederum haben Sie manchmal beim Wohnhausbau wiederverwendet. *Es bleibt nicht ein Stein auf dem anderen...* Und selbst wenn: Der Felsendom in Jerusalem, von christlichen Meistern aus Byzanz errichtet, war das Hauptheiligtum der Muslime, als die Kreuzritter Jerusalem eroberten und daraus ihre eingesegnete Kirche machten – bis der Sultan Saladin Jerusalem zurückeroberte. Die Hagia Sophia in Istanbul war einst die Hauptkirche des oströmischen Christentums, heute eine Moschee. Ja die altgriechische Stadt Byzantion wurde das christliche Konstantinopel, das Zentrum des oströmischen Reichs, und heißt nun Istanbul, als Zentrum des Osmanischen Reichs.«

»Zugleich ist Shakespeare seit vierhundert Jahren, die Bibel seit zweitausend und mehr, recht unverändert. Jede Nation interpretiert sie anders, aber ihre Kraft wirkt ungeschmälert weiter. Wenn unsere Pfefferkuchenhäuschen einmal alle zerbröseln, wird niemand wissen, dass wir Sachsen hier gelebt haben.«

»Leontine, das kannst du doch nicht sagen. Unser Fleiss, unsere deutsche Edelarbeit!«, herrschte die Gastgeberin sie an.

»Wir haben gerodet!« Man gab sich genierlich.

»Man kann nicht einfach so eine Kunst über andere bevorzugen, weil man sie besonders gern hat. Die großen Umwälzungen sind hoffentlich nun vorbei. Was haben wir heuer – 1913. Wir werden ein Jahrhundert von Frieden und Eintracht der Kulturen erleben. Da werden historische Bauten wie unsere die Schätzung und Pflege erfahren, die ihnen gebührt. Wir haben das deutsche Mittelalter konserviert, es gibt, mir scheint, in Deutschland kaum ganze Städte und Dörfer, in denen so viel Altertümliches noch vorhanden ist«, bedeutete der behäbige Pfarrer Herfurth aus der Blumenau. Seine Milde verklebte wie Harznarben an Bäumen, verlockte schwirrende Geister zum Bleiben.

»In England habe ich etwas Interessantes gesehen«, ertönte Alberts Stimme von der anderen Seite des Raumes. »Die Zigeuner in England leben in Wagen, die sie wie zur Zeit der Königin Elisabeth ausputzen. Sie haben sich in der Zeit dort eingelebt und sich treu an die Formen gehalten. Ich wette, wenn es Shakespeare heute nach England verschlagen würde, er würde sich völlig verloren fühlen, eh er auf ein Zigeunerlager stößt. Dann erkennt er plötzlich alles wieder.«

Samuel Schiel lehnte sich vertraulich dem Berliner zu und sagte: »Darum schicken wir unsere Jugend nicht gerne ins Ausland, Herr Archäologe: Wenn sie zurückkommen, sagen sie uns, wir leben wie die Zigeuner.«

Unter dem Lachen der Gesellschaft zog ein Wirbel von Unsicherheit Kreise und man räusperte sich, während Leontine kopfschüttelnd auf die Straße trat. Der Geruch von nassem Staub stach ihr in die Nase, es hatte leicht geregnet. Hinter schwarzen Wolken strahlte die Sonne grelles Licht auf die schmierigen

Steinkuppen in der Straßenmitte. Vor einem Schaufenster blieb sie stehen und bewunderte lange ein Paar Handschuhe aus rosenholzfarbenem Rehfell. Die Uhr am Rathaus und die Uhr der Schwarzen Kirche zeigten verschiedene Zeiten an. Sie merkte, dass eine Kutsche vorbeigesaust war und ein Stück von ihr hätte mitreissen können. »Es ist nicht, weil diese Welt mich beherrscht. Es ist, weil ich nicht verstehe, was sie bewegt. Darum kommt Albert so verdammt ungelegen.« Was er eigentlich gesagt hatte? Sie hörte weg von dem erregten Ton ihrer berichtenden Freundinnen, sie schnitt sich am Duft ihres Angstschweißes, der unbeholfen pulsierenden Spitzen ihrer nassen Schamdreiecke, sie hörte weg und verdrehte, was er eigentlich gesagt hatte. Einer der Würdenträger Kronstadts, vielleicht Teutsch oder einer der Brüder Schöpp, hatte ihn ironisch gefragt, wie es ihm gehe, ob die Grand Tour ihm genehm gewesen wäre. Albert stellte ihm die Erfindungen vor, die er in seinen verschiedenen Posten beim Berliner Internationalen Luftschifffahrtshaus und bei Siemens-Schuckert gemacht hatte und bedauerte, es tauge zu einer Grand Tour gerade nicht, wo Adlige sich prinzipiell von welschen Schönheiten beeindrucken und infizieren lassen, um die bunte Sammlung ihren jungfräulichen Bräuten daheim zu verpassen.

Leontines Haus in Zeiden
Dienstag, 21. Januar 1941, 13.33 Uhr

Der Kollaps der Zivilisation, denkt Leontine, als sie mitten am Tag zurück in ihr Bett steigt und Maria einen Teller auf den Schoß stellt. Mittag kippt über in Nachmittag, ein graublauer Dunst schleicht durch die Straßen und treibt Kinder aus den Häusern, witternd, dass nur wenig Licht übrig bleibt. Am oberen Ende der Belgergasse rennen sie an Leontines Haus vorbei, stürzen sich bäuchlings auf die Schlitten an der Molkerei entlang, und wenn sie Apotheker Mühsams Haus hinter sich haben, sind sie bei Hochgeschwindigkeit in Sekunden schon am unteren Ende der Gasse, biegen scharf in die Weihergasse beim Geschäft

Metters mit der Konditorei Kreuz nebenan. Ins Schlafzimmer Leontines dringt ihr Lärmen nur gedämpft, während sie aus ihrem Arbeitszimmer an der Straße jeden Streit mitbekommt. Unter der Steppdecke erkennt sie ihren eigenen abgestandenen Geruch wieder, ausgeschleuderte Honigwaben in der Sonne, und den scharfen Geruch der Jugend, Maria déshabillée, wie wenn man den Wattebausch von einer Tube Vitamin C aushebt. Es ist nun, in diesem Augenblick, als Maria und sie vor sich hin kauend, dem Haus zuhören, wie es sich knatternd erwärmt, dass Leontines Sinne alle zugegen sind. Die Klarheit räumt auf mit ihren Ausflüchten, macht Programm mit ihr, treibt sie aus. Geh mir aus den Augen, geh. Maria redet von Bukarest. Es gibt kein Zurück. Es gibt kein Palliativ. Maria redet schnell, Bukarester Einschlag, ihre Wörter genau abgehackt, wie eine Auktionatorin. Die Statue der Helden der Luftschifffahrt. Auf dem Boulevard. Ob Leontine sie kennt? Zwischen dem Boulevard des Sieges und dem Triumphbogen spannt sich der Boulevard der Aviatiker, rechts eine Garage groß wie ein Hangar, wo die Bukarester Jeunesse dorée ihre schnellen Autos polieren lässt, um sie dann wie besessene Skarabäen aus Nickel und Chrom den Boulevard entlang zu rennen, Zielpunkt Statue der Helden. Links und rechts sausen Parks vorbei und dahinter auf Abstand die Villen des Domänenviertels. Aus diesen steigen die höheren Töchter herab wie Göttinnen vom Olymp, und Kutschen nähern sich ihnen unbemerkt, ehe sie den Gehsteig des Boulevards erreichen, befördern sie zu den Theatern der Innenstadt, zu den Seen außerhalb. Maria rechnet den Marktwert dieser Frauen um. Sie multipliziert ihre weiblichen Reize mit ihren Beziehungen, teilt dann alles durch die voraussehbare Mitgift, und hat dabei das Gefühl, etwas den Zuhältern von den Straßenecken heimzuzahlen, die Maria tagein tagaus abwägen und reflexartig das Einkommen projizieren, das aus ihrem Körperchen pro anno herauszuschlagen wäre. *Als ich ein Kind war, da redete ich wie ein Kind und dachte wie ein Kind und war klug wie ein Kind*; als ihr wohlmeinende Erwachsene erklärten, dass sie als Mägdlein auf der Hut sein müsse, denn sie laufe

Gefahr, zum Opfer triebhaft motivierter Verbrechen zu fallen, konnte Maria einfach nicht begreifen, wie diese Verbrechen sie betreffen könnten, wo sie keinen Sinn fürs Sexuelle hatte. Nun ist sie erwachsen und hört die Gedanken der anderen in ihrem Schädel, als wären's die eigenen. Nur den einen nicht. *Denn mein Haupt ist voll Tau und meine Locken voll Nachttropfen.*

Sie wendet sich rasch an Leontine. »Kennst du die Statue auf dem Boulevard?« Leontine bejaht. Sie hatte einen Entwurf in der Zeitung gesehen, als der Auftrag an Lidia Kotzebue, eine obskure russische Künstlerin, vergeben wurde, den gefallenen rumänischen Piloten im Weltkrieg ein Monument zu errichten. Seltsam, hatte sie damals gedacht. Jetzt erzählt ihr Maria, dass die Kotzebue die Chance gehabt hatte, einen jungen schwarzen Boxer, der Bukarest gerade besuchte, zu überreden, der Kunst zuliebe sich für sie auszuziehen. Die Bronze, die 15 Meter hoch in der Mitte der Boulevards hochragt, ist ein Pilot mit der Brustmuskulatur eines Negers. Er steht aufrecht, leicht vorgeneigt, mit den Armen erhoben wie ein Turner an der Spitze einer Pyramide, er startet gerade aufwärts, senkrecht hochgetrieben. Jeder Muskel auf ihm gespannt, ihn abzufedern. Der Boxer übrigens kein Schwergewichtler, sein Auftreten eher luchsige Schnelligkeit versprechend, ein Federgewichtler mit Augen wie Feuersteine und offenem Lächeln. Er soll sich sehr nett mit seiner jazzigen Entourage im Athénée Palace vergnügt haben, womöglich dachte er, es wäre Paris. Aber die Kotzebue, die hatte ihre Bronze. Das verlorene Wachs rann aus, sie klopfte den Ton weg. Leontine hörte kaum noch zu, die Lust der Bildhauerin sickerte in ihre Hände ein, sie besserte die Schläfen aus, die Brille auf die Stirn hochgeschoben, den Arm vorgestreckt, den Wind spaltend, die rauhen Brisen, die immerdar um seinen Kopf säuseln werden, wo er auffährt zwischen Boulevard und Himmel. Leontine sieht direkt aus seinen Augen herunter und bekommt eine gewaltige Klaue Vertigo in die Magengrube geknufft. Es gibt keine mildernden Umstände.

»Ich kann dir nicht erklären, warum mir das jetzt einfällt«, sagt Maria. »Im Sommer, als man sich wieder für eine Blumenschlacht an der Chaussee erwärmen wollte – seit Leute in Autos auf und ab sausen, kommt die alte Stimmung fürs Blumenbewerfen aus Kutschen nicht mehr richtig auf – aber alle paar Jahre versuchen's die Bukarester erneut. Es war ein heißer Tag, und vielleicht war der Fusel mit Hochprozentigem gedoktert, wer weiß, am frühen Nachmittag hatte es schon zwei Schlägereien gegeben, und man zog ab. Der Boulevard lag dick mit Blumen bestreut, und ich war das einzige Wesen, das sich rührte. Die Statue zog mich näher. Ich hatte den Sockel vom Gehsteig nie gut sehen können. Es war windstill, und doch fasste nahe bei der Statue ein Stoß nach mir. Da war ein Rauschen von nichts und unaufhörlich. Auf dem Sockel stehen viele Namen. Eingegossen, Namen von gefallenen Piloten. Ich weiß, was du denkst. Aber ich habe jeden einzelnen Namen darauf gelesen. Es sind auch Sachsen darunter: Istok und Phleps. Ich habe ihn überall auf dem Monument gesucht, aber sein Name ist nicht drauf. Das bedeutet. Das muss bedeuten: Er ist noch am Leben. Heute früh in der grauen Nacht, als es einfach nicht Licht werden wollte, dachte ich, die Statue und ich sehen um die Wette in den Himmel und warten auf die Morgenröte. Und mir leuchtete ein, wie lange es auch dauert, wenn man ausharrt, wenn man am Leben ist, wird es irgendwann Licht. Ich weiß, du hast ein Leben hier, aber ich denk seit heute Morgen, dass es irgendwo diesen Piloten gibt. Ich weiß, man kann ganz dicht an einer Geschichte vorbeigehen und nicht merken, dass man beteiligt ist. Du lebst in seinem Haus verbarrikadiert, und ich weiß, ihr kennt euch nicht, aber was mir scheint, ist dies: Du bist hier nicht zufällig zu Hause. Du denkst, das Haus ist die letzte Rettung, aber mir scheint, es setzt sich fort irgendwo, in Albert. Ich weiß, dass er dir etwas zu sagen hat. Mir scheint gar, du warst nie allein. Ich weiß nur, dass ein Haus in einen weiteren Raum mündet, und alle sind verschieden, aber im nächsten anbei wartet ein lebendiger Mensch auf dich.«

»Maria«, sagt Leontine und legt ihre Hand auf die fiebrige
Stirn des Mädchens. »Wer ist gestorben?«

Leontines Haus in Zeiden
Dienstag, 21. Januar 1941, 16 Uhr

Leontine tritt auf die Straße, als vier dumpfe Schläge vom Glockenturm ausläuten. Ihre Mundhöhle füllt sich mit Bitterkeit
von der Kälte. Der Fettschleier, der die Frische aus der Chicorée
filterte, ist durch, heruntergespült mit dem letzten Schluck Kaf-
feesatz. Die Nachbarn haben den Schnee auch vor ihrem Haus
geschaufelt. Sie hat es nicht einmal gehört.

»Grüßgott, Fräulein Philippi. Fühlen Sie sich besser?«

»Sehen wir uns heute Abend beim Vortrag? Gut. Das freut
mich aber.«

Die Stimmen der Zeidner kommen klar und deutlich her-
über. Sie ist erleichtert. Zu lange hat sie im Halbschlaf damit
verbracht, sich aussichtslos in Gedanken zu verwickeln, die
sie bei Bewusstsein vor sich her geschoben hatte. Es war ihr
schwergefallen, denn das Meiste gab es vor der eigenen Tür
zu fegen. Nicht die Geschäftsleute und Industriellen unter
den Sachsen erwecken ihren Argwohn so unvermittelt wie die
Gelehrten. Es ist nachvollziehbar, dass man gaunert, wenn der
Staat die Strafe dafür erlässt. Die Sachsen, die den Juden ihre
Geschäfte abnehmen, wobei sie den Spottpreis der Rumänisierungs-Kommissare überbieten, meinen vielleicht sogar, sauber
gehandelt zu haben. Der Jud wäre ohne ihr Zutun mit noch weniger, oftmals mit nichts, abgefertigt worden! Und die armen
Sachsen müssen wieder mehr blechen, um ihr Recht zu bekommen. »Immer nur bestraft werden wir. Immer nur...« Zum Teil
sind die Intelligenzler auch daran schuld. Sie haben bis unlängst
gegen Unternehmertum gepredigt, Hamstern und Genuss ver-
pönt, weil man dann weniger auf die Gemeinde angewiesen ist
und abtrünning wird. Nun schütteln die Bildungsbürger ihre
Köpfe über die unbeherrschte Gier der Erneurer, auf schnellem

Wege in die schwarzen Zahlen zu rücken. Als hätte es nichts mit ihnen zu tun. Aber schau, nicht alle Aufsteiger verhalten sich gleich. Schließlich kommt's auf den Charakter an. Auf das chemische Mysterium, das den Einzelnen ausmacht: ob man, wenn's erlaubt ist, Gewalt gerne tut, sich dazu überwindet, oder abgeneigt bleibt.

Als Siebenbürgen im 19. Jahrhundert das Mittelalter zurückließ, hätten die Notabeln eine andere Platte auflegen sollen. Eine starke Wirtschaft antreiben, auf deren Überfluss der Flor der Künste seine Filamente zwischen Himmel und Erde zieht, schemenhaft wie eine Kultur Penizillin auf Obstschalen. Aber was soll's, sie hatten das Schicksal der Gemeinde über Jahrhunderte in der Hand gehabt und benahmen sich konsequent wie eine Bande Oligarchen. Effizienzsteigerung und Profit, Wirtschaften, das eine Rendite beschert, waren Fremderscheinungen jüdischen Einschlags in ihrem Buch, die man sich doch bitte vom Leib halten solle. Man lebt sparsam. Die Sachsen treiben Sparsamkeit ehrgeizig wie Athleten ihren Sport und fühlen sich dabei tugendsam und wohlbeherrscht, uneingedenk dessen, dass die Konjunktur chronisch siecht, man weniger und weniger Steuern lockermachen kann und die Gesellschaft zusehends verlumpt. Das Wachstum Deutschlands in den letzten Jahrzehnten des vergangenen Jahrhunderts erregte starke Gefühle in den Sachsen. Sie fanden problemlos den Anschluss am Vormachtsdünkel Deutschlands in der Welt. Denn sie waren auch Deutsche in einer überlegenen Rolle, oder? Stützte sich Deutschlands Anspruch jedoch auf industrielle Schlagkraft, weltberühmte Infrastruktur und eine Exportwirtschaft ersten Ranges, konnten die Sachsen nur mit ehrfürchtigem Erschauern im Geiste mittun. Wie Caspar David Friedrichs Wanderer in einer Mondnacht vom Firmament überfahren werden. So verging sich der Ruf Deutschlands an unseren guten Sachsen. »Hier.« Leontine rammt ihren Absatz durch die Eiskruste einer Pfütze. Hier hätten die Gelehrten klare Verhältnisse schaffen können. Abtun die juvenile Schwärmerei für

Deutschland, die nur unsere eigene Unzulänglichkeit und Frustration berauschend benebelt. Sie ließen die Affäre unbeanstandet durchgehen. Ihretwegen konnte Siebenbürgen ein rückständiges Agrarland bleiben. Kontrolle ist besser. Statt dem Volk einzuschärfen, dass es seinen Anspruch auf Vorrang gefälligst mit Substanz deckt, unterbreiteten sie ihm humanistisches Gefasel von sächsischer Bildung und Pietät als Nachweis. Inhalte, die ihr Monopol waren.

»Wie sie aber mit der deutschen Sprache umsprangen, das geht mir an die Nieren.« Leontine sieht hinauf zum Turmknopf, der bleiern im lichtleeren Nachmittag durchhängt. Dort, in der klammen Kapsel, liegt eine Schrift. Wie der Apfelbissen im Schlund Schneewittchens. Macht sie mundtot. Es ist vielleicht an der Zeit einzusehen, was Albert für sie getan hat. Sie steht gegenüber dem Rathaus Zeidens, links das Kasino und die Buchhandlung mit dem leeren Storchennest auf dem Schornstein, das der Hauswirt sorgfältig aushebt, wenn er den Schornstein fegt, rechts die stattlichen Häuser, vorne gleich Ediths Apotheke und der Prömmsche Kolonialwarenladen nebeneinander, weiter das Pfarrhaus, und direkt gegenüber die grauen Mauern der Wehrburg Zeidens. Leontine stellt sich vor, wie sich alles, was Zeiden ausmacht, in den Schutz der Mauern hineinpassen würde. In Berlin hatte sie ein Werbefoto für das Bauhausatelier Gropius bewundert: Es zeigte acht Mitglieder in einem Gestell von Kisten kauernd, wie Bienenlarven in Waben, kompakt umfasst. Sie schäkerten miteinander oder träumten dahin, manche sahen keck in die Kamera: Gefällt's Ihnen bei uns? Es erinnerte sie an ihre solitären Kinderspiele in Papas Bibliothek. Wegen zwei erheblich älteren Brüdern, beide flatterhaft, bis sie in einer der Isonzoschlachten – der zehnten oder elften – erschossen wurden, hatte sie als Kind oft allein gespielt. Am liebsten leerte sie die Bücherregale teilweise und zwängte sich hinein, neben die Bände, in verschiedene Lagen. Sie nannte es »Arme-Leute-Spielen«.

Es war wegen Albert, dass sie tatsächlich mit dem Leben der armen Leute in Berührung kam und nicht mehr anders wollte. Nur, sie selbst war nicht arm. Sie hatte ihr Erbe in Kronstadt liquidiert und verfügte, selbst nachdem sie und Alberts Eltern die Notare und Advokaten auf ihre Kosten kommen ließen, immer noch über ein Einkommen. Und doch. Wäre es nicht sein Hof gewesen, wo er sich sämtliche Knochen im Sturz bei Flugexperimenten gebrochen hatte, wo im Stall immer noch schwarzseidene Haare aus der Mähne seiner Büffelkuh schweben, wo die Werkstatt im Hinterhof bei Gewittern Ableger von Blitzen anlockt, dass Leontine manchmal aus dem Bett springt und durch das brackige Fensterglas Funken spuckende Würmer die Kabel entlang sich winden sieht, hätte sie nie gelernt, wie arme Leute zu leben. Es half ihr geschmeidiger zu werden, leichtfüßiger, unerbittlicher. Die fremdländischen Autoren und Auslandsreisen hatten sie wenig verändert. Wie auch für andere Sachsen aus reichem Hause hatte Tourismus nur ihre Grundeinstellung bestärkt. Was ihr Wesen weich knetete, auseinanderzog und durchwalkte, war jahrelange Anpassung an einen Haushalt vom anderen Ende der gesellschaftlichen Ordnung. Das Haus eines Wissenschaftlers dazu. Das war wichtig. Sie gab Acht. Wenn sie um ihren Tisch ging und ihr Papier außer Reichweite schien, dann pilgerte sie zur Werkstatt im Hinterhof und besah das Bassin voll Wasser, den Generator, die Flechten von Litze, wie Albert sie zurückgelassen hatte, als er es zeitweilig aufgab, ein Auto zu erfinden, das auf dem Wasser fuhr. Ein Blick genügte, um ihre Perspektive zurechtzurücken: Das, was Albert erfand, zuwege brachte, verplemperte, das stand im Kern des Modernen. Sie musste nicht gleich automatisches Schreiben implementieren oder über technische Abläufe erzählen. Aber die Exaktheit der Maschine, die Direktheit ihrer Wirkung auf den Alltag, wie sie unser Hirn komplementiert, das fordert die Kunst heraus. Dem ist sie eine Antwort schuldig. Über ihr hatte der Himmel die letzten Schmieren Helligkeit vertilgt. Leontine steigt die abgewetzten Steinstufen zur Apotheke hinauf.

»Leontine!«, ruft Edith aus dem Dunkel des Ganges, der den Apothekenraum mit den privaten Räumen dahinter verbindet. Sie eilt ihr entgegen, jeder Schritt knallt auf den gewachsten Dielen, und umarmt Leontine. Warum so hastig, fragt sich Leontine und hält die unruhige Gestalt auf Armeslänge vor sich. Sie leidet es nicht, windet sich weg und redet über ihre Schulter mit Joseph, er solle mal hüten, denn sie mache jetzt Tee für Leontine. Sie zieht Leontine an der Hand hinter sich her, zurrt sie fest und geht schnell mit ihr an Joseph vorbei, dass Leontine ihm gerade noch ein Grüßgott zunicken kann. In ihrer Erinnerung war Joseph ein weißes Zicklein mit Milchbart, blonder als blond, dalkert und unbekümmert, und sie hat Mühe, den scheuen Mann im Gang zu erkennen. Sie setzt sich auf die Ofenbank und sieht Edith von der Seite an, wie sie Wasser kocht und eine Handvoll Lindenblüten einstreut. In einer entfernten Ecke der geräumigen Küche stehen Ediths Skier auf einem Flecken im Laufteppich.

»Du warst Ski laufen?«

»Samstagnacht.«

»War's gut?«

»Ich hab mich verlaufen. Zum Glück kenne ich das Gelände. Wir haben jenseits von Predeal den Abstieg begonnen, und auf einmal höre ich die anderen nicht mehr.«

»Warst du mit Herfurth?«

»Nnnnein? Neinnein«, sagt sie und schüttelt den Kopf. »Der Lehrer Göbbel, oder soll ich sagen Herr Richter Göbbel, wollte seinen Kumpel von der Volksführung in Kronstadt, lauter junge Flegel, wenn du's wissen willst, diese Bahn zeigen, die man mit verbundenen Augen fahren kann, und er wollte ein paar Zeidner dabeihaben, so kamen einige aus meinem Kränzchen mit ins Auto nach Predeal. Das Auto stand bei der Hütte, wo wir abgelegt haben, so hatte ich bloß zur Hütte zu fahren und dort auf die anderen zuwarten. Übrigens, das war die Hütte, wo ich dir zuerst begegnet bin.«

»Ich kann mich darauf nicht besinnen«, sagt Leontine und ebnet das wollene Tuch ihres Kleides. Wann war sie mit Edith bekannt geworden? Leontine hatte die junge Frau nur flüchtig bemerkt, bevor Herfurth nach Zeiden kam und um sie zu werben begann. Ediths Vater mischte zuerst bei der Selbsthilfebewegung mit, die ab 1928 mit Hakenkreuzen und Programm »selbstloser, gemeinnütziger Arbeit« den Sachsen Hoffnung auf bessere Zeiten machte, wechselte dann zur radikaleren Splittergruppe der Deutschen Volkspartei Rumäniens über, die nun sowohl den alten Volksrat als auch die Selbsthilfe beiseitegeschoben hat und de facto Berlin direkt untersteht. Seine Tochter war Leontine damals kaum aufgefallen. Sie hatte eine schlechte Haltung. Das merkte man, unter den strammen Jugendlichen. Sie führte mit den Lauschern, wie die Goldmarie mit dem gebeutelten Schürzchen führt. Leontine fielen die Ohrmuscheln dieses Mädchens zuerst auf. Sie waren an sich unauffällig, machten aber den Eindruck, als ob Edith, leicht vorgebeugt, ihre Ohren ausstreckt, um herauszuhören, worum man Angst und Bange hatte. Edith sah sich mit fünfzehn Jahren plötzlich allein für den Laden verantwortlich, in dem sie bishin selten gesehen worden war. Ihr Platz war in einer schummrigen Kochnische hinter einer Trennwand gewesen, wo sie ihres Vaters Schuhe putzte und Arzneien nach Rezept zusammenmischte. Beim Abschiednehmen hatte er ihr geraten, den Joseph voll auszunützen, er würde ein kräftiges, brauchbares Bürschlein werden. Sie machte einige Änderungen im Laden. Die Theke wurde zurückgenommen und der Raum vergrößert. Nun konnte man tratschen und verhandeln, während man auf Bedienung wartete. Das Fräulein mit dem Zopf hatte etwas Zutrauliches, eine Stille, die diskret Heimlichkeiten lüftete. Sie las selbst den Liederlichsten nicht die Leviten. Man blieb mit dem Eindruck, dass sie gar nicht auf die Idee käme, Fahrlässigkeit, Schwäche und Unglück anzuklagen, wo sie beim Einkassieren Pate standen. Die Sauberkeit des Ladens wurde sprichwörtlich. Leontine erfuhr davon, als sie für Alberts Mutter einige Parasolpilze vom Zeidner Berg mit ihrem Malpinsel säuberte. Die Frau lachte vor Überraschung und sagte: »Wie in der Apotheke!« Nur Freunde waren darüber im Bild, dass Edith die Arzneien im Komfort ihrer Küche braute, seit sie die Laborkammer hinter der Trennwand aufgelöst hatte. Niemand war dafür zuständig, in der Apotheke nach dem Rechten zu sehen.

»Geh weg, du warst damals noch gar nicht geboren!«, wundert sich Leontine.

»Ich war klein, noch lange nicht konfirmiert. Jemand hatte mich mitgenommen. Meine Kusine wahrscheinlich. Ich konnte schon gut Ski laufen. Aber weil sie alle gerne Grog mit deinem Kränzchen trinken wollten, haben sie mich in einen Schafspelz gewickelt und abgestellt. Du hast eine Geschichte erzählt.«

»Und du hast sie hoffentlich vergessen? Unsere Kränzchenkamellen sind nichts für Kinderohren!«

»Ich kann sie dir Wort für Wort erzählen.«

»Ist sie lang?«

»Klitzeklein. Ich will gerne wissen, ob ich sie mir gut gemerkt habe.«

»Dem ist kein Entgehen. Dann raus damit.«

»Also. Die Geschichte von den feurigen Männern.«

»Ach nein.«

»Jaja. Geht so: Bei der Dämmerung pflegen die feurigen Männer auf den Bergen herumzulaufen. Man sieht sie hier, dort und drüben glimmen. Einmal gingen Frauen in die Rockenstube, als gerade die feurigen Männer umliefen. Eine stand wieder auf und ging zur Tür. Sie riss auf und schrie in die Berge: »Feuriger Mann, komm, küss mich einmal!«, und war frohgemut, ihre Freundinnen zum Lachen gebracht zu haben. Kaum hatte sie die Tür zugemacht, war er schon hinter ihnen und schlug mit der Hand so fest in die Türe, dass er ein Zeichen in sie einbrannte.«

»Richtig. Die Geschichte erzählte ich immer in Räumen, wo ich an der Türe beim Hineingehen ein Mal bemerke, das man sich als Brandmal vorstellen kann. Nachher mache ich die Türe auf und alle sehen, dass es eine wahre Geschichte ist.«

»Genau, ein Brandzeichen. Es ist immer noch dort.«

Leontine merkt, dass Ediths Haltung sich verbessert hat. Nun steht sie aufrecht wie eine ostgotische Königin. Biegsam. Eine Säule geschmolzenes Glas. In Hemdsärmeln gießt sie den Tee in zwei Tassen. Auf ihren Armen ist ihr Fleisch zinnoberrot gepunktet, wie im Fleisch eines weißen Pfirsichs nadelspitzengroße Punkte vom Kern an die Haut fluten. Zinnoberrot. Der Ton des Liebesvollzugs.

Ach, du liebe Pechmarie, denkt Leontine und ringt ihre Hände.

»Ich will mich bei dir bedanken, Edith, deine köstlichen Gaben haben mir aufgeholfen.«

»Ich weiß nichts davon.«

»Gewürze fürs Gemüt, Chicorée für Scharfblick, Karpfen für Kraft, Zitrone für Lebenslust. Ich stehe dir zur Verfügung. Was kann ich für dich tun?«

»Ich ... fürchte mich. Ich kann nicht denken.«

»Du kannst nicht denken?«

Edith schreckt auf, senkt ihren Blick, bringt ihre Lauscher näher.

»Ich verstehe nichts mehr. Mein Vater will, dass ich Broschüren aus Deutschland für Siebenbürgen bearbeite. Zur Hebung der gesundheitlichen Lebensführung. Ich soll alle diese Rezepte nachkochen und unserer Küche anpassen, denn Sparsamkeit hilft siegen. Marmeladen mit wenig Zucker, ohne Apparate und so. Aber wenn wir sparen, wenn wir selbst so wenig haben, wie ernähren wir die vielen Gefangenen, die wir machen? Mein Vater erzählte mir von Zügen voll Leuten – was brauchen wir so viele Gefangene? Wenn Deutschland siegt, geht es uns besser, aber warum müssen wir unsere Verrückten umbringen?«

»Du musst dir was einfallen lassen, damit der Fangarm des Staates bei dir nichts zu holen findet.«

Ediths Gesicht verhärtet sich wie ein Holzapfel. »Ich kann nicht.«

Leontine zieht ihre Schultern hoch und nippt am Lindenblütentee. Wie lange muss sie noch sitzenbleiben. Wäre es gemein von ihr, sich herauszureden, wegzugehen?

»Ja, das mag sein. Ich kann dir helfen, deine Geschichte von außen zu sehen. Aber ich stehe auf und gehe sofort, wenn du nicht mitdenkst. Ich habe keine Zeit zu verlieren.«

Edith blinzelt, und ihre Ohrmuscheln scheinen durch wie Kameen.

»Du hast dich prima angepasst. Eine Wirtschaft um dich zusammengeknüpft, die dich glücklich macht. Selbst hast du zum Licht gefunden: ein Jämmerling, als dein Vater dich deinen eigenen Mitteln überließ, stehst nun da in der Blüte deiner Jahre. Du lässt es nicht zu, dass man dir etwas wegnimmt.«

Leontine starrt an ihr vorbei und verscheucht den Gedanken an ihre letzten Begegnungen mit Albert. Unerfüllend, daran gebunden, dass sie kein Wort miteinander sprechen: Er kreuzte auf mit seinem großen Cabriolet, traf sich mit Segelfliegern und Flugmodellbauern, schlüpfte in sein ehemaliges Haus unbemerkt, getarnt durch seine Mauern, zog die Gardinen zu und machte sich über Leontine her, garstig und panisch, wütend und verzweifelt, dass die Fetzen flogen und ihre Schnittstellen wie zerrittene Pferde schäumten, und zog dann ab, sofort, beleidigt. Denn das ging gegen den Strich seiner Passion, die fürchterlich früh ansetzte; wenn er am Samstag vielleicht Gelegenheit hatte, sie zu vögeln, war er weich um sie wie ein Mädchen, angefangen mit Montag. Sie presste grimmig in sich hinein. Auf ihre alten Tage bleibt ihr der Trost, dass sie Alberts Beharrlichkeit belächeln konnte.

Ediths Schultern senken sich einige Zentimeter. Ihr Atem geht hörbar durch sie. Womöglich bin ich neidisch, denkt Leontine.

»Du traust der Arbeit, die du hier geleistet hast. Sie hat dir dein Leben gerettet. Nun kommt dir der Verdacht, dass sie Josephs Leben aufs Spiel setzt. Du – eine besonnene, berechnende

Frau – kannst nur nicht gegen den Strich deiner Arbeit gehen. Das kommt vom Schock, allein gelassen worden zu sein. Daran ist dein Vater schuld. Du bist fein raus. Du kannst zufrieden sein. Es ist falsch von dir, Joseph zu belasten. Er ist nicht dafür verantwortlich, dass dein Vater dich vernachlässigt hat.«

»Belasten? Ich will ihn beschützen! Ich habe ihm einen Schein besorgt, dass kein Militär ihn einberufen kann.«

»Du denkst nicht weit genug. Dass dein Vater mit Nazis verkehrt, ist seine Sache. Es ist aber dein Fehler, dass du Joseph diesen Leuten vor die Füße laufen lässt. Es ist deine Eitelkeit, zu denken, dass du ihn beschützen kannst. Du hast gehört, was die Nazis vorhaben.« In der großen Pipette im Weckglas mit Karbolsäure neben Leontines Ellbogen gleitet eine Blase herauf. Leontine sieht, wie Ediths Puls in ihrem Kehlkopf ausschlägt. »Wenn Joseph endlich ein Handwerk lernen kann, wenn er sich nützlich machen kann, dann ist es eine Sünde an seinem Leben, wenn du ihn bei dir aufhältst. Apotheker wird er wohl nicht, oder?«

»Ich kann nicht.«

»Mal sehen, was sich ergibt. Ich schicke dir bald Nachricht durch Maria. Du kannst, denn es ist brav und klug, zu handeln.«

»Und jetzt?«

»Jetzt hänge ich dir diesen schönen Mantel um und spiele mit den verstohlenen Pfoten dieses Fuchskragens, und wir haken uns unter und überqueren den Platz, denn in der Rathausstube brennen alle Lichter als wär's Weihnachten. Und wenn du Joseph wiedersiehst, wirst du deine Ohren besonders steif halten und euer beider Köpfe anstrengen, ihn vorzubereiten.«

Ein Schneeball schlägt dumpf ans Fensterglas.

»Kommst du endlich? Mir fallen die Zehen ab!«, kräht eine Stimme draußen.

»Fräulein Philippi? Ach, du hast Besuch!«

»Was hat denn so lange gedauert?«

»Rechnungen«, seufzt Leontine. »Ich habe Ediths Hauptbuch geprüft: was auf die eine, was auf die andere Rechnung geht.«

Der Wetterhahn über dem Turmknopf krächzt blechern. Leontine hatte ihn vorher nie bewusst gehört. Sie dachte, der Ton wäre außerhalb ihrer Hörweite. Sie hört leise Schritte näherkommen, auf weiten gummierten Sohlen. In ihren Stiefeln trippelt sie lächerlich schnell den anderen nach. Schnürstiefel von anno dazumal, als sie jung war und der Mode nicht widerstehen konnte. Kein Zweifel, der Wetterhahn ist heute Abend vorlaut. Denn im Turmknopf kreiseln Pergament- und Papierfasern wie Konfetti in einer Glas-Schneekugel, Fasern und Staub, auf denen einst Hattertbriefe mit Federstrich und Löschsand verewigt wurden, deren Schriftzüge länger als die Furche des Katastraljochs auf schwarzer Erde währen sollten. Briefe von Königen und Kaisern, die Eigentum und Freiheiten bestätigten, beschwert mit Siegeln fürchterlich wie klumpige Gerinnsel, worüber der nächste Kriegsherr – Tatar, Türke, Ungar, Habsburger, Belger, Walache – keinen Gedanken verlor. Die Rechtsbriefe der Obrigkeit von gestern bedeuteten von heute auf morgen nichts. Weshalb Sachsen wie Waldtiere nach dem Winterschlaf aus ihren Festungen krochen und blindlings den Weg zum Regierungssitz fanden, wenn eine stabile Zeit einkehrte, um sich die Rechtsbriefe von jeder neuen Obrigkeit in ihrer neuen Sprache bestätigen zu lassen. Vergeblich. Ohnnütz. Oben, über den Wogen der aufeinanderfolgenden Belagerungen, Seuchen, Brände, Requisitionen, Kasernierungen, Agrarreformen, Zwangseinquartierungen wenden die Wetterhähne gemächlich auf den Turmknöpfen der siebenbürgischen Glockentürme. Sie haben genug gesehen. Spätestens seit der österreich-ungarische Eroberer Kronstadts sich am Ende des 17. Jahrhunderts vom Rat der Stadt keineswegs Paroli bieten lassen wollte. Seine kriegsdürre Geduld brannte ihm durch, man hatte hier nicht zu verhandeln, man hatte ihm hier nicht mit deutschen Mahnrufen kommend, auf lateinische Pergamenter zu pochen. Seine Geduld brannte ein Loch durch seinen Panzer, und die Kronstadt ging auf in Flammen, als wäre sie Zunder. »Wir waren in der Größenordnung der Mächte zurückgestuft worden«, murmelt Leontine. »Brauchbare Furage am Wegrand, aber sonst keiner Mühe wert. Vergangen, das Alter der kleinen Fürstentümer, die uns gern sahen. Denen wir was zu bieten hatten.«

Zu Lebzeiten ihres Vaters nahmen die Ungarn Anstoß an der Effekthascherei der Sachsen, die sich wie Herren aufführten, aber wie Arme lebten, deren immer weniger waren, und die doch Einhalt vor ihren Stadt- und Hattertgrenzen geboten, Eingang in ihre Zünfte und Töchter verweigerten, und die Ungarns Geschichte überhaupt mit ihrer rätselhaften Gegenwart belasteten. Eine fremde eingeschlichene Nation, wie ein Reisender über die Sachsen aus ungarischer Sicht bemerkte. Unberufene Gäste, die nicht mehr willkommen waren. Erst recht nicht, als sie sich nach dem Ausgleich hochnäsig weigerten, die hehre ungarische Kultur ihrer deutschen vorzuziehen. »Wegen ihren Bibelots aus grünglasiertem ... Lehm?«, hört Leontine ihren Vater schnauben. »Ich sag dir, grünspangrüne Hündchen im Sonnenschein, in der Vitrine beim Grafen Teleki, das ist die Kultur, die uns den deutschen Idealismus aus dem Kopf schlagen soll!« Was das Verhältnis der Sachsen zur Macht weiter strapazierte. Im Reichstag untergruben die ungarischen Abgeordneten die Sachsen mühelos. Es fiel Leontine leicht zu verstehen, was sie sich dabei dachten. Immer, immer schlagen sich die Sachsen auf die Seite der Österreicher. Das ist garantiert. Es nützt ihnen nie, denn Österreich ist weit weg und wir Ungarn bestimmen immer das Nähere mit. Deutschland hat sie längst vergessen. Immer sparen und arbeiten. Ihre sprachlosen ungelenken Frauen verblühen beim Hinsehen in ihren Vernunftehen. Ihre Feste immer bedächtig mit vielen langen Reden und dickem Gehopse. Und ihre Pferde sind hässlich. Verstehen nichts von Leben und haben auch nicht den Anstand, abzudanken. Istenem!

Im Gewölbe des Turmknopfs treiben Lichterscheinungen ihr Unwesen. Brausen auf, empört wie Sonnenwinde in der oberen Erdatmosphäre verfangen, dass niemand mehr mag, eingeschlossene verjährte Privilegien zu hinterfragen. Noch hat jemand Zeit oder Mut zu fragen, was es bedeutet, wenn die Regierung nichts mit den Sachsen anfangen kann. Neue Bauten arbeiten sich an die Oberfläche unter den sächsischen Antiquitäten heran, die wie Milchzähne zu wackeln beginnen und allmählich von neuen Zähnen ausgestoßen werden. Die Sachsen verstehen sich anscheinend darauf, zu fabrizieren. Sie tun, was sie seit Jahrhunderten am besten können: feine präzise zugkräftige Arbeit leisten. Plötzlich gab es einen Bund Siebenbürgischer Industrieller. Aber die eigenen Politiker taten sich schwer mit dem Fortschritt, die Gemeinden blieben lieber unter sich, verkehrten geschäftlich und privat lieber mit Sachsen, die Jugend war ungeduldig und haute ab ins Ausland, und der Weltkrieg übergab Siebenbürgen den Rumänen. Nun, denkt Leontine. Nun zahlen wir für die Nachlässigkeit, uns nicht weitere Gedanken um die Privilegien gemacht zu haben. Etwa, wie wir sie uns selbst gegenüber rechtfertigen konnten. »Nicht einen Deut von deinem Sachsenrecht sollst du dir nehmen lassen, kein Jota nachgeben«, wird jedem sächsischen Kind eingeschärft. Assimilation um keinen Preis. Ist das vernünftig?

Noch heftiger als die Ungarn zuvor stoßen Rumänen sich nun an der Fremdheit der Sachsen. Die Sachsen könnten dankbar sein, dass die Vergeltung nicht weiterging. Was ihnen diesmal das Fell gerettet hat, was der Rumänen Anspruch gedämpft hat, ist ihnen nicht einmal bewusst. Es ist die solide Einfachheit ihrer Lebensführung. Die protestantische Kargheit war ihnen eine feste Burg. Aber vergessen haben die Rumänen nicht. Sie wissen, die Sachsen schaffen nur für sich. Wenn es darauf ankäme, die Sachsen als Mitmenschen in Schutz zu nehmen, wenn Not über die Sachsen käme und Rumänen für deren Rechte geradestehen könnten: Sie wären nicht im Geringsten versucht. Denn die Sachsen haben jederzeit ihnen alles entgegengesetzt, was sie auftreiben konnten. Es war ihre Politik gewesen, die eigenen Privilegien wie Deiche und Dämme dem umgebenden Völkermeer entgegenzustemmen. Sie schafften künstlich Lebensbedingungen für eine Minderheit, die ansonsten in einer Mehrheit aufgegangen wäre. Hat es sich denn rentiert, fragt sich Leontine. Sehen wir uns das Ergebnis an: Wir leben in einer Falle. Sehen wir uns die Methode an: Wir haben unsere Macht systematisch missbraucht, Schwächere um ihr Recht zu bringen. Ist unser Überleben es uns wert? Wobei wir uns rituell untereinander ausheulen und beweihräuchern: Wir sind die Sachsen, die edlen deutschen Koryphäen des Ordnungssinns Südosteuropas.

Was ist es, das wir beschützen? Wie kommt es, dass die Zuneigung zum Gleichartigen stärker ist, als der Instinkt zu überleben? Haben wir diese Zuneigung herangebildet, um zu überleben, und können nun nicht anders? Hier, denkt Leontine, hier hätten die Gelehrten weiterdenken sollen. Etwas flutet in sie hinein, eine tintige Energie aus Scham und Wut. Was war geschehen? Am Anfang war eine Schicksalsgemeinde, die auf sich selbst zurückgeworfen war. Es geschah ein ethnographisches Mirakel, dass sie nicht dahinschwand. Sie bildete eine harte Oberfläche aus, um ihr weiches Inneres zu schützen. Die Sachsen waren so anheimelnd nett zueinander. Ihre Sipp- und Nachbarschaften in Dorf und Stadt eng vertraut, jauchzend und frohlockend, unter sich zu sein. Es ging allen mehr oder weniger mittelprächtig. Man lebte besser als die Rumänen und Zigeuner, denn man war ja auch fleißiger. Er ist nichts für uns, der Kommunismus: Wo bleibt da die Gerechtigkeit? Kommunismus würde uns Arbeitsbienen enteignen und den Drohnen die Frucht unserer Mühe spendieren. Fleißiger und gemeinschaftlicher. Unsere treusorgenden Bienenzüchter. Wie sanft und vorsichtig sie mit uns allen umgehen. Wenn eine Milchkuh oder ein Zugochs sich ein Bein brechen, oder der Stier geschlachtet wird, lassen sie mit dem Nachbarzeichen umsagen, wieviel Kilo jeder Hauswirt kaufen muss, damit

Nachbar oder Gemeinwesen im Unglück keinen Schaden nehmen. Wie sie für alle Fürsorgefälle ein gutes Wort, Unterschlupf und Nutzen finden. Wie sie uns bilden. Leontine bricht der Schweiß aus, als sie oben auf der Stufe im Rathaus Halt macht und vom Fenster über den Kirchhof hinaussieht. Das Monument der Gefallenen im Weltkrieg muss direkt gegenüber stehen. Es ist zu dunkel. Nur die hohen gotischen Spitzbogenfenster des Mittelschiffs dahinter fangen hier und da einen Schimmer. Es rumort und prasselt mit Lachen hinter der schweren Tür zum Gemeindesaal. Auf dem Fenstersims vor ihr flackert eine Kerze. Jemand kommt. Leontine dreht sich auf ihren Absätzen. Ihr Mantel klatscht schwer an ihre Schenkel.

»Und ich sag zu ihr«, klingt eine Frauenstimme die Treppe hoch, »komm mit, dass du was lernst. Nein, nein, ich bleib lieber zu Hause. Ich weiß genau, was dort jetzt abgeht: Kaum sind wir außer Haus, geht sie mit den deutschen Soldaten in den Keller und sie tanzt mit jedem der Reihe nach, und nach zwei Polkas kommt die Liese von nebenan dazu und es gibt Trubel, bis wir wieder zurück sind. Mein Jürgen steht Schmiere und ist in der Früh nicht aus dem Bett zu kriegen. So geht das, seit sie die Wehrmacht bei uns einquartiert haben!«

»Ach, lass sie nur. Sie ist konfirmiert.«

»Sechzehn Jahre alt! Sie braucht nicht diese radikalen Dinge zu wissen, von Eheweihe unter einer Weide – oder einer Eiche? – und Blutzeugen.«

»Du meinst, Kinder dem Führer zeugen.«

Vortragsabend im Zeidner Rathaus
Dienstag, 21. Januar 1941, 17.23 Uhr

Braucht nicht zu wissen, wiederholt Leontine. Sie muss ihren Mantel loswerden, bevor sie in den Saal geht. Sie kann keine Minute mit Mantel im geheizten Raum ertragen. Das Gebäude klingt leer. Ihre Schritte hallen den Gang entlang. Links und rechts die wohlbekannten Drucke hinter Glas, Luther, Melanchton, Kaiser Josef II., Kriegshelden, Urkunden, Hitler. Im Speisesaal will sie ablegen. Sie drückt die Klinke hinunter und stockt geblendet. Kronleuchter strahlen, und auf Tischen brennen zusätzliche Lampen. Dutzende Augenpaare richten sich auf sie in einer gleichzeitigen Schwingung. Ihr Blick ist vom Aufprall des Lichts gespalten, vernarbt unter der Rührung von abertausend Wimpernschlägen. Ich sehe einen Cherubim, denkt Leontine. Herfurth, Fritz und ein Unbekannter im Arztkittel füllen Formulare aus, wiegen, messen und beraten. Um sie drängt sich ein Pulk Neunzehnjähriger in Unterhosen. Andere stehen Spalier und rauchen. Ihr Atem steigt und stammelt in violetten Schwaden unter dem Plafond. Männlich. Cherubim sind also männlich. Im harten elektrischen Licht scheint ihre Blöße durch. Leontine sieht einen gedehnten Augenblick lang, als sich alle Hälse mit der gleichen Bewegung nach ihr drehen, dass Knochen leuchten. Ihr Eintritt in diesen Raum ist verboten. Sie ahnte es nicht, und sie haben es nicht zu verhindern gewusst. Was in diesem Raum geschieht, ist verboten. Leontine kennt jeden der Jungen mit Namen, Adresse und Stammbaum und alle Namen ihrer Pferde, Ochsen und Büffel folgen drauf. Sie weiß, welche Geschichte jeder am liebsten gehört hat. Noch Intimeres ist ihr vertraut, als die Blöße vor ihren Augen. Was in diesem Raum geschieht, macht sie strafbar. Die Blicke der Jungen auf ihr, ihr torpides Abwarten, dass sie Stellung nimmt. Der Blick der Ärzte, herausfordernd, schadenfroh: Sie wird sich abfinden müssen. Was sie tun, hilft schließlich den Jungen. Ihr Einschmuggeln in die Waffen-SS bewahrt sie vor dem Dienst im rumänischen Militär. Will sie denn, dass sie die Prügelknaben ihrer Kompanien abgeben? Hat man sie dafür erzogen? Hat sie ihre Nachmittage mit ihnen dafür vertan, dass sie wie Flachs gebrochen werden?

Sie verschnauft im Dunkeln, während die Tür hinter ihr zuschnappt. Ihr Haarknoten klebt in ihrem Nacken. Sie steigt aus ihrem Mantel und zupft ihr Kleid zurecht. Wie kommt es, dass sie ihr Haus bewusster wahrnimmt, wenn sie fort ist?

Sie spürt, wie in den Stallungen die weißgetünchten Wände aneinanderreiben, die Augenblicke in Grieß ausmessen und auf ausgedienten Spinnennetzen in allen Ecken wie auf Waagschalen anhäufen. Sie spürt, wie sie den Putz mit nackten Händen wegbrechen könnte, als wäre er Ingwerkeks, Honigkuchen, Pfeffernuss. Das Mauerwerk ist dick, aus Kalkbruchsteinen mit Kalkmörtel zusammengehalten. Leontine kratzt mit ihren Fingernägeln über die spröden Poren und greift krachend durch, wo die Wände aufreißen, hängt gefangen im Stock wie ein mittelalterlicher Verbrecher. Ihre Haut zerschabt in der Wand. Diese Steine splittern und raspeln. Sie kann ihre Arme nicht mehr befreien. Sie denkt wie ein Gewaltopfer: Je mehr ich mich wehre, desto weher tut es. Lehnt ihr Gesicht erschöpft an die Wand. Fest gedrängte Formen pressen sich in ihre Wangen und Brüste. Sie schielt an der Wand hinunter und erkennt im Ebenmaß der geschichteten Teile die ruhige Ordnung des Ossuariums. Sie steckt ellbogentief in einem Beinhaus. Es ist nicht wie damals, als sie zu ihrem großen Schrecken durch den Leib ihres Liebhabers durchgriff. Das war etwas anders. Als Leontine sein glänzend lasiertes Kreuz abtastete und beide Hände in den Tiegel Schweiß am Ende eintauchte, streifte sie unerwartet an seinem Rückgrat vorbei und fand zu ihrem eigenen Körper. Diesmal ist sie fest auf ihrer Seite stecken geblieben. Hinter verschlossener Tür in ihrem grellen Raum rascheln drei Ärzte mit ihren Papieren, wobei Leontine direkt in den Karner spaziert. Übrigens, Fritz. Im Mittelalter gab es bei uns den Arztberuf gar nicht. Vielleicht hätte ein Arzt es in der Fleischhackerzunft zu etwas gebracht. Karnifex.

Solange sie lebt, wird sie fähige Genossen aus der Bauernschicht zu sticheln wissen. Ihr Blick auf Albert hat die Pointe behalten von: wozu so viel Aufhebens, dass du kommst, wieder kommst, mach dass du kommst. Nicht seit Bischof Georg Daniel Teutsch seine Generalkirchenvisitationen durchs Burzenland gemacht hat... Mit berittenen Banderien von der Hattertgrenze abgeholt und von der Gemeinde unter Glockenläuten und Jubel zur Kirche geleitet. Dort predigte der eminente Historiker die Geschichte der Gemeinde als Goldader heran, als Gottes Gabe ans Burzenland, validierte den Weg des Sachsentums aus der Vergangenheit in die Zukunft hinein, obwohl er zu klug war, um nicht zu begreifen, woher der Wind eigentlich wehte. Er glaubte sogar selbst, was er im ungarischen Reichstag vortrug: dass das Deutschtum der Sachsen nach wie vor berufen sei, als Stütze des Staates zu wirken. Zugegeben, um die Zeit lösten Sachsen ihre Zünfte auf und begannen ihre Industrie langsam zu entwickeln, wobei der ungarische Staat die Holzschnitzerei und Korbflechterei im Land förderte. Was den Sachsen ein süffisantes Zwinkern entlockte. Teutsch selbst tat sein Bestes und regte die Gründung von Spar- und Vorschussvereinen an. Aber ach, war er nicht sentimental um das Altertümliche gelaunt. Wie er bei jeder Kirchenvisitation auf jeden alten Turm steigen musste, allein mit den Glocken gelassen werden wollte, um ihren Klang zu hören, ihr Alter zu deuten, dito jeden alten Abendmahlkelch, Kuhhaut in der Kirchenlade und Insektenfährte im Kirchenbuch. Und jetzt hängen sie den Aviatiker an die große Glocke, der sich als Kind Erlaubnis ausbat, alle Maschinen der Stadt zu bedienen, der nur Blech isst und Motoröl trinkt und vom Rost der Geschichte herzlich wenig hält. Und sie hören auf den Arzt und seine Bazillenlehre mehr als auf den Pfarrer, treiben lieber Sport als zu beten.

Was den Sachsen mangelt, denkt Leontine, ist indigene Selbstverständlichkeit. Dass wir endlich einmal nicht mehr rechtfertigen, unsere Existenz erklären und Meldung erstatten müssen, wer wir sind, wie wir hergekommen sind, wieso wir leben wollen, so wie wir wollen, wieso wir uns unterstehen, hier zu leben. Als unsere Soldaten im Sommer in die Waffen-SS eingingen und endlich glaubten, jetzt nicht mehr gequetscht zu werden, rückten die Reichsdeutschen an wie ein Rudel Schakale, die Fäulnis wittern, die wundgelegene Stelle unserer Impotenz im unklug gewählten

Standort, und fragten lauernd, wo unsere Jungen herkämen, was sie, Zigeuner vom Balkan, Zigeuner des Antonescu, die wohl freiwillig dazukamen, weil sie zu Hause nichts zu fressen hätten, denn in einer deutschen Armee erreichen wollten? Unsere Jungen hatten andere Vorstellungen gehegt. Nach der Erleichterung, den Schikanen rumänischer Soldaten entgangen zu sein, gewann die Erwartung überhand, vielleicht schon jetzt jener sagenhaften Gemeinschaft einverleibt zu werden, die uns nicht als Fremdkörper bekämpft. Der salbungsvolle Körper der Nation. Man bedenke, es ist eine lange Qual. Das Herumstochern, das ständige Sondieren unserer Fremdheit.

Laut Leontine schulden die Sachsen den Reichsdeutschen, Ungarn, Rumänen und anderen Interessenten aber eine modernere Geschichte als: Wir sind Zivilisierte. Es stimmt nämlich nicht, meint sie. Wir verwalten unsere Notdurft besser als die anderen Südosteuropäer. Und das wär's dann. Wir leben in Harnisch in einem immerwährenden Zustand der Belagerung. Geben wir zu, dass wir nach Deutschland ausrücken, um den Harnisch endlich ablegen zu dürfen. Geben wir zu, dass der Aufwand, in Harnisch gelebt zu haben, uns alt aussehen lässt. Geben wir zu, dass wir unmündig sind. Ich zweifle, ob unsere Humanisten überhaupt selbst über den sächsischen Tellerrand sehen konnten. Sie mochten über die Denkfreiheiten von Kant, Goethe und Schiller unterhaltsam reden, nahmen aber an, dass sie Binnenwerte der deutschen Kultur waren. Die einem Zigeuner am Straßenrand aufzubinden, zum Beispiel, wäre unflätiger Zirkus, wie das kostümierte Äffchen am Leierkasten. Unsere strammen Sachsen gehen breitbeinig durch die Straßen Wiens oder Berlins, wir sind deutsche Kolonisten aus Südosteuropa, die Reichsdeutschen scheel und sauer, als gäben wir falsche Auskunft. Und sie haben recht. Wir sind Gescheiterte. Seid gut zu uns. Haut uns nicht über die Ohren. Der Harnisch war schwer.

»Komm zu mir«, hatte Albert zu ihr gesagt, die ersten Worte, die er an sie richtete, seit er zurückgekehrt war. Doch Leontine war am Morgen in den Zug nach Freck gestiegen, sie hatte genug vom Kronstädter Lärm und Wirbel um das bevorstehende Fest, bei dem Albert seine große Idee an Kapitalanleger vermitteln sollte, etwas mit Flieger chartern zum Vergnügen oder zum Transport. Er hatte zwei Schauflüge am Morgen getan, nachdem die Sonne den Herbstnebel weggebrannt hatte, über Berg und Tal in glänzenden Primärfarben, hatte sich am Tag festlich empfangen lassen und sollte am Nachmittag die Finanziers im Hotel Krone unterhalten. Wie hatte er es geschafft, noch vor Sonnenuntergang nach Freck zu gelangen? Leontine hatte sich davongemacht, sie hatte ihren Ölmantel und Rucksack mitgenommen und den Tag im Archiv des Brukenthalschen Sommerschlosses verbracht, die Qualität des biegsamen Papieres befühlend, bedauernd, dass man so wenig Gutes seitdem geschöpft hatte. Das Papier im Handel vergilbte auf seinem Stapel. Zeitungspapier verfiel schneller, als sich die Machtverhältnisse der Protagonisten darin verschoben. Heuer ist 1913, rechnete sie, so in zwei Jahren ist die Hundertjahrfeier des Wiener Kongresses fällig. Sie saß gebeugt über den Haushaltsbüchern Brukenthals im Nebenzimmer der Bibliothek, das dunkel und kühl war, und hörte das Schleifen der Sonnenstrahlen auf den Dielen, das Rieseln der Sonnenstäubchen, die sich in den luftigen Räumen der Sommerresidenz zerrieben. Sie hatte im Pfarrhaus in Freck zwar vorgesprochen, aber nichts Festes für die Nacht vereinbart. Leontine hatte schon oft zu später Stunde angeklopft, sogar nachdem alle zu Bett gegangen waren, und entdeckt, dass die Magd ein Bett in einem Gästezimmer für sie hergerichtet hatte. Der Pfarrer war jung und Leontine nobel genug, dass es seiner blindwütig neidischen Gattin nicht suspekt auffiel, wenn er Leontine diesen stetigen Dienst erwies.

Spät an jenem Abend saß Leontine lange auf der Bettkante, horchte den Nachtgeräuschen nach und spürte das Rumoren einer köstlichen Tinte in sich, wie der Tintenfisch im Meer in einem Moment der Hellsichtigkeit seine schwarze Essenz im Munde einer Tischgesellschaft Matrosen schmeckt. In einem Reindl stand Pfefferminztee und daneben zwei Stück Zwieback, mit Zucker überbacken, fast so gut wie vom Weißbäcker Siegens in Kronstadt. Leontine wusch sich die Füße in kaltem Wasser und ging auf einer Länge Handtuch zu ihrem Bett, am Konsoltisch verweilend, wo sie ihre Flechten mit beiden Händen hochhielt und mit vorgestülpten Lippen die Ölmembrane auf dem Pfefferminztee durchbrach und in langen Zügen den Tee aufsaugte, ohne den Blättermulch darunter zu rühren. Sie hatte sich tagsüber vorgestellt, dass sich das Burzenland von Westen nach Osten neigte, dass seine Bewohner in der Ecke bei Kronstadt zusammenliefen und koagulierten wie Quecksilber. Etwas wie Steppenwind und dessen Geräumigkeit kam über den Horizont bei Freck. Leontine kam sich wie der Maat vor, der bei hoher See das Steuerruder unbemannt findet. Unten in der Kapitänskabine wird jemand gefeiert, zum Retter gekürt. Sie durchliest die Haushaltsbücher des Barons, sie entziffert im Leben des Erlauchten, des Freimaurers, des Dunkelmannes eine Lebensführung, die es eher vermochte, dem Idealen Substanz zu verschaffen, als sein politisches Gebaren besagt.

Die Pflanzen, die der Baron sich für den Garten bestellt hatte, kamen aus allen Ecken der Welt. Die Arche Brukenthals sollte in gerecht proportionalem Maß die Botanik der Erde vertreten. Im Landtag Siebenbürgens hatte die rumänische Mehrheitsbevölkerung kein Mitspracherecht. Leontines Bleistift brach ab. In der Sommerküche des Pfarrhauses buken sie Baumstritzel für eine Hochzeit. Die Hitze lockte die quengligen kleinen Fliegen schwarmweise an, sie verlangsamten und krallten sich ein, wenn sie landeten, wie vor einem Regensturm. Leontine glaubte, sie von ihrem kühlen Sitz im Lustschloss hören zu können.

Besonders laut, als der Herbsttag sein letztes Feuer himmelwärts hauchte. Leontine spitzte ihren Bleistift und ging in den Garten, überlegend, ob sie den Zug nach Kronstadt noch heute Abend nehmen sollte. Das Licht schlug golden auf ihre Netzhaut. Ihre Füße liefen ihr voraus, sie wollten zum Zug eilen, es gab bestimmt einen Ball oder eine Soirée irgendwo in Kronstadt, wo der Retter der Welt heute Abend präsidierte, wo er leutselig in Sekt und Duftstoffen schwelgte. Ihr Bedürfnis nach ihm war nicht weiblich, es schlug aus ihr aus wie eine Keule. Sie lachte über sich wie damals, als sie elf- oder zwölfjährig einmal beim Anziehn die Enden ihres Strickschals unter den Mantel unversehens zwischen ihre Beine geklemmt hatte, und, eilig die Langgasse entlang hastend, perplex entdeckte, dass ein Schauer nervenzerrenden Gefühls sich in einem schweren Strang über die Mitte ihres Beckens zum Hals empor hob. Sie ging weiter und fürchtete, ein Mann geworden zu sein. Vielleicht war der Mantel verhext. So ergeht es also einem Mann, wusste sie seitdem. Man schiebt einen nervigen Pavillon vor sich her, den zu manövrieren man lernen muss, wohin nichts garantiert ist und wobei die Aufstellung unverrichteter Dinge misslich abschlaffen kann. Verzwickt, räumte Leontine stirnrunzelnd ein. Das ist der einzige legitime Grund, einen Mann ungestört zu belassen, wenn seine Wahl eins treffen könnte. Wo für Leontine eh' keine Gefahr bestand.

In den Wochen, seit Albert aus Deutschland zurückgekehrt war, hat er sie nicht ein Mal aufgesucht. Sie hatte die meiste Zeit daheim verbracht. Aus gutem Grund. Wenn sie auf der Straße einem Mannsbild begegnete, das Albert ungefähr ähnlich sah, transponierte ihre Wahrnehmung Alberts Gesicht auf seine Züge, so dass sie regelmäßig völlig aus dem Häuschen geriet und erst im letzten Moment den Irrtum erkannte. Es war aufreibend. Albert war kein hohlwangiger Honterianer. Er war ein hochgewachsener Sachse, dessen Blick einen Raum aus einem toten Wasser in eine Versammlung elektrischer Aale wandeln konnte.

Zwei Freundinnen Leontines hatten seinetwegen schon ihre Verlobungen aufgelöst. Die wildesten Gerüchte sprachen sich herum. Er soll eine Flugzeugfabrik in Weidenbach gründen wollen. Er soll eine der höchsten Töchter Kronstadts, eine, sagte man zwinkernd, die bei Gesellschaften laut lachte und sich besonders frei dünkte, in sein Flugzeug hochgenommen und viel später als versprochen ihrer Familie zurückgegeben haben. Er soll seine Zeit meistens zu Hause in Zeiden mit dem Dorftrottel Joseph, einem kindlichen Simpel, in der Werkstatt vertun. Er soll gar keine Absicht haben, hier zu bleiben, sondern würde nur seine Angelegenheiten in Ordnung bringen, um auszuwandern.

Leontine seufzte unter dem grünen Gefieder der Bambusse aus Labuan. An der Rinde eines morschen Baumes warf sie ein Zündholz an und merkte, dass es einer der Ölbäume aus dem Heiligen Land war. Sie trat weg, ängstlich, dass der Baum nicht wie eine Fackel aufflammte, und zog an ihrer Zigarette. Irgendwo, unter ihren Füßen, lagen ausgestorbene Tabakpflanzen aus Havanna. Und jene verkümmerten Rohre in einem Dickicht, graubraun, vielleicht die Überbleibsel des Zuckerrohrs, das Brukenthal aus Louisiana einfahren ließ. Als die Magd aus dem Pfarrhaus näher kam, drehte sich Leontine unbeherrscht weg und raste beim Gedanken, dass ihresgleichen den Garten auf den Hund kommen ließen, höchstwahrscheinlich erleichtert, weil eine lästige Komplikation sich so von selbst erledigte.

»Ich soll fragen, Fräulein Philippi, wann ich zusperren kommen kann.«

»Morgen ist Hochzeit?«

»Morgen ist Hochzeit, so ist es, wir gehen früh zu Bett, morgen wird ein langer Tag.«

»Ich kann selbst zusperren und die Schlüssel beim Pfarrhaus abgeben. Über die Mauer werfen, besser noch, wenn es spät wird.«

»Ich soll sagen, von der Frau Pfarrerin.« Alle Zimmer bis auf ihres waren angeblich besetzt. Doch Leontine wollte sich beide Möglichkeiten, zu bleiben und zu gehen, offenhalten.

»Schon gut, Trude, ich sag doch, ich bring die Schlüssel, wenn ich mich aufmache. Jetzt geh bitte, ich bin beschäftigt.«

Die Magd war zu alt für solche Kaprizen. Leontine sagte etwas freundlicher:

»Es ist so vereinbart, Trude, lass nach Belieben den Schlüsselbund in dem Vogelbad dort beim Eingang zurück. Wenn ich ihn an mir habe, rasselt er mir die Ohren voll wie Schweizer Kuhschellen.«

Hier, dachte Leontine, und legte sich unter die vergilbten Schirme von Mangold auf ihren Öltuchmantel. Die Sonne wollte es nicht wahrhaben, dass schon Oktober war. Hier, mit Brukenthal, hätte sich unser Schicksal wenden können. Er war aufgeklärt. Ein Lebemann, Kunstsammler, Fortschrittlicher. Der einzige Sachse, der das Amt des Gouverneurs in den zwei langen Jahrhunderten Habsburg in Siebenbürgen bekleidete. Ausgerechnet zur Zeit der josefinischen Toleranzpatente. Ein Schatten huschte über Leontines Lider. Das ist die Höhe. Jetzt sehe ich schon Alberts Gesicht der Trude an.

Auf Ellbogen abgestützt starrte Leontine in Alberts Augen. Er hatte Schmierspuren von Staub und Schweiß auf Augenbrauen und Oberlippe. Warum fiel ihr sowas ein.

»Du störst.« Alles ist leicht und fließend, wenn er da ist. Er schiebt die Mangoldlappen auseinander und lässt sich neben Leontine fallen. Er greift nach ihrer Hand. Seine Haut ist trocken und knistert, dass Leontine ihre Hand an Stellen umfasst fühlt, die er gar nicht berührt. Was man heutzutage nicht alles im Bordell lernt.

»Aus diesem Winkel gesehen, sind deine Augen enzianblau.« Das kann sie nicht gewusst haben.

»Was hat das mit dir zu tun?«

»Ich habe mir dein Gesicht so oft vorgestellt, es ist verblüffend, dass du anders aussiehst.«

»Mein Aussehen ist meine Angelegenheit«, sagt sie überdeutlich, wie man ein schwachsinniges Kind das Dividieren lehrt.

Vielleicht hört sie bald, dass ihre Fesseln wie die einer Gemse sind und ihre Brustspitzen wie glotzende Rehaugen. Dass Männer glauben, einem zu schmeicheln, wenn sie uns Biestern angleichen.

»Darum komme ich, dich zu sprechen.« Seine Stimme ist von unterschwelliger Begeisterung getrieben. Er genießt es. »Deiner Person, mit allem, was sie vermag, will ich mich empfehlen.« Was spukt denn um? Hält Brukenthals Geist Hof?

»Aha.«

»Komm zu mir.«

»Aha?«

»Die Erde ist groß. Wir müssen nicht am Ende der Welt unsere Zelte aufschlagen. Von der Öffentlichkeit in Siebenbürgen versprechen wir uns nicht viel. Du hast es wahrscheinlich schon herausgefunden, warum es bei den Sachsen mit der Kultur hapert. Ich will es gerne von dir hören. Was mich betrifft, ich kann nicht mit ansehen, wie unsere Führung das Volk ins offene Messer laufen lässt. Sie wollen nicht wissen, dass Zusammenarbeit mit Ungarn, Juden und Rumänen eine Lösung ist. Wenn überhaupt«, er zieht jedes Wort in die Länge, »von einem zentralen Kreditinstitut die Rede sein darf, dann nur für die deutschen Siedlungsgebiete.« Albert lässt ihre Hand los und stützt sich auf seine Ellbogen. »Wir stagnieren und machen uns unbeliebt. Statt Penunzen verspricht unsere Führung uns kulturelles Kapital. Deutsche Blutwurst um Kulturschwarten geronnen. Es ist Windhandel. Es ist nichts.«

»Aha.«

»Komm zu mir.« Das Lächeln, das um seinen adretten Schnurrbart spielt, tut ihr unendlich leid. Es ist ein Relikt des Jungen, der sich nicht sicher war, der sich nicht traute, ihr Avancen zu machen. In der Arktis friert das Meer zu. Es dunkelt schnell. Der Wind hat die ganze Zeit zugenommen, und nun neigen sich die Büsche über ihnen. Ameisen hatten anfangs ihre Arme und Stiefel bewandert, kamen aber nicht zurück.

»Du bist her... geflogen?« Sein Lächeln spaltet sich kurz, und seine Zähne glänzen wonnig, eh er sich zusammennimmt. Diese

210

Zaghaftigkeit der Frau, die Leontine geworden ist, hat er privat unersättlich beschworen. Ihren rechten Beckenknochen in einer Hand zu fassen, er hielte ihn hoch wie ein Kaiser einen Reichsapfel.

»Spät am Nachmittag. Die Maschine ist startbereit, keine zehn Minuten weg von hier. Darf ich dich nach Hause fliegen?« Es ist dämmrig, aber in Kronstadt kann er landen ohne hinzusehen.

»Ich kann nicht.«

»Höhenangst?« Sie schüttelt den Kopf. »Aha. Das andere also. Du kannst meine Frau nicht werden.« Seine Stimme ist tief und gefasst, von einer galgenhumorigen Inflexion aufgehäuft. Das ist der Schneid, das unverwüstliche Löwenmark, das man sich beim Aufstieg in der Welt zulegt. Kein reicher Leute Kind wird sich je so viel Mühe um sie geben.

»Ich kann nicht weggehen, bis ich sehe, wie diese Geschichte ausgeht. So wie du verstehen musst, wie ein Flieger abhebt. Es ist leider Gottes meine Geschichte. Ich verstehe genug, um zu wissen, dass sie von Spannung kracht. Wohl ein morbider Zwang, aber ich kann nicht anders, ich muss mir ansehen, wohin ihr Bogen uns abfeuert. Deine Zeidner haben einen Wunderkreis in die Wiese beim Schulfest geschnitten. Ein Labyrinth, nicht wahr, auf dem man spaziert und zwangsmäßig näher und näher der Mitte kommt.« Sie denkt, »meine Aufgabe ist, unseren vergangenen und gegenwärtigen Lauf mit dem zu verbinden, was kommt.« Aber sie kann es nicht sagen.

»Damit unser Volk und die Welt sehen, wo uns solche Lebensführung landet?«

Sie dreht sich Albert zu. Ihre Schultern sind halb so breit wie seine.

»Zuallererst ist es meine Angelegenheit. Ich kann nicht sein, wenn ich diese Geschichte nicht verstehe. Ich kann sie nicht ändern, aber im Einzelnen nachzeichnen muss ich sie.« Jenseits der Mauern des Gartens treibt ein Hirte eine Herde Kühe von der Hutweide ins Dorf. Ihre Hufe knautschen auf Sand, und der Duft ihrer schwappenden Euter weht in den Garten, als sie längst vorbei sind. Leontine ist seltsam zumute. Sie hat kein Bedürfnis zu wissen, was zukünftig geschehen wird. Ihr Hirn stellt die Fackel ein, die den nächsten und übernächsten Augenblick belichtet. Sie hat in Alberts Gegenwart die Gewissheit, im Moment nichts falsch machen zu können. In ihren Interkostalmuskeln verbreitet sich ein Ziehen und löst sich, wie wenn man den Boden unter den Füßen verliert. Ich bin in seiner Geschichte, denkt sie benommen. Sie hört ihn erzählen; von den Everglades, den Highlands, einem Städtchen bei der Ancre.

»Encre, wie Tinte?«

»Nein. Wie Anker. An der Somme.«

Von Berlin, wo er mit dem neuesten Schreibmaschinenmodell auf dem Fußabstreifer ihrer Wohnung stehen würde. Von New York, wo Mütter ihre Babys in Käfigen an den Mauern der Hochhäuser in die frische Luft hängen. »Komm zu mir«, sagt er. Im Morgengrauen hört sie einen Motor in der Ferne mit Lärm anspringen, und die ganze Garnitur von Schlafenden im Pfarrhof, wo sie bei Licht besehen eingebrochen wäre, bei Nacht jedoch elfenbeinig eindrang, dreht sich gleichzeitig im Schlaf von einer Seite auf die andere und ächzt. Sie fand in ihrem Zimmer alles am Platz. Zwei Stück Zwieback machten ihr die üblichen Vorhaltungen, von ebensoguter Qualität zu sein wie der berühmte aus der Weißbäckerei am Rosenanger. Sie trank den Tee aus und sah in den Spiegel über dem Konsoltisch. Ihre Füße trockneten sich auf dem Handtuch am Boden, das graue Leintuch mit der gelegentlichen Flachsfaser drin umfasste schlapp ihre Haut und glich allmählich die Kälte ihrer Extremitäten mit der Wärme ihrer verschmusten Schamlippen aus. Sie spürte die Konsistenz jedes Körpers der Wirklichkeit, als wäre es ihr eigener. Sie glänzte wie der Zinnteller, sie war flüssig wie Wasser und sank in den Schlaf wie ein Anker.

»Komm zu dir!«, zischt Herfurth und schlägt ihr leicht auf die Wangen. Ihr Mantel ist in gigantische Manschetten um ihre Hände gewunden. Sie muss bewusstlos geworden sein, als sie an der Wand lehnte, um sich zu beruhigen. Hinter Herfurth stehen Männer, unentschieden, was zu tun ist.

»Wer ist das?«, fragt eine Stimme, klar und kindlich wie eine Silberglocke.

»Unsere eigene Else Lasker-Schüler«, kichert Fritz. »Sie ist noch nicht über den Jordan, keine Sorge. Herfurth wird sie mitbringen. Alles abgemacht.« Sie gehen in den Saal. Fritz lässt dem Jüngeren den Vortritt.

»Nimm dich zusammen«, barsch und väterlich wie Herfurth klingt, erinnert er Leontine daran, warum Eltern ihr immer suspekt waren: Sie haben uneingeschränkte Herrschaft über ein Kind. Obwohl sächsische Eltern, anders als die oft schockierend rabenelterlichen reichsdeutschen, jeden Spross für unersetzlich halten und sich ihretwegen krumm und lahm arbeiten. Solange man ihnen folgt. Sie stützt sich an seine Seite und geht einige Schritte.

»Eins muss ich aber wissen. Wie du das Metermaß in deine Westentasche eingepackt hast, muss es dir doch gedämmert haben, dass man diese Jungen für die Waffen-SS selektiert. Über 1,70 m groß?«

»Na und?«

»Du nimmst es in Kauf«, ihre Stimme entlockt dem Gewölbe ein Echo auf au, »dass sie der ideologischen Armee übergeben werden? Denkst du, ihre Grausamkeitsgelübde sind lauter Theater?«

»Es heisst, sie werden dort eingesetzt, wo es am brenzligsten ist. Besser sie sollen treten, als getreten werden. Dazu stehe ich.« Er stößt resolut die Tür auf, und die dicke Luft der Unterhaltung weht ihnen entgegen.

»Fräulein Philippi!«

Es geht los. Der Gemeindesaal ist überfüllt. Herfurth hat sich mit ihrem Mantel davongemacht. Ihr Kleid haftet an ihren Strümpfen, aber sie hält sich gerade und die Gewichte in den Säumen entspannen den Stoff abwärts. Zuerst den Pfarrer. Wo ist er nur. »Und ich sag zu ihm, Oberführer Rodde, mir steht einfach alles, alles aus antiken Kulturen. Wenn es mehr als zweitausend Jahre alt ist – her damit!« Das muss die Frau Pfarrerin sein. Eine Lehrerin vernarrt in Archäologie, stolz darauf, nur Schmuck zu tragen, den man beim Pflügen ausgräbt. Leontine lächelt ihr zu: gewöhnungsbedürftig. Der Pfarrer hat erst zwei Jahre das Zeidner Amt inne.

»Herr Pfarrer, Sie haben sich bestimmt nicht so eine wechselhafte Amtszeit gewünscht.«

»Fräulein Philippi, ich kann nicht klagen. Wir haben eine neue Schule gebaut und eingeweiht, es wird zu einer Renovierung unserer Kassettendecke in der Kirche kommen: Ein handwerkliches Meisterstück von über zweihundert Jahren wird uns erhalten werden. Wer weiß, wohin die neue Zeit uns bringt.«

»Vorerst müssen wir einen Krieg abwettern. Was antworten wir dem Auswärtigen Amt in Berlin? Die Anordnung war, ab sofort dem Einberufungsbefehl in die rumänische Armee zu folgen.«

»Ich kann es unseren Jungen nicht übelnehmen, dass sie lieber bei den Deutschen kämpfen als bei den Rumänen. Sie können nicht aufhören, vom Tornister des Wehrmachtsoldaten zu schwafeln. Imago mundi!«, er lächelt sie an, seitlich und unwiderstehlich. »Der Jahrgang 21 wäre vom Fleck weg mit der Aktion im letzten Sommer mitgefahren, aber sie waren nicht alt genug. Dann war abrupt Schluss. Zur rumänischen Armee und kein Pardon. Unsere Buben haben ihre Entscheidung getroffen. Sie haben sogar die Taxe aufgetrieben, kein Leichtes. Dann ist es nur noch eine Frage der Logistik. Ich selbst kann davon freilich nicht im Bilde sein.« Unversehens hat Leontine ihre Lippen mit der Hand umklammert.

»Sie wüssten also nicht, wie teuer eine Rekrutierung in die Waffen-SS heuer kostet?«

»Ich weiß es nicht. Man redet von 10.000 Lei. Es ist alles sehr ordentlich organisiert. Mit dem Transport der Wehrmacht über die neue Grenze bei Grosswardein in Ungarn hinein. Der Transport an sich ist nichts – es kosten die Schmiergelder an Grenzer und Mittelsmänner in Ungarn, alles über unsere Kriegsdienststelle geregelt, streng vertraulich. Schweigen ist … Gold. Der Herr mit der Doktortasche neben dem Kachelofen – das ist kein Arzt, das ist Johann Tittes, untersteht direkt dem Eugen Baatz.«

»Der neue Direktor der Kreditzentrale in Kronstadt«, hört Leontine sich sagen.

Richter Georg Göbbel nickt ihr zu im Vorbeigehen, steht aufrecht wie ein Wurfpfeil und nicht viel höher. Man weiß, er erholt sich nie von dem Schlag, gleich nach der kolossalen Mühe um das Waldbad, das es ohne ihn sicher nicht geben würde, im Jahr 1936, von der Kirche aus seinem Lehrerberuf geekelt worden zu sein. Die Kirche, sein Arbeitgeber, bezog Stellung im Land, und befahl allen ihren Angestellten, aus politischen Verbänden auszutreten oder ihre Posten zu kündigen. *Man kann nicht zwei Herren dienen*: der Kirche und der Deutschen Volkspartei. Lehrer Georg Göbbel, Gründer des Turnvereins und Erlöser des Waldbads, schied also aus dem Lehrerberuf aus. Er ging mit 52 Jahren in die Politik. Er wollte Urgestein bewegen. Jetzt reißt er Wellen von Aufsehen auf, mit seinen breiten Schultern auf etwas kurzem Hals, durch den elektrisierten Raum watend. Der Herr Richter geht um. »Dreht euch nicht um«, säuselt Pfarrer Bell beiläufig in Leontines Ohr. Die alten Fehden hat er diplomatisch beigesetzt. Sie lächelt unwillig und bringt Göbbel zum Stillstand. Er bohrt ihr direkt in die Augen.

»Leontine«, sagt er, eine Spur zu laut. »Rate mal, was meine kleine Enkelin für Geschichten hören will!«

»Doch nicht das Nibelungenlied!«, lacht sie. Der Lehrer war berühmt für seine spannende Erzählart. Er schaffte es, einzelne Episoden in dem Moment zu enden, wo man unbedingt weiter wissen wollte.

»Und Elsa fragte Lohengrin, sag mir, wer du bist.« Nein, nein, ein Waggon voll junger Frauen, aus Wien nach Siebenbürgen zurückkehrend, Turnerinnen des Zeidner Turnvereins, schlugen die Hände über ihre Ohren, hofften, dass sie ihn nun nicht noch fragt, wessen Stammes er ist, hofften, dass vielleicht diesmal er nicht Frau und Kind verlässt, mit seinem Schwan etepetete ausreißt um nichts und wieder nichts. Darauf kündigte Göbbel heiter an, dass der Rest der Geschichte morgen folge. Leontine hatte die ganze Zeit behauptet, mit Siebenbürgen nichts am Hut zu haben, beschämt, mit 28 Frauen zusammenzukommen, die alle den gleichen Hut trugen, verwundert, dass er passte, also auf Maß, aber leider nicht aufs Gesicht passend gearbeitet war. Hatten sie eine Bestellung für *Zeiden* nach Wien vorausgeschickt? Leontine schauderte und gab vor, ihre Le Monde zu lesen. Als Göbbel aber mit dem Nibelungenlied fortsetzte, gab Leontine Le Monde auf. »Kriemhild öffnet am Morgen ihre Tür, und sie stößt auf Widerstand. Etwas wie ein Baumstamm liegt quer vor ihrer Tür, und Kriemhild ärgert sich über die Verwegenheit, ihren Weg verbaut zu haben, ihren Durchgang durch die Zeit gehemmt, ihre königliche Zeit, sie stemmt sich gegen die Tür und haut sie fast aus den Angeln, bis sie nachgibt, und da steht Kriemhild, lose und blass aus tiefem königlichen Schlaf aufgetaucht und starrt besinnungslos auf den Stumpf Fleisch, was einst ihr Siegfried war.« Nein, nein, rufen die jungen Frauen im Eisenbahnwaggon und spüren die Schwingungen der Bahnräder durch ihre durchtrainierten Beine hochkommen, wie Blut sich in Kriemhilds Nachtgewänder hochsaugt, höher und höher rötet, bis es ihr Herz erreicht. Und weiter mit der Geschichte von Kriemhilds Wut geht's morgen, setzte Göbbel heiter hinzu. Sie nannten ihn die Stoppuhr. Nicht, weil er pedantisch darauf bestand, das letzte Modell aus Wien in Turnstunden zu gebrauchen. Oder weil er den Tick kleingewachsener Männer hatte, beim Plaudern von den Zehenspitzen auf die Fußballen zurückzurollen und beim Punkt auf die Fersen zu landen. Sondern wegen der Geschichten. Alle Achtung, dachte Leontine im Zug.

Vortragsabend im Zeidner Rathaus
Dienstag, 21. Januar 1941, 17.56 Uhr

»Metro Goldwyn Meyer«, fuhr Göbbel fort. »Die Kleine will hören, wie Tarzan jedes einzelne Tier im Dschungel bezwingt, wie ihm alle Affen und Schlangen, alle Krokodile und Löwen aufs Wort gehorchen. Ich kann nicht ein einziges Tier auslassen, sie weiß immer ein neues zu nennen, das vergessen wurde. Und dann heißt's von vorne anfangen: Und er begegnet einem Zebra, und das Zebra schlägt aus und lässt sich nicht zähmen, aber er springt von der Liane direkt auf seinen Rücken und heissa ab geht's, zahm das Zebra. So will sie werden, wenn sie groß ist. Wie Tarzan den Dschungel um sich herum beherrschen.« Leontine durchsucht sein Gesicht und liest darin Zeichen von Verschleiss. Schwefelgelbe Verfärbungen unter den Augen, ein rastloses Flackern im Blick, der unnötig herausfordert: Was willst du von mir? Sie spürt den Drang, ihm etwas Gutes zu tun. Er ist wie Mercutio, fällt Leontine ein. Ein Aktivist, der Geschichten liebt und ihr Kräftefeld wahrnimmt, aber im fatalen Fall die Ursachen nicht durchschaut. Mercutio mischt sich in einen Streit mit den Capulets ein, weil er fühlt, dass es um Wichtiges geht. Aber er weiß nicht, worum. Er wird sterben, ohne zu begreifen, was die Gewalt provoziert hat. Das ist das untröstlichste Ende für einen Geschichtenerzähler, denkt Leontine. Giftige Tränen beißen in ihre Augen, als sie ihm sagt:

»Ich bin überzeugt, ich weiß es in meinem Innersten, dass deine Enkelin Gertrud? dass Gertrud eine fabelhafte Erzählerin werden wird.«

»Das glaube ich auch.« Seine Stimme ist tief empfunden, als hätten Leontine und er sich nie entzweit.

»Ich glaube sogar, dass es ihre Wirklichkeit wird, nicht nur ein Märchen.« Wieder der knabenhafte Glockenklang vom Korridor. Ihnen gesellt sich ein junger Mann. Er tritt leichtfüßig in ihren Kreis und fügt seine Gestalt gewandt in ihr Blickfeld.

»Darf ich vorstellen, unser Volksführer Andreas Schmidt. Leontine Philippi.« Er macht sich durchsichtig, denkt Leontine. Gibt vor, mir nichts entgegenzuhalten. Er spiegelt in den Raum die Zuversicht und Hoffnungen jedes Einzelnen zurück. Aber sein Kern ist nicht Glas. Er schneidet Glas wie Diamant. Sie lächelt, zurückhaltend. Er begrüßt es. Sie hat sich nur zurückzulehnen und ihn machen lassen. Gewachsen ist er wie ein Bauer. Sie sieht seine Schaufelhände und breiten Füße, vom Umspannen der Erdschollen hinterm Pflug gespreizt, aber seine Beckenknochen sind Geschmeide aus Murano und er führt mit den Hüften. Er lächelt tastend, vorsichtig, und taucht in ihre Augen ein und aus, während er allegretto klanghaft plaudert. Man hat den Eindruck, jeder im Raum hört ihnen zu. Leontine fühlt sich hilflos. Sie konzentriert sich absichtlich auf Überhörtes. Auf den kindlich blessierten Klang seiner Stimme, wenn er die saftigsten Zoten liefert. »Sie misst 92-62-92«, hört sie ihn unter Kerlen sagen, im bestürzten Ton des Knaben, dem die Welt den unschuldigsten Spaß vereitelt, »aber wer sie küsst, hat einen Aschenbecher ausgeleckt.« Man sagt, es war sein Faible gewesen, Schwestern oder Busenfreundinnen nacheinander zu verführen, und ihnen im höchstpeinlich zugänglichsten Moment ihrer Erregung den gleichen Kosenamen zuzuflüstern. In einem Verlies in seinem Gedächtnis schichten sich Schnappschüsse der Fratzen dieser Frauen: Ihr Absturz in schwärzeste Erkenntnis vom gleißenden Braus der Wallung aufgewiegelt. Er ist wie ich, denkt Leontine. Ein Bewohner der delikat schattierten Zwischenräume der Moderne – zwischen Kind und Erwachsenem, zwischen Mann und seinem Automobil, das er mit Rennfahrerinstinkt fährt. Hinter seinem Rücken nennt man die Landstraße von Kronstadt Nordschleife. Er ist wie ich. Er macht Verbindungen zwischen hier und dort. Mein und dein. In optimalem Glanz schlängelt sich Andreas Schmidt wie eine neue Autobahn von Siebenbürgen nach Deutschland. Die Grenzen sind aufgehoben, und ihr Lichtflimmern verbreitet sich widernatürlich von Nordwesten nach Südosten, poliert jeden Gegenstand gleich gern auf mit einer Aura. Ansonsten ist er ein Filou.

»An allen Schlüsselpositionen kann ich mir Sachsen und Schwaben vorstellen,« sagt er und wiegt sich beim Reden, »so dass Ihre kleine Gertrud einstmals von Amt zu Amt im Raum Ungarn und Rumänien segeln kann und nur mit Unsrigen zu tun hat. Die Ungarn und Rumänen haben uns aus der Verwaltung ausgeschieden, wie sie es sich leisten konnten. Deutschlands Volkstumskampf wird sie nötigen, deutschsprachige Verwalter an diesen Stellen einzusetzen.« In Gedanken sieht Leontine die Jünglinge von eben, die wahrscheinlich inzwischen daheim Abschied nehmen und sich von den Müttern zuviel Proviant in den Koffer packen lassen, in ihren weißen Unterhosen im enormen Glashaus von MGM an lianenartigen Strängen hochturnen, als wären es die ersehnten neuen Turngeräte.

»Und wenn es erst heißt, Vertreter für die deutschen Konzerne in unserem Erdteil auf Achse zu schicken, sind wir so gut wie matrikuliert – auf ihrer Lohnliste«, gesellt sich Walter May hinzu. Der Pressechef Schmidts hatte sich gleichzeitig mit dem Zeidner Lehrer Hans Müller nähergeschoben, vorsorglich seine körperliche Wucht beitragend, damit Müller den Volksgruppenführer nicht spillerig aussehen lässt. Müller bemerkt Leontine nicht. Er beugt sich Göbbel zu, den er in Schule und Turnverein abgelöst hat. Ihre Schultern sind entspannt, obwohl Grund für Antipathie besteht: Müller hat beim Presbyterium so ziemlich alles durchsetzen können, was Göbbel jahrzehntelang verweigert wurde. Irgendwann müssen Die beiden ihre Schultern gemeinsam hochgezogen und eingesehen haben, dass das Malheur unabwendbar gewesen war: Die Presbyter konnten Göbbel nicht mehr riechen. Was er auch immer verlangte, schmeckte nach Vorwurf und Vorhaltung einer Unzulänglichkeit. Einer Schwäche in der tragenden Wand ihres Überbaus. Es gab kein Vokabular dafür. Wenn man, nach allem, was die Gemeinde für eins tut, nicht zufrieden ist, soll man sich schämen und schweigen; das erste Gebot der Sachsen ist »Schäm dich.« Das zweite Gebot der Sachsen ist... Die Presbyter warfen einen Blick auf die hohe Stirn und eng aneinanderliegenden blauen Augen Müllers, und willigten ein, erleichtert, dass es auch so geht, sagten ja zu neuen Turngeräten, Eisplatz, Tennisplatz. Zwei Jahre schon hackt und planiert die Gemeinde an einem neuen Sportplatz herum. Athleten will man jetzt sein! Müller registrierte die Bosheit gar nicht. Er merkte aber, dass der Gemeinde mitsamt Presbyter genau bekannt war, was man beim jeweils letzten Gauturnen für Preise erkämpft hatte, wer beim Weit- und Hochsprung, beim Kugelstoßen, Diskus- und Speerwerfen vorne lag. Obwohl dieser Zeitvertreib weit außerhalb ihres Blickfelds, auf den Waldbadwiesen, bei wöchentlichen Dauerläufen zur Bruzenbrücke und zurück, trainiert wurde. Nachdem Müller zwei unserer Zeidner Mädchen zur Teilnahme am 1938er Reichssportfest in Breslau – Kugelstoßen und Keulenschwingen – ertüchtigte, war die Sache gegessen. Vermessungen begannen im Oktober desselben Jahres, und die Arbeit am neuen Sportplatz kommt gut voran. Vielleicht richten wir es in den Kasernen ein, dass man in Form bleibt, will Müller dem Andreas Schmidt antragen. Aber der redet dauernd von Messerschmitt.

Walter May wird zum Telefon gerufen. Er kommt gleich zurück, deutlich eiliger als zuvor, und entschuldigt Schmidt, der ihn direkt ansieht, in der ditten Person: »Der Volksführer ist zu einem Gespräch mit Bukarest gebeten«, ohne eine Spur von Humor. Stellvertretend führt May das Gespräch weiter, Leontine im Auge behaltend. Sie hat er sofort gegrüßt. Er war es gewesen, der ihr im vergangenen Sommer eine dampfende Tasse Tee in ihrem einstmaligen Porzellan in ihrem einstmaligen Haus gereicht hatte. Das Wiedersehen heute überrascht Leontine. Der Pressechef und die anderen Unterlinge der Entourage beunruhigen sie. Ihr geübtes Auge sucht und findet. Sie fasst hinter sich und greift in einen Schacht Kühle und Festigkeit. Unbemerkt hatte sich der Bankdirektor Misch Foith hinter sie gestellt. Leontine grinst gereizt, denkt an die Paranymphen, die Freunde des Doktoranden, die beim Rigorosum hinter seinem Pult Platz nehmen, um ihn aufzufangen, sollte er mittendrin bewusstlos wegsacken. Wie unnötig. Foiths massive Hand auf ihrem Rücken. Sie federt sicher auf ihren Beinen. Abtreten, abtreten, denkt sie. Foith stellt sich neben sie. Gibt es ein Einziges, das Leontine an Foith nicht stört? Sie sind gleich alt, aber er kümmert sich väterlich um sie. Über einem wortlos geöffneten Zigarettenetui aus Silber wedeln seine Hände einladend. »Frisch aus Ada Kaleh.« In einer anderen Gruppe hört sie Rosa und Gabriel Gross tratschen. Sie kamen heute morgen zurück, mit dem Zug, den auch Maria genommen haben muss, der letzte aus dem Süden des Landes, woher nun vorläufig nichts mehr kam, bis die rumänische Armee oder die Wehrmacht, ist ja alleseins, Ordnung macht. Im Radio sagten sie, man darf in Bukarest nach zehn Uhr nicht auf der Straße sein. Antonescu verspricht in 24 Stunden den normalen Gang wiederherzustellen. Schnee fällt in Zeiden, über den Karpatenbogen bis in die Tiefebene hinunter, auf die Metropole Bukarest mit ihren Seen und Wäldchen rundum. Weiter im Süden streckt die Donau ihr nebliges Band quer über den Horizont. Von Orschowa nimmt man eine Schaluppe und ist gleich an der Donauinsel Ada Kaleh. Sehen kann man nichts. Foith wartet auf eine Antwort. Leontine reizt es, sich eine Zigarette hinters Ohr zu stecken, wie ein Tagelöhner. Stattdessen nimmt sie Foiths Hände in ihre, hebt das Etui an ihre Nase und schnuppert. »Ich rauch nicht mehr«, bedauert sie. »Sehr vernünftig«, knurrt Foith besänftigt. Du hast so gute Manieren, hatte sie vor einer Ewigkeit zu Albert gesagt. Vielleicht das einzige Mal, dass sie etwas Bewunderndes preisgab. Die Wenigkeit des Kompliments tut ihr leid. Ihr Bauernjunge war mit allen Wassern gewaschen aus dem Ausland zurückgekommen. Er antwortete ihr, dass sie überhaupt keine Manieren hätte. Sie sei gut.

»Klinken putzen im Bukarester Außenbüro von Messerschmitt
tun wir nicht,« fährt May fort, »neinein, wir wollen direkt vom
Hauptsitz ausgesucht werden, die AG in Rumänien und Ungarn
zu vertreten.« Sein Hemd steht offen am Hals und die Krawatte
aerodynamisch angewinkelt. Man soll ruhig denken, er trägt sie
nur der Form halber. »Freilich, wenn wir einen Kontakt intern
hätten...«, sein Blick heftet sich stecknadlig an den Saum von
Leontines Kleid. »Wo ist unser Flugpionier Albert Ziegler, wenn
man ihn braucht?«, fragt er lächelnd in den nussgetäfelten Raum
hinein, wo Albert 1913 mit hausgemachter Schülerpoesie und
Sekt gefeiert wurde. »Er hätte ein Vorkämpfer der Bewegung
sein sollen. Bei uns heißt Ehre auch Treue. Hat er denn nicht
zuletzt in Frankreich Maschinen eingeflogen?«

»Nichts Genaues ist hier seit Kriegsbeginn bekannt.« Foith
klingt steif, als würde er lügen. Sein Hals schwillt in den gestärk-
ten Kragen und unglücklichen Schlips hinein.

»Tut nichts, wir sind entschlossen, unsere Volksgenossen um
uns zusammenzuschließen. Ein scharfes Mannschaftsinstrument
aus uns schaffen. Ist unser Ziel.« Andreas Schmidt ist hinzuge-
treten. Unwillkürlich entspannt sich Leontine in seiner Nähe.
Schmidt wirft sich nicht in Schale. Er hat spitzgekriegt, dass er
seinem liebreizenden Naturell nur freien Lauf lassen muss, um
zu gewinnen. Spätestens auf dem Artamanenhof bei Hermann-
stadt wandelte sich der schlechte Schüler, den lange Wörter im
Traum kurz und klein schlugen, in eine jugendliche Galionsfigur
mit nimmersatter Lebenslust. Er verstand – als Einziger, meinte
er heimlich –, was Hitler in Afrika wollte. Er nahm es persönlich als Verrat, wenn die Dorffrauen mit ihren schwarzen Kopf-
tüchern jede Nachricht von Deutschlands Feldzügen mit einem
»Jaaaaaaaaaa?« abtaten, ein langgezogener, höhergehender Gack-
laut, wie Hühner im Auslauf. »Was will er denn in Afrikaaaaaaa?«
wird er bald hören. Es war Schmidt klipp und klar, was Hitler
wollte: Scheiß aufs Rheinland, gebt's mir die Welt! Das hallt in
der deutschen Jugend in Siebenbürgen und Banat besonders laut.

Wir wurden erzogen, denkt Schmidt mit gekräuselter Oberlippe über der Sahnehaube seiner Kaffeetasse, unseren Appetit in Grenzen zu halten, mit ›klein aber mein‹ und ›am besten unter uns‹ zufrieden zu sein. Unsere eigene Führung bugsierte uns wie die Alliierten Deutschland in den Eisenbahnwaggon bei Compiègne. Jetzt werden sie nicht gescheit daraus, dass wir von Deutschland finanziert werden wollen, mitmachen, mitleben wollen wie Deutsche. Hans Otto Roth, der alte Haudegen der Konservativen, machte Knopfaugen, als wir in meinem Tatra an seinem Pferdeschlitten vorbeisausten und ihn sowohl auf der Landstraße wie auch im Wahlkampf weit zurückließen. Das war bei den letzten Wahlen, als wir und die Konservativen noch um die Wette die Dörfer abknutschten. Jetzt ist es gleich, ob die Dörfer sich wieder von den alten Pfarrern kleinkriegen lassen. Wir haben Kontrolle, und Deutschland bestellt die Welt. Sie hätten uns nicht aushungern dürfen. Sie hätten uns nicht unterm Scheffel brennen heißen. Ich hab schon gesehen, wie man Chicorée anbaut. Wir wollen die Sonne. Wir wollen eine Klasse volksdeutscher Industrieller fördern, die auf großem Fuß arbeitet und lebt. Kein provinzielles Dünnbier mehr für uns. Der Georg Mieskes von der Weberei denkt, wie er hin und her grüßt und drückt, von jeder Tuchfühlung geistig reicher hervorgeht, dass seine Verdienstmedaille I. Klasse vom König für Handel und Industrie etwas Besonders ist. Weil ja Leute außerhalb von Zeiden von Mieskes-Webe gehört haben, wussten Sie das! Jesses, und die attraktive Lehrerin, wie heißt sie nur, Herta Kraus, aber sie nennen sie anders – Herzi Kraus, das ist es, denn in den Lehrerberuf sind nur ledige Frauen zugelassen. Sie muss sich die Gemeinde zu Herzen genommen haben ...

Sein erster Gedanke war es natürlich gewesen, sie rumzukriegen. Er begegnete ihr oft in Kronstadt, wo Herzi Kraus, Erste Geige des Zeidner Streichorchesters, weiter Violinstunden im Konservatorium nahm. Erste Sahne, lächelt er vor sich hin. Auf seinen Lippen schmeckt er Kasein aus der Haube vom Kaffee, den der

Frauenverein serviert hat. Angeblich kann man Sahne literweise bekommen, wenn man rechtzeitig bei der Molkerei im Lehngässchen bestellt. Sie lieben mich doch, denkt Schmidt. Herzi Kraus ist gerade alt genug, um seine Mutter zu sein. Weil sie es sagt, vernimmt er, dass, auch wenn alle Sahne in der Welt zur Neige ginge, man in der Molkerei im Lehngässchen immer noch welche auftreiben könnte. Verrückt, wenn auch Leute, die sich nichts zu sagen haben, einander berauschen, in einander Blutströme eingehen. Und wieder raus. Herzi Kraus erforscht und fördert die Zeidner Mundart, als wäre sie knapp geworden. Jesses, das bringt uns nicht weiter im Reich!!

»Zum Telefon, schon gut, ich komme.« Schmidt verbeugt sich kurz vor Leontine und Herzi Kraus und verschwindet in der Menge.

Leontine stellt ihren Kopf schräg und lacht Herzi in die Augen. Wenn man so gut wie sie zusammen musiziert, erübrigen sich Erklärungen meistens. Herzi ist jünger, hübscher und immer am Ball. Sie rollt die Augen und sagt:

»Ich habe lange genug gelebt, um zu wissen, wie es sich anfühlt, vom fahrenden Zug getroffen zu werden. Vielen Dank auch.« Sie sind unter sich. Pfarrer Bell, Richter Göbbel und Lehrer Müller stehen mit anderen im Gespräch. Walter May platzt herein und aus dem Raum und findet Schmidts Ohr offen für leise zugeraunte Nachrichten.

»Er ist kein Wronski«, führt Leontine aus.

»Nein. Ich denke manchmal, er kommt sich besonders ungehobelt mit mir vor, und dass es ihn nicht ängstigt. Er zeigt mir seine Rauheit wie ein Schulbub eine Schürfwunde.«

»Herzi. Hast du neulich eine Zeitung aufgeschlagen?« Unwillkürlich hat Leontine sie angefaucht.

»Ich bin Lehrerin«, sagt Herzi und ihre Stimme hält Leontine fest im Schraubstockgriff. »Ich muss das Gute im Menschen sehen. Ich wüsste nicht, wie es sonst weitergehen soll. Man muss an den guten Ausgang glauben und guter Dinge sein. Es ist Krieg!«

»Vielleicht kannst du mir dann erklären, was gut daran ist, dass Sachsen die Gewalttätigkeit der Nazis übersehen. Was ist, ich bitte dich, an Grausamkeit gutzuheißen?«

»Gewalttätig?! Was haben sie denn gemacht? Wovon redest du? Gib mir ein Beispiel!« Leontine fällt nichts ein, das Herzi überzeugen könnte. Sie sieht in die verkniffenen Augen der Jungfer. Ihre eiserne Brunhildeschönheit. Alle frevelhaften Annäherungen zum Scheitern bestimmt. Diese Frau ist informiert, wie alle Sachsen im Raum. Sie kennt die Nürnberger Gesetze, weiß vom Ausgang der Kristallnacht, vom Feldzug durch Polen. Sie setzt auf die Macht des zweiten Gebots. Das zweite Gebot der Sachsen ist »Schweig.«

Wasfälltdirein. Wodenkstduhin. Wieunterstehstdudich, so zu reden. Schäm dich und schweig. Und da feuert Leontines Knochenmark eine Ladung in ihre Herzgegend ab, dass der Schock sie aus dem Gleichgewicht schmeißt. Foith hatte die ganze Zeit mit einem Stuhl angeblich auf diesen Moment gelauert. Sie nimmt die Kante in ihre Kniekehlen und rammt ihr Gewicht hinunter.

Die Tür, die Leontine in Gedanken aufstößt, gibt nicht nach. Sie trifft schwerfällig auf Widerstand. Es hilft nicht, Foith zu verwünschen. Ihr geübtes Auge sucht und findet. Im Gewimmel von Nettigkeiten, wo und mit wem man zusammensitzt, wen und wie man abschlägt, spannt sich das feinmaschige Gefüge der Menge, und mit ihrem Zigarettenrauch, schalem Kaffeesatzdampf erhebt sich unter der milden Neugier, was für ein Vortrag jetzt auf sie zukommt, der derbere Dunst des sächsischen Zusammenhangs. Bei uns Sachsen, denkt Leontine, ist das ein uneingestandenes Wissen, ein deftig untergründiger Argwohn, vor eine unbezwingbare Aufgabe gestellt worden zu sein. Unsere Verzweiflung darüber zieht uns gegenseitig an. Wir rücken näher zusammen. Die ehemalige Führung unseres Völkchens deutete das als Idealismus. Nicht sie kam in den Geruch, ihr Volk hintergangen zu haben. Diese jetzige Volksführung aber, die will die

Welt um ihren Finger gewickelt haben. Nicht für sie das Stieren über den Zaun, wie Gläubiger, die vergessen haben, wer ihnen was schuldet. Jedes sächsische Kind kennt den Blick der Eltern, spät am Abend, wenn es zu spät ist, noch etwas zu verrichten, die Knochen zu schwer, um gerührt zu werden, aber man ist nicht schläfrig. Eltern sehen dann aneinander vorbei, ihr Blick in nichts Bestimmtes verbohrt, und sind still miteinander in Andacht versunken, ob die Welt ihnen im Tausch irgendwann, irgendwie schuldig geblieben ist? Ob es so verdammt schwer zu sein hat, das Überleben? Andreas Schmidt wird heute Abend seine Überzeugung vortragen, dass wir uns Deutschlands Sieg zum Anliegen machen müssen als wären wir reichsdeutsche Patrioten, denn unser Schicksal als Prominenz Südosteuropas hängt vom ritterlich versehenen Kriegsdienst für Deutschland ab. Er stolziert auf und ab, erster Pionier, der den Bezug zwischen Rumäniendeutschen und Macht auf dieser Welt wieder herstellte. Wir sind dann wieder wer, sofern noch welche von uns übrig bleiben, wenn Deutschland siegt.

Das hätten wir auch billiger kriegen können, denkt Leontine weiter. Wir hätten uns ein Beispiel an den Juden nehmen sollen. Ihre Taktik: so schnell wie möglich assimiliert werden. In allen Schichten der Gesellschaft Fuß fassen, wirken, mitarbeiten. Dass sie im Moment zerschlagen werden, das muss ich mir vor Augen halten, bedenkt Leontine. Ich sitze in dieser angenehmen Gesellschaft und rätsele über das Geschlecht der Engel, wobei in Bukarest Juden in ihren Häusern überfallen werden. Dass diese Scheußlichkeit ihnen jetzt widerfährt, bedeutet aber nicht, dass Assimilation ein Irrweg war. Ihr Engagement in der Welt, wo sie sich immer gerade befanden, ihr begeistertes Einmischen, Vermischen, Mitmischen, ihre großherzige Begierde, Einfluss zu nehmen – wo wäre die Welt ohne die Juden! Es hat etwas mit der Courage zu tun, vermutet Leontine, wie man sich verausgabt, dass sich Fortunas Rad dreht und eins mit Zins und Zinseszins wiederherstellt. Assimilation hat das Judentum nämlich nicht geschwächt, sondern mit der Fähigkeit zum Erfolg gefestigt. Wir Sachsen leben auf dem Mond. Unsere Idee von Courage ist, Einfluss abzuwehren, als wäre er eine Seuche. Purer Neid, was denn sonst, hieß uns gerade gegen das Assimilationsjudentum aufbegehren. Was unsere Presseorgane mit jüdisch-liberalem Literaturbetrieb abtun, bezeichnet in der Tat eine originelle Richtung, in der Juden führende Rollen spielen. Was machen sie dort? Sie konfrontieren die komfortabel vorherrschende Kunst. Sie gehen die Kultur mit bodenständigen, aktuellen Erwartungen an. Was sie sagen, ist zutreffend und relevant. Es bezieht sich auf unser Leben in der modernen Gesellschaft. Und sie müssen eines gleich loswerden: Sie sind unwahrscheinlich unglücklich in ihr. Was sie als Außenseiter erleben und widerspiegeln, ist unerhört. Wertvolle Meldung über den Standort, das Funktionieren der Gesellschaft und des menschlichen Lebewesens in ihr. Aber anders als Juden können wir Sachsen aus dem Denkkreis unserer Wehrmauern die Kultur weder hierzulande noch in Deutschland mit Erwartungen angehen. »Was habt ihr uns zu sagen?«, fragte da jeder vernünftige Rumäne. »Ihr könnt uns nicht einerseits die kalte Schulter zeigen, denn wir sind euch zu gemein, andererseits anklagen, dass wir euch wie Luft behandeln!« Mit der Kultur in Deutschland können wir gar nicht ins Gespräch kommen. Wir Sachsen unterliegen einem anderen politischen Regime. Wir zahlen Steuern und tragen unser harmonisches Tun und Wirken bei zu Leistungen, die Deutschland nicht zu spüren bekommt. Mit unseren politischen Enttäuschungen sind wir dort an der falschen Adresse. Umgekehrt können wir in Siebenbürgen und Banat die politischen und sozialen Strebungen des deutschen Volkes auch nicht direkt nachvollziehen. Wir bekommen auf unserer Haut nichts zu spüren, wenn Ebert oder Hindenburg im Reichstag überzeugen. Eigentlich sind wir nicht einmal Außenseiter dieser Gesellschaft, der wir uns zurechnen. Sondern weiter, viel weiter weg von ihrer Gravitation, hinter dem Mond stationiert. Deutschland kreist für uns wie ein wundervoll anheimelnder Planet, der uns gerade eine verlockend sanfte Fläche zudreht: ein Landeplatz! Immer haben wir es gewusst, immer. Deutschland hat uns nicht vergessen. Der Mann im Mond macht sich auf in seinem Wägelchen und segelt durch die Nacht gen Deutschland, mit Sternensand im Haar und Sonnenwind im Rücken, rollt und rollt durch die beinharte Kälte des Alls, wohin er bestimmt ist.

Flocken wehen herein, durch Fenster, in denen sich Tüllgardinen aufbauschen. Man lüftet kurz, bevor sich die Versammelten in ihre Sitze schieben und der Vortrag beginnt. Leontines Haut kräuselt sich unter ihren Kleidern. Licht wird ausgeschaltet, es funkelt heimisch von den Zähnen und Augäpfeln der Zeidner, hier und dort das Ziffernblatt einer Taschenuhr, Strass seitlich am Dekolleté, man flüstert über die allabendliche Sendung im Radio von Lili Marleen, dass man sich gar nicht besinnen kann, wie man vorher schlafen ging, ohne das Stelldichein mit der Sängerin von Radio Berlin. Es ist, wie die Dietrich richtig weiß, eine Frage der Belichtung. Fräuleins, die im Kronleuchterlicht unauffällig plaudernd das lebende Inventar des Rathauses ausmachten, zu lange am gleichen Ort standen, zu lange am gleichen Thema blieben, zu lange auf den Volksführer starrten, den Abend mit topfenstrudeliger Anmut parfümierten, sitzen nun kerzengerade und leuchten unbewusst, trotz verunglückter Versuche mit Schick und Scharf. Edith sitzt nun weiter vorn, ihr Zopf hart vor Aufregung, sie lässt den Joseph nicht aus den Augen, obwohl sie kaum zu ihm hinsieht, ihn allein durch Willenskraft zwingen will, dass er sich die Mütze vom Kopf nimmt, bevor die Fremden merken, dass er nicht normal ist. Joseph montiert am Apparat herum, wechselt Lichteinstellungen, schnauft und versucht vergnügt, seine Aufgabe in den Griff zu bekommen. Der Herr Pfarrer hat ihn rufen lassen, das ist ihm Dank genug, er ist schon ab und davon in Gedanken, da trifft ihn die Panik in Ediths Blick wie ein Schlag und er zögert. Unter seiner Wollmütze kullern Schweißtropfen in seinen Kragen, er zieht sich die Mütze verstohlen vom Kopf und liest an Ediths Erleichterung, dass ihr das passt. Darauf lacht er laut, Rachen aufgerissen wie ein Krater, doch der Pfarrer ist zur Hand und kaschiert ihn aus dem Saal heraus. »Wie kannst du das nur ertragen, Edith?«, fragen zwei Fräulens gleich vor Leontine sitzend. Eine hat sich eine Locke mit Eiklar auf die Stirn geklebt, Leontine riecht es deutlich, die andere ist wohl die notorische Annemone, über die sich Zeiden wochenlang ausgelacht hat.

Annemones einquartierter Soldat, ein Geschniegelter aus Berlin, schenkte der Familie zwei Riegel Lux-Seife, und die Annemone hat alles brav verraspelt, aber weil sie gerade allein zu Haus war, fiel ihr ein, wie rein und frisch ihr Soldat gerochen hatte, seine Haut, nur entfernt nach Mann, eher nach Wäsche, steif von der Leine in die warme Stube gebracht, nach Welpenfell und grünen Haselnüssen. Den Tod soll sie sich fast geholt haben. Hat stundenlang nackend mit Luxflocken bestreut darauf gewartet, dass der Duft ihr die Haut girbt. Wie russisches Leder. Es ist eine Frage der Belichtung. Im Dämmerlicht des Saals schlägt Leontines Herz für die törichten Jugendlichen: die entspannten Fräuleins, deren Hälse sich nach der Burschenbande vorne drehen, die männlichen Ausreißer daheim, ihre linkischen Hände und Füße Schulzeugnisse in Proviantsäcke einpackend, halbwegs überzeugt, dass sie zu einer Weiterbildung ins Reich rekrutiert wurden und nicht unmittelbar zur Waffen-SS. Selbst die Burschen da vorne, ja, auch sie, in losen Hemden dastehend, mit Krawatten auf Halbmast, feixend wie Piraten mit einem narrensicheren Plan. Es gehört sich, dass die junge Generation die vorhergehende aus den Angeln hebt, in Frage stellt, bemängelt. Aber diese jungen Piraten sind im Grunde ganz derselben Meinung mit der Generation, die sie verwerfen. Ihre Distanz zur ehemaligen Führung ist kaum messbar. Ihre Ironie verdient den Namen nicht. Tatsächlich hat die Jugend keinen Schimmer von Begriffen, die ihre Vorgänger in Frage stellen. Und das, Leontine sieht es tintig schwarz, das ist unsere Schuld. Der Gelehrten. Der Fehlbetrag, der mich betrifft, ist das Hungertuch, an dem unsere Kultur nagt, immer wieder mit dem Zustand der Befestigung vertröstet, außer dem das Sachsentum angeblich nicht bestehen kann. Unsere gute sächsische Erziehung bringt Kinder davon ab, ihre Abgründe, Neigungen, Eingebungen, Zweifel kennenzulernen. Man hört es an unserer armen Sprache. Hoch und hohl klingt unser Deutsch. In jedem Atemzug röchelt ein erdrosseltes bisschen Deutsch mit, dem das gewählte Deutsch die Luft abdrückt. Unsere Wörter kommen nur halbwegs raus, da sie vom Vakuumdeutsch immer wieder zurück in den Hals gesogen werden. Andreas Schmidt steht nun vorne, redet klar und angenehm, es sei eine Ehre, heute Abend in Zeiden die versammelte Gemeinde zu begrüßen, und dass ihm dünkt, er sollte nun umgehend imponieren ... er weiß nicht, denkt Leontine, dass Imponiergehabe mit Brunstzeit im Tierreich zusammenhängt. Er hat das Wort irgendwo im Reich aufgeklaubt. Er benützt es richtig, versteht aber nicht die Implikation. Er glaubt, der bedingunslose Anschluss Siebenbürgens ans Reich wäre richtig. So, denkt Leontine. Zur Sache. Es ist nun soweit.

Ein Lichtbild eines Deutschordensritters wird eingeblendet und Schmidt schmeichelt und wirbt: »Ursprünglich begleiteten uns Deutschritter auf unserer Einwanderung, sie kamen schon 1211 zu uns ins östliche Ungarland und bauten Festungen in Siebenbürgen, eine davon gleich über Ihnen, auf dem Zeidner Berg.«

»Die Schwarzburg ...«, raunen Frauenstimmen im Saal. Sie ziehen ihr eigenes Visier vor, ihre eigenen Gespinste, und lugen nur gelegentlich durch Gucklöcher wieder heraus. Nun gut, man weiß, dass die Rüstung im Bild hundertfünfzig Jahre nach der Vertreibung der Deutschritter aus Siebenbürgen datiert, denn die Schmiedekunst beherrschte den Plattenpanzer noch nicht, aber der Ritter Baladur patrouillierte für sie ... die Pfade am Kamm des Zeidner Bergs seit dem frühen Morgen. Einige Frauen seufzen ungeniert. Walter May geht durch den Saal von rückwärts auf Schmidt zu, der sich nicht gleich unterbrechen lässt. »Was haben wir also Deutschland zu verdanken? Es scheint, eine gan-

ze Menge Vorteile: Zwar wurden die Deutschritter aus Siebenbürgen herauskommandiert, ich weiß, man kann es so sehen, dass
sie uns im entscheidenden Moment vor dem Mongolensturm im
Stich gelassen haben ...«, sein Blick sucht in der Dunkelheit den
Zweifel auf Leontines Stirn, »aber: Haben wir nicht von ihnen
gelernt, unsere Wehrburgen zu bauen, die nun im Zentrum jeder
Sachsensiedlung stehen?«

May tritt nahe an ihn heran und flüstert: »Du musst kommen:
Geißler am Telefon.«

Schmidt beherrscht sich und tobt im Flüsterton: »Das sagst
du mir jetzt?! Ich dachte, es wäre wieder der Sima!« Zulächelnd
kündigt er an:

»Meine Damen und Herren, mein Pressechef Walter May
wird den Vortrag vorübergehend übernehmen. Ich werde drin-
gend von Bukarest angerufen.« Staatsmännisch abschwenkend,
bleibt er aber nach zwei Schritten wieder stehen und fügt verbindlich zu: »Ich habe eigentlich diese Einladung nur annehmen
können, da ich wusste, dass Ihr Rathaus eine Telefonverbindung
hat. Die Unruhen in Bukarest betreffen uns zwar nicht, aber wir
müssen unseren Verbündeten zu Rate stehen. Ich rechne mit Ihrem Verständnis.«

»So, wo waren wir?«, fragt May, sich diskret den Nacken krat-
zend.

»Bei den Rittern und den Tataren«, sagt Hildegard, die junge
Hebamme verträumt und besinnt sich auf ihr Lieblingsversteck
in ihrer Kinder- und Backfischzeit, wo niemand sie je fand ... Eine
ganze Mitgifttruhe hoben die Tataren einmal von einem sächsischen Ochsenwagen, voll vom feinsten Gewebe, mit schwarzer,
weißer, roter Wolle und weißen Stickereien, und feilschten darüber genüsslich mit dem Khan bis es Nacht wurde, bis ein Dutzend Gefangene im Tausch den Besitzer wechselte, und setzten
die Truhe im Zelt ihres Anführers ab. Als dieser die Truhe öffnete, füllte sich sein Zelt mit einem milden Duft, wie gewaschene
Wolle mit ihren urinösen Farbzusätzen, er hob ein Gewand nach

dem anderen heraus, legte seinen eigenen Lederwams ab, und betastete alles. Dann hielt sein Herz still für einen Schlag. Durch eine raue Wolldecke fühlte er uneben und noch warm ein rundes Gelenk, und in größter Stille hob er alles Zwischenliegende heraus und erfasste die unerhoffte menschliche Beute, am Boden der Truhe zusammengekauert. Sie hing in seinen Armen durch wie ein schläfriges Kind, und er bettete sie auf sein Lager und begann, sie aus ihren Gewändern zu schälen, das weiße Leibchen zuletzt, und er bestaunte ihre milchig matte Haut, das Kraushaar an ihrem Geschlecht, säumig wie ein notgelandeter Bienenschwarm...

»Haben wir nicht jederzeit, jetzt und ehedem, unsere Sendung als Herrenvolk verstanden? Haben wir nicht seit ehedem die untermenschlichen Rassen des Ostens außen vor gehalten?«

»Nun«, Leontine meldet sich zu Wort, »wenn Sie die Türken meinen, so waren wir vielleicht das Gegenteil: Wenn man sieht, wie sie von Belgrad nach Wien vordrangen, so liegt unser Siebenbürgen außerhalb ihrer Route. Dass sie herkamen, verdanken wir unserem Wohlstand, den fleißig erarbeiteten Vorräten, und unserem Tauschwert als brauchbare Sklaven auf den Märkten des Orients. Wir und unsere Güter waren ...Köder, nicht? Wozu sonst einen Abstecher machen, wenn es sich nicht garantiert lohnt? Wir haben eigentlich Zerstörung nicht nur über uns, sondern auch über die ärmeren Nachbarvölker gebracht...«

»Wir waren der Schutzwall...«

»Wie kann eine Siedlung voller Vorräte ein Schutzwall sein – eher Oase des Heidentums, denn schließlich kamen sie zu uns wie zur Tankstelle... wir haben ihre Verheerungen betrieben«, brummt Leontine hörbar in den aufsteigenden Lärm. Auf den letzten Sitzen scharrt und wetzt ein Grüppchen Halbstarke mit ihren Nagelstiefeln. Leontine rechnet schnell nach und staunt, dass auch sie Jahrgang 21 sind. So vergeht die Zeit. Dass sie hier sind, bedeutet, man hat sie abgewiesen. Man wendet sich um nach ihnen, gebietet ihnen, sich zu benehmen, mit Augen proppevoll mit Drohungen. Leontine dreht sich nicht um. Sie vermutet, ihr Dreinreden hat etwas bewegt, Aufmüpfigkeit vom Zaun gebrochen, wo die Kränkung der Abweisung vorher gelähmt hatte. Was fehlt ihnen denn? Der Helmut ist ein Kleiner, das war's wohl. Dem Ortwin ist ein Bein um wenige Zentimeter länger gewachsen als das andere. Dem Otti verschießen sich die Augen. Die rumänische Armee nimmt sie auch so. Die Waffen-SS, danke nein.

Die Halbstarken sitzen beieinander und murren. Einen ganzen Sommer lang saust dieser Andreas Schmidt mit seinem schnellen Tatra herum und schwatzt uns voll mit Eingang in die Geschichte, und wollten wir nicht schon immer dem Mief daheim den Rücken drehen und etwas für die Heimat tun, was Zukunft hat? Und jetzt stehen wir da, bestellt und nicht abgeholt, vor diesen Doktorleuten, die uns mit Fuß in'n Arsch nach Hause schicken. Na wartet nur. Wir sind schlank und rank und zäh wie Leder. Im Durchschnitt noch blonder als Hitler. Wir packen heute Nacht und gehen. Über die grüne Grenze bei Nussbach in die Fremde, und fahnden nach unserem Landsmann Albert Ziegler. Den wollen sie finden, haben wir gehört. Soll in Frankreich irgendwo abgeschossen worden sein, versehentlich, sagt man, von deutscher Flak, und die neue Volksführung will verhindern, dass er vor ein Kriegsgericht gestellt wird. Das wollen wir auch. Ist ein Prachtmensch, der, hat uns alles beigebracht, was wir beim Segelfliegen jedes Mal praktisch durchziehen, wenn's brenzlig wird. Was dir nur jemand zeigen kann, der selbst ein Risiko nach dem andern überstanden hat. Er muss einen französischen Flieger geflogen haben. Sonst warum sollten Deutsche auf ihn feuern. Wir suchen ihn und finden ihn, und dann nimmt uns die Wehrmacht bestimmt. Der Andreas Schmidt kann uns dann mal. Ein Flugzeug trudelt im Fall wie eine Münze: Kopf Zahl Kopf Zahl Kopf Zahl. Dreimal schwarzer Kater.

»Was hat es für einen Sinn, dass ihr uns mit dieser Rede über Deutschordensritter hetzt, wenn's uns verboten ist, in der deutschen Armee Dienst zu machen?«, brummt Helmut deutlich hörbar.

»Genau – wie könnt ihr da stehen und uns loben, dass wir nach deutscher Ordnung und Sitten leben, wenn ihr uns der rumänischen Armee ausliefert?« Otti ist sogar aufgesprungen.

Herfurth greift sich an die Stirn und sieht weg, wobei der Lärm zunimmt. Leontine hat ihn im Blick. Fritz beherrscht sich mit zunehmender Mühe. Die Spannung, die ihn zusammenhält, könnte Zeidens Zigeunerei mit elektrischer Energie versorgen. Unter schwarzen Augenbrauen mustert er den Raum, rückwärts die SS-Verschmähten, vorne die Jungs von der Volksführung, ratlos trotz dick aufgetragener Angeberei, dazwischen gelangweilte Leute, denen nichts lieber als die voraussehbare Blamage der Gernegroßen vorne wäre. Fritz überragt die Gesellschaft um Kopfesgröße und befindet sich in der Lage, Ordnung zu machen. In der ersten Reihe sitzen Richter Göbbel und der Pfarrer, ungerührt wartend, dass er als deren Leutnant eingreift. Fritz steht auf. Das Licht wird angeschaltet. Er trägt den Norwegerpullover, in dem man ihn am Vormittag von der Marktgasse aus auf dem Bergelchen Ski fahren sehen konnte. Rund um Hals und Schlüsselbein schweift der gemusterte Ringkragen. Es wird augenblicklich still. Niemand hat weniger Angst vor der Versammlung als Fritz mit seinem Sportpullover.

»Ich muss darauf hinweisen, dass unsere Gemeinde nicht im besten Licht erscheint. Wir haben unter uns eine Anzahl Mitbürger, die uns ihre privaten Enttäuschungen auf recht undeutsche Art aufdrängen. Ich schlage vor, wir geben ihnen die Gelegenheit, sich und ihr Selbstmitleid aus unserer Mitte zu entfernen, eh sie uns allen leid tun.« Er sieht Leontine an und steht mit gefalteten Armen auf der Brust, seine Stimme tief und tragend, und man fühlt sich wieder gut aufgehoben. Die Jungen in der letzten Reihe sehen konzentriert zum Fenster hinaus ins Schneegestöber, das zugenommen hat.

Es ist still und besinnlich geworden. Nahebei ist das Kicksen der Kristalle ans Glas zu hören, in der Ferne das Gurgeln des Winds mit Eissträhnen über Landstraßen, durch die Wälder der Karpaten, über die rumänische Tiefebene, wie er packt und mitreißt: Trockenes Reisig, Samenkapseln, bronzenes Laub knallen in seiner Gurgel wie Erbsen in einer aufgeblasenen Schweinsblase. In die Stille herein ertönt klar die Stimme von Andreas Schmidt aus dem Nebenraum. Er redet rumänisch, mit Leichtigkeit, bloß wegen der Aufregung gebrochener als üblich.

»Sie wollen was? An Fleischerhaken? Aufhängen? Aber wozu? Nein, ich kann mit Geißler nichts bewegen, es ist bei ihm immer besetzt. Hör zu, Horia. Lass das Aufhängen sein, das kostet euch Arbeit, die ihr besser sonstwo anstellt. Aufm Polizeirevier könnt ihr – wie lange denn ausharren? Ihr hättet den Palast besetzen sollen. Ist es dafür zu spät?« Schmidt wird noch lauter: »Was nützt es euch, dass sich ein kellervoll Juden in ihrer eigenen Scheiße suhlen, weil ihr ihnen allerhand in den Hals gerammt habt, es mag euch ja belustigen, aber das ist nicht Revolution!! Trommele deine Männer zusammen – was meinst du damit? Wie, du weißt nicht, wo sie stecken? Dann schick ein Auto voll Getreuer nach Jilava und sammele sie ein wie Veilchen, soll ich dir sagen, wie man ...?« Walter May, der eilig den Saal verlassen hatte, muss Schmidt an dieser Stelle abgeschnitten haben.

Er kommt schlenkernd hereinspaziert. Walter May gleich hinter ihm her, verkniffen aber wetterfest.

»Sie haben ohne Zweifel mitbekommen, dass die Unruhen in Bukarest eskaliert sind. Unsere Position aber bleibt fest. Wir unterstützen die Legionäre, mit denen wir politisch am innigsten übereinstimmen, bis zu einem Punkt. Ich muss Ihnen mitteilen, dass dieser Punkt überschritten wurde.« Er hat Angst, denkt Leontine. Die Legionäre können die Volksführung ins Schlamassel mitziehen. Schmidt macht den Mittelsmann zwischen Legionären und SS an der Bukarester Militärkommandantur unter Gestapochef Geißler. Was ich gerade gehört habe, denkt Leontine, ist, dass Schmidt die Legionäre preisgibt. Er zieht sich aus der Affäre. Womöglich zu spät. Er will Geißler raushalten. Womöglich auch vergeblich. Was die Legionäre in Bukarest vermasseln, wird Konsequenzen so oder anders haben. Köpfe in der deutschen Militärkommandantur in Bukarest und in unserer Volksführung könnten rollen. Es scheint, dass der Putsch auf die Regierung sich in Raubzügen der Putschisten aufgelöst hat, wo jeder auf eigene Faust plündert und metzelt. Sie durchstreifen die Judenviertel, wie Maria sagt. Sie verlieren keine Zeit. Das, unvermeidlich, wird Konsequenzen haben. Nicht nur wegen dem Frevel, die Regierung stürzen zu wollen. Auch weil sie Beute veruntreuen, auf die es die Machthaber abgesehen haben. Antonescu und Hitler sind sich einig: Den Reichtum der Juden muss der Staat planmäßig organisiert einbringen. Leontine hat alles Gefühl aus ihrem Körper verloren. Sie kommt sich vor wie aus Stein. Die Blicke der Leute weichen einander aus. Niemand redet oder hört Schmidt noch zu. Zuerst melden sich Leontines Zehen wieder zu Bewusstsein. Sie rollen sich zusammen und wieder auseinander in ihren Stiefeln. Wie Gymnastiker sich aufwärmen.

Schmidt tut einen raschen Schritt vorwärts. Etwas in seiner Bewegung zieht die Blicke auf ihn. »Es besteht kein Grund zur Sorge«, sagt er laut und klar. »Die Rumänen sehen in uns eine treu verbündete Volksgruppe. Was auch immer mit der jüdischen Minderheit geschieht, wir müssen bedenken, dass sie Verräter der Nation sind, heimatlose Freibeuter mit Großkapital weltweit. Wir nicht. Wir sind jetzt die zweite Nation im Land, wichtige Partner – ich weiß nicht, wie es Ihnen geht, aber seit die Wehrmachttruppen bei uns stationiert sind …«, es kitzelt, und man lebt auf. Die Stimme Schmidts küsst die Geister wach, dass man sich rekelt und streckt. Er lässt nicht locker.

»Die Enttäuschung in den Reihen des Volkes teile ich mit euch, ich beschäftige mich in einem fort mit dem Anliegen unserer Ju-

gend, in der deutschen Armee zu kämpfen. Es ist wichtig, dass
unser Volk weiß, welche Widerstände wir antreffen ... nach dem
reißenden Erfolg unserer 1.000-Mann-Aktion im Sommer, die
im Reich – dass muss gesagt werden – Furore gemacht hat!« Er
sieht weg, amüsiert über die neidische Bestürzung der Beamten in
Wien angesichts der Flut von Freiwilligen aus ... aus Rumänien!
Wo Ungarn fast nichts hergab. Und Deutsch sprechen sie, in ganzen Sätzen, nicht anämisch, etwas zu munter sogar ... übersetzen
unermüdlich für die Ungarndeutschen, die das Deutsche verlernt
haben. Nach besagtem Erfolg also, was geschah dann ...?

Schmidt ringt in traumlosen Nächten um die Bedeutung eines
Blicks, die genaue Temperatur eines Lächelns Antonescus, als der
sich unbeobachtet glaubte. Der Sinn entzieht sich ihm. Er sieht
Antonescus Profil, gebeugt über ein Dokument, das er im Stehen unterzeichnete, er sieht die akkurat rasierten Schläfen, die
feingelenkige Hand und dann das grotesk spöttische Lächeln für
sich. Die Stimmung hatte sich gegen Schmidt gedreht. Gleich
nach der Aktion, im Herbst, sprach er vor, um die regelmäßige
Zufuhr der rumäniendeutschen Freiwilligen in die Waffen-SS
zu regeln, und stieß auf eine Wand. Aus dem Schatten seiner
Wimpern hatte er Antonescus Spott ertappt und fühlte sich ge-
schändet. Man hatte ihm etwas angetan. Er kam sich vor wie
ein kleiner Wicht, vor dem haushohen Vater stehend, der ihm
ohne Umstände verbietet, mit der Kreißsäge zu spielen. Er war
im Nachteil, weil ihm etwas verheimlicht wurde. Irgendwo hielt
jemand etwas in der Hinterhand, das alles klar machen konnte.
Jesses, er ist zu jung für diesen Beruf. Nein! Seine Widersacher
sind zu alt dafür. Die konservative Koterie, denen er junger Bock
politisch die Hörner aufgesetzt hat, als er direkt nach Berlin ging.
Hat er sie denn unterschätzt, hat er sie doch nicht überholt?

»Nächsten Monat spreche ich bei Antonescu vor«, kündet
Schmidt resolut in den Saal hinein. Die Geister haben sich gelegt, ziehen in der Richtung seines Redeflusses wie Algen im

Bach. Und wenn nicht persönlich, dann durch den neuen Gesandten Manfred von Killinger. Geißler ist dabei herauszufinden, was für einer das ist. »Wir als Volksgruppe verlangen von Antonescu, dass wir den Wehrdienst in der deutschen Armee ableisten.« Seine Stimme schallt wie einstmals Stentors über die Köpfe hinweg. Was mit Fußstampfen von ganz hinten beginnt, pulsiert durch die Dielen und löst sich in Salven von Applaus vor Schmidts Hüften auf. »Na aber!«, ruft man ihm entgegen, und hier und dort »Heil!« Er lässt sich treiben. »Und wenn uns das nicht gleich genehmigt wird, haben wir andere Vorschläge parat, und einlenken müssen sie so oder so. Wir reden über die deutsche Armee!« Mehr Applaus. Dann Stille. Man will wissen, was für andere Vorschläge.

»Wenn wir den Wehrdienst in der rumänischen ableisten müssen, dann aber in geschlossenen rumäniendeutschen Einheiten unter deutscher Führung. Wo die Rumänen uns sonst nötig haben, wenn ihnen jemand die Idee gibt ... als Übersetzer, als Begleiteinheiten der rumänischen Armee. Wir alle sprechen Deutsch, Rumänisch und oft auch Ungarisch dazu.« Die Geister rappeln sich auf. Fragende Blicke arbeiten sich an Schmidt hinauf. Ein raues Arbeitsklima ist ihm beschieden – er darf nicht eine falsche Bewegung machen, nicht ein Mindestmaß an Ansehen verlieren, denn schon rücken sie ihm auf den Leib. Zwei Augenpaare fallen ihm auf. Ihr Abstand von ihm ist so weit, dass sie ihm leer vorkommen, wie die Augenhöhlen der Griechengötter im Museum. Leontine Philippi und ein feuchtkalter Schatten hinter ihr, Foith. In Leontines Blick, der verloren im Raum hängt, ist etwas dabei. Sie verspottet ihn, was nichts Neues für Schmidt ist, der Konservativen Konsensus ist, er sei nicht bei Trost, aber sie tut es von exakt derselben Höhe ... wie Antonescu im vergangenen Herbst! Bildet er sich das nur ein? Foith stützt sein Kinn auf die Fingerkuppen, die er wie einen Kirchenturm zusammentut, was gut aussieht und man ihm nachmachen könnte, wenn man hundert Jahre alt ist, und kräht:

»Wie kommt es nur her, dass Sie, Herr Schmidt, unsere Militärs durch das Nadelöhr Bukarest befördern müssen, damit sie ins deutsche Heer kommen?«

»Was soll die Frage, Herr Foith?«

»Sie sagen uns, wir stehen und fallen mit Deutschland. Aber sehen Sie, Deutschland heißt uns, in der rumänischen Armee dienen. Lässt uns nicht einmal in die Wehrmacht ein, nur in die Waffen-SS, was auch immer das ist. Und dafür müssen Sie Bukarest noch speziell um Erlaubnis bitten. Bis auf Weiteres leben wir in Rumänien!« Laute Buhrufe kommen aus allen Richtungen. Foith schreit: »Was soll aus uns werden, Herr Schmidt, wenn Sie die Rumänen gegen uns aufbringen?«

Hat keiner uns lieb, denkt Schmidt, als Johann Tittes, Baatzs Handlanger, hereinkommt und sich durch den Saal zu ihm vordrängt. Es ist amüsant zu sehen, wie Tittes befangen wartet, dass May auf ihn aufmerksam wird. Gleich darauf tritt May abrupt an Schmidt heran und flüstert: »Geißler am Telefon.« Schmidt leuchtet auf. Er hat den ganzen Abend auf eine gute Nachricht gewartet.

»Meine Damen und Herren, geehrte Zeidner, Herr Foith hat gerade den Abend auf die Schiene gelenkt, die ihm ursprünglich gedacht war. Wir wollten Ihnen die Verwandtschaft darlegen, die es zwischen unserer sächsischen sozialen Gerechtigkeit gibt und der sozialen Gesinnung der Nationalsozialisten. Die Nationalsozialisten sind in der besten Lage, uns nach unserem Sinn für Anstand und Ordnung zu verwalten. Ob Besoldung für Soldaten oder Angehörigenunterstützung, Arbeitsplätze für unser Volk – wenn wir unsere sächsischen Forderungen seit eh und je bedenken: Sie sind in Deutschland Programm. Diesen Gedanken wird mein Pressechef Walter May abschließend vortragen.« Er verbeugt sich knapp und geht ohne Eile aus dem Raum ins Büro nebenan, wo das Telefon steht. Hinter ihm knipst jemand gleich das Licht aus, und ein neues Bild wird eingeblendet. Ein Foto einer Familie am gedeckten Tisch, die Mutter am Kopf des

Tisches liest schmunzelnd aus einem Brief vor, während ihre Kinder kräftig reinhauen. An Leontines Schulter meldet sich eine Flüsterstimme:

»Fräulein Philippi, der Volksführer bittet Sie zu einem kurzen Gespräch ins Büro.« Sie steht auf, humpelt, denn ihre Beine sind völlig versteift, und merkt erst nach zwei Schritten, dass Foith ihr folgt. Sie kommandiert ihn zurück, wortlos, durch die Kraft ihres Ärgers. Beim Ausgang, seitlich rechts neben dem Vortragenden, sieht sie zurück in den Saal, am Projektionsschirm vorbei, auf die gespannten Gesichter und denkt, ich habe nun den ganzen Abend kaum Farben wahrgenommen. Der Saal ist grauweiß, konfiguriert mit schwarzen Gesichtern, Möbel, Wände, wie eine Fotografie.

Büro im Zeidner Rathaus
Dienstag, 21. Januar 1941, 20.04 Uhr

Im Büro kann Leontine vor Zigarettenrauch erst gar nicht atmen. Schmidt hängt am Apparat und zetert: »Das hat mir noch gefehlt!« Leontine setzt sich ungebeten in den Sessel vor dem Schreibtisch. Schmidt legt auf, als er merkt, dass er nicht mehr allein ist. Er kollabiert in sich, wenn er sitzt.

»Es ist eine Katastrophe«, haucht er.

»Weiß man, wie viele Tote?«

»Was für Tote? Ach, Sie meinen die Juden. Keine Information vorläufig. Nein, der Gesandte, von Killinger. Ist ein SA-Mann.« Leontine nickt. »Verstehen Sie? Der wird grundsätzlich alles, was uns passt, verhindern wollen. Vor Antonescu wird er den Gentleman spielen und die Nase rümpfen über den Blutrausch der Legionäre, pfui pfui, die Rumänen, hart im Nehmen. Geißler ist kein Von, er wird von seinem Schmerbauch beschwert, und seine Berliner Schnauze ist in dieser Lage kein rechtes Mittel zum Zweck.« Leontine nickt. Man hat sich vertan. Auf das wilde Pferd gesetzt. Gott bewahre vor der Waffenbruderschaft der Rumänen. Darauf lieber verzichten. Sie nickt und betrachtet Schmidt lange. Geißler war sein Eintrittspass zur Gesandtschaft.

Wenn Geißler beseitigt wird, zieht er Schmidt mit hinunter. Von Killinger wirft ihm die Tür vor der Nase zu. Und Schmidt kommt nur über die Gesandtschaft an Antonescu heran. Und nur über Antonescu kann er der Waffen-SS Soldaten zuliefern. Das Fließband darf nicht stehenbleiben, sonst wird der Betrieb Andreas Schmidt stillgelegt. Dieser arbeitet aber nur mit Gewinn, wenn er Soldaten seinem Gönner und zukünftigen Schwiegervater Gottlob Berger nach Deutschland zuführt. Alles andere ist relativ. Sogar den Verlust seiner Contenance in Siebenbürgen und Banat kann er in Kauf nehmen, wenn nur die Macher in Berlin, Berger, Heydrich, wer weiß wer noch, ihn für verwendbar halten.

Er hat richtig geraten, denkt Leontine. Er hat sich nun eine Person zum Verhör geholt, die Kenntnis hat, wie der Betrieb Andreas Schmidt sabotiert wurde. Leontine hat Kenntnis von dem geheimen Verbot, das Hans Otto Roth persönlich vor genau einem Jahr dem Auswärtigen Amt abgenötigt hat. Roth wurde damals vom Amt garantiert, dass im Gegenzug für die 1.000-Mann-Aktion keine weiteren Rekrutierungen von Rumäniendeutschen in reichsdeutsche Einheiten erlaubt werden. Darum ist Schmidt darauf reduziert, klandestine Rekrutierungen zu betreiben. Er würde gewiss gerne wissen, warum. Das Fließband muss weiterliefern. Was war denn mit Farben an diesem Abend? Sollte sie am Ende doch alt werden? Leontine sieht ins Gesicht eines zerzausten Jungen, der ihr Sohn hätte sein können, und es bleibt völlig farblos. Der Raum ist überbelichtet. Er wird mich jetzt ausfragen, denkt sie, und nimmt vorweg, wie sich seine Schaufelhand über ihren Schläfenknochen gehauen anfühlt: Habe ich mich gut geschlagen? Dies alles ist nicht mehr und nicht weniger als ihr erhörtes Gebet, mit dem Ende ihrer Geschichte bekannt zu werden. Schmidt ist das Ende. Er eilt über Leichen hinweg, den Anschluss an die Weltgeschichte nicht zu verpassen.

»Leontine, Sie haben Informationen, die wir von einer aufrechten Patriotin wie Ihnen direkt fordern können.« Sie hört Schneeflocken vor dem Fensterglas landen, leise wie Fallschirmseide. Sie sagt nichts, sieht nur aufmerksam in seine Augen. Es gab kein Komplott, denkt sie sich vor. Er ist ein Phantast. Du kannst es ihm ausreden.

»Ich habe mich nach Ihnen erkundigt, sehen Sie. Es ist ganz interessant. Darf ich du zu Ihnen sagen?« Er lächelt unter langen Augenwimpern.

»Solange Sie mir das Sie nicht entziehen«, sagt Leontine und zwinkert.

»Recht so. Manche Konventionen sind einfach zu gut, um daran herumzuschrauben. Manche nicht. Wenn ich in Pfarrhäusern zum Essen eingeladen werde, macht es mir Spaß, beiläufig das Messer in den Mund zu nehmen. Der Grund, warum das als schlechte Manier gilt, ist ja einfach der, dass man die Tischgäste in Sorge versetzt, dass man sich im Mund schneidet. Meistens bekomme ich stumpfe Messer, auf denen man reiten kann, und dann erübrigt sich doch die Sorge um Schnittwunden, oder? Aber die Gesichter der Tischgesellschaft! Man denkt nicht weiter bei uns. Wenn etwas neu ist und nicht sofort klappt, sehen sie mich an, als blühte es mir. Würde es jemanden wundern, wenn sie selbst es mir verbaut hätten?«

»Herr Schmidt, wenn Sie zu mir kommen, kriegen Sie das schärfste Messer aus der Schublade.«

»Das ist lieb. Aber ich will etwas ganz anderes von Ihnen.« Durch die Zähne pfeift er das Messerschleiferlied, ein altes Weislein, dem Schulkinder vermutlich den ursprünglichen Text obszön umgedichtet haben: und die Mädchen, die schleifen wir wohl unter dem Nabel. »Ich habe mich, wie gesagt, erkundigt. Sie haben keine Kinder, keinen Mann und keine Eltern mehr. Das ist rar. Es macht Sie ziemlich unangreifbar. Wir überzeugen am leichtesten, wenn wir Leute vor die Wahl stellen, ihre Kinder auf die rumänische Schule zu versetzen. Sie können nicht wissen, welch ein Heulen und Zähneklappern!« Schmidt zündet sich eine Zigarette an. Leontine steht auf, um sich zu strecken, aber Schmidt fährt sie an:

»Sitzen bleiben.« Jetzt kommt es ihr in den Sinn, einfach hinauszugehen. Sie streckt sich – in der grauen Stinkluft des Büros kann sie nur noch die gelockerte schwarze Krawatte Schmidts mit Deutlichkeit ausmachen – und geht zur Tür.

»An Ihrer Stelle würde ich vorläufig nicht nach Hause gehen«, sagt er verbindlich.

»Ihre Strizzis haben bei mir eingebrochen?« Sie lacht auf, überrascht. »Sie hätten mich doch jederzeit fragen können, ich hätte Ihnen gleich gesagt, ich bin unschuldig.«

»Die Unschuld beweist man aber nicht so«, sagt Schmidt, und diesmal zwinkert er. Dann steht er selbst auf und öffnet die Fenster weit. Er bietet ihr mit schlaffer Geste ihren alten Platz wieder an und setzt sich. »Wir hatten guten Grund nachzuschauen. Wie gesagt, Sie haben keine Bindungen zur Gemeinde, niemanden, aber trotzdem springt man mit Ihnen hier um wie die Waldestiere mit dem Ortsheiligen, bringt Ihnen Leckerbissen vorbei als wär's Tribut. Und obwohl Sie im Felde des Geistes arbeiten, wie man behauptet, denn Sie haben seit Ihrer Jugend nichts mehr öffentlich gemacht, weiß niemand so richtig, wes Geistes Kind Sie sind. Das, Sie werden's einsehen, können wir nicht erlauben!«

Sie haben Herfurth durchgenommen, denkt Leontine. Aber der weiß nichts vom Komplott... »Suchen Sie etwas Bestimmtes?«

»Jawohl. Wir suchen zweierlei. Das eine wird leicht sein, das zweite werden Sie mir persönlich verraten.«

»Ich bin gespannt.«

»Erstens suchen wir ein fragwürdiges Traktat aus Ihrer Feder stammend mit zahlreichen art- und wesensfremden Gossenwörtern, das die Gemeinde über Sie belehrt, wenn wir es demnächst von der Kirchenkanzel vorlesen lassen. Auch ein Gedicht, vielleicht, ein Abschnitt aus einer Novellah. Es wird wohl nicht gereichen, dass wir Sie öffentlich teeren und federn, aber der Kakao soll Ihnen so lange nachwehen, dass niemand mehr aufmacht, wenn Sie klopfen. Ist Ihnen schlecht? Walter! Ein Glas Wasser für die Dame!« Er lächelt anzüglich: »Tief, tiiiiief durchatmen.

Wo war ich? Ach ja, dass keiner im Laden Sie mehr grüßt oder, Gott bewahre, bedient, dass Schulkinder Ihnen nachrennen und mit Steinchen um die Frisur bewerfen.«

Er drückt die kaum angerauchte Zigarette aus, wobei er seine Finger im überquellenden Aschenbecher grau beschmiert. Ohne aufzusehen streckt er seine Hand vor Leontines Gesicht und stäubt seine Finger an einer Haarsträhne ab, die sich aus ihren Schildkrotkämmen gelöst hat. Als May mit beiden Händen in den Hosentaschen grinsend durch die Tür stößt, zieht Schmidt seine Hand rasch zurück.

»Das können wir Ihnen auch ersparen. Wir geben Ihnen eine Gelegenheit, uns die Treue zu halten.« Leontine sitzt auf. May schließt beide Fenster mit unnötigem Poltern. Er lehnt sich an den Fenstersims und beobachtet Leontines und Schmidts Profile unverwandt.

Als Leontine endlich spricht, klingt ihre Stimme alt und zerbrechlich. »Was fordern Sie?«

Schmidt und May tauschen blitzschnell einen Blick, elektrisiert.

»Albert Ziegler«, sagt Schmidt, als wäre es selbstverständlich.

Leontines Ratlosigkeit entwaffnet sie für einen Moment. Bei aller Nüchternheit, das ist nicht gespielt.

»Ich habe mit Albert seit über zwanzig Jahren nicht gesprochen«, erklärt Leontine vorsichtig, wie man schlechte Nachrichten gibt. Es ist die Wahrhaftigkeit in ihrer Stimme, der die beiden ausweichen, wittert Leontine und fasst sich. Ich weiß einfach, was er sieht, wenn ein Bild durch ihn fährt, sehe ich es, gelegentlich, unerwartet. Ich weiß aber nicht, was er denkt.

May schüttelt den Kopf, irritiert. »Sie weiß, wo er ist.« Leontine sieht von einem auf den anderen. Sie ist verblüfft. Das ist der Ausgang, merkt sie sich. Sie haben mich aus meiner Geschichte gepresst. Nimm den Ausgang: Natürlich weißt du, wo Albert liegt.

»Es gab ein Gerücht, er soll abgeschossen worden sein, aber man kann nicht alles glauben, was heute kolportiert wird.«

»Leontine. Es geht um Leben und Tod. Die Deutschen haben ihn abgeschossen, er war in seiner komischen Maschine, wenn die ihn kapern und vors Kriegsgericht stellen, dann feilschen sie nicht herum wie wir hier heute Abend, die knallen gleich los. Er kann sich fusselig reden, ein Niemand in Zivil – wer wird ihm glauben, dass er einfach nur so abgehoben hat und nicht über den Ärmelkanal wollte!«

»Ja. Sie haben ein Problem, meine Herren«, sagt Leontine langsam und zieht beide Schultern hoch, höher und nimmt sie zurück, dass ihr Gerippe in allen Fugen kracht. »Sie wollen diesen Albert Ziegler für Ihre Zwecke ausnützen und brauchen Information von mir, um ihn zu finden. Aber Sie haben Gewalt ins Gespräch gebracht.«

»Was macht sie?«, fragt May verständnislos in den Raum. Schmidt winkt ab, mit dem faszinierten Ausdruck eines Jägers, dessen Beute in einen Tanzschritt verfällt.

»Ich bin eigentlich froh, dass Sie mich zu erpressen versuchen. Lassen Sie, warum die Dinge nicht beim Namen nennen? Ich habe mich immer gefragt, wie Erpressung überhaupt funktionieren kann. Wie soll das klappen?« Leontine stellt die Frage gierig, mit halboffenem Mund auf eine Antwort wartend. Aber die Männer schweigen.

»Es klappt nur, wenn ich Ihnen glaube, dass Sie mich dann mit der angedrohten Exkommunikation verschonen werden. Aber warum sollte ich einem Mann trauen, der mich bedroht? Erpressung funktioniert, wenn das Opfer dem Erpresser glaubt, dass er das Angedrohte unterlässt. Aber warum – wissen Sie's denn? – soll das Opfer dem Erpresser Vertrauen schenken? Sie haben mich bedroht, Herr Schmidt. Sie haben mir dadurch erklärt, dass meine Wohlfahrt Ihnen bedeutungslos ist. Was aus meinem Leben wird, schlecht oder recht, hat für Sie keinen Wert. Sie haben somit Ihre Glaubwürdigkeit eingebüßt.«

»Wieso denn?«

»Es ist ganz einfach. Wenn ich eine genaue Anschrift für Sie hätte, was garantiert mir, dass Sie mich nicht gleichwohl den

Wölfen zum Fraß vorwerfen? Sie können das nicht mehr garantieren. Sie haben sich verraten. Ich weiß jetzt, es kostet Sie nichts, mich zu zerstören.« Sie sieht auf ihre Armbanduhr. Es ist spät. Schmidt und May sitzen nebeneinander mit passiven Schultern wie ihre jungen Zuhörer in der Zeit, als sie noch Geschichten erzählte.

Unterwegs zu Leontines Haus in Zeiden
Dienstag, 21. Januar 1941, 21 Uhr

Leontine eilt und gleitet auf dem frisch zugeschneiten Gehsteig beinahe aus. Sie besinnt sich. »Zu dieser Zeit zogen in meiner Kindheit die Laternenlöscher entlang den Gassen Kronstadts, mit ihrem Singsang, ›Es schlägt neune, löscht das Feuer, geht zur Ruh, geht zur Ruh‹, und ein Licht nach dem andern ging aus bis zur Mitte am Rathaus. Dann schloss ich die Augen vor dem Fenster meiner Stube gegen den Rossmarkt und sah hinauf zum Nordpol, wo die Aurora borealis kreiselt, hinunter zum Südpol, wo die Aurora australis das untere Ende der Erde umschweift, und ging zu Bett, zufrieden mit der Welt. Nun laufe ich durch die Winternacht nach Hause, schneller als ich noch laufen kann, sehe immerzu auf die Spitzen meiner Stiefel, die kommen aus dem Schnee schwarz wie Ribisel, und halte mich aufrecht mit beiden Händen um meine Schultern. Jemand läuft hinter mir. Nicht zurückbleiben, schneller, schneller, wer läuft da auf leisen Gummisohlen, ich muss schneller.«

»Leontine, so bleib doch stehen!« Es ist Herfurth. Er wirft ihr ihren Mantel um und wartet, bis sie sich warm zittert. Sie stehen an der Kreuzung zur Weihergasse in frischem Schnee über einem Netzwerk von alten Schlittenspuren. »Leontine«, beginnt er, aber seine Stimme versagt wehleidig.

»Ich weiß, schon gut, ich weiß. Ich kann hier nicht bleiben.«

»Ich habe mit dem Leutnant gesprochen. Welcher morgen die Rekruten ins Reich einschleust. Wenn du mitwillst, niemand wird dich etwas fragen.« Sie wendet sich wortlos ab und geht schnell die Belgergasse hinauf zu ihrem Haus. Sie sieht, dass Licht in ihrem Arbeitszimmer brennt, und tritt schweren Herzens hinein.

Leontines Haus in Zeiden
Dienstag, 21. Januar 1941, 21.10 Uhr

Maria schafft gerade einen Halbspagat über eine Moränenlandschaft von Materie, die sie zu sortieren bemüht ist. Sie fährt Leontine an, kopflos und mit Irrlichtern in den Augen: »Wenn du schon packen willst, warum lässt du mich nicht holen?« und zeigt gekränkt auf die Haufen Kleider und Papiere auf dem Fußboden verstreut.

»Hatten wir nicht abgemacht, dass du im Bett bleibst, Maria?«

»Wie denn, kaum bin ich zu Hause und heize die Räume, dass ich mich hinlegen kann, da klopft dieser Joseph von der Apotheke an... ich verstehe kein Wort, er sagt, bei dir sei Licht, aber du bist im Rathaus, man müsste nachsehen... er war gerade noch da... er muss sich versteckt haben.«

»Ich werde Joseph jetzt hereinrufen, und er soll dich nach Hause begleiten, du gehörst ins Bett, bevor das Fieber noch steigt.«

»Nicht geh weg.«

»Es ist wichtig, du musst jetzt genau achtgeben. Komm zurück, wenn du munter bist. Es gibt zu tun.« Leontine sucht ihren Blick. Maria sieht weg, schnieft, nickt. »Ich schreibe es für dich auf. Das weißt du. Das Wichtigste sage ich dir jetzt aber. Ich will, dass dein Vater sich um Joseph kümmert. Dass er ihn in die Lehre nimmt, etwas aus ihm macht. Er muss das mit Edith abrechnen. Sag ihm... ich verlange es. Genau so: Leontine verlangt es.« Maria sieht wieder weg. Nicht geh weg. Aber Leontine macht ihr ein bisschen Angst. Sie nickt. Leontine steht auf, sie ist ungemein lang und knochig, schlägt die Küchentüre laut zurück und ruft in den Hof: »Joseph!«

247

Es ist spät.

Ein Flugzeug wendet sich im Fall, die dunkle Oberhälfte und die helle untere abwechselnd das Sternenlicht einfangend.

Die Röte Ediths pulsiert in ihre Extremitäten. Leontine wendet ihren Blick ab. Am Rand ihres Blickfelds, beim Wegsehen, scheinen alle aufrechten Formen auseinanderzurieseln, wie Holzklötze im Feuer mit einem langgezogenen, glasklirrenden Stöhnen zerbersten.

Die Neugierigsten unter den Schwimmern und Tauchern Zeidens stoßen sich vom schlammigen Waldseegrund ab und stieben zur Eiskruste nach oben, verquirlen ihre goldigen Glieder mit den matschigen Eisfilamenten, streifen Haut und Haare ab, ohne ihre jungen Leiber zu versehren.

Unter lockerem Grund setzt der Pfarrer Draudt Schriftzeichen aus. Von unten fetten sie durch zur Oberfläche seines vergessenen Grabs im Leichengarten. Sie sickern unentwegt durch die Erde ans Licht, eine klebrige schwarze Tinte, die man aus allen Richtungen lesen kann, zähflüssig wie Rohöl und brisant auch, dass es die Zeidner Schatzgräber immer wieder verführt, die Stelle umzugraben, vergeblich auf Bodenschätze hoffend.

In ihrem Garten vergräbt Maria im nächsten Sommer eine Schatulle mit Papieren, in ein Kleid gewickelt, das mit Blut und ausgeschmetterten Zähnen verfilzt ist. Drei Sommer später ziehen Russen durch Zeiden und fragen sie: »Wie weit bis Berlin?«

Leontine ist entschlossen, dass der Brief, den sie heute noch schreiben muss, nicht in der Schatulle endet. In Gedanken zählt sie die Stunden zusammen, die vergangen sind, seit Maria den erschossenen Jungen im Treppenhaus zurückgelassen hat. Jetzt und immerzu wartet seine Familie auf ein Zeichen von dem Vermissten. Leontine taumelt und streift im Vorbeigehen den Tisch im Arbeitszimmer. Behutsam setzt sie sich.

Sie hat einen Rucksack gepackt und trägt selbst Alberts Konfirmandenanzug – guter Kammgarn von der Weberei ihres Oheims Scherg – und Alberts hohe Stiefel, vom Schuster auf Maß gearbeitet. Sie sieht sich im Nebel vor Morgengrauen in Richtung Bahnhof eilen, es ist zu dunkel, um den Zeidner Glockenturm noch einmal zu sehen, sie ist eine graue Gestalt, zu der mehr und mehr Gestalten stoßen, Jugendliche, stur dem Tag entgegenstierend.

Aber sie ist entschlossen. Sie zieht einen Bogen Papier hervor und tunkt ihren Federhalter ins Fässchen. Sie adressiert den Brief an den Geschäftsführer eines Warenlagers in Lipscani, Bukarest.

Es ist die letzte Stunde des Tages. Ihre Gedanken verlangsamen sich und halten.

Ich weiß nicht, ob ihre Kräfte ausreichen.

Die Hauptpersonen des Romans

Leontine Philippi, geb. 1888 in Kronstadt, aufgewachsen in einem sächsischen Patrizierhaus am Rossmarkt, studiert Geschichte in Wien zwischen 1906 und 1911 und entdeckt hier u. a. die Schriften Sigmund Freuds. Im Lauf des Weltkriegs kauft sie das Haus der Familie des Aviatikers Albert Ziegler in Zeiden. Spätestens ab 1918 in Zeiden wohnhaft.

Franz Herfurth, geb. 1890 in Kronstadt, Blumenau, aufgewachsen im Pfarrhaus Blumenau, Honterus-Gymnasium in Kronstadt 1904–1908, Medizinstudium in Budapest 1909–1914. Arbeitet als Krankenhausarzt in Budapest bis zirka 1920. Danach verbringt er mehrere Jahre mit Versuchen, eine eigene Praxis in Kronstadt zu eröffnen. Seit 1928 Schularzt in Zeiden.

Maria Tatu, geb. 1924 in Zeiden. Rumänische Grundschule 1930–34.

Edith Reimer, geb. 1898 in Zeiden, seit 1913 Geschäftsführerin der Apotheke. Aufgewachsen mit einem politisch aktiven rechtsradikalen Vater, der bereits 1928 in der Siebenbürger nationalsozialistischen Erneuerungsbewegung, dann ab 1935 in der radikalen Splittergruppe Deutsche Volkspartei Rumäniens tätig ist.

Joseph, geb. 1906 in Zeiden. Allgemein als Dorftrottel behandelt.

Fritz Klein, geb. 1888 in Zeiden, Honterus-Gymnasium in Kronstadt 1902–1906, Medizinstudium in Budapest 1907–1912. Arbeitet zwischen den Kriegen als Arzt in Zeiden. Aktiv im Vorstand des Zeidner Männerchors. Von 1939–1943 Leutnantarzt in der rumänischen Armee. Ab 1943 ist er Waffen-SS-Truppenarzt in den Konzentrationslagern Auschwitz-Birkenau, Bergen-Belsen und Neuengamme. Zu seinen Aufgaben als KZ-Arzt gehört das Durchführen von Selektionen für die Gaskammern. Im Bergen-Belsen-Prozess verurteilte das Gericht ihn zum Tode. Er wurde im Dezember 1945 in Hameln gehängt.

Albert Ziegler, geb. 1888 in Zeiden, reist 1906 mit Unterstützung der Gemeinde Zeiden ins Ausland und arbeitet im Motoren- und Automobilfach in der französischsprachigen Schweiz, dann in der Picardie, wo er Flieger für ein Pariser Unternehmen von einem Flugplatz in der Nähe des Ortes

251

Albert einfliegt. Reist 1908 nach England und Schottland. Arbeitet in Berlin und Wien für Siemens-Schuckert und andere Unternehmen als Testpilot und Erfinder. 1914–19 Chefpilot und Fluglehrer für die österreich-ungarischen Lloyd-Flugzeugwerke. Stirbt 1946 in Schkeuditz bei Halle an der Saale, wenige Kilometer von Hameln entfernt und nur sechs Monate nach dem Tod von Fritz Klein.

Andreas Schmidt, geb. 1912 in Donnersmark. Stefan-Ludwig-Roth-Gymnasium 1923–1929. Abitur 1930 an rumänischsprachigen Sf. Vasile-Lyzeum. Gescheitertes Jura-Studium in Klausenburg. 1930–1935 tritt er der Erneuerungsbewegung bei, ist aktiv in NS-Jugendorganisationen und verbringt längere Zeitabschnitte auf einer Artamanen-Farm. Reist 1938 nach Berlin. 1940–44 Volksgruppenführer der Deutschen Volksgruppe in Rumänien. Verhaftet 1945, danach Deportation in die UdSSR. 1948 Tod in einem sowjetischen Lager (Workuta) unter ungeklärten Umständen.

Zitate aus Texten anderer Autoren sind durchgehend in kursiver Schrift gesetzt.

Danksagung

Dank dem Wagenbach Verlag und besonders Annette Wassermann für ihr
Lektorat und die konstruktiven Gespräche.

Dank den ersten Lesern des Manuskripts: Dr. James Koranyi, Adina Po-
pa, Dres. Katrin und Jens Binder für ihre Kommentare und Ermutigungen.
Dank den Geschichtswissenschaftlern Dr. Hildrun Glass, Prof. Lucian
Boia und Dr. Paul Milata. Ihre Forschung hat den Inhalt dieses Romans
direkt beeinflusst.

Dank den Künstlerinnen Anna Davies, Eugenia Crăciun und Ellen
Poppy für ihre erstaunlichen Bilder.

Dank an Rob Ackrill für seine Unterstützung und das Vertrauen auf das
Gelingen meiner Prosa, die ich in einer ihm unbekannten Sprache schreibe.

Un-vergessene Geschichten

Lucía Puenzo   Wakolda   Roman
Gepeinigt von einem beängstigenden Perfektionswahn und auf der Flucht
durch Argentinien bietet sich einem deutschen Arzt die Möglichkeit, seine
alptraumhaften Ideen zu verwirklichen.
Aus dem argentinischen Spanisch von Rike Bolte
WAT 715. 208 Seiten

Javier Sebastián   Der Radfahrer von Tschernobyl   Roman
Javier Sebastián setzt den namenlosen Opfern und verleugneten Helden
von Tschernobyl ein literarisches Denkmal – so spannend wie ein Abenteu-
erroman und mindestens ebenso informativ wie das beste Sachbuch zum
Thema.
Aus dem Spanischen von Anja Lutter
WAT 711. 224 Seiten

Daniel Alarcón   Lost City Radio   Roman
Eine Frau, deren Stimme einem verwüsteten Land die Hoffnung zurück-
gibt, ein Kind ohne Eltern und die Geschichte einer entzweiten Liebe
»Lost City Radio« ist das großartige, universelle Porträt eines Landes zwi-
schen Repression und Bürgerkrieg.
Aus dem Amerikanischen von Friederike Meltendorf
Quartbuch. Gebunden mit Schutzumschlag. 320 Seiten

Ricardo Menéndez Salmón   Medusa   Roman
Ein eindringlicher Roman darüber, wie der Maler, Fotograf und Filmema-
cher Prohaska die Grausamkeit des 20. Jahrhunderts zu bannen versucht.
Aus dem Spanischen von Carsten Regling
Quartbuch. Gebunden mit Schutzumschlag. 144 Seiten

Deutschsprachige Literatur

Milena Michiko Flašar   Ich nannte ihn Krawatte   Roman
Ist es Zufall oder eine Entscheidung? Auf einer Parkbank begegnen sich
zwei Menschen. Der eine alt, der andere jung, zwei aus dem Rahmen Ge-
fallene. Nach und nach erzählen sie einander ihr Leben und setzen behutsam wieder einen Fuß auf die Erde.
Quart*buch*. 144 Seiten. Gebunden mit Schutzumschlag

Eva Roman   Siebenbrunn   Roman
Welf ist weg. Und zwar endgültig. Jeanne bleibt zurück, allein im kalten
Gutshaus und hilft sich jeden Tag von neuem selbst auf die Füße. Ein
nachdenklicher Roman über Abschiede, Erinnerungen und den mutigen
Trotz des Weiterlebens.
Quart*buch*. Klappenbroschur. 128 Seiten

George Tabori   Autodafé und Exodus   Roman
Nach Autodafé, dem ersten Teil der Lebenserinnerungen (2002), erscheint
aus dem Nachlass der zweite Teil mit Taboris abenteuerlichen Kriegsirr-
fahrten durch Europa und den Nahen Osten.
Zum Teil aus dem Amerikanischen von Ursula Grützmacher-Tabori
Quart*buch*. Gebunden mit Schildchen und Prägung. 160 Seiten

Wenn Sie mehr über den Verlag oder seine Bücher wissen möchten, schreiben Sie uns eine Postkarte oder E-mail (mit Anschrift und E-Mail-Adresse). Wir verschicken immer im
Herbst die *Zwiebel*, in der wir Ihnen unsere neuen Bücher vorstellen. *Kostenlos!*

Verlag Klaus Wagenbach   Emser Straße 40/41   10719 Berlin
www.wagenbach.de

2. Auflage
© 2015 Verlag Klaus Wagenbach, Emser Straße 40/41, 10719 Berlin

Umschlaggestaltung Julie August, Berlin unter Verwendung eines Ausschnittes aus einem Gemälde von Peter Doig, courtesy Galerie Michael Werner, New York. Gesetzt aus der Caslon. Einband- und Vorsatzmaterial von peyer graphic GmbH, Leonberg. Gedruckt auf chlor- und säurefreiem Papier und gebunden bei Pustet, Regensburg. Printed in Germany. Alle Rechte vorbehalten.

ISBN: 978 3 8031 3268 0
Auch als E-Book erhältlich